DROEMER

EMMA
STEELE

DIE SEKUNDE ZWISCHEN DIR UND MIR

Roman

Aus dem Englischen von
Simone Jakob, Nadine Alexander
und Christina Kuhlmann

Die englische Originalausgabe erscheint 2024 unter dem Titel
»The Places Between« bei Welbeck Fiction Limited,
an imprint of Welbeck Publishing Group.

Besuchen Sie uns im Internet:
www.droemer.de

Aus Verantwortung für die Umwelt hat sich die Verlagsgruppe Droemer Knaur zu einer nachhaltigen Buchproduktion verpflichtet. Der bewusste Umgang mit unseren Ressourcen, der Schutz unseres Klimas und der Natur gehören zu unseren obersten Unternehmenszielen. Gemeinsam mit unseren Partnern und Lieferanten setzen wir uns für eine klimaneutrale Buchproduktion ein, die den Erwerb von Klimazertifikaten zur Kompensation des CO_2-Ausstoßes einschließt. Weitere Informationen finden Sie unter: www.klimaneutralerverlag.de

Deutsche Erstausgabe März 2023
Droemer Taschenbuch

Redaktion: Gisela Klemt; lüra – Klemt & Mues GbR
Dieses Werk wurde vermittelt durch die
Literarische Agentur Thomas Schlück GmbH, 30161 Hannover.
Covergestaltung: Sabine Schröder
Coverabbildung: Motiv von: © Larisa Lavrova / Shutterstock.com
Satz: Adobe InDesign im Verlag
Druck und Bindung: GGP Media GmbH, Pößneck
ISBN 978-3-426-30880-6

2 4 5 3 1

Für Ben, Flora und Daisy

EINS

2019

JENN

Wenn er in diesem Moment ihre Gedanken lesen könnte, wüsste er, wie viel ihr das hier bedeutet. Einfach nur mit ihm im Auto zu sitzen. Durch das beschlagene Fenster schaut sie hinaus in die Dunkelheit, wo Häuser und Straßenlaternen wie in einem verschwommenen Film an ihr vorbeiziehen. Sie wischt die Scheibe mit der Hand bis auf einen Fleck in der Mitte sauber. Ihr Spiegelbild lächelt sie geisterhaft an.

Und auf einmal ist es wieder da, dieses schreckliche, flaue, mulmige Gefühl in der Magengrube.

Hastig schaut sie zu Robbie hinüber, lässt den Blick von seinen kräftigen Händen auf dem Lenkrad zu den rauen Bartstoppeln und den zerzausten dunklen Haaren hinaufwandern. Er war ihr immer zu groß für den beengten Wagen vorgekommen – wie ein Clown in einem Spielzeugauto, dessen Knie fast das Armaturenbrett verdecken. Auf eines dieser Knie legt sie jetzt die Hand, versucht, sich nur auf ihn zu konzentrieren, auf die Liebe, die sie für ihn empfindet. Gut, dass sie zurückgekommen ist.

»Warum lächelst du?«, fragt er leise, legt seine Hand auf ihre und drückt zweimal – genau wie früher. *Ich liebe dich.*

Sie lehnt den Kopf zurück. »Nur so. Weil ich glücklich bin«, sagt sie lächelnd.

Erinnerungen wirbeln ihr durch den Kopf: wie sie einander vor fünf Jahren zum ersten Mal begegneten, sich verliebten, zusammenzogen.

Tausend wunderbare Momente, die in ihr aufsteigen wie Seifenblasen. Auch andere Erlebnisse kommen ihr kurz in den

Sinn, doch die schiebt sie beiseite. Sie sind nicht mehr von Bedeutung.

Die letzte Nacht, ihre erste gemeinsame nach acht Monaten der Trennung, hätte schöner nicht sein können. Wie er im Türrahmen stand, der beinahe ungläubige Blick in seinen Augen, sein vertrauter Geruch. Einen kurzen Moment hatten beide gezögert, dann ließ er die Hände über ihre Haut gleiten, presste seinen Mund auf ihren, und sie taumelten ins Schlafzimmer und rissen sich ungeduldig die Kleider vom Leib, fieberhaft, wie berauscht, als wären sie nie getrennt gewesen. O Gott. Sie fühlte sich wieder wie damals, als sie sich kennengelernt hatten: fünfundzwanzig und trunken vor Liebe.

Später, als sie nebeneinander im Dunkeln lagen, hatte er ein kleines Geschenk hervorgekramt – ein Tütchen Jellybeans. Sie hatte den Kopf auf seine Brust gelegt und gelacht. *Oh, Jellybeans!* Was hatte ihr diese Geste bedeutet, selbst wenn sie keine Ahnung hatte, wie es mit ihnen weitergehen sollte!

Das quälende, bohrende, nagende Gefühl im Magen ist zurück. *Sag ihm die Wahrheit.*

»Wie war's bei der Arbeit?«, erkundigt er sich, und sie muss lächeln.

Es geht ihr gut. Alles kommt wieder in Ordnung.

»Prima, alles bestens«, sagt sie und nickt entschlossen. »Es ist schön, zurück zu sein.«

Sie hatte die Arbeit als Ärztin vermisst, das Gefühl, gebraucht zu werden, ihr Gehirn so einzusetzen, wie sie es gelernt hat. Es hatte sich komisch angefühlt, all dem, wenn auch nur vorübergehend, den Rücken zu kehren.

Der Wagen wird langsamer, als sie auf eine Kreuzung zusteuern, und Jenn blickt zum Edinburgh Castle hinauf, das in der Ferne imposant auf einem Felsen thront. Sie findet es schön, dass man es aus jedem Winkel in der Stadt sehen kann, wie einen Leuchtturm auf einer Anhöhe. Der Motor vibriert, und der Wind peitscht gegen die Windschutzscheibe.

»Totale Anarchie wie immer?«, fragt er grinsend.

Sie lacht, als sie die vertrauten Worte hört. »Oh, ja, totale Anarchie. Muss ich dir ja nicht erzählen.«

»Die können von Glück sagen, dass du wieder da bist«, sagt er. »So wie ich.«

Sie mag, dass er immer geradeheraus sagt, was er denkt. Egal, worum es geht, egal, ob es gut oder schlecht ist. Ihr dagegen ist es immer schwergefallen, über Dinge zu sprechen, die sie bedrücken. Das Allerletzte, was sie will, ist, andere mit ihren Problemen zu belasten. *Bemitleidet zu werden.*

Aus ihrem Rucksack erklingt ein Piepton, und sie zieht ihr zerkratztes Smartphone aus dem Seitenfach. Kaum hat sie den Bildschirm entsperrt, hat sie das Gefühl, den Boden unter den Füßen zu verlieren.

Nein, nein, nein, doch nicht jetzt. *Noch nicht.*

Ihr Herz hämmert in ihrer Brust.

O Gott. Verzweifelt wünscht sie sich, die Ampel würde endlich auf Grün umspringen, damit sie weiterfahren können. Sie spürt, wie Panik sie überkommt, wie das Blut kribbelnd durch ihre Adern rauscht. Sie stehen ganz vorn an der Kreuzung, und die Zeit scheint einen Augenblick lang stillzustehen.

»Es ist grün«, sagt sie, den Blick auf den grell leuchtenden Kreis über ihnen gerichtet. Ihre Stimme klingt selbst in ihren eigenen Ohren schrill, und sie merkt, wie sich ihr Daumennagel in ihre Handfläche bohrt.

»Alles okay?«, fragt Robbie, während er Gas gibt und der Wagen mit einem Ruck anfährt, die Kreuzung überquert und die Einfallstraße in Richtung Stadt erreicht. Gleich sind sie zu Hause, und sie kann raus aus dem Wagen. Der Gedanke beruhigt sie, gibt ihr ein Gefühl von Frieden. Sie stellt sich vor, wie sie am Wochenende in den Pentlands wandern gehen, wo sie schon so viele glückliche Stunden miteinander verbracht haben, und sich von der schroffen Hügellandschaft den ganzen Tag in ihren Bann ziehen lassen. Sie denkt an Ginster und Heide und den schottischen

Himmel, dessen ewiges Wetter-Roulette-Rad sich über ihnen dreht.

Ihr Herzschlag setzt für den Bruchteil einer Sekunde aus, und sie schließt die Augen und wünscht sich, diesen Moment einfach auslöschen zu können. Dann scheint eine Fremde, die ihr Leben zerstören will, die Macht über ihren Körper zu übernehmen und sie zum Sprechen zu zwingen.

»Ich muss dir etwas sagen.«

Es ist, als würde alle Luft aus dem Fahrzeug gesogen, und kurz fragt sie sich, ob Robbie sie überhaupt gehört hat.

»Was denn?«, fragt er, sichtlich verunsichert von ihrem plötzlichen Stimmungsumschwung.

»Vielleicht sollten wir lieber warten, bis wir zu Hause sind.«

»Womit? Stimmt was nicht?«

Sie bringt keinen Ton heraus. Seine Anspannung ist fast mit Händen greifbar.

»Was ist denn los?«, will er wissen. Er klingt so besorgt, dass sie Mühe hat, nicht die Fassung zu verlieren. Ihre Wangen brennen, und als sie die Augen öffnet und den Blick senkt, sieht sie, wie ihre Beine zittern.

Gleich sind sie an der nächsten Kreuzung, hoffentlich bleibt die Ampel grün. Lass uns einfach weiterfahren. Bitte lass es nicht rot werden. Sie schielt verstohlen zu Robbie hinüber. Verkrampft umklammert er das Lenkrad, den Blick starr geradeaus gerichtet. Als sie sich der Ampel nähern, springt sie auf Gelb um, doch es ist schon zu spät, um noch sicher bremsen zu können. *Dunkelgelb,* hätte Robbie vermutlich an einem anderen Tag geflachst, als sie über die Kreuzung schießen. Sie spürt, wie er zu ihr herüberschaut. Im selben Augenblick nimmt sie eine Bewegung auf der Straße wahr. Irgendetwas schlittert von der anderen Seite auf ihre Spur herüber, Scheinwerfer rasen auf sie zu …

ZWEI

1999

JENNY

Ihre neuen silberfarbenen Gummistiefel glitzern im Sonnenlicht, als würden sie ihr zublinzeln. Schillernd wie Fische. Sie lächelt und spürt, wie eine kühle Brise ihr über das Gesicht streicht. Der geriffelte Sand unter ihren Füßen gleicht sich windenden Schlangen. Sie fand schon immer, dass der Meeresboden bei Ebbe komisch aussieht. Als hätte er vergessen, sich was anzuziehen.

Als Jenny aufschaut, ist es so hell, dass sie die Augen zusammenkneifen muss, um die Wellen in der Ferne zu erkennen. Möwen gleiten zwischen Schäfchenwolken hindurch, und die salzige Luft prickelt ihr in der Nase. Sie legt die Hand über die Augen. Auf ihren Schultern lastet das Gewicht mehrerer Schichten Kleidung – die kratzige Fleecejacke unter dem beerenroten Anorak, beides viel zu weit für sie. Ihr Vater kauft ihre Sachen immer zu groß – *zum Reinwachsen,* wie er sagt. Die Nachmittagssonne scheint auf Jennys erhobenen Arm, doch die Hitze ist genauso schnell wieder verschwunden, wie sie gekommen ist. Gleich darauf peitscht ihr der Frühlingswind die Haare vor die Augen und schneidet die Welt in Streifen.

Weiter hinten liegt Cramond Island, ein einsamer braungrüner Fleck, der aussieht, als wäre er eines Tages zu weit hinausgewatet und einfach stecken geblieben. Jetzt, bei Ebbe, kann man tatsächlich hinübergehen – ihr Vater sagt, die Insel ist eine von siebzehn, die man vom schottischen Festland aus zu Fuß erreichen kann. Er weiß eine Menge solcher Dinge. Sie fragt sich, wie es hier wohl nachts aussieht und ob weiß gekleidete Gespenster am Ufer umherspuken. Vielleicht wird sie es eines Tages herausfinden.

»Jenny, komm mal her!«, ruft eine Stimme. Sie dreht sich um und sieht ihre Mutter neben zerklüfteten Felsen stehen, die Haare vom Wind durcheinandergewirbelt, während sie Jenny mit begeisterter Miene zu sich winkt. Sie trägt ihren langen grünen Mantel und die zu großen Gummistiefel. Sie sieht lustig darin aus, als hätte ein Kind die Kleidung eines Erwachsenen angezogen. Jenny greift nach ihrem Eimer. Jakobs- und Steckmuscheln klappern in dem knallgelben Plastikbehälter, als sie zu ihrer Mutter hinüberrennt. Ihre Füße machen schmatzende Geräusche im Schlamm, und der Wind pfeift in ihren Ohren. Ihre Mutter beugt sich vor und betrachtet etwas.

»Was ist das?«, fragt Jenny, als sie vor dem mit klarem Wasser gefüllten Tümpel stolpernd zum Stehen kommt, einem wie hundert anderen, in die sie schon gemeinsam geschaut haben. »Was hast du gefunden?« Ob es ein Seeigel ist oder vielleicht ein Schleimfisch – oder eine Seenadel? So aufgeregt, wie ihre Mutter ist, muss es etwas Besonderes sein. Sie gehen an diesen Strand, solange sie zurückdenken kann, und sie ist immerhin schon zehn. Sie kennt alle möglichen Lebewesen, die in Gezeitentümpeln leben: die Wellhornschnecke mit ihrem geschwungenen Haus, den sich schillernd dahinschlängelnden Seeringelwurm und natürlich die Stammgäste, die Anemonen und Strandschnecken. Im nächsten Moment sieht Jenny, was sich da durch das eiskalte Wasser schlängelt.

»Ein Schlangenstern«, haucht sie und beugt sich vor, die Hände auf die Knie gestützt. Lange, krakenartige Arme recken sich aus dem Wasser, als die seltsame Kreatur beginnt, sich über das Felsgestein zu ziehen. Sie sieht vertraut aus, doch Jenny kennt sie nur aus ihren Tierbüchern.

»Genau der richtige Platz dafür, oder?«, sagt ihre Mutter.

»Aber hat Dad nicht gesagt, hier an der Ostküste gibt's keine?«

Aus der Hocke heraus schaut ihre Mutter in Richtung Wasser, auf das der Schlangenstern mit seinen sich hektisch windenden Gliedmaßen offensichtlich zusteuert. Sie lächelt, die Wangen rosa wie Kaugummi, Lachfalten um die Augen.

»Vielleicht hatte er einfach Lust auf ein Abenteuer.«

Ihre Mutter hält kurz inne, dann beugt sie sich zur Seite und hebt das leere Gehäuse einer Kaurischnecke auf. Sie wischt den Schlamm ab und lässt es scheppernd in einen königsblauen Eimer fallen.

Jenny schaut sich um und erspäht ihren Vater ein Stück weiter oben am Strand. Er kniet im Sand, der dort fester ist, und hat den blauen Pullover hochgekrempelt, sodass man seine behaarten Arme sieht. Während er den Boden um sein neuestes Bauwerk festklopft, flattern seine Haare im Wind wie die Ohren eines Hundes. Jenny rennt die kurze Strecke von ihrer Mutter zu ihrem Vater, spürt, wie die Energie durch ihre Beine, ihre Arme bis in ihre Fingerspitzen strömt. Links von ihnen, hinter der Promenade, befinden sich grasbewachsene Hügel. Perfekt zum Runterrollen im Sommer. Ein Spaziergänger kommt mit einem Hund vorbei, aber sonst sind sie allein. Das passiert nicht oft. Heute gehört der Strand ganz ihnen.

Vor ihrem Vater erhebt sich eine liebevoll gestaltete Burg inklusive Türmchen, Zugbrücke und tiefem Graben ringsherum. Sie ist riesengroß und ein echtes Meisterwerk. Bei der Arbeit entwirft ihr Dad richtige Häuser und Gebäude und andere Sachen, deren Pläne sie in seinem unordentlichen Arbeitszimmer gesehen hat. Hier baut er einfach drauflos, damit Jenny ihm am Ende eine Note geben kann.

»Na, wie lautet das Urteil?«, fragt ihr Vater, und sie schaut lächelnd zu ihm auf – er hat buschige Augenbrauen, und seine Ohren sind zu groß, genau wie ihre.

Sie geht ein paar Mal um die Burg herum und bleibt dann abrupt stehen, den Finger an die Lippen gelegt. »9,6«, befindet sie mit verschränkten Armen und einem Nicken. Das Zucken seiner Mundwinkel verrät, dass er sich freut. Sagen würde er es nie. Er redet nicht viel – im Gegensatz zu den Vätern ihrer Freundinnen, die alberne Witzchen reißen und ihre Stimmen verstellen. Und im Gegensatz zu ihrer Mutter. Jenny sieht zu, wie er sich die Hände an seiner Cordhose abwischt, harte Sandkörner auf weichem Stoff. Irgendwie sehen seine Hände danach noch sandiger aus. Sie hätte am liebsten losgeprustet, und ihr schießt der Gedanke durch den Kopf, wie sehr sie ihn liebt.

»Marian!«, ruft er in den Wind, und Jenny dreht sich um. Ihre Mutter lächelt zu ihnen herüber. Er winkt ihr kurz zu, und Jenny weiß, dass sie gleich nach Hause gehen. Dann gibt es heißen Johannisbeersaft, und wenn sie Glück hat, bekommt sie noch einen Schokoladenkeks dazu. Ihre Mutter wird ihr später einen weiteren Keks zustecken, wenn ihr Vater nicht hinsieht. Er bereitet das Abendessen zu, während ihre Mutter die Muscheln in der Spüle abwäscht und das Licht der untergehenden Sonne, das durchs Fenster fällt, ihre Haare in einem sanften Rot leuchten lässt.

Dad geht rechts von ihr, Mum links, und sie verabschieden sich von der Sandburg und vom Strand und nehmen Kurs auf das Felsenmeer. Jenny lässt sich Zeit und springt von Stein zu Stein. Dazwischen lauern Krokodile, und sie muss aufpassen, dass sie nicht in ihre Mäuler mit den scharfen Zähnen fällt. Happs. Sie kann ihre Spitzen durch die Gummisohlen spüren, schafft es jedoch, das Gleichgewicht zu halten. Eines Tages wird sie Orte wie in den Büchern besuchen, wo es Dschungel gibt und reißende Flüsse – und Berge erklimmen, die so hoch sind, dass sie in den Wolken verschwinden.

Als sie die Promenade erreichen, blickt Jenny zurück auf den Strand. Sie schaut ein letztes Mal zur Burg hinüber, versucht, sie sich einzuprägen, sieht die Wellen langsam näher kommen. Bald werden sie das Kunstwerk verschlingen. Sie will sich gerade wieder umdrehen, als ihr im Sand etwas ins Auge fällt. Sie blinzelt und kneift die Lider zusammen, doch da ist nichts. Ein Schauer läuft ihr den Rücken hinunter, und sie hat das seltsame Gefühl, genau diesen Moment schon einmal erlebt zu haben.

Ihre Mum nennt es *Woanders-Momente.*

»Ist was?«

Sie sieht, wie Dad fragend eine Augenbraue hochzieht, bevor

er ihr den Arm um die Schultern legt. Ihre Mum ist schon vorausgegangen. Sie steigt den Grashang hinauf, der blaue Eimer schwingt im Wind. Vor Jenny taucht ein grüner Papierdrachen am Himmel auf, und es sieht fast so aus, als würde er ihr verspielt zuwinken. Als sie losrennt, um ihn besser sehen zu können, scheint die Welt zu verschwimmen und der Drachen sich in Nichts aufzulösen.

DREI

2014

ROBBIE

Über mir flattert irgendetwas Grünes. Es ist laut, überall drängeln sich Menschen. Hey, was zum Teufel ist hier los? Hoch oben befinden sich Deckengewölbe und von Wand zu Wand gespannte grüne Wimpelketten. Dröhnende Folkmusik und feuchtfröhliche Unterhaltungen, die mal lauter, mal leiser werden. Das Herz hämmert in meiner Brust, und ich spüre einen dumpfen Schmerz an der Schläfe. Ein Pulsieren.

Überall sind Menschen, meist Männer. Alle sehen ein bisschen angetrunken aus und haben ein Glas in der Hand. An der einen Wand ist eine Bar mit einem Spiegel dahinter. Ich kenne diesen Ort. Das muss der Irish Pub im Cowgate sein. Da habe ich oft abgehangen, als ich noch jünger war.

Aber wo ist der Strand hin? Wo ist Jenn? Und warum war sie so jung? Wie das Mädchen aus dem abgegriffenen Fotoalbum, aus der Zeit, bevor ihr Vater sie verlassen hat. Sie war vielleicht zehn – oder elf? Sie haben sie Jenny genannt.

Ist das nur ein Traum? Wenn ich aufwache, werde ich mich zu Jenn umdrehen und sagen: *Ich hatte einen total schrägen Traum, aus dem ich nicht aufwachen konnte. Du kamst darin vor, aber du warst nicht du.* Und sie wird mich anlächeln und die Augen verdrehen, weil ich mal wieder blödes Zeug rede.

Ich betrachte die Menschen um mich herum und werde das Gefühl nicht los, dass ich genau diesen Moment schon einmal erlebt habe. Aber meine Gedanken verschwimmen, wie ein vorbeirasender Hochgeschwindigkeitszug. Ich kann nicht mehr klar denken.

Schallendes Gelächter. Ein paar Jungs kommen mit Getränken in der Hand auf mich zu.

Mein Herz macht einen Satz.

Ich kenne sie – von früher, aus der Schule. Na klar. Doug, Rory und Gus. Nichts als Blödsinn im Kopf, die Jungs. Mann, die habe ich seit Jahren nicht gesehen. Aber damals, als ich aus Chamonix zurückkam, sind wir ständig zusammen was trinken gegangen.

Bevor ich Jenn kennengelernt habe.

Die drei bleiben neben mir stehen, und meine Panik legt sich etwas. Vielleicht bin ich ja doch nicht vollkommen durchgeknallt. Kann es sein, dass ich mir den Kopf gestoßen habe oder so? Bin ich etwa hier, weil ich mich mit ihnen verabredet habe? Um in Erinnerungen an die guten alten Zeiten zu schwelgen? Hektisch überlege ich, was vorher passiert ist und wie es mich hierher verschlagen hat.

Natürlich ist es auch möglich, dass ich einfach nur vollkommen hacke bin und den übelsten Filmriss aller Zeiten habe.

Nur dass ich mich nicht mal ansatzweise betrunken fühle.

Sondern stocknüchtern.

Gus fährt sich durch die blonde Surferfrisur und nimmt einen Schluck von seinem Bier, ohne mich zu bemerken. Ich will gerade etwas sagen, als von rechts auf einmal eine vertraute Frauengestalt auftaucht. Schlaksig, mit blasser Haut und kurz geschnittenen dunklen Haaren. Erleichtert atme ich auf, auch wenn mein Kopf mir irgendetwas sagen will. Ich eile zu ihr. Gleich wird sie mich ansehen, und ihre großen grünen Augen werden aufleuchten.

Doch sie geht einfach an mir vorbei.

»Jenn …« beginne ich, bevor mir die Worte im Hals stecken bleiben. Genau in dem Moment, als sie an mir vorbeigeht, verlässt jemand die Theke und durchquert den Pub.

Die Zeit scheint stillzustehen, als die beiden zusammenstoßen und er sein Bier über sie und den Boden verschüttet, während sie fluchend rückwärts taumelt. Er wirkt hünenhaft und ungepflegt, sein Kinn ist mit Stoppeln übersät, und seine Haare sind ungekämmt. Man könnte den Eindruck gewinnen, er würde nicht sonderlich viel Wert auf Körperhygiene legen, doch die teure Uhr an seinem Handgelenk spricht eine andere Sprache. Er beginnt sich zu entschuldigen, und mir wird schwindelig, als ich begreife, wen ich da sehe.

Mich.

Jenn trägt die Haare kurz wie früher und den blauen Mantel, den sie so gern mochte – der Bierfleck ist nie ganz rausgegangen. Ich habe all das wirklich schon mal erlebt. An dem Tag, als wir uns kennenlernten. Dem Tag, der alles verändert hat.

Ich halte mich an einem der Stehtische fest und ringe nach Luft.

Was passiert mit mir?

Schließlich lässt Jenn ihn stehen, und ich kann nicht anders, als ihr hinterherzulaufen. »Hallo?«

Doch meine Stimme klingt schwach, gedämpft, als hätte jemand die Lautstärke runtergedreht. Sie scheint nicht zu ihr durchzudringen. Ich probiere es noch einmal. Schreie sie an. Doch sie hört mich nicht. Es ist, als wäre ich da und gleichzeitig auch wieder nicht.

Jenn macht kurz an der Theke halt und nimmt sich ein paar Servietten, mit denen sie geistesabwesend über den Fleck auf ihrem Mantel wischt. Mir kommt eine Idee, und ich drehe mich zum Spiegel an der Wand um.

Ich bin nicht da.

Ich habe kein Spiegelbild.

Auf der Theke steht ein Bierglas. Ich strecke die Hand danach aus und spüre, wie kalt und hart es sich anfühlt. Verstörend real.

Ich habe das Gefühl, gleich ohnmächtig zu werden. Bloß – wen würde es interessieren? Ich bin mir schließlich noch nicht mal sicher, ob das hier gerade wirklich passiert.

Auf einmal taucht im Spiegel eine Hand auf Jenns Schulter auf. Sie dreht sich abrupt um, einen fast hoffnungsvollen Ausdruck im Gesicht.

Er schon wieder.

Ich.

»Hallo«, sagt sie lächelnd und mit fragendem Blick.

»Die Sache ist die«, sagt er und holt tief Luft, »ich habe eine goldene Regel: Wenn ich in einem Irish Pub jemandem eine Bierdusche verpasse, muss ich der Person als Entschuldigung einen Drink spendieren.«

Ach du Schande, habe ich das echt gesagt?

Sie lächelt ihn an, bis ihr Blick auf etwas hinter seiner Schulter fällt. »Ich fürchte, meine Freunde haben schon für mich mitbestellt«, sagt sie in fast entschuldigendem Ton.

Er hebt theatralisch die Hände. »Einen Versuch war es wert.«

Mein früheres Ich entfernt sich mit langsamen Schritten, und Jenn beißt sich auf die Lippe, wie immer, wenn sie nachdenkt.

»Hey«, sagt sie plötzlich, und er dreht sich etwas zu schnell wieder um.

Cool bleiben, Mann.

»Einen Drink vielleicht«, sagt Jenn mit hochgezogener Augenbraue. »Ich meine, den Bodycheck musst du schon irgendwie wiedergutmachen.«

Er grinst, während die Band gerade zu einem neuen Song ansetzt.

»Fisherman's Blues«.

»Fürs Erste habe ich eine bessere Idee«, verkündet er, und ehe ich mich's versehe, hat er ihre Hand genommen und führt sie davon. Er bahnt sich mit ihr einen Weg durch das Publikum vor der Band und wirbelt sie so flott herum, dass die beiden in der Menschenmenge zu verschwinden scheinen. Sie tanzen, bis der Song vorbei ist, drehen sich lachend, ein breites Grinsen in den Gesichtern.

Ohne zu wissen, warum, folge ich ihnen. Ich kann den Blick nicht von ihnen abwenden.

Schließlich endet der Song mit einem Trommelwirbel, und sie stehen vor mir und schnappen nach Luft. Er klatscht begeistert, jubelt der Band zu, pfeift. Kleine Schweißperlen bilden sich auf seiner Stirn.

Er ist vollkommen am Ende, doch ihr Lächeln ist es wert.

Sie sieht so verdammt glücklich aus.

»Ich heiß Robbie«, sagt er, bevor die Band zum nächsten Song ansetzt.

»Und ich Jenn.«

Gleich darauf tanzen sie wieder, halten einander noch immer an den Händen. Ich spüre ihre Hand in meiner und wie sie neben mir lächelt.

JENN

Sie steht auf dem Kopfsteinpflaster und wartet auf ihn, es ist kalt und dunkel. Rings um sie herum zeichnen sich die Gebäude der Altstadt vor dem Nachthimmel ab: oben rechts das Schloss, links der Irish Pub. Die Kneipen machen gerade zu, überall laufen Menschen herum, rufen sich etwas zu, stolpern über die eigenen Füße. Sie schaut zur Tür hinüber, und als die letzten Nachzügler aus dem Pub kommen, beginnt ihr Herz schneller zu schlagen.

Und dann entdeckt sie ihn. Als er aus dem Lichtkegel vor der offenen Tür heraustritt und auf sie zukommt, vollführt ihr Herz einen kleinen Sprung. Er zieht sich einen Wintermantel an, während er sich nähert, die Haare noch ganz zerzaust vom Tanzen.

Mann, steh ich auf ihn.

»Du hast doch nicht etwa geglaubt, dass du mich so leicht loswirst, oder?«, sagt er mit einem Lächeln, das die Schmetterlinge in ihrem Bauch wild umherflattern lässt. »Tut mir leid, die Schlange an der Garderobe war endlos.«

Ich hatte echt Angst, er wäre einfach verschwunden.

»Ich hätte dir noch dreißig Sekunden gegeben«, sagt sie, »dann wär ich weg gewesen und hätte mir irgendwo einen Mitternachtsdöner geholt.«

»Du stehst also auf Döner?« Sie schlendern gemeinsam die Straße entlang. »Eine Frau ganz nach meinem Geschmack.«

Sie lacht, aber gleichzeitig überkommt sie das eigenartige Gefühl eines Déjà-vu, als hätte sie genau dieses Gespräch, genau diesen Abend schon einmal erlebt. Sie versucht, die Empfindung abzuschütteln und sich ganz auf das Hier und Jetzt zu konzentrieren.

»Wo wohnst du eigentlich?«, fragt er, während hinter ihnen Flaschen zu Bruch gehen.

»Fünf Minuten in diese Richtung, Tollcross.« Sie zeigt nach links.

»Perfekt, genau auf meinem Weg.«

Die Schmetterlinge in ihrem Bauch schlagen vor lauter Vorfreude Purzelbäume.

»Willst du etwa den Beschützer spielen oder so was Altmodisches?«

»Na klar.« Er grinst. »Gehört sich doch so für einen Gentleman, oder?«

»Aha«, sagt sie lächelnd. »Nur damit eins klar ist: Heute Abend läuft ganz bestimmt nichts zwischen uns beiden.«

»Hab ich auch nie behauptet.«

Er nimmt ihre Hand, und sie hat das Gefühl, ihr ganzer Körper stünde plötzlich unter Strom. Sie schlendern langsam auf ihre Wohnung zu und reden über alles und nichts. Sie erzählt, dass sie Ärztin ist, er sagt, er sei Koch, und sie lacht alle paar Sekunden laut auf, wenn er wieder eine Anekdote aus seinem Restaurant zum Besten gibt. Sie ist sich nicht sicher, ob es jemals zwischen ihr und einem Typen derart gefunkt hat, aber das Timing könnte nicht mieser sein.

Wieso hat sie ihn nicht früher kennengelernt?

Schließlich kommen sie im trüben Schein einer Straßenlaterne vor ihrer blauen Haustür zum Stehen.

»Möchtest du noch auf einen Drink mit raufkommen?«, fragt sie, plötzlich nervös. »Es ist aber auch kein Problem, wenn du direkt nach Hause musst.«

Robbie lächelt sie an. »Ich muss definitiv nicht direkt nach Hause.«

Sie nickt. »Na dann.«

Sie geht vor ihm die schummrige Treppe hinauf und spürt die Spannung, die sie umgibt, diese ganz besondere Atmosphäre, bevor zwischen zwei Menschen etwas passiert. Sie öffnet die Wohnungstür und führt ihn in den voll gestellten Flur, während sie sich fragt, in was für einer Wohnung er wohl lebt. Vorhin im Irish Pub hatte sie den Eindruck, dass seine Familie recht gut situiert und »normal« ist. Mit einem Mal fühlt sie sich unsicher.

Ihr Leben ist da ein gutes Stück komplizierter.

Sie stehen dicht beieinander im Dunkeln und schauen sich an, und einen Moment lang rechnet sie damit, dass er sie gleich hier an der Garderobe küssen wird.

Sie schluckt. »Ich hole uns kurz was zu trinken, okay?«

Sie bugsiert ihn ins Wohnzimmer und sucht in der Küche nach etwas Trinkbarem. Aus dem Kühlschrank fördert sie zwei Bierflaschen zutage, die sich hinter einem verschimmelten Stück Käse versteckt hatten. Susies Freund muss sie mitgebracht haben. »Sorry, Paul«, murmelt sie, als sie mit den beiden Flaschen Richtung Wohnzimmer aufbricht. Bevor sie hineingeht, bleibt sie einen Moment im dunklen Flur stehen und sieht, wie Robbie sich unbeholfen auf dem kleinen Sofa zurücklehnt, einen Arm auf der Lehne, als versuche er verzweifelt, möglichst lässig zu wirken. Sie unterdrückt ein Lächeln und betritt den Raum. Er schaut sofort auf.

»Hier, bitte«, sagt sie so beiläufig wie möglich und reicht ihm eine Flasche, bevor sie sich auf der anderen Seite der Couch niederlässt. Beide nehmen einen Schluck von ihrem Bier.

»Wohnst du allein hier?«, fragt er schließlich. Er trommelt mit den Fingern auf die Rückenlehne, was sie vermuten lässt, dass er nie wirklich still sitzt.

Oder ist er etwa auch nervös?

»Nein«, sagt sie und schüttelt den Kopf. »Ich wohne mit Susie zusammen. Sie arbeitet im gleichen Krankenhaus wie ich.«

»Ach, cool«, sagt er und beugt sich ein Stück nach vorn. »Ist sie heute Abend hier?«

»Nein, sie übernachtet bei ihrem Freund.«

»Schön, sehr schön«, erwidert er eine Spur zu begeistert, und sie muss lächeln, woraufhin er rot anläuft. Der Abstand zwischen ihnen scheint nach und nach geschrumpft zu sein. Ihre Knie sind einander zugeneigt, berühren sich fast. Er schiebt seinen Arm noch ein Stück weiter, und sie nimmt einen tiefen Atemzug, weil sie instinktiv weiß, was gleich passieren wird.

Ihre Haut kribbelt, und einen bizarren Moment lang hat sie das Gefühl, dass sie nicht allein im Raum sind. Sie schaut sich um, doch es ist niemand zu sehen.

Als sie sich Robbie wieder zuwendet, küsst er sie, und ihre Lippen pressen sich stürmisch, drängend aufeinander. Er schmeckt metallisch, seltsam vertraut, und sie bezweifelt, dass sie sich je zuvor so lebendig gefühlt hat. Er schlingt die Arme um sie, und sie vergisst jeden Gedanken in ihrem Kopf und verliert sich im Moment.

ROBBIE

Ein lila Bett. Zwei ineinander verschlungene Körper unter den Laken. Jenn und mein anderes Ich. Unter einer alten Jalousie schimmert Licht hindurch, und die Luft riecht intensiv nach Schlaf und dem Alkohol vom Vorabend. Jenn lacht über irgendwas, das mein anderes Ich gesagt hat, ein wunderbares, glockenhelles Geräusch, und er lächelt hingerissen zurück.

Ich träume anscheinend immer noch von unserer ersten Begegnung – wie ich mit zu ihr hochgegangen bin, unser erster Kuss, unsere erste gemeinsame Nacht. Ich verstehe bloß nicht, warum alles einfach so weiterläuft. Wie es kommt, dass es sich so real anfühlt.

Ich würde gern aufwachen und gleichzeitig auch wieder nicht, denn ich möchte noch ein wenig länger in diesem Moment verweilen.

Der mein Leben vollkommen auf den Kopf gestellt hat.

Ich hätte an jenem Abend eigentlich überhaupt nicht in dem Irish Pub sein sollen, sondern im Restaurant. Aber Matt hatte im letzten Moment mit mir die Freitagsschicht getauscht, weil er zu irgendeinem Gig gehen wollte. Also hatte ich ein paar alte Schulfreunde angefunkt, und wir waren so bald wie möglich auf ein Bier losgezogen, von einer Bar zur nächsten. Während ich zuhörte, wie die anderen von ihrer Karriere in »richtigen« Berufen – als Anwalt, Buchhalter, Landvermesser – erzählten, begann ich mich wieder in die Alpen zurückzusehnen. In Edinburgh wusste ich nicht mehr, wo mein Platz war. Rückblickend betrachtet, war ich damals vollkommen verloren. Keine Peilung. Keinen Plan.

Doch als ich Jenn an jenem Abend im Irish Pub traf, überkam mich auf einmal ein merkwürdiges Gefühl der Unausweichlichkeit.

Sie war anders. Ungewöhnlich groß, mit kurzen Haaren. Eigentlich überhaupt nicht mein Typ. Aber die Lachfältchen um ihre Augen, als sie mich anlächelte, ließen mich dahinschmelzen. Ich wünschte, die Nacht würde nie zu Ende gehen. Nicht, weil ich mit ihr ins Bett wollte – klar wollte ich das irgendwann, aber nicht beim ersten Treffen. Ich glaube, ich wusste schon damals, dass wir an der Schwelle zu etwas Bedeutsamem standen.

Wir redeten, bis die Sonne aufging, zu elektrisiert von der Gesellschaft des anderen, um einzuschlafen. Wenn ich es recht bedenke, hat sie mir nicht gerade viel über ihre Vergangenheit erzählt – sie schien nicht darüber sprechen zu wollen. Aber ich fand sie absolut großartig, und das war alles, was zählte. Irgendwann erwähnte sie, dass sie am liebsten Jellybeans naschte, und ich versprach, ihr am nächsten Tag welche zu kaufen.

Denn mir war klar, dass ich sie wiedersehen musste.

Der andere Robbie küsst sie erneut. Ich erinnere mich noch gut an das Gefühl von damals, an das Kribbeln tief in meiner Magengrube, an die Macht, die sie über mich hatte. Und dann springen meine Gedanken unvermittelt zu dem Tag vier Jahre später, an dem sie mich ohne jegliche Erklärung verließ.

Wieder überkommt mich ein Gefühl des Schwindels, und das Pulsieren in meinem Kopf nimmt beharrlich zu. Ich versuche, sie nicht aus den Augen zu verlieren, doch der Raum scheint von Sekunde zu Sekunde heller zu werden, und das Bild der beiden auf dem lila Bett verblasst wie ein Foto, das zu lange in der Sonne gelegen hat.

* * *

ROBBIE

Ich bin wieder auf dem Fahrersitz. Im Auto. Meine Hände halten das Lenkrad fest umklammert. Vor der Windschutzscheibe der gleißend helle Lichtkreis, der mich blendet. Jenn sitzt neben mir. Doch ich kann mich nicht zu ihr umdrehen. Mein Körper reagiert nicht.

Hier hat alles angefangen. Hier, im Auto, auf der Fahrt nach Hause.

Ich erinnere mich jetzt wieder. Wir haben über ihre Arbeit geredet, und ich habe ihre Hand gedrückt.

Ich liebe dich.

Doch der Rest unseres Gesprächs ist irgendwie verschwommen, alles um uns herum wie erstarrt. Ich sehe Staubpartikel zwischen uns in der Luft schweben und im Scheinwerferlicht glimmen. Mein Herzschlag rast, aber ich bin wie gelähmt.

Dann bewegt sich etwas. Der Lichtstrahl kommt ein klitzekleines Stück näher, und in dem Moment begreife ich, dass das Ding auf der anderen Seite der Scheibe riesengroß ist. Ein Lkw oder ein Bus – schwer zu sagen. Auf jeden Fall rast es auf uns zu. Und Jenn hat es auch gesehen.

VIER

2001

JENNY

Es ist nebelig auf der Straße – *haar,* so nennt ihr Vater den hiesigen Nebel auf Schottisch. Aus dem weißen Himmel über ihr ertönt der Ruf einer Möwe, die sich zu weit vom Meer entfernt hat. Ihr Vater geht neben ihr, beide tragen grüne Gummistiefel und marineblaue Regenjacken. Verrückt, dass sie mit ihren gerade einmal zwölf Jahren schon fast genauso groß ist wie er. Automatisch passt sie ihre Schritte seinen an: *links, rechts, links, rechts.* Er schaut lächelnd zu ihr hinüber.

Schließlich kommt ihr Haus in Sichtweite, und sie fragt sich, was ihre Mutter wohl heute gemacht hat.

Wahrscheinlich hat sie sich ausgeruht und vielleicht ein bisschen gemalt. Egal, was sie tut, sie ist jetzt ständig müde. Ganz anders als ihr Vater, dessen Energie grenzenlos zu sein scheint, auch wenn er nicht gerade viel redet. Sie sind den ganzen Nachmittag über am Strand und in den nahe gelegenen Wäldern umhergestreift.

In der Auffahrt hört sie den Kies unter ihren Stiefeln knirschen, und die blauen Giebel von Larchfield und die an einer Seite von Efeu eingerahmte Tür werden sichtbar. Aus den Fenstern im Erdgeschoss strahlt ein warmes Licht, das hier draußen in der Kälte unglaublich einladend aussieht. Sie findet es schön, dass ihr Haus hinter hohen Bäumen versteckt ist, wie ein Märchenhaus. Im Sommer ist der Garten ihrer Mutter ein einziges Blumenmeer.

Ihr Vater öffnet die massive Eingangstür und betritt das Haus. Er hält kurz inne und atmet tief ein.

Es riecht verbrannt.

Hastig durchquert er den Flur. Jenny streift sich die Gummistiefel von den Füßen und eilt hinterher.

Mum.

Durch den Qualm in der Küchentür sieht sie ihren Vater auf das Fenster zueilen und es aufreißen. Ihre Mutter kauert mit umgebundener Schürze und verquollenen Augen vor einem Schrank.

»Tut mir leid«, schluchzt sie.

»Ist schon okay.« Ihr Vater hockt sich neben sie und legt ihr eine Hand auf die Schulter. »Was ist passiert, Liebes?«

Ihre Mutter legt die Hände vors Gesicht. »Ich wollte«, schnieft sie, »ich wollte bloß helfen, weil Margaret mich darum gebeten hat, aber dann ist mir eine ganze Ladung verbrannt, also musste ich noch mal von vorne anfangen und …«

»Schhh«, beruhigt Dad sie und nimmt sie in den Arm. »Wobei hast du denn geholfen?«

Jenny beobachtet alles von der Tür aus – es ist nicht das erste Mal, dass sie mit ansieht, wie ihre Mutter zusammenbricht. Aber Dad wird es wieder in Ordnung bringen.

Das macht er immer.

Schließlich lässt Mum die Hände sinken. »Während ihr unterwegs wart, wollte ich in der Stadt ein paar Besorgungen erledigen, und dann habe ich Margaret getroffen, weißt du, die von der Schule. Mrs Hamilton«, fügt sie an Jenny gewandt hinzu. »Sie hat gefragt, ob ich für den Kuchenbasar der Abschlussklassen morgen etwas beisteuern kann, also habe ich zugesagt, ein paar Kuchen zu backen, aber ich muss mich doch auch noch auf meinen Kunstkurs morgen vorbereiten, ich habe einfach so viel um die Ohren.«

»Pass auf«, sagt ihr Vater sanft und hilft ihrer Mutter hoch. »Leg dich doch einfach einen Moment hin, und ich bringe dir einen Tee, was hältst du davon?«

»Nein, nein«, sagt sie und schüttelt entschlossen den Kopf. Das Bild des Hochlandrindes auf ihrer Plastikschürze ist so zerknittert, dass es aussieht, als würde das Tier Schmerzen leiden. Die

Schleife ist aufgegangen, und die roten Bänder hängen seitlich herunter. »Ich muss diesen Kuchen backen.«

»Schatz«, sagt er und berührt ihren Arm. »Mach dir keine Sorgen, Jenny hilft mir bestimmt, nicht wahr, Jenny?«

Er schaut sie an, und sie nickt und lächelt. Sie hilft ihm gern beim Backen. »Klar.«

Ihre Mutter schaut zwischen den beiden hin und her und denkt einen Moment nach. »Na gut. Tut mir leid, aber ich habe mich einfach nicht getraut, Nein zu sagen.«

»Kein Problem«, sagt Dad lächelnd. »Wir werden unseren Spaß dabei haben. Setz dich hin und ruh dich aus.«

Jetzt lächelt ihre Mum endlich auch, und ihr bildschönes Gesicht strahlt. Sie zieht sich die Schürze über den Kopf und legt sie auf den Küchenstuhl. Nach einem letzten kurzen Zögern verlässt sie den Raum.

»Jetzt müssen wir nur noch entscheiden, welchen Kuchen wir für den Basar backen wollen«, sagt ihr Vater und hält ein übrig gebliebenes Stück Schokolade hoch. Er bricht eine Hälfte für Jenny ab und schiebt sich die andere selbst in den Mund.

Als sie ihren Vater ansieht, bemerkt sie plötzlich, dass sie beide genau dasselbe tun: Sie kauen nur auf einer Seite, er auf der linken und sie auf der rechten, wie Spiegelbilder. Es ist ein lustiger Anblick, zumal sie sich mit ihren dunklen Haaren und grünen Augen gleichen wie ein Ei dem andern.

Wie aus dem Gesicht geschnitten, sagt ihre Mum immer.

ROBBIE

Ich beobachte die Szene durch das offene Küchenfenster.

Was zum Teufel ist hier eigentlich los?

Alles passiert so schnell, dass ich keine Zeit habe, nachzudenken, es zu verarbeiten. Eben war ich noch im Irish Pub, dann mit Jenn im Auto. Und jetzt stehe ich vor diesem Haus.

Tief durchatmen, Robbie.

Geh noch mal durch, was du weißt. Wir waren auf dem Heimweg vom Krankenhaus und haben uns unterhalten. Ich habe ihre Hand genommen, und plötzlich kam ein riesiger Lastwagen auf uns zu. Aber wir sind nicht weitergefahren, sondern saßen nur wie erstarrt im Auto. Also, unsere Körper, denn ich springe ja munter von einem Ort zum nächsten – vom Strand mit der kleinen Jenn in den Irish Pub mit der älteren Jenn, dann in ihre Wohnung, und jetzt anscheinend in ihr Elternhaus. Was hat das alles zu bedeuten?

Es ist kein Traum.

Die Worte kommen aus dem Nichts.

Mir gefriert das Blut in den Adern.

Was, wenn der Unfall bereits geschehen ist und ich mich nur nicht erinnern kann?

Was, wenn ich tot bin und alles aus dem Jenseits beobachte?

Ich schaue an mir hinunter – dieselben New-Balance-Sneaker, dieselbe Jeans, derselbe rote Kapuzenpulli wie vorhin im Auto.

Scheiße, am Ende bin ich wie der Typ aus diesem Film, *Ghost – Nachricht von Sam,* den ich mir mit Jenn ansehen musste: Ich renne ihr die ganze Zeit hinterher, aber sie sieht mich nicht.

Ich kneife mich, so fest ich kann, in die Hand. Es tut weh. Die Haut verfärbt sich erst weiß, dann rötlich. Ich stütze mich auf das Fensterbrett vor mir. Es ist solide, so, wie es sein muss.

Gott sei Dank.

Nicht tot.

Ich muss einfach aufwachen, egal, was das hier ist. Ich schließe die Augen und denke mit aller Kraft: *Wach auf, Robbie!*

Nichts.

Ich öffne die Augen.

Mann, ist das arschkalt hier draußen. Ich reibe mir die Hände, hauche sie an und eile zur Eingangstür, vorbei an Bäumen, Sträuchern, einer alten Schaukel. Der Kies knirscht unter meinen Turnschuhen.

Ich stehe vor der massiven Eichentür und strecke die Hand nach dem Türknauf aus, umklammere ihn. Aber ich kann ihn einfach nicht drehen – es ist, als könne meine Hand keine Verbindung dazu herstellen. Ich sitze hier draußen fest.

Verdammte Hacke.

Ich laufe wieder zum Küchenfenster. Sie ist immer noch da. Ob sie weiß, dass ich hier bin? Ist die Jenn, die ich kenne, irgendwo da drin?

Ich male mir aus, wie ich ihr das Ganze später erzähle. Sie wird mir diese Story niemals abnehmen. Ich glaube sie ja selbst kaum. Vielleicht liegt es an dem aufregenden Tag, den wir hinter uns haben.

Sie ist zurückgekommen.

Ich sehe, wie Jenn das Mehl von der Arbeitsfläche wischt und ihr Vater den Boden fegt. Wenigstens nehme ich an, dass der Mann ihr Vater ist. Natürlich habe ich ihn nie getroffen. Ich kenne nur ein Foto von ihm, aus einem Album von früher, bevor er die beiden verlassen hat.

Fotos. Die Wand auf der anderen Seite des Zimmers ist voll davon, in allen möglichen Formaten. Ich luge vorsichtig durch das offene Fenster. Es ist seltsam, Jenn als Kind zu sehen. Ich frage mich, ob es Momente sind, von denen sie mir erzählt oder Fotos gezeigt hat, in die ich mich jetzt selbst mit einbaue, obwohl ich natürlich nicht dabei war. Ziemlich unwahrscheinlich, wenn ich bedenke, wie wenig sie über ihre Kindheit gesprochen hat. Aber sie in diesem warmen, behüteten Umfeld zu sehen, das mich an meine eigene Familie erinnert, überrascht mich doch. Ich hatte angenommen, dass ihre Familie von Anfang an zerrüttet war.

Die meisten Bilder zeigen unscharfe Umrisse eines Kindes auf einer Schaukel oder verschwommene Menschen am Strand. Ich bekomme Gänsehaut. Ein Foto ist gestochen scharf. Darauf sind ihre Eltern zu sehen; es scheint an ihrem Hochzeitstag aufgenommen worden zu sein. Wenn ich genau hinschaue, erkenne ich die Worte *Marian und David*, die in eine Ecke gekritzelt sind. Ihrem bauschigen Kleid, seinem Smoking und der leicht trüben Farbqualität nach zu urteilen, muss das Bild aus den frühen 1980er-Jahren stammen. Doch was mir am meisten ins Auge sticht, ist, wie glücklich die beiden aussehen. Sie gehen auf die Kamera zu, doch Marians Blick ist auf irgendetwas dahinter gerichtet, ihr Mund ist leicht geöffnet, als wolle sie jemandem etwas zurufen. Mit ihren wallenden roten Haaren und dem Kranz aus weißen Blumen auf dem Kopf sieht sie atemberaubend aus. Wie das blühende Leben. Und er schaut sie an, als könne er sein Glück kaum fassen.

Was ist schiefgelaufen?

Wieder spüre ich ein Pochen in meinem Kopf, begleitet von einem Summen in den Ohren, und das Foto wird immer unschärfer. Undeutlich erkenne ich, wie Jenns Dad den Geschirrspüler einräumt und Jenn saubere Rührschüsseln und eine Waage aus dem Schrank holt. Die Szene vor mir beginnt zu verblassen, zu verwischen wie frische Farbe, bis schließlich nur noch die Küchenlampe sichtbar ist – ein heller Kreis in der Dunkelheit.

FÜNF

2014

JENN

Helles Licht scheint ihr in die Augen. Sie blinzelt und erblickt eine warme Küche. Sofort breitet sich ein Lächeln auf ihrem Gesicht aus. Glühwein blubbert auf dem Herd vor sich hin, und auf dem Tisch in der Nische warten Familienpackungen Chips und ein umfangreiches Alkoholsortiment – Wodka, Gin, Rum, ein kleines Bierfass. Eine halb leere Flasche billiger Wein steht auf der Anrichte, flankiert von zwei rötlich schimmernden Gläsern, und mittendrin Robbie, in seinem nach Zimt duftenden Chaos. Er lächelt sie an.

»Steht dir gut«, sagt er, und sie folgt seinem Blick hinunter zu ihrem Oberkörper, zu den Sternen und dem Glitzern, den wollenen Flocken über einem kopfstehenden Schneemann.

»Ja, klar«, sagt sie lachend.

Sie weiß, er macht nur einen Witz. Das kann er nicht ernst meinen. Sein Pulli ist ihr ungefähr vier Nummern zu groß, und ihre schlaksige Gestalt verschwindet fast darin. Und doch – die Art, wie er sie ansieht. *Dieser Blick*. Sie spürt, wie ihr die Hitze in die Wangen steigt.

»Ich fasse es nicht, dass du mehrere Weihnachtspullis hast«, kommentiert sie lächelnd, um von sich abzulenken. »Die sind so was von kitschig.«

»Kitschig?« Er tut schockiert. »Sag das bloß nicht, wenn meine Familie dabei ist, die lieben so ’nen Schwachsinn.«

»Na, meine hatte da einen anderen Geschmack«, stellt sie fest und lacht.

Sie hält inne, als ihr bewusst wird, was sie da gerade gesagt hat, und seinen fragenden Blick bemerkt. Ein bleiernes Gefühl nistet sich in ihrer Magengrube ein, wie jedes Mal, wenn über Familie, Weihnachten oder sonst etwas gesprochen wird, das für andere Leute ganz normal ist. Aber gleich darauf hat sie es schon wieder verdrängt. Sie will sich jetzt nicht damit auseinandersetzen – nicht heute Abend.

»Dir ist hoffentlich klar, dass ich jetzt nicht Bridget Jones nachspielen werde, nur weil du einen Rentierpulli trägst«, fügt sie hinzu und deutet mit dem Finger auf ihn. »Ich werd mich bestimmt nicht Hals über Kopf in dich verlieben, Robbie Stewart.«

Sie sehen sich an, und ihre Blicke sagen mehr als tausend Worte. Jenn verspürt ein nervöses Kribbeln, als ihr aufgeht, welches Wort jetzt zwischen ihnen in der Luft hängt. Dann lächelt er.

»Also, verstehe ich das richtig, ich bin so eine Art … wie hieß der Typ doch gleich? Mr Darcy, oder?«

Er zieht eine Augenbraue hoch, und sie schüttelt den Kopf, kann sich jedoch ein Grinsen nicht verkneifen. Als er zu ihr kommt, macht ihr Herz einen Satz. Sie muss daran denken, wie sie den Nachmittag gemeinsam im Bett verbracht haben. Sie haben ferngesehen, miteinander geschlafen und Jellybeans gegessen – und es gerade mal aus der Wohnung geschafft, um Proviant für die Party heute Abend zu besorgen. Vor fünf Wochen haben sie sich erst kennengelernt, und sie hat wahrscheinlich jetzt schon mehr Spaß gehabt und aufregendere Dinge erlebt als in ihrem ganzen bisherigen Leben. Jedes Treffen birgt neue Überraschungen: Sei es, was es zu essen gibt (»Mexikanisch oder mediterran, Jenn? Ach, was soll's, ich mach einfach beides.«), was sie an ihren gemeinsamen freien Abenden unternehmen (irgendwo gibt es immer eine tolle Party, einen Comedy-Abend oder einen Film, den kein Schwein kennt, den Robbie aber unbedingt sehen will) oder welche zärtliche und gleichzeitig urkomische Nachricht er ihr wohl diesmal schicken wird, wenn sie bei der Arbeit ist (*Du bist besser als Eier mit Tabascosoße, und ich wünsche dir einen super Tag* oder *Du bist besser als Top Gun an einem verkaterten Sonntag, und ich wünsche dir einen super Tag).*

Und ihr gefällt, zu wem sie in seiner Gegenwart wird, zur glücklichsten, spontansten Version ihrer selbst.

Kaum zu glauben, dass es mal eine Zeit ohne Robbie gab; eine Zeit, in der sie sich nicht geradezu magnetisch von ihm angezogen fühlte.

Als er seine Hände auf ihre Taille legt, schaut sie lächelnd zu ihm auf.

»Auf wie viele Weihnachtspulli-Partys gehst du eigentlich im Jahr? Nur so aus Interesse«, fragt sie und schlingt die Arme um seinen Nacken.

»Ach, du weißt doch, ich bin ständig unterwegs. Bin halt heiß begehrt«, sagt er grinsend.

»Tatsächlich?«

Seine Finger riechen nach Muskatnuss, Clementinenschale und Vanille; vor kaum einer Stunde hat er gekonnt eine Schote der Länge nach zerteilt. Seine Lippen glänzen rot vom Glühwein, den er getestet hat – und der anscheinend bei keiner guten Weihnachtsfeier fehlen darf.

Beim Gedanken an heute Abend wird sie nervös, seine Freunde müssten jeden Moment kommen. Sie kennt nicht einen von ihnen; bisher haben sie ganz in ihrer eigenen kleinen Blase gelebt.

Wird sie bald zerplatzen?

»Was ich dich noch fragen wollte«, sagt er nach einer Weile, »was machst du eigentlich an Weihnachten? Fährst du nach Cornwall?«

Schon wieder dieser neugierige Blick. Sie streicht sich die Haare hinters Ohr.

»Zu meiner Mutter? Nein, ich arbeite.«

»An Weihnachten?«, fragt er entsetzt, und sie muss lachen.

»Es gibt tatsächlich Menschen, die Weihnachten arbeiten, weißt du?«, erwidert sie in gespieltem Ernst.

»Aber an Weihnachten guckt man doch *Jurassic Park* und besäuft sich!«, ruft er schockiert aus, dann zögert er.

»Willst du vielleicht …, also, du könntest doch nach deinem Dienst bei meinen Eltern vorbeikommen, wenn du magst.«

»Ja, das wäre schön«, sagt sie und meint es auch so. »Aber ich hab auf keinen Fall vor acht Feierabend, könnte auch neun werden. Das ist dann schon spät, und ich kenne deine Eltern doch noch gar nicht … Aber wie sieht es denn mit dem zweiten Weihnachtstag aus?«

»Abgemacht«, erwidert er und küsst sie.

Die Türklingel ertönt und reißt sie aus ihrer Versunkenheit. Robbie löst sich mit theatralischer Geste von ihr.

»Auf in die Schlacht.«

Zwanzig Minuten später ist die Küche rappelvoll mit Leuten, die reden und lachen. Einer nach dem anderen wird ihr vorgestellt – alte Kumpel aus der Schule, Kollegen aus dem Restaurant und auch dessen lebenslustiger Besitzer, Matt. Alle sind nett und laut, genau wie er. *Du bist also Jenn,* sagen sie, lächeln vielsagend und werfen Robbie verstohlene Blicke zu. Er war noch nie länger als ein paar Monate mit einer Frau zusammen, wie sie weiß.

Sie bietet ihnen etwas zu trinken an, doch die meisten haben ihre eigenen Flaschen mitgebracht, deponieren sie auf dem Tisch oder im Kühlschrank – das Ganze folgt anscheinend festen Regeln. Es klingelt erneut, noch mehr Leute. Robbie unterhält sich mit allen, aufgedreht, mit leuchtenden Augen.

Er ist ganz in seinem Element.

Plötzlich taucht ein kleiner, gut aussehender Typ in der Tür auf. Er hat dunkle Haare, fast aquamarinblaue Augen, und sein grüner Weihnachtspulli ist eine Spur schicker als die der anderen. Robbie reißt begeistert die Arme hoch, dann marschiert er zu ihm hinüber, und die beiden klopfen sich zur Begrüßung auf den Rücken.

Marty.

Sie kennt ihn von Fotos, die sie im Internet gesehen hat, und wird wieder nervös – er ist Robbies bester Freund, die beiden sind zusammen aufgewachsen. *So wie ich und Katy,* denkt sie und empfindet einen Anflug von Traurigkeit.

Robbie kommt zu ihr zurück und verkündet: »Jenn, ich möchte dir meinen Kumpel Marty vorstellen, den alten Vollpfosten.«

»Schön, dass ich jetzt endlich weiß, wie du aussiehst.« Marty lächelt. »Ich hab schon so viel von dir gehört.«

»Ach ja?«, entgegnet sie und sieht Robbie mit hochgezogenen Brauen an, obwohl sie sich insgeheim geschmeichelt fühlt. Sie wendet sich wieder Marty zu. »Willst du was trinken? Wir haben, hm, jede erdenkliche Art von Alkohol.« Mit einer ausladenden Handbewegung präsentiert sie die Flaschen auf dem Tisch.

»Alles andere hätte mich auch gewundert«, antwortet Marty lachend, »aber ich hab selbst was dabei, danke.« Er deutet auf den Viererpack Bier in seiner Hand.

»Er ist so ein Weichei«, kommentiert Robbie kopfschüttelnd.

Vielleicht ist es nur Einbildung, aber sie glaubt zu sehen, dass Marty bei diesem Kommentar kurz das Gesicht verzieht. »Ich hol mir auch noch ein kaltes Bier«, sagt Robbie und stellt eine leere Dose auf der Anrichte ab. »Und was ist mit dir, Jenn?«

»Ich bin versorgt, danke.« Sie deutet mit dem Kopf auf ihr noch volles Weinglas.

»Er stellt mich also immer noch als Marty vor«, sagt Marty lächelnd, sobald Robbie verschwunden ist.

Sie sieht ihn verwirrt an.

»Eigentlich heiße ich Chris«, erklärt er, »aber mein Nachname ist McFly, also hat Robbie mich in der Schule einfach Marty getauft.«

»Wie … die Band?«

»Nein, wie Marty McFly aus *Zurück in die Zukunft.*« Er sieht sie etwas erstaunt, aber keineswegs herablassend an. »Wegen meines offensichtlichen Mangels an Größe.«

»Ach, ja.« Jetzt dämmert es ihr: der Film aus den 1980ern mit Michael J. Fox. Sie hat ihn mal gesehen, als sie jünger war.

»Soll ich dich lieber Chris nennen?«

»Nö«, sagt er grinsend, »Marty ist schon okay.« Er blickt sich im Raum um. »Ganz schön anstrengend, alle auf einmal kennenzulernen, was?«

Sie seufzt und nickt. »Schon. Aber sie sind alle total nett.«

»Freu dich nicht zu früh«, erwidert Marty und zieht eine Dose aus dem Viererpack. »Die liegen hier nachher alle besoffen in den Ecken rum, und dann hilft nur noch Gewalt, um sie wieder loszuwerden.«

»Kann's kaum erwarten«, entgegnet sie.

Robbie ist wieder da, ein Bier in der Hand. Er schaut zwischen ihr und Marty hin und her, die vor sich hin grinsen, und lächelt. »Hört mal, ich dachte, wir drei könnten vielleicht nächsten Donnerstag zu einem Gig gehen, wenn du Bock hast, Marty? Mit der schottischen Band, die wir so toll fanden, du weißt schon, wo der Typ am Ende immer total abgegangen ist.«

»Klingt super«, erwidert Marty und fügt nach kurzem Zögern hinzu: »Aber ich kann leider nicht.«

»Sag nicht, du musst schon wieder arbeiten.«

»Na ja, so was in der Art.«

Robbie sieht Jenn an und verdreht die Augen. »Er kann einfach nicht anders, ehrlich. Arbeit, Arbeit, Arbeit.«

Marty wippt auf den Zehenspitzen. »Und wenn ich dir sage, dass die Arbeit in New York ist?«

Robbie bleibt der Mund offen stehen. »Willst du mich verarschen?«

»Nee, ich hab drüben einen Job gekriegt. Bei einer Vermögensverwaltungsgesellschaft.«

»Alter, das ist ja Wahnsinn«, sagt Robbie grinsend, als er sich wieder gefangen hat. »Da wolltest du doch schon immer arbeiten.«

»Herzlichen Glückwunsch«, schließt sich Jenn lächelnd an.

»Danke«, erwidert Marty. »Also, kommt ihr mich drüben mal besuchen?«

»Na, da kannst du Gift drauf nehmen«, beteuert Robbie, doch dann sieht er mit einem Mal traurig aus. »Mann, du wirst mir fehlen.«

Ihr wird ganz warm ums Herz. Es berührt sie, wie wichtig ihm sein Freund ist.

»Ach, du überlebst das schon, da mach ich mir keine Sorgen«, flachst Marty, aber auch er ist sichtlich bewegt.

»Moment mal«, sagt Robbie plötzlich verwundert. »Was ist denn mit deiner Freundin? Ich dachte, Claire wäre deine große Liebe?«

Marty lächelt. »Claire ist toll, aber ich glaube, zur Liebe gehört ein bisschen mehr, als nur mit jemandem abzuhängen.«

Robbie schüttelt den Kopf, noch immer fassungslos. »Ich versteh nicht, wieso ich erst jetzt von alldem erfahre.«

»Na ja, du warst in letzter Zeit irgendwie mit anderen Dingen beschäftigt«, erwidert Marty, und seine Augen blitzen schelmisch.

Robbie zieht Jenn an sich und schaut sie – unberührt von Martys Worten – auf so unverhohlen zärtliche Art an, dass die Schmetterlinge in ihrem Bauch wieder einmal heftig flattern.

Als die beiden sich schließlich wieder Marty zuwenden, betrachtet er sie seltsam eindringlich, als würde er etwas zu durchschauen versuchen.

Oder mich *zu durchschauen?*

Doch schon ertönen weitere Stimmen in der Küche, die inzwischen aus allen Nähten platzt, und Robbie und Marty gehen die Neuankömmlinge begrüßen; der Moment ist vorüber.

Sie trinkt einen kleinen Schluck Wein und lächelt, während sie darüber nachdenkt, wie sehr sie Robbies laute, bunte Welt liebt, die Partys, die Ausflüge und den Spaß.

Eine Welt, die so ganz anders ist als ihre.

Manchmal fragt sie sich, weshalb er überhaupt mit ihr zusammen ist.

Was, wenn er es gar nicht ernst meint?

Bei dem Gedanken wird ihr plötzlich schwindelig, und sie bahnt sich einen Weg zur Spüle, lächelt unterwegs Leuten zu, denen sie vorgestellt wurde. Sie schnappt sich ein Glas vom Geschirrständer, füllt es mit Wasser und leert es in einem Zug. Das hat sie bisher noch mit keinem Mann gehabt, dieses Gefühl, dass ihre Welt vollkommen auf den Kopf gestellt wird und sie nicht mehr weiß, wo es langgeht.

Ein Geräusch hinter ihr, und gleich darauf legen sich vertraute Arme um ihre Taille. Sie blickt zu ihrem Spiegelbild im Fenster auf und sieht Robbie hinter sich stehen. Ein Lächeln umspielt seine Lippen. Sie lehnt sich zurück und schmiegt sich an seine Brust.

»Guck mal«, sagt er leise und deutet über ihre Schulter auf das Fenster.

Eine Schneeflocke landet auf der Scheibe, dann noch eine. Als sie sich umdreht, um ihn anzusehen, nimmt er ihre Hand.

»Komm«, sagt er und zieht sie durch die dicht bevölkerte Küche und den verrauchten Wohnungsflur. Er schnappt sich die Schlüssel vom Flurtisch, öffnet die Tür, und sie gehen die zwei Treppen hinunter ins Erdgeschoss.

Robbie steckt einen rostigen Schlüssel in die schäbig wirkende Tür an der Rückseite des Mietshauses, öffnet sie mit einem Ruck, und sofort schlägt ihr eisige Luft entgegen. Doch statt des grünen Rasenstücks, das sie erwartet hat, liegt vor ihr eine makellos glitzernde Schneefläche und an der Seite altes Laub, das aussieht wie mit Puderzucker bestäubt.

Es ist stockfinster, aber die Fenster der Wohnungen um sie herum leuchten wie Kerzen.

Ihre Atemwölkchen steigen zum Himmel auf, bevor sie sich auflösen.

Wie lange schneit es schon? Ihre Füße sinken ein, hinterlassen Abdrücke im Schnee, der ihre Schritte dämpft, und als sie die Mitte des Gartens erreicht hat, blickt sie hinauf in die unendliche Leere über sich. Es sieht aus, als hätte jemand im Himmel ein Kopfkissen zerrissen, aus dem unzählige winzige Federn rieseln.

»Sonst schneit es doch nie im Dezember.«

»Stimmt«, hört sie ihn sagen. »Dabei meine ich doch, dass es massenhaft Schnee gab, als ich klein war. Allerdings frage ich mich manchmal, ob ich mir das nur einbilde.«

Als sie den Blick wieder senkt, merkt sie, dass er sie zärtlich betrachtet. Die Welt hüllt sie in ein gedämpftes Weiß, und ihre Gedanken wandern zurück in die Winter ihrer eigenen Kindheit: blaue Plastikschlitten, weiße, steinige Hänge – ihr Vater mit einem grauen Hut auf dem Kopf. Einen seltsamen, flüchtigen Moment lang hat sie das Gefühl, wieder dort zu sein.

»Das bildest du dir nicht ein«, sagt sie schließlich.

Eine einsame Schneeflocke landet auf ihren Wimpern, sie spürt ihre Kälte und zwinkert sie fort. Um sie herum schweben Tausende weitere sanft zu Boden, fallen immer dichter, und mit einem Mal steht Robbie direkt vor ihr.

»Ich wollte vorhin noch was mit dir bereden«, sagt er.

»Was denn?« Sie schaut beunruhigt zu ihm auf, das Herz hämmert ihr in der Brust.

Vielleicht war es das jetzt. Vielleicht hat er es sich anders überlegt.

Es war eben zu schön, um wahr zu sein.

»Na ja«, druckst er herum und holt tief Luft. »Ich wollte nur wissen, ob wir eigentlich ein Paar sind?«

Er betont das Wort *Paar,* als ob das ein alberner Ausdruck wäre. Aber sein Blick ist ernst, beinahe ängstlich.

Plötzlich muss sie grinsen, weil ihr klar wird, was er gerade gesagt hat.

Er empfindet genau wie sie.

»Ich glaub schon«, antwortet sie und küsst ihn innig und leidenschaftlich.

Als sie sich schließlich voneinander lösen, ergreift Robbie mit bloßen Händen etwas Schnee. Er formt einen Ball, seine Augen blitzen schelmisch.

»Dir ist schon klar, dass du gerade deine eigene Party verpasst?«, erinnert sie ihn.

Er zuckt mit den Achseln. »Na und?«

Er geht mit dem Schneeball in der Hand einen Schritt auf sie zu, und sie weicht zurück.

»Wag es ja nicht«, sagt sie lachend und hebt drohend den Zeigefinger.

Während sie mit ihm durch den Schnee rennt, wird sie das Gefühl nicht los, dass sie aus seinem hell erleuchteten Küchenfenster beobachtet werden. Sie blickt abrupt auf, aber hinter der beschlagenen Scheibe ist niemand zu sehen. Doch das Gefühl bleibt.

Das Gefühl, dass sie nicht allein sind.

Zwei Wochen später

ROBBIE

Lange Reihen grauer Schließfächer. Ein grüner PVC-Boden unter meinen Füßen. Eine Bank in der Mitte des Raumes. Keine Fenster, aber an einer mit Flyern bestückten Pinnwand hängt blaues Lametta. Nichts davon kommt mir bekannt vor. Mein Herz rast. Ich habe keine Ahnung, wo ich bin. Gnadenlos werde ich von einem Ort zum nächsten katapultiert, ohne Vorwarnung, ohne zu wissen, wann es passieren wird und wohin es als Nächstes geht.

Wenigstens war ich beim letzten Mal in meiner Wohnung. An die Weihnachtspulli-Party, die ich vor fünf Jahren veranstaltet habe, kann ich mich noch erinnern.

Eine weitere bizarre Rückblende in meine Vergangenheit.

Die Szene mit uns beiden da draußen im Schnee, als ich sie bat, meine Freundin zu sein, hatte ich total vergessen. Ich war verdammt nervös, sie hätte ja auch Nein sagen können. Immerhin wusste ich nur zu gut, wie verschieden wir waren, und dass sie eigentlich eine Nummer zu groß für mich war. Aber sie war so anders als die Mädchen, mit denen ich sonst ausgegangen war, mit ihren glitzernden Röcken und ihrem öden Gerede. Jenns Intelligenz und liebevolle Art spornten mich dazu an, etwas Besseres aus mir zu machen. *Ein besserer Mensch zu werden.*

Auf einmal ging ich abends lieber nach Hause, anstatt endlos durch die Clubs zu ziehen. Ich hatte Lust, sie zum Brunch auszuführen, wo wir dann stundenlang darüber diskutierten, wie das ideale Frühstück aussieht (für sie ein Schinkensandwich, für mich ein englisches Frühstück mit Würstchen und Rührei), und anschließend, unfassbar, besuchten wir auch noch meine Eltern zum Tee.

Ihretwegen war ich bereit, über meine Zukunft nachzudenken, denn zum ersten Mal in meinem Leben glaubte jemand daran.

Glaubte jemand an mich.

Ein lautes Scheppern. Mist, ich muss erst mal rausfinden, wo ich eigentlich bin. Ich suche nach irgendetwas, das mir hilft, mich zu orientieren.

Dieser Geruch.

Es riecht penetrant nach Desinfektionsmittel, Seife und etwas anderem, das mir partout nicht einfallen will, nach etwas Unangenehmem.

Aber klar doch – Krankenhäuser. Die konnte ich noch nie leiden. Ich war nur ein, zwei Mal in einem, als ich jünger war, betrunken und verletzt – meist, weil ich meine große Klappe nicht halten konnte, wenn ich aus dem Pub kam. Jenn hatte irgendwann, als ich mir die Stoppeln abrasierte, die Narbe an meinem Kinn entdeckt. Ich weiß noch, wie sie mit dem Finger über die gewölbte Linie fuhr. *Sieht aus, als würdest du immer lächeln,* hatte sie gesagt.

Hinter mir ertönen Schritte. Ich drehe mich hastig um und

sehe sie in blauer Krankenhauskleidung durch eine Tür kommen. Bei ihrem Anblick schlägt mein Herz schneller. Wir sind also in Jenns Krankenhaus, in Edinburgh.

Sie geht zu einem der Schließfächer und gibt die Kombination in das Zahlenschloss ein, sodass die Tür mit einem dumpfen, metallischen Geräusch aufgeht. Anmutig streift sie das weite Oberteil ab und lässt es in einen Behälter in der Nähe fallen.

Darunter trägt sie ein enges, graues T-Shirt. Wie schlank sie aussieht, ihre Schulterblätter zeichnen sich unter dem dünnen Stoff ab. Sie zieht die Hose aus, unter der schwarze Leggings zum Vorschein kommen, und lässt sie ebenfalls in den Container fallen. Es hat etwas unendlich Beruhigendes, sie hier in ihrer gewohnten Arbeitsumgebung zu sehen.

Da geht mir plötzlich auf, dass die Dinge, die ich erlebe, wenn ich an einen neuen Ort versetzt werde, Momente aus *ihrer* Vergangenheit sind. Nicht meiner.

Reise ich durch die Zeit?

Mach dich nicht lächerlich, Robbie.

Ich muss an den Lkw denken, wie nah er uns war. Wie real. Dann nichts mehr und jetzt all diese Orte aus ihrer Vergangenheit.

Was hat das zu bedeuten?

Mir wird schlecht.

Ich drehe mich um und sehe eine kleinere Frau mit hübschen, weit auseinanderstehenden Augen und strohblonden, zu einem Pferdeschwanz gebundenen Haaren. Hilary.

Ich war gestern erst bei ihrer Hochzeit.

Zumindest in der echten Welt.

»Hey.« Jenn lächelt sie an, während sie ihre Tasche und ihren blauen Mantel aus dem Schließfach holt. »Feierabend?«

»Ja, Gott sei Dank«, antwortet Hilary, setzt sich auf die Bank und sieht zu ihr auf. »Was für ein ätzender Tag, ich hätte schon vor 'ner Stunde gehen sollen. Aber wenigstens haben wir jetzt frei und können den ersten Weihnachtstag genießen.« Sie macht sich daran, ihre Turnschuhe auszuziehen. »Zeit, sich mal so richtig die Kante zu geben.«

Typisch Hils. Früher zumindest.

»Absolut, das hast du dir verdient.« Jenn streift das Band ab, das ihre Haare zusammenhält.

Sie zieht ihre Jacke an, schwingt sich den Rucksack über die Schultern und nimmt den Helm aus dem Schließfach. Als sie sich gerade auf den Weg machen will, schaut Hilary sie über die Schulter hinweg an.

»Ach, Jenn, ich wollte dich noch was fragen …«

Jenn sieht sich zu ihr um, die Hand auf der Türklinke.

»Hast du schon was von den Krankenhäusern in Sydney gehört?«

Jenn zögert kurz, dann sagt sie: »Ja. Ja, habe ich. Sie haben mir tatsächlich beide einen Job angeboten.«

»Das ist doch super! Wann geht's denn los?«

Jenn zögert erneut, bevor sie antwortet. »Na ja, ehrlich gesagt, ich glaube, ich mache es jetzt lieber doch nicht …«

»Was?«, erwidert Hilary entgeistert. »Aber du warst doch ganz Feuer und Flamme! War Australien nicht immer dein Traum?«

Ich verstehe das nicht, mir sie hat nie ein Wort davon erzählt. Hat mit keiner Silbe erwähnt, dass sie im Ausland arbeiten will.

Jenn steht lächelnd in der Tür. »Träume ändern sich«, sagt sie und tritt mit einem schelmischen Grinsen über die Schwelle. »Frohe Weihnachten, Hilary.«

Hilary dreht sich hastig zu ihr um. »Du hast jemanden kennengelernt, oder? Ich wusste es! Es ist der Typ aus dem Irish Pub, stimmt's? Na los, raus damit!«

Aber Jenn grinst nur und geht. Gerade noch rechtzeitig schlüpfe ich hinter ihr durch die Tür.

Draußen ist es stockdunkel und, nach der Wärme des Krankenhauses, eiskalt. Ich zittere in meinem Kapuzenpulli. Wahnsinn, was ich alles spüre. Es wirkt unglaublich *real.* Genauso, wie es tatsächlich gewesen sein muss.

Auf dem Betonboden liegt überall Splitt, und ich erinnere mich daran, wie schnell der Schnee in diesem Jahr wieder geschmolzen war, sodass die ganze Stadt zu Weihnachten mit braunen Eishaufen übersät war. Schnee bleibt in Edinburgh nie lange liegen. Es kommt mir vor wie eine andere Welt, dabei ist es kaum mehr als fünf Jahre her. Ich folge Jenn, als sie zum Fahrradständer geht, und fühle mich wie Stalker und Beschützer in einem.

»Jenn!«, rufe ich ihr zu, aber sie zieht nur den Rucksack zurecht und geht zielstrebig weiter. Die weißen Krankenhausgebäude ragen in der Dunkelheit auf wie Gebilde aus einer futuristischen Welt. In allen Fenstern brennt Licht, und Laternen erhellen die Wege, die alles miteinander verbinden. Ich habe immer gedacht, dass es seltsam sein muss, hier zu arbeiten, in dieser Welt, die nie stillsteht, weder am Tag noch in der Nacht.

Patienten, die einer nach dem anderen hineingehen und manchmal auch wieder herauskommen; der endlose Kreislauf von Geburt, Tod und allem, was dazwischenliegt, hinter diesen Mauern. Mir fehlte schon immer das nötige Mitgefühl dafür. Allein bei dem Gedanken, Leute untersuchen zu müssen, ihre Haut zu berühren und wer weiß, was sonst noch, wird mir leicht übel. Aber Jenn ist da ganz anders. Sie blüht auf, wenn sie Menschen helfen kann. Sie braucht das.

Warum hat sie es dann hinter sich gelassen?

Sie bleibt vor einem schwarzen Fahrrad mit gelben Blitzen stehen und beginnt, an einem der Schlösser herumzufummeln, bis es aufspringt und sie das Rad aus dem Ständer ziehen kann. Eine Gestalt taucht wie aus dem Nichts hinter ihr auf, und sie fährt erschrocken herum, doch dann breitet sich ein Lächeln auf ihrem Gesicht aus.

»Was machst du denn hier?«

Ich drehe mich um, und hinter mir steht der andere Robbie mit einer Topfpflanze in der Hand, die eine leuchtend rubinrote Blüte ziert.

»Na ja, ich dachte, ich leiste dir Gesellschaft«, erwidert er und lächelt in der Dunkelheit. Er trägt eine schwarze Strickmütze, eine dicke Goretex-Jacke, und seine Wangen sind vom kalten Wind gerötet.

Himmel, wie sieht der denn aus! In Snowboarding-Kluft mitten in Edinburgh, mit einer Blume in der Hand.

»Um diese Zeit?«, entgegnet sie. »Du müsstest doch schon längst betrunken sein und *Jurassic Park* gucken.«

Ihr Ton klingt beinahe entschuldigend. Sie hat es noch nie leiden können, anderen Umstände zu machen.

Er tritt von einem Fuß auf den anderen, weiß ausnahmsweise nicht, was er sagen soll. »Na ja, ich hab heute schon viel Zeit mit der Familie verbracht. Da dachte ich mir, ein bisschen Abwechslung könnte nicht schaden.«

»Abwechslung«, wiederholt sie.

»Genau.«

Ihr Blick fällt auf die Pflanze, und sie sieht ihn fragend an.

»Ach ja«, sagt er, als ob ihm gerade erst wieder bewusst wird, dass er sie in der Hand hat. »Die ist für dich, von meiner Mutter.«

»Wirklich?«, fragt sie mit leuchtenden Augen, über die Maßen erfreut. »Das ist ja nett von ihr. Ich liebe Weihnachtssterne.«

»Ja, richtig!«, ruft er aus und blickt für einen kurzen Moment in den Himmel hinauf. »Ich konnte mich beim besten Willen nicht an den Namen der Pflanze erinnern, als ich hierhergeradelt bin.«

»Hast du sie etwa auf dem Fahrrad transportiert?«

»Na klar. Hab zum Abendessen ein bisschen getrunken und dachte mir, ich setz mich besser nicht mehr ins Auto und riskiere, bei einem Unfall draufzugehen.«

Ich entdecke das silberne Fahrrad hinter ihm.

»Du Spinner«, kommentiert sie, Lachfältchen um die Augen.

»Du bist aber auch nicht ganz normal, Jennifer Clark«, entgegnet er sanft. »Weihnachten allein zu verbringen.«

»Heiligabend«, verbessert sie ihn mit erhobenem Zeigefinger. »Und ich hab gearbeitet, falls du es vergessen hast.«

Er verdreht die Augen. »Ja, ja. Du bist ein besserer Mensch als ich, ist schon klar.« Aber in seiner Stimme liegt keine Bosheit. Er grinst sie verlegen an.

»Wie auch immer«, sagt er und zieht die Schultern hoch, »es ist saukalt hier draußen. Lass uns losfahren.«

Während sie ihr Fahrrad zu seinem hinüberschiebt, sieht sie zu ihm auf, und da ist er wieder, dieser Ausdruck in ihren Augen, als könne sie nicht glauben, dass er wirklich da ist.

Ich sehe ihnen nach, als sie davonfahren, und frage mich, ob ich sie begleiten kann. Ich renne über den Asphalt, vorbei an den parkenden Autos und die grasbewachsene Böschung hinauf. Doch dann verschwinden sie vor mir in der Dunkelheit, und ich spüre, wie ich mich auflöse, verschwinde. Ihre Worte aus dem Umkleideraum, über Australien und abgelehnte Jobs, gehen mir nicht aus dem Sinn, und langsam wird mir klar, dass Jenn einen ganzen Kontinent für mich aufgegeben hat.

Ein völlig neues Leben.

In meinem Kopf beginnt es wieder zu pulsieren, und als ich zu Boden schaue, fällt mein Blick auf ein rotes Blatt, von dem Weihnachtsstern, den ich ihr geschenkt habe.

Das war ein ganz besonderes Weihnachten.

Es trifft mich wie ein Schlag.

O Gott.

Oh, nein, nein, nein.

SECHS

2002

ROBBIE

Ein Knall. Ein roter Funkenschauer ergießt sich über den Himmel. Ein Feuerwerk.

Danach wieder Dunkelheit. Eisige Luft.

Es ist jetzt stockfinster, bis auf ein riesiges Lagerfeuer vor mir, dessen Flammen knisternd und unter lautem Getöse den Nachthimmel erhellen; ein stechender Geruch nach verbranntem Holz steigt mir in die Nase.

In meinem Kopf pocht es noch immer. Ich presse mir die Hände an die Schläfen.

Die Erkenntnis überrollt mich wie eine Welle.

Ihr Leben zieht vor ihrem geistigen Auge vorbei.

Ein Stöhnen entfährt mir, und ich verspüre einen Schmerz in der Brust, als würde sie jemand gewaltsam zusammendrücken. Alles fühlt sich plötzlich so eigenartig an. Das kann nicht real sein.

Oder etwa doch?

Aber mein Bauchgefühl sagt mir, dass es so ist.

Der Lkw muss auf der eisglatten Straße auf unsere Spur geraten sein. Sie hat ihn auf sich zukommen sehen und glaubt, sie muss sterben. Sie erlebt ihre Vergangenheit noch einmal. Verdammt, davon habe ich doch schon mal gehört – Nahtoderfahrungen. Wenn man seinen Körper verlässt und so.

Und genau das passiert hier gerade.

Aber warum sehe ich *das Ganze auch?*

Heilige Scheiße.

Ich kann kaum atmen.

Wir müssen das alles irgendwie aufhalten. Ich muss sie aufwecken, uns aus ihren Erinnerungen reißen, dann kann ich den Wagen vielleicht nach rechts auf die Gegenspur lenken. Links geht nicht – da ist der Gehsteig, eine Mauer und dahinter eine Häuserreihe; das wäre reiner Selbstmord.

Aber wir sind vollkommen erstarrt – woher soll ich wissen, ob alles einfach normal weiterlaufen wird? Und ob ich mich sofort wieder bewegen kann?

Meine Gedanken überschlagen sich.

Ich muss sie finden, und zwar jetzt.

Während ich vorwärts stolpere, sehe ich überall Kinder und Erwachsene, die herumrennen, rufen, schreien. Hinter mir ertönt erneut ein Knall; ich drehe mich abrupt um, blicke hoch. Am Nachthimmel explodiert ein blauer Feuerwerkskörper und zerstiebt in tausend kleine Funken.

Ich bin bei irgendeiner Veranstaltung mit Feuerwerk, vielleicht von einer Schule. Ein paar Jungs im Teenager-Alter in Jacken und Mützen kommen an mir vorbei. Ihre Gesichter sind verschwommen. *Scheiße, was geht hier ab?* Ein Schauer läuft mir über den Rücken. Ich sehe zu einigen Erwachsenen hinüber, die Plastikbecher in den Händen halten. Bei ihnen ist es genauso.

Ein Lichtschein – ein Stück von mir entfernt steht eine Gestalt mit einer Wunderkerze ein wenig abseits im Dunkeln. Ein Mädchen. Ich gehe rasch zu ihr, weiß, dass sie es ist, Jenn, und mein Herz fließt über vor Freude.

Sie ist größer, älter als in der Küche, und trägt eine Wollmütze mit einem großen Bommel. Staksige Beine lugen unter ihrem Dufflecoat hervor. Dreizehn, würde ich schätzen, wie die Jungs vorhin. Sie sieht so einsam aus, so isoliert von allem, wie sie da allein auf der Wiese steht.

Die Wunderkerze ist schon halb abgebrannt, leuchtet aber noch, und sie kann ihren Blick nicht davon lösen. Als würde das Licht sie magisch anziehen, sie hypnotisieren, in Trance versetzen. *Was macht sie da bloß?*

»Jenn«, sage ich, obwohl ich weiß, dass es sinnlos ist. »Jenn!« Ich schreie fast.

Sie rührt sich nicht, starrt weiter wie gebannt auf die funkelnde Kerze.

Ich trete an sie heran, lege meine Hand auf ihre Schulter, aber sie zuckt nicht einmal mit der Wimper. Sie hat keine Ahnung, dass ich hier bin, direkt neben ihr.

Ich habe furchtbare Angst, zittere am ganzen Körper. »Du musst mir zuhören, komm schon, hör mir zu!«

Immer weiter brennt die Wunderkerze an dem verkohlten Stab herunter, und sie hat keine Handschuhe an. Wo sind ihre Eltern? Warum ist sie hier draußen ganz allein?

Schließlich dämmert es mir trotz meiner Panik und Furcht.

Wahrscheinlich hat ihr Vater sie gerade verlassen.

Die Wunderkerze ist so gut wie abgebrannt und speit zornig letzte Funken. Was macht sie nur? Sie wird sich noch verbrennen.

»Lass los, Jenn«, ermahne ich sie, jetzt schon entschlossener, aber sie schaut nicht auf, hört nichts von dem, was ich sage.

»Jetzt komm schon, Jenn. Lass endlich los«, versuche ich es noch einmal. Ich will sie schütteln, ihr sagen, dass sie aufschauen, mir zuhören soll.

Als die Funken zischend das Ende des Stabes erreichen und direkt über ihren Fingern aufblitzen, beginnt sie zu weinen, Tränen laufen ihr über die Wangen. Um zu verhindern, dass sie sich die Haut versengt, schlage ich mit der Hand nach der Wunderkerze.

Dann wird alles schwarz.

Sechs Wochen später

JENNY

Die Lichterkette am Weihnachtsbaum ist völlig aus dem Takt. Die oberste Reihe blinkt geruhsam vor sich hin, die unterste dagegen so hektisch, dass ihr die Augen wehtun.

Ihre Mum hat die Kette gestern, an Heiligabend, noch schnell an den Baum gehängt, reichlich spät, wie Jenny findet.

Ihr Dad hat den Baum immer schon Anfang Dezember aufgestellt. Sie sind zusammen ins Gartencenter gegangen, nur sie beide, und sie hat den besten ausgesucht, den größten von allen für ihr Wohnzimmer mit der hohen Decke. Aber sie hat stets darauf geachtet, dass der Baum irgendeine Macke hatte, einen schiefen Ast, einen seltsam gefärbten Stamm. Sie mag es nicht, wenn sie zu perfekt sind. Dann haben sie den Baum zu Hause gemeinsam geschmückt, heiße Schokolade getrunken und Weihnachtslieder gehört. Aber nur die Oldies. »It's the Most Wonderful Time of the Year«.

Zum wiederholten Male schaut sie auf die klobige, lilafarbene Uhr, die ihr Dad ihr im Oktober zum dreizehnten Geburtstag geschenkt hat. Plötzlich hat sie einen Kloß im Hals. Aber es ist erst ein Uhr, noch viel Zeit. Er kommt bestimmt. Er muss doch zum Weihnachtsessen kommen.

Ihre Gedanken wandern kurz zu dem Tag zurück, als er sie verlassen hat, ohne Nachricht, ohne Vorwarnung. Im Oktober war das, die Blätter hatten gerade erst begonnen, sich orange zu verfärben. Als sie an jenem Morgen aus dem Bett geschlüpft war, hatte sie die Füße auf den Teppich aus Schafswolle gestellt, den ihr Dad aus einem Hofladen oben im Norden mitgebracht hatte. Sie war aufgeregt gewesen, denn es war Samstag, und sie wollten einen Tagesausflug zum Calzean Castle machen: Dad war sicher schon unten in der Küche und machte Sandwiches und Mum bestimmt noch im Bett, um ein paar weitere Minuten Schlaf herauszuschinden, bevor der Tag begann. Während sie die Treppe hinunterging, horchte sie auf das vertraute Blubbern des Wasserkochers, die Geräusche frühmorgendlicher Aktivitäten.

Doch schon am Fuß der Treppe bemerkte sie, dass die Küche still und leer war. Sie schaute auf die alte Uhr im Flur, deren Zeiger auf acht Uhr wiesen. *Ist er etwa noch im Bett?*

Sie rannte die Treppe wieder hinauf, zwei Stufen auf einmal nehmend, die Gedanken ein einziges beunruhigendes Fragezeichen. Sie öffnete vorsichtig die Tür – es war ihr ein wenig unangenehm, einfach so hereinzuplatzen, sie war ja schließlich kein Kind mehr – und sah zum Bett hinüber, in das sie früher jeden Morgen heimlich gekrabbelt war; das gemütliche Nest, in das sie sich bei Tagesanbruch so gern gekuschelt hatte.

Ihre Mutter hatte die Augen noch geschlossen, ihr Kopf ruhte auf den Händen, die sie aufeinandergepresst hatte wie ein Kind, das nur so tut, als würde es schlafen.

Von ihrem Vater keine Spur.

»Mum«, sagte sie leise. Keine Reaktion. Die Augenlider ihrer Mutter waren geschwollen, als hätte sie geweint.

»Mum«, wiederholte sie, dieses Mal lauter, und ihre Mutter begann, sich zu rühren, ihre Lippen öffneten und schlossen sich, wie bei einem Fisch. Jenny wollte noch etwas sagen, schwieg dann aber. Denn dort, wo ihr Dad hätte liegen sollen, war die Decke bis zum Kopfkissen hochgezogen und fein säuberlich daruntergesteckt. *Als hätte er seine Seite schon gemacht.* Und obwohl Jenny wusste, dass er auch irgendwo anders im Haus hätte sein können oder vielleicht Milch holen gegangen war, lief beim Anblick der ordentlich hochgezogenen Decke ein Zittern durch ihren Körper.

Ein Geruch nach Verbranntem steigt ihr in die Nase, reißt sie aus ihren Erinnerungen. Sie steht abrupt auf, rennt aus dem Wohnzimmer über den Flur in die Küche. »I wish it could be Christmas every day« plärrt ihr aus dem Radio entgegen, und der

Raum ist voller Rauch. Sie bahnt sich hustend einen Weg hindurch.

»Mum?«

Sie sieht, wie ihre Mutter den grünen Bräter aus dem Ofen holt und mit einem lauten Scheppern beiseitestellt.

»Nein, nein, nein.«

Mum sieht verloren aus, ist barfuß in ihrem festlichen roten Kleid; sie hat die Hände mitsamt den Ofenhandschuhen hoch erhoben, als wollte sie irgendeinen bizarren Nebeltanz aufführen.

»Ich hab alles ruiniert!«, ruft sie und lässt die Hände sinken.

Jenny geht zum Herd und stellt die Dunstabzugshaube an, so wie sie es schon tausendmal bei ihrem Vater gesehen hat. Sie lässt den Blick über das Chaos auf der Arbeitsfläche schweifen, die Pfannen und die Töpfe, die auf dem Herd überkochen. Aus dem Bräter steigt der Geruch von angebrannten Kartoffeln, und ihr wird flau im Magen. Warum hat sie ihre Mum bloß mit alldem allein gelassen? Was hat sie sich nur dabei gedacht?

Aber sie kann ihnen ja irgendetwas anderes machen. Sie hat in letzter Zeit sowieso meist das Kochen übernommen. Jenny schaut in den Kühlschrank, um sich einen Überblick über den Inhalt zu verschaffen, und denkt, wie stolz ihr Dad auf sie sein wird, weil sie die Situation so souverän meistert. Er wird sagen, wie leid es ihm tut, dass er sich nicht gemeldet hat, aber dass er ganz weit weg gewesen ist und ein neues, unglaubliches Gebäude entworfen hat. Er wird sagen, dass es ein Geheimprojekt war, von dem er noch nicht einmal seiner Familie erzählen durfte, und nur deshalb ist er ohne ein Wort gegangen.

Er wird sagen, dass es keine Telefonverbindung gab, ja noch nicht einmal die Möglichkeit, ihr einen Brief zu schicken, aber jetzt ist er ja da und wird sie nie wieder verlassen. All das wird er sagen, sobald er zurück ist.

Er muss einfach zurückkommen.

Schließlich nimmt sie das Hähnchenfleisch, das noch vom Vortag übrig geblieben ist, aus einem Fach und stellt es auf die

Anrichte. Sie könnten ein paar Nudeln dazu essen und ein bisschen Soße vielleicht? Ja, das klingt gut. Jenny nimmt die Schürze vom Haken an der Küchentür und bindet sie sich um.

»Setz du dich einfach hin, Mum«, sagt sie und gibt sich Mühe, wie ihr Dad zu klingen. »Ich mache dir einen Tee.«

Einen kurzen Moment hat es den Anschein, als wollte ihre Mutter Nein sagen. Ihr Mund bewegt sich, ein Laut entfährt ihr, aber dann presst sie die Lippen aufeinander. Und nickt. Sie sieht unglaublich müde aus, hat dunkle Ringe unter den Augen, und Jenny macht sich Sorgen. *Wird ihre Mum wieder mit den Kunstkursen anfangen? Haben sie noch genug Geld?*

»Du bist die Beste, mein Schatz«, sagt ihre Mutter, geht zu Jenny hinüber und küsst sie auf die Wange. »Es tut mir leid, dass ich das Essen ruiniert habe. So was Blödes. Es fällt mir einfach alles … so schwer. Ich glaube, ich lege mich eine Weile hin. Aber ich komme nachher und helfe dir beim Aufräumen.«

»Ist schon in Ordnung«, erwidert Jenny betont fröhlich. »Ich mach das schon, keine Sorge.«

Ihre Mutter nickt noch einmal, verlässt das Zimmer und verschwindet. Jenny wendet sich wieder der Küche zu, in der absolutes Chaos herrscht. Sie seufzt. *So viel sauber zu machen.* Aber sie muss sich Mühe geben, damit alles besser wird – besser für ihre Mum. Sie geht zum Fenster, um es zu öffnen und frische Luft ins Zimmer zu lassen. Doch gerade als sie es hochschieben will, entsteht direkt vor ihren Augen ein kreisförmiger Fleck auf der Scheibe, als würde jemand auf der anderen Seite stehen und gegen das eiskalte Glas hauchen.

Einen Moment lang schlägt ihr Herz schneller. Wieder ein Woanders-Moment. Mit einem Ruck öffnet sie das Fenster.

SIEBEN

2015

ROBBIE

Pulsieren. Ich presse die Hände an die Schläfen. Licht strömt durch das hohe Fenster herein und fällt auf seltsam gefurchte Säulen. Ich schaue mich um. Mehrere Ebenen bunter Glasfenster, eine imposante Orgel. Ein weitläufiger, höhlenartiger Ort, der sich kreuzförmig in vier Richtungen erstreckt. Menschen schlendern umher, lassen sich treiben.

Ihre Gesichter sind wieder verschwommen, aber ich erkenne kurze Hosen oder Kleider und Sonnenbrillen auf ihren Köpfen. Es muss heiß sein. Einige haben ihre Kameras gezückt, andere haben auf den Bänken Platz genommen und die Köpfe zum Gebet gesenkt. Ich befinde mich in einer Kirche.

Für einen kurzen Moment spüre ich die beruhigende Wirkung des Ortes.

Doch dann kommt alles mit einem Mal zurück. Es ist, als wenn man morgens aufwacht und sich auf einmal wieder an den ganzen Mist erinnert, der passiert ist.

So wie damals vor acht Monaten, als Jenn mich verlassen hat.

Aber vieles ergibt noch immer keinen Sinn. Wieso kann auch ich ihre Erinnerungen sehen? Und warum springe ich ständig zwischen den Zeiten hin und her? Erst bin ich in ihrer Kindheit, im nächsten Moment sind wir beide da.

Und wie zum Teufel konnte ich ihr die Wunderkerze aus der Hand schlagen? Vorher konnte ich doch überhaupt nichts tun, noch nicht einmal die blöde Tür zu ihrem Haus öffnen.

Aber das alles ist jetzt schnurzpiepegal. Ich muss sie finden, muss sie vor dem warnen, was uns gerade passiert, ihr sagen, dass nichts von alldem real ist, sondern nur der Scheiß-Lkw. Denn ich weiß, dass sie irgendwo da drinsteckt und zu spüren beginnt, dass ich ebenfalls hier bin. Ich konnte es in ihrem Gesicht erkennen, als sie mich durch das Küchenfenster angesehen hat.

Oder vielmehr durch mich hindurch.

Ich muss sie nur noch finden. Wo bin ich überhaupt gerade? Es liegt ein Hauch von etwas in der Luft, das mich vage an die Räucherstäbchen erinnert, die Fi immer in ihrem Zimmer angesteckt hat, als ihr Haar noch rosa war und Metallica durch die Wände dröhnte.

Sagrada Família, die Kathedrale in Barcelona.

Na klar! Ich weiß noch, wie ich als Teenager einmal mit meiner Familie hier war. Aber wenn es Jenns Erinnerung ist, was mache ich dann hier?

Und auf einmal begreife ich, welcher Tag in ihrem Leben es ist. Jenn war allein hier. Während unseres ersten gemeinsamen Urlaubs im Ausland.

Los, denk nach, Robbie. Wo ist sie? Dieser Ort ist riesig, ein regelrechtes Labyrinth. Ich bahne mir einen Weg durch die Touri-Massen und lasse meinen Blick über das Meer von Köpfen schweifen: schwarze, braune, blonde und graue, wie bunt durcheinandergemischte Murmeln. Verschiedene Sprachen, die sich vermischen. Ich kann sie nirgendwo entdecken. Gott, das ist ja buchstäblich wie die Suche nach der Nadel im Heuhaufen.

Ruhig bleiben, Robbie. Was würde Jenn tun?

Moment mal. Wenn ich an dieser Stelle aufgetaucht bin, dann wird sie sicher auch irgendwann hier vorbeikommen? So war es schließlich bisher immer. Während ich meinen Blick zur prachtvoll verzierten Decke hebe, weiß ich instinktiv, dass hier stehen zu bleiben der vielversprechendste Plan ist. Meine einzige Chance.

Um mich herum wird spanisch geredet. Langsam kehrt meine Erinnerung an den Urlaub zurück. Wir waren damals seit etwa neun Monaten zusammen. Erst waren wir eine Woche lang durch Südfrankreich getingelt, bevor es dann noch für ein paar Tage nach Barcelona ging – mehr Urlaubstage hatten wir nicht. Wir fuhren mit dem Zug oder einem Mietwagen von einem Ort zum nächsten und ließen die versengte Landschaft auf uns wirken. Wir schlenderten die Promenade in Nizza entlang, tranken billigen Wein in den Kopfsteinpflastergassen von Montpellier und schlenderten Hand in Hand die Las Ramblas hinunter, wie es sich für echte Touris gehört.

Jenn hatte es definitiv bereut, mich die Unterkunft in Barcelona aussuchen zu lassen. Gràcia hieß die Gegend, wenn ich mich recht entsinne. Übler ging's kaum. Aber nach drei Tagen hatten wir unser Zimmer beinahe lieb gewonnen: die durchhängende Matratze, die uns jede Nacht verschwitzt zueinanderrutschen ließ, die stets von einer Flasche Wein begleiteten hitzigen Kartenspiele, bevor wir abends loszogen, die Dusche, die morgens abwechselnd kochend heiß oder eiskalt war. Ich weiß noch, wie Jenn am letzten Reisetag aus dem Bad kam, das rosa Handtuch fest um sich geschlungen, die Haut fleckig, die Augen müde von der kurzen Nacht. Die spanische Sonne schien durch die Spitzenvorhänge und zeichnete Muster auf ihre Schulter. Draußen auf der Straße riefen die Menschen einander etwas zu, Autos rumpelten vorbei, und uns blieb noch ein letzter Tag, bevor wir am nächsten Morgen zurückfliegen mussten.

»Hast du irgendwann vor aufzustehen?«, neckte mich Jenn und zog ein langes grünes Kleid aus dem Kleiderschrank hervor. Sie ließ das Handtuch fallen und streifte sich das Kleid über den sonnengebräunten Körper.

Ich lag auf dem Bett und fuhr mir mit den Händen übers Gesicht. Ich fühlte mich wie gerädert und hatte höllischen Durst. Die Raumtemperatur entsprach in etwa der auf der Sonnenoberfläche. Definitiv zu viele Sangrias am Abend zuvor, plus zu viel Bier in dem Mix aus Bar und Club, den wir danach aufgesucht hatten.

»Bitte, erschieß mich«, stöhnte ich und kniff die Augen fest zusammen.

»Och, du Armer«, entgegnete sie und drehte sich zu mir um. »Wir können vor der Sagrada Família noch ’ne Kleinigkeit essen gehen, dann geht’s dir bestimmt besser. War ja bisher immer so.«

Das hatte mir gerade noch gefehlt. Ich hatte total vergessen, dass wir an diesem Tag die Kathedrale besichtigen wollten.

Ich fand das Zeug von Gaudí schon immer irgendwie komisch, außerdem kannte ich die Kathedrale schon. Aber ich hatte mich bereit erklärt mitzugehen – zumindest vor meinem Kater. Durch eine überfüllte Touristenattraktion zu latschen war jetzt allerdings so ziemlich das Letzte, worauf ich Bock hatte.

»Warum machen wir heute nicht einfach einen Strandtag?«, schlug ich vor. »Wir sind doch beide nicht richtig fit. Was meinst du?«

Jenn griff nach ihrer Bürste, die auf dem Bett lag. Die Haare hingen ihr noch feucht im Nacken. Sie sagte mit leicht hochgezogenen Augenbrauen: »Na ja, ich fühle mich ehrlich gesagt ziemlich gut. Ich hab allerdings auch aufgehört zu trinken, als wir in den Club gegangen sind, falls du dich noch daran erinnerst.«

Nein, ich erinnerte mich nicht, dass sie nicht mehr mitgetrunken hatte. Nur an die Shots für mich. Jede Menge Shots.

»Es ist unser letzter Tag«, fuhr sie fort. »Und wir waren gestern schon den ganzen Nachmittag am Strand.«

»Das war doch super, oder?«

»Ja«, sagte sie lächelnd und begann, sich das nasse Haar zu bürsten. »Aber ich möchte die Kathedrale wirklich gern sehen. Wir können ja danach noch zum Strand gehen.«

»Du willst heute echt in der Kathedrale rumlatschen? Ernsthaft?«

Bisher waren wir beide uns ziemlich einig gewesen, was das Urlaubsprogramm anging: essen, Sightseeing, wieder essen, trinken, entspannter Urlaubssex. Und noch mal Urlaubssex. Kein Grund für Diskussionen. Zumindest bis jetzt.

»Ja«, bekräftigte sie, »es ist schließlich die letzte Gelegenheit.«

»Wer sagt das? Wir können doch wiederkommen.«

»Robbie«, sagte sie, die Bürste auf mich gerichtet. Ihre Gereiztheit war deutlich zu spüren. Sie sprach mich sonst nie mit Namen an. Oder falls doch, sagte sie ganz liebevoll *Robbie Stewart.* »Ich möchte da einfach noch hin, okay? Ich hab mich darauf gefreut.«

»Wieso denn?«, fragte ich und presste mir die Finger auf den Nasenrücken. »So spannend ist sie echt nicht, sie sieht halt einfach … seltsam aus.«

»Weil …« Sie hielt für einen Moment inne, als wollte sie noch mehr sagen. »Weil ich es möchte, okay?«

Ich öffnete blinzelnd die Augen und sah zu ihr hinüber. Langsam riss mir der Geduldsfaden. Ich hatte keine Lust, etwas zu tun, bloß weil man mich dazu zwang. Ich setzte mich im Bett auf, die weißen Laken um mich herum geschlungen. »Weißt du was? Geh doch einfach allein hin, wenn du unbedingt willst. Wir können uns ja später am Strand treffen.«

Sie schien perplex.

»Ist das dein Ernst?«, fragte sie. »An unserem letzten Tag?«

»Absolut. Ich hab einfach keine Lust auf die Kathedrale, okay?«

»Aber es würde mir viel bedeuten. Gerade *diese* Kathedrale.«

»Es ist aber auch mein Urlaub«, sagte ich müde und genervt. »Morgen Abend muss ich wieder im Restaurant stehen. Im Gegensatz zu dir, du hast noch einen ganzen Tag frei. Ich will mich heute einfach nur entspannen. Ist doch keine große Sache, oder?«

Der kühle, provokante Unterton in meiner Stimme war unüberhörbar. Aber es ging schließlich nur um eine Kirche von vielen. Was war ihr Problem?

»Na gut«, sagte sie nach kurzem Schweigen mit versteinerter Miene. »Mach, was du willst.« Mit diesen Worten griff sie nach ihrer Tasche und warf sie sich über die Schulter. Auf dem Weg nach draußen schnappte sie sich noch ihre Sonnenbrille vom Beistelltisch. Sie hielt einen kurzen Moment inne, die Hand auf den Türrahmen gelegt, bevor sie die Tür öffnete und im Flur verschwand. Gleich darauf hörte ich sie den Korridor hinuntergehen, aufgebracht und allein, und obwohl ich angepisst war, spürte ich sofort, dass ich einen Fehler gemacht hatte.

Ich wusste nur nicht genau, welchen.

Plötzlich werden die Gesichter um mich herum gestochen scharf – ich erkenne Münder, Augen, Nasen, gerade als eine junge Frau an mir vorbeiläuft, so nah, dass ich sie fast berühren kann. Sie trägt ein wallendes grünes Kleid und ein langärmeliges, ihre schlanke Figur betonendes Oberteil. Sie sieht einfach toll aus, so frisch – mit einem Wort: wunderschön.

Es ist Jenn.

Ich haste ihr hinterher, in den vorderen Teil der Kathedrale.

»Jenn!«, rufe ich, doch sie geht einfach weiter. »Jenn!«, versuche ich es noch einmal.

Ohne Erfolg.

Ich bleibe stehen und stelle fest, dass wir uns jetzt unter der atemberaubenden Kuppel befinden, die in Gelb- und Goldtönen leuchtet wie eine riesige Sonnenblume. Jenn legt den Kopf in den Nacken, und ihr Gesicht erstrahlt im Lichtschein der Kuppel. Obwohl sie – wie jeder andere Tourist hier auch – ehrfürchtig nach oben blickt, kann ich doch die Anspannung in ihren Zügen, die Traurigkeit in ihren Augen erkennen.

»Jenn, du musst mir zuhören«, flehe ich und lege ihr eine Hand auf den Arm. Sie zuckt zusammen und schaut alarmiert auf die Stelle, wo ich sie berührt habe.

Sie kann mich spüren.

Genau, Jenn, genau! Ich bin hier!

Einen Moment lang denke ich, ich habe es geschafft. Sie sieht mich direkt an, die Stirn in Falten gelegt, die Lippen leicht geöffnet. Doch dann schüttelt sie den Kopf und fährt sich mit der Hand über das Gesicht. Nach einem letzten Blick nach oben macht sie kehrt und bahnt sich einen Weg durch die Menschenmenge zu den offenen Türen an der Rückseite der Kathedrale.

Scheiße. Ich folge ihr, schlängle mich durch die Menschenmassen, aber es sind zu viele Leute um uns herum und zwischen uns. Ich komme nicht an sie heran.

Verflucht.

»Jenn!«, rufe ich in das höhlenartige Gewölbe hinein. Doch sie läuft einfach weiter. Sie begreift nicht, was vor sich geht.

»Komm zurück!«

JENN

Als sie ins Hotel zurückkehrt, ist es bereits später Nachmittag. Das Straßenpflaster unter ihren Füßen hat sich abgekühlt, die Sonne sinkt erschöpft in ihr sandiges Bett. Sie mag die klare Trennung zwischen Tag und Nacht in Südeuropa, dass die Sonne stets zur gleichen Zeit auf- und wieder untergeht. Es ist wohltuend beständig und vorhersehbar. Auch der pechschwarze Himmel gefällt ihr – er lässt die Sterne noch ein wenig heller funkeln. In Schottland verändern Helligkeit und Dunkelheit sich ständig, bekämpfen und verdrängen einander. Kein Tag ist wie der andere.

Als sie in ihren Flip-Flops über den weiß-blauen Fliesenboden des verwaist aussehenden Empfangsbereichs im Hotel läuft, fragt sie sich, wo Robbie wohl gerade steckt. Vermutlich am Strand.

Na, sie wird ganz sicher nicht im Zimmer rumhocken und darauf warten, dass er zurückkommt. Stattdessen will sie unter die Dusche springen, sich umziehen und allein wieder losziehen. Wäre ja noch schöner, wenn sie ihren letzten Urlaubsabend damit verbringt, seinetwegen Tränen zu vergießen.

Das Problem ist nur, dass sie so furchtbar aufgewühlt ist und einfach nicht zur Ruhe kommt. Natürlich hat sie versucht, den heutigen Tag allein zu genießen, keine Frage. Wenn sie bloß nicht so abgelenkt gewesen wäre. Es ist immerhin ihr erster gemeinsamer Auslandsurlaub, und das bedeutet ihr viel. *Ihm etwa nicht?*

Sie erreicht den oberen Treppenabsatz und geht durch den winzigen Flur bis zur heruntergekommenen Holztür. Als sie das Zimmer betritt, entdeckt sie ihn sofort, auf dem Balkon, hinter dem Schleier aus Spitzenvorhängen, die ins Zimmer hereinwehen. Sie hält kurz inne und betrachtet ihn, bevor er sie bemerkt. Er hat das Balkongeländer umfasst und sieht angespannt aus.

Sie durchquert den Raum und schiebt den Vorhang beiseite. Das Geräusch ihrer Schuhe auf dem Terrakotta-Balkon lässt ihn aufschrecken.

»Es tut mir leid«, sagt er, und sie sieht in seinen sanften braunen Augen, dass er es ernst meint, dass er schon eine ganze Weile hier auf sie wartet. Gleichzeitig weiß sie auch, dass er noch immer nicht begreift, was in ihr vorging, und dass sie ehrlich zu ihm sein sollte – ihm sagen sollte, warum ihr so wichtig war, dass er mitkommt. *Aber muss es immer einen Grund geben? Warum kann er nicht einfach spüren, dass ich es brauche?*

»Ich war dann doch nicht lange am Strand«, sagt er.

»Zu heiß?« Sie ringt sich ein kleines Lächeln ab.

Er nickt langsam, bevor er nach ihrer Hand greift und sie fest umschließt.

»Es tut mir wirklich leid«, wiederholt er, »ich liebe dich so sehr.« Dann drückt er zweimal ihre Finger, sendet ihrem Körper das Signal für ihre Liebe, das sich von ihrer Hand durch ihren Arm in jeden Teil ihres Körpers ausbreitet. Sie kann die Missstimmung zwischen ihnen nicht ertragen. Sie fühlt sich einfach falsch an, schließlich ging es doch nur um eine Lappalie, oder? Paare streiten sich immer wieder mal. Und sie ist so froh, dass er hier ist.

»Und ich liebe dich«, sagt sie und schmiegt sich an ihn.

Drei Wochen später

ROBBIE

Es ist noch immer hell und warm. Nur befinden wir uns diesmal in einem Garten. Eine Reihe hoher Bäume, davor ein gepflegter, weitläufiger Rasen und der Steingarten, in dem ich als Kind gespielt habe. Ich bin zu Hause. Der Himmel über uns färbt sich rosa, und der Geruch von Gegrilltem liegt in der Luft. Irgendwo klirrt Besteck. Ich drehe mich um. Da sitzen wir. Meine Eltern, Jenn und ich, meine Schwestern und der kleine Struan. Nur Max fehlt.

»Das war wirklich köstlich, mein Schatz«, sagt Mum zu Dad, der am anderen Ende des Tisches sitzt. »Du hast dich mal wieder selbst übertroffen.«

Ihr hellbraunes Haar fällt akkurat auf ihre Schultern, und die mintgrüne, am Hals leicht geöffnete Bluse offenbart ein gerötetes V, das die Nachmittagssonne dort hinterlassen hat. Alle stimmen ihr zu, während die leeren Dom-Perignon-Flaschen auf dem Tisch im schwindenden Licht funkeln.

Das muss unser gemeinsames Abendessen sein, kurz nachdem Jenn und ich aus Spanien zurückgekommen waren – ich meine, es war irgendwann im August.

Aber warum denkt Jenn jetzt ausgerechnet *daran?*

Langsam wird mir klar, dass alle Erinnerungen, die wir hier durchleben, irgendwie bedeutsam sind: unsere erste Begegnung, das erste Weihnachtsfest ohne ihren Vater, unser erster Streit in Barcelona. Lauter Premieren.

Und in dem Moment, bevor sie die Kathedrale verließ, als ich meine Hand auf ihren Arm gelegt hatte, war sie eindeutig zusammengezuckt. Mein Rufen mag sie nicht gehört haben, aber meine Berührung hat sie offenbar gespürt. Ich weiß nicht, warum, aber ich habe den Eindruck, dass mein Einfluss auf ihre Erinnerungen wächst.

Was kann ich sonst noch tun? Vielleicht nach der Champagnerflasche greifen? Verdammt, ich könnte tatsächlich einen Drink gebrauchen. Meine Gefühle zu betäuben käme mir gerade ziemlich gelegen. Ich versuche, die Flasche zu fassen zu kriegen und sie vom Tisch zu zerren, doch sie lässt sich nicht bewegen. Es ist, als wäre sie festgeklebt oder als hätte ich absolut null Kraft. Ich unternehme einen weiteren Versuch, diesmal mit dem Glas, das vor Mum steht, dem von Fi, dem von Jenn, aber das Ergebnis ist immer dasselbe.

Es funktioniert nicht.

»Scheiße«, sage ich und trete einen Schritt zurück. Aber niemand reagiert.

Niemand kann mich hören.

Ich kapier's einfach nicht.

»Übrigens, Dad«, sagt jetzt mein anderes Ich, und ich horche auf. »Ich habe eine tolle neue Technik zum Fleischgrillen entwickelt. Kann ich dir gern mal zeigen, wenn du möchtest.«

»Ach ja«, sagt Fi lächelnd von der anderen Seite des Tisches. »Ich hatte ganz vergessen, dass wir unseren persönlichen Jamie Oliver haben.«

Mein Gott. Immer dasselbe, selbst in der Erinnerung. Keiner in meiner Familie nimmt mich ernst.

Dad nippt an seinem Wein und sieht über den Tisch zu meinem alten Ich hinüber. Sein Gesicht ist rosig von der Sonne, aber seine Augen blicken unter dem grau melierten Haarschopf gelangweilt drein. »Klingt amüsant, machen wir bei Gelegenheit gern mal.« Und schon wandert sein Blick weiter zu Fi. »Max ist diese Woche bei einer Konferenz in New York, oder?«

»Jepp.« Fi kippt einen großen Schluck Wein hinunter. »Sieben Tage, sieben Nächte. Muss eine tolle Konferenz sein.«

»Bestimmt ausgezeichnet für seine Karriere. Und wie läuft es bei dir im Moment so, Kirsty?«, fragt Dad, während er seine Aufmerksamkeit Goldkind Nummer zwei zuwendet. »Haben sie dir die Stelle als Associate schon angeboten?«

»Nicht offiziell.« Sie lächelt, und ihre Augenwinkel heben sich leicht, genau wie bei Mum. »Aber sie haben angedeutet, dass es wohl Ende des Jahres so weit sein wird.«

»Das ist mein Mädchen«, sagt Dad mit einem anerkennenden Nicken. »Mackenzie Brown kann sich glücklich schätzen, dich zu haben. Ich erinnere mich noch gut an mein Praktikum dort. Klasse Jungs. Toller Laden.«

Puh, es ist immer noch genauso unerträglich, wie ich es in Erinnerung habe. Was ist sein Problem, verdammte Hacke? Es ist, als ob ich für ihn immer noch das Baby in der Familie bin. Dabei bin ich längst erwachsen, auch wenn er es noch nicht bemerkt hat. Ich arbeite schließlich schon seit Jahren als Koch. Wir reden hier nicht von irgendeinem Hobby, verdammt noch mal.

Unter dem Tisch greift Jenn nach Robbies Bein und drückt es sanft.

»Scheiße, warum kann mich die Arbeit nicht mal fünf Minuten in Ruhe lassen?«, flucht Fi und starrt auf ihr Handy, das sie aggressiv anblinkt.

»Dein Sohn hört dich«, tadelt Mum und deutet mit dem Kinn in Richtung Struan. Doch der lächelt nur und präsentiert seine Zähne.

»Ach, der ist noch ganz anderes gewöhnt.«

»Das macht es auch nicht besser, du bist schließlich Psychologin«, sagt Mum und erhebt sich vom Tisch.

Fi schüttelt den Kopf und nimmt noch einen Schluck Wein.

»Wir haben uns neulich eine Psychologiesendung angeschaut, nicht wahr, mein Schatz?«, sagt Mum zu Dad am anderen Ende des Tisches. Klassisches Ablenkungsmanöver.

Dad lacht. »Wenn man es denn so nennen kann.«

Mum wendet sich hoffnungsvoll an Fi. »Hast du die Sendung zufälligerweise auch gesehen?«

Fi zieht desinteressiert die Augenbrauen hoch. »Wie hieß sie denn?«

»An den Titel kann ich mich nicht erinnern, aber es ging um Erfahrungen, die man nicht erklären kann. Erscheinungen und so.«

Robbie entfährt ein verächtliches Grunzen. »Ach, so ein paranormaler Scheiß?«

»Achte bitte auf deine Ausdrucksweise«, sagt Mum sichtlich genervt.

»Aber das ist doch keine Psychologie, Mum«, beharrt Robbie, »das ist einfach nur Quatsch.«

Ich schlucke.

Ich hatte ja keine Ahnung.

»Man nennt es Parapsychologie«, wirft Fi ein und zieht Struan auf ihren Schoß. Sie wischt ihm den Mund mit einem feuchten Tuch ab, während er sich in ihren Armen windet und zu entkommen versucht.

»Was genau ist das?«, fragt Jenn und beugt sich interessiert vor.

Ich hatte vollkommen vergessen, dass Jenn und Fi sich ständig über Psychologie unterhalten. *Ich finde es einfach spannend, warum Menschen tun, was sie tun,* hat Jenn mal gesagt, als sie ein Buch las, das Fi ihr geliehen hatte. Sie hat so viele Jahre damit verbracht, alles über den menschlichen Körper zu lernen, aber all dieses Wissen reichte ihr offenbar noch immer nicht.

Das ist einer der Züge, die ich am meisten an ihr liebe.

»Parapsychologie beschäftigt sich im Wesentlichen mit dem Unerklärlichen«, sagt Fi mit einem Funkeln in ihren sonst so ernsten blauen Augen. »Menschliche Erfahrungen, die man als paranormal bezeichnen könnte. Man versucht, sie auf psychologischer und physischer Basis zu erklären.«

»Also zu widerlegen«, sagt Robbie grinsend.

Fi zuckt mit den Schultern. »Nicht zwangsweise.«

»Meinst du außersinnliche Wahrnehmungen?«, erkundigt sich Jenn.

»Genau, ebenso wie außerkörperliche Erfahrungen, Nahtoderfahrungen und so weiter. Allerdings kommen die ziemlich häufig vor und werden normalerweise nicht mit dem Paranormalen in Verbindung gebracht. Ein Artikel in einer führenden medizinischen Fachzeitschrift hat sogar die Frage aufgeworfen, ob unsere

Selbstwahrnehmung möglicherweise nicht nur aus den Handlungen unseres Körpers besteht, sondern vielleicht sogar unabhängig davon existiert.«

Ich bekomme Gänsehaut.

Was hat sie da gerade gesagt?

»Danke, Frau Doktor Freud«, stichelt Robbie. Er greift nach einem Stapel Teller und steht auf.

»Ich hab bloß Jenns Frage beantwortet«, entgegnet Fi, und mein Instinkt sagt mir, dass das Gespräch beendet ist.

Scheiße. Es war was dran an dem, was Fi gerade erzählt hat – es könnte erklären, wie ich in diese Situation hier geraten bin.

Ich muss unbedingt mehr herausfinden.

»Ich bring die schon rein«, sagt Jenn zu Robbie, steht ebenfalls auf und macht eine Geste, dass er sich wieder setzen soll.

»Hey!«, ruft Fi ihr hinterher, und sie dreht sich um. »Ich bin ziemlich sicher, dass ich irgendwo ein Buch zu dem Thema rumliegen habe, falls du mehr darüber erfahren möchtest, ohne von Robbie unterbrochen zu werden.«

»Gern«, sagt Jenn. »Das wäre toll, danke.«

JENN

Während die Familie sich weiter unterhält, überquert Jenn die Terrasse in Richtung Küchentür. Die sonnige Südseite des imposanten Hauses aus den 1920er-Jahren ragt strahlend über ihr auf.

Im offenen Küchenbereich lädt Jenn die Porzellanteller mit leisem Klirren neben der Spüle ab. Sie sehen wie alte, vielleicht sogar sehr alte Familienerbstücke aus, weiß mit einem filigranen Rand aus rosafarbenen Rosen. Von der sich abkühlenden Terrasse vor dem Fenster ertönt erneut Gelächter.

Sie fühlt sich hier zu Hause, liebt diese Menschen, die sie aufgenommen haben, als gehöre sie zu ihnen.

Sie könnte gar nicht mehr sagen, wie oft sie inzwischen bei

Robbies Eltern waren, sei es aufgrund einer Einladung zum Kaffee oder zum Abendessen oder einfach nur, um kurz Hallo zu sagen, wenn sie beide mal einen Tag freihaben. Jill und Campbell empfangen sie stets mit offenen Armen, besonders Jill, die ununterbrochen redet und dabei jede Menge mütterliche Wärme ausstrahlt. Robbie ist ihr Baby, das jüngste von drei Kindern und ihr einziger Sohn. Und auch er liebt Jill, man erkennt es deutlich daran, dass er sie immer wieder umarmt, ihr Tee bringt und schaut, ob er im Haus irgendwas für sie erledigen kann.

Allerdings fragt Jenn sich, weshalb sie Robbie manchmal so herablassend behandeln und seine Arbeit so wenig wertschätzen. Sie kann das einfach nicht nachvollziehen. Er könnte problemlos sein eigenes Restaurant eröffnen, und es würde ein voller Erfolg, da ist sie sich sicher. *Warum machen sie sich andauernd darüber lustig?*

Jenn dreht den Hahn auf und lässt heißes Wasser in das riesige Keramikspülbecken laufen. Sie hört Schritte auf der Terrasse, dreht sich um und lächelt, als Jill mit einem weiteren Stapel Teller hereinkommt.

»Ach, Liebes, das brauchst du doch nicht«, sagt Jill, die Jenn am Spülbecken stehen sieht. »Das ist wirklich nicht nötig.«

»Kein Problem«, sagt Jenn, während sie einen Teller abspült und auf das Abtropfgitter stellt. »Was weg ist, ist weg.«

»Husch, husch«, trällert Jill und wedelt mit den Händen, um Jenn von der Spüle zu verscheuchen. »Jetzt geh schon und schenk dir noch ein Glas Champagner aus dem Kühlschrank ein.«

»Na gut«, gibt Jenn lachend nach. »Trinkst du noch eins mit?«

»Ich sollte eigentlich nicht, aber vielleicht ein winziges Schlückchen.« Jill lächelt. »Ach, und hol uns ein paar neue Gläser, die draußen sind inzwischen viel zu warm geworden.«

Jenn öffnet den riesigen Kühlschrank und greift nach der offenen Flasche. Dann geht sie zu der antik aussehenden Kommode hinüber, holt zwei Sektflöten hervor und füllt sie. Eigentlich hat auch sie für heute schon genug intus. Aber der Tag war so schön, die Luft ist noch immer so lau, und sie möchte dieses schwebende, wohlige Gefühl noch einen Moment länger genießen.

Sie stellt das Glas für Jill neben der Spüle ab, schaut wieder hinaus in den Garten und nimmt einen Schluck.

Jill, die gerade einen Teller abspült, dreht sich zu ihr um und sieht sie aufmerksam an.

»Du bist einfach die Beste, Jenn.«

Die Worte überraschen sie, erinnern sie an eine andere Küche, an eine andere Mutter. *Du bist die Beste.*

Sie weiß nicht, was sie sagen soll, also senkt sie den Blick auf die sandfarbenen Fliesen mit den kleinen Rissen unter ihren Füßen.

Jill scheint ihr Zögern nicht zu bemerken. »Und du verstehst dich so gut mit unserer Familie … Ich hoffe wirklich, ihr bleibt zusammen.«

Bei diesen Worten fährt Jenn der Schreck in die Glieder. Sie könnte sich niemals von Robbie trennen. Es ist vollkommen undenkbar und käme ihr vor, als würde man ihr einen Körperteil amputieren. Sie lässt die letzten zehn Monate Revue passieren (sind es wirklich erst zehn?), jedes Abendessen, das er für sie gekocht hat, jedes Mal, als er sie zum Lachen gebracht hat, jeden leidenschaftlichen Kuss in der Dunkelheit der Nacht oder im taufrischen Licht der Morgendämmerung. Sie denkt an all die Orte, die sie jetzt mit ihm verbindet – das winzige libanesische Restaurant um die Ecke, das sie seit einer lustigen Begebenheit, in der Tabbouleh und ihre Handtasche eine wichtige Rolle spielten, »ihr« Restaurant nennen, an die Stelle am Kanal, wo sie sich um die Quittungen gezofft haben, das Museum und der hastige, atemlose Quickie auf dem dortigen Klo, das Kino in der Innenstadt, wo sie ihn vor zwei Monaten im Dunkeln gefragt hat, warum er denn so still sei, und er laut ausgesprochen hat, was sie schon längst gespürt hatte – dass er sie liebte.

»Mich werdet ihr so schnell nicht los«, entgegnet Jenn.

»Schön«, sagt Jill lächelnd, aber mit einem Anflug von Besorgnis in den funkelnden Augen. »Ihr seid ein tolles Paar. Du tust ihm gut.«

Jenn nimmt noch einen Schluck, ihr Herz schlägt schneller. »Wie meinst du das?«

»Ach«, entgegnet Jill, während sie sich wieder dem Spülbecken zuwendet. »Nichts Bestimmtes. Vermutlich bin ich einfach ein bisschen beschwipst.«

Jenn geht das Essen noch einmal in Gedanken durch, wie Robbie sie mit amüsanten Anekdoten von Pannen im Restaurant unterhalten hat, um Tipps für den bevorstehenden Wochenendtrip nach Skye gebeten hat, wie er Fi angeboten hat, vor ihrer Abfahrt noch eine Nacht auf Struan aufzupassen. Er war warmherzig, fürsorglich und witzig. Also eigentlich wie immer.

Oder?

Jenn wartet geduldig darauf, dass Jill weiterspricht, doch die beobachtet stattdessen durch das Fenster, wie Robbie seinen Neffen auf dem gepflegten grünen Rasen an den Armen festhält und herumwirbelt. Struan quietscht vor Vergnügen, während Fi mit einem Glas in der Hand in der Nähe sitzt. Ein zauberhaftes Lächeln breitet sich auf Jills Gesicht aus, und das Licht hebt ihre Lachfalten hervor.

Sie trocknet sich die Hände am Geschirrtuch ab und sagt schließlich, ohne zu Jenn herüberzusehen: »Komm, wir gehen wieder raus.«

Jenn öffnet den Mund, um etwas zu erwidern, doch sie spürt, dass der Moment vorbei ist. Sie werden diese Unterhaltung heute nicht mehr fortsetzen. Bevor sie Jill folgt, schaut sie noch einmal aus dem Fenster zu Robbie und Struan. Der Kleine kriegt sich vor Lachen überhaupt nicht mehr ein, während es aussieht, als wollten die muskulösen Arme seines Onkels ihn gleich in den nun bernsteinfarbenen Himmel hinaufschleudern. Jenn wird schon vom Zusehen schwindelig. Sie legt die Finger an die Stirn und schließt einen Moment lang die Augen.

ACHT

2003

ROBBIE

Pochen in meinem Kopf. Der Geruch von Farbe und Pulverkaffee. An der Wand Bilder von Sonnenuntergängen, hier und da eine stachelige Pflanze auf den Tischen und Schränken. Sieht aus wie ein hoffnungslos chaotisches Kunstatelier voller pickeliger Teenager. Bin ich etwa wieder in der Schule gelandet? Mein Gott, wie habe ich die gehasst. Ein schickes Gefängnis für überprivilegierte Kinder – und Lehrer, die mich allesamt nicht ausstehen konnten. »Macht nur Unsinn und hört nie zu«, hieß es in einem besonders vernichtenden Zeugnis.

Zumindest scheint es nicht meine Schule zu sein, sondern Jenns. Jetzt sehe ich sie, dort drüben am Fenster, gegenüber von irgend so einem Typen. Anders als ihre Klassenkameraden, die mit gesenktem Kopf ins Zeichnen vertieft sind, schaut Jenn durch die großen Fenster in den von weißen Wolken bedeckten Himmel. *Was macht sie da?* Ihr Blick wirkt glasig, so, wie es aussieht, wenn einem alles vor den Augen verschwimmt und man gar nicht mehr weiß, was man eigentlich gerade anstarrt.

Diesmal muss es mir gelingen, sie auf mich aufmerksam zu machen.

Sie wachzurütteln.

Aber wie? Der Versuch bei meinen Eltern, etwas hochzuheben, war ja nicht gerade von Erfolg gekrönt.

Vielleicht sollte ich kleiner anfangen. Da! Auf dem Tisch. Ein blau-weißer Radiergummi. Ob ich das schaffe? Ich atme tief ein und umfasse ihn mit Daumen und Zeigefinger.

Komm schon, konzentrier dich!

Doch obwohl ich den weichen Gummi spüre und ihn auf dem Tisch anfassen kann, gelingt es mir nicht, eine Verbindung zu ihm herzustellen und ihn hochzuheben.

Mein Blick wandert zurück zu Jenn, und es fühlt sich an, als ticke eine Uhr in mir, wie ein Metronom. Die Zeit läuft uns davon. Ich muss sie auf mich aufmerksam machen und ihr zeigen, was gerade mit uns passiert. Ich muss versuchen, den Wagen auf die andere Spur zu lenken.

Ich greife noch einmal nach dem Radiergummi und denke diesmal an Jenn, konzentriere all meine Gedanken auf sie.

Und hebe ihn hoch.

Ich fass es nicht, es hat funktioniert! Wenn jemand sehen könnte, wie ich einen Radiergummi in die Höhe halte, als wäre es ein Goldklumpen, würde er mich für vollkommen verrückt erklären. Aber niemand sieht mich, und ich habe keine Zeit, meinen Triumph zu genießen.

Ich werfe den Radiergummi nach ihr. Sie zuckt zusammen und fasst sich an den Hinterkopf. *Yes!* Ich warte darauf, dass etwas passiert, dass wir wieder im Auto sind. Irgendetwas. Ich schließe meine Augen.

Nichts.

Als ich sie öffne, sehe ich, dass Jenn sich umgedreht hat und dem Mädchen hinter sich etwas zuflüstert. Am unteren Rand des Bildes, das vor diesem Mädchen liegt, ist in schwarzer Schrift der Name *Katy* zu lesen. Ihre schwarzen Haare liegen in einem ordentlich geflochtenen Zopf über ihrer Schulter, sie hat goldbraune Haut und attraktive dunkle Augen. Irgendetwas regt sich in meinem Hinterkopf. Der Radiergummi liegt jetzt zwischen ihnen auf dem Boden. Nein, nein, nein, sie denkt, Katy war's!

Ihr Mund formt jetzt lautlose Worte an Jenn. Es sieht aus wie »Was ist denn?«, und sie breitet die Hände zu einer entsprechenden Geste aus. Aber sie lächelt dabei. Einen Moment später nickt Jenn, und beide wenden sich wieder ihrem jeweiligen Gegenüber zu, dessen Porträt sie zeichnen. Jenns Zeichnung ist ziemlich gut, und das bereits in diesem Alter. Ich vergesse immer, dass ihre Mutter Künstlerin ist. Irgendetwas an dem Gesicht, das auf ihrem Blatt Form annimmt, kommt mir bekannt vor, lässt mir keine Ruhe. Der Junge, der ihr gegenüber sitzt – sein weißblondes Haar, die blassblauen Augen und der ernste Gesichtsausdruck. *Ist das etwa …?*

»Okay, Leute«, ertönt plötzlich eine Stimme aus dem vorderen Teil des Raums. Eine kleine Frau mit lockigem blondem Haar schaut auf ihre Uhr. »Die Zeit ist um. Stifte weg.«

Ein kollektiver Stoßseufzer ist zu hören, und die Schülerinnen und Schüler legen ihre Stifte hin, lehnen sich auf den Hockern zurück und recken sich. Weiter hinten sehe ich schon wieder nur verschwommene Gesichter. Was soll das Ganze eigentlich?

Und dann dämmert es mir – wir befinden uns in ihrer Erinnerung. Natürlich hat sie nicht mehr jeden einzelnen Mitschüler vor Augen.

Ich schaue zu Jenn hinüber. Sie zeichnet immer noch und sieht mit einem Mal ganz panisch aus. Sie drückt den Bleistift so fest auf das Blatt, dass die Mine abbricht.

»Jenny, die Zeit ist um!«, ruft die Lehrerin ihr zu, und Jenn schaut mit geröteten Wangen auf. Der Junge ihr gegenüber versucht ihr freundlich zuzulächeln, doch ihr Blick richtet sich sofort wieder auf die Zeichnung. Und auf einmal weiß ich genau, wer er ist. Duncan, der Typ, mit dem sie vor mir zusammen war. Er ist zwar viel jünger, aber eindeutig erkennbar. Man könnte ihn durchaus als gut aussehend bezeichnen – falls man auf so blasse Typen steht.

Ich wusste gar nicht, dass sie ihn schon seit der Schule kennt.

Als die Lehrerin vorbeikommt, um die Arbeiten zu begutachten, bleibt sie bei Jenn kurz mit ernstem Gesichtsausdruck stehen.

»Komm bitte nach dem Unterricht mal zu mir, Jenny«, sagt sie leise, bevor sie sich wieder dem Rest der Klasse zuwendet. »Lasst eure Zeichnungen einfach auf den Tischen liegen, ich sammle sie später ein.«

Als sie weitergeht, schaut Jenn zu Katy hinüber, die mit den

Lippen die Frage »*Was will sie denn von dir?*« formt. Jenn schüttelt mit besorgtem Blick den Kopf.

Plötzlich schrillt die Glocke, und alle springen auf, werfen sich die Rucksäcke über die Schultern und strömen aus dem Raum. Katy winkt ihr noch einmal kurz zu, während sie den anderen mit den verschwommenen Gesichtern, den weißen Hemden und gestreiften Krawatten folgt.

Jenn eilt zum Lehrerpult hinüber. Ich folge ihr und fühle mich, als stünde auch mir gleich eine Standpauke ins Haus.

»Setz dich doch, Jenny«, sagt die Lehrerin und deutet auf einen blauen Plastikstuhl. Sie selbst nimmt ebenfalls Platz, und mir steigt wieder der flüchtige Geruch von Kaffee in die Nase, vermischt mit einem Hauch Pfefferminz.

Jenn tut wie geheißen und sitzt da, ihren Rucksack fest umklammert.

»Es tut mir wirklich leid, dass ich die Zeit überzogen habe«, beginnt sie, »aber ich war irgendwie in Gedanken und …«

Die Lehrerin hebt die Hand und unterbricht sie.

»Deshalb wollte ich nicht mit dir sprechen, Jenny. Ganz und gar nicht. Vergiss die dumme Zeichnung. Ich wollte bloß hören, ob es dir gut geht.«

Jenn wirkt auf einmal nervös, ertappt.

»Ich habe das mit deinem Vater gehört«, sagt die Lehrerin behutsam. »Das ist sicher … nicht leicht gewesen. Für dich und deine Mutter, meine ich.«

Darum geht es also. Ich habe mir nie wirklich Gedanken darüber gemacht, wie Jenn wohl mit dem Verschwinden ihres Dads klargekommen ist. Aber ich hatte auch immer angenommen, dass er ein echter Scheißkerl und es für alle so das Beste war. Jetzt, nachdem ich diese Erinnerungen, diese Momente gesehen habe, bin ich mir nicht mehr so sicher.

»Wie geht es ihr?«

Jenn blinzelt. »Mum?«, fragt sie zurück. »Och, es geht ihr gut.«

»Wirklich?«

»Ja, alles in Ordnung bei uns.«

Die Lehrerin runzelt leicht die Stirn. Ich weiß, wie sie sich fühlt. Sobald es um persönliche Dinge geht, läuft man bei Jenn gegen eine Wand – ich habe nie wirklich verstanden, warum.

»Gibt deine Mum nicht Kunstkurse im Gemeindezentrum?«

Jenn nickt. »Ja, manchmal.«

Beide schweigen einen Moment.

»Du weißt, dass du immer mit mir reden kannst, nicht wahr? Du bist ein sehr kluges Mädchen, Jenny, aber man darf auch ruhig mal eine Weile traurig sein und sich eine Auszeit nehmen. Verstehst du? In einer Situation wie dieser und wenn man dreizehn Jahre alt ist, wäre das vollkommen normal.«

»Was meinen Sie mit ›in einer Situation wie dieser‹?«, fragt Jenn.

»Na ja«, sagt die Lehrerin und räuspert sich. »Wenn ein Elternteil die Familie verlassen hat …«

»Aber das hat er nicht«, unterbricht Jenn sie sofort. »Dad kommt zurück.«

Die Lehrerin erwidert zunächst nichts, seufzt dann und nickt schließlich. Was soll sie auch sonst sagen? *Nein, er kommt ganz sicher nicht zurück?* »Wie auch immer«, fährt sie schließlich fort, »wenn du bei dem Gaudí-Projekt, an dem du gerade arbeitest, eine Pause einlegen möchtest, ist das für mich überhaupt kein Problem.«

»Gefällt es Ihnen nicht?«, fragt Jenn und sieht wieder besorgt aus.

»Nein, im Gegenteil! Es ist ganz großartig geworden, die architektonischen Skizzen der Sagrada Família, die Farben, die du verwendet hast. Hat dein Vater dir das beigebracht?«

Sie schluckt.

Moment mal. Gaudí. Sagrada Família. Ihr Vater.

»Ja«, sagt Jenn schließlich.

Ach, du Scheiße. Ich Vollidiot.

Deshalb wollte sie die blöde Kathedrale unbedingt sehen. Ich bedecke mein Gesicht mit den Händen, obwohl mich gerade sowieso niemand sehen kann. Er ist Architekt. Sie hatte ein Kunstprojekt. Sie müssen gemeinsam daran gearbeitet haben, bevor er verschwand. Deshalb wollte sie, dass ich sie an diesem Tag in Barcelona begleitete, und ich habe es einfach nicht geblickt. *Ist doch keine große Sache, oder?*, habe ich zu ihr gesagt.

Ich wünschte, ich könnte in diesen Szenen ihre Gedanken lesen. Es ist, als ob ich einen Film über ihr Leben schaue, aber null Ahnung habe, was in ihrem Kopf vorgeht.

Auf einmal steht Jenn neben mir auf, hängt sich die Tasche über eine Schulter und schenkt der Lehrerin ein gezwungenes Lächeln. »Ich muss jetzt los zu Mathe, ist das in Ordnung?«

Die Lehrerin sieht überrascht aus, erhebt sich aber ebenfalls und nickt. »In Ordnung. Aber vergiss nicht, Jenny, ich bin immer für dich da, falls du reden möchtest.«

»Danke«, entgegnet Jenn und setzt ein strahlendes Lächeln auf.

Sie rennt geradezu davon, und ich jogge hinter ihr her, während ich versuche, Gaudí aus meinen Gedanken zu verdrängen. Jetzt ist nicht der richtige Zeitpunkt, sich Vorwürfe zu machen, darüber nachzudenken, was ich alles hätte anders machen sollen. Ich rede einfach mit ihr darüber, wenn wir aus diesem Schlamassel raus und wieder in Sicherheit sind. Dann sage ich ihr, dass es mir leidtut. Sage ihr alles, was sie hören will.

Ich muss sie bloß aufwecken.

JENNY

Draußen im neonbeleuchteten Korridor wartet Katy eine Tüte Chips futternd auf Jenny. Sobald sie auftaucht, hört Katy auf zu essen und wischt sich die fettigen gelben Krümel vom blauen Pullover. Jenny ist so froh, dass sie Katy noch hat, ihre beste Freundin seit Kindertagen und die Einzige, die ihr gerade Halt gibt – sie und die Kursarbeiten. Jedes Mal, wenn sie eine gute Note bekommt, fühlt sie sich besser und einen Moment lang so, als wäre alles in Ordnung.

»Was war denn los?«, fragt Katy mit großen Augen.

Jenny zögert einen Moment. Sie hasst dieses flaue Gefühl im Magen, als ob ihr schlecht werden würde, das sie jedes Mal überkommt, wenn jemand ihren Dad erwähnt. Sie will mit niemandem darüber sprechen.

»Es ging bloß um mein Projekt. Erklär ich dir unterwegs.«

Katy nickt, und die beiden gehen schweigend den Korridor entlang. Immerhin haben sie als Nächstes Mathe. Jenny gefällt, dass es dort auf alles eine klare Antwort gibt und dass man Schritt für Schritt zum Ergebnis gelangt. Es ergibt alles einen Sinn, und sie mag es, wenn Dinge Sinn ergeben.

Absolut nichts ergab Sinn, als ihr Vater wegging.

Er hatte sich mit keiner Silbe von ihr verabschiedet, keine Nachricht hinterlassen, ihr noch nicht einmal gesagt, dass er sie liebte. Er hatte es zwar vorher auch nie gesagt, aber sie hatte es doch immer gespürt. Oder? Sie weiß nur, es ist genau vier Monate her, dass er ihr das letzte Mal Gute Nacht gesagt und das Licht im Kinderzimmer ausgeschaltet hat.

Schlaf gut, Jenny.

»Jetzt hör mal auf, immer nur an das Projekt zu denken«, sagt Katy lachend. Jenny sieht sie blinzelnd an.

»Und du«, erwidert sie, »hör gefälligst auf, mir im Unterricht Radiergummis an den Kopf zu werfen, okay?«

Katy steht vor der weiß getünchten Backsteinmauer und wirft Jenny einen verwirrten Blick zu.

»Das war ich nicht.«

NEUN

2015

ROBBIE

Pulsierende Schmerzen in meinem Kopf, doch sie lassen langsam nach. Ich öffne die Augen. Dieser Ort kommt mir bekannt vor – die weiß getünchte Wand, die Mülltonnen. Ich weiß, wo ich bin. Im Restaurant – oder besser gesagt dahinter. Diese Wand sehe ich mehrmals in der Woche. Genauso wie die kleine Gasse, die Tür mit der abblätternden roten Farbe, die Küche.

Gott sei Dank.

Jetzt steht fest, dass ich zu Jenn durchdringen kann. Dass ich ihre Erinnerungen beeinflussen kann, und sei es nur im Kleinen: Ich muss meine ganze Konzentration auf sie richten, dann klappt es. Das muss der Grund sein, weshalb ich ihr die Wunderkerze aus der Hand schlagen, die Champagnerflasche aber nicht anheben konnte. Deshalb konnte ich den Radiergummi werfen.

Und sie wusste, dass es nicht Katy war.

Sie wusste es.

Ich habe ihren verwirrten Gesichtsausdruck gesehen, kurz bevor die Erinnerung abriss.

Allerdings hat Katy reagiert, als Jenn sie darauf ansprach. Ich verstehe immer noch nicht ganz, wie das alles funktioniert. Als ich den Radiergummi nach ihr geworfen habe, schien sich alles ringsherum der neuen Situation anzupassen, auch ihre Freundin. Das heißt wohl, dass Jenns Unterbewusstsein mit allen Mitteln versucht, Schritt zu halten – bis sich sogar die Reaktionen der anderen von dem unterscheiden, was eigentlich passiert ist.

Und ihre eigenen.

Sie muss da irre tief drinstecken.

Katy.

Deshalb kenne ich ihren Namen und ihr Gesicht. Jenn hat mir mal ein Bild von ihr gezeigt, als ich wissen wollte, wer eigentlich ihre beste Schulfreundin war. Sie hat erzählt, wie großartig Katy war und dass ich sie hundertpro gemocht hätte, aber dann wurde sie auf einmal ganz still und legte das Foto beiseite. Sie sagte, sie hätten seit Jahren nicht mehr miteinander gesprochen. So ging es mit den meisten Dingen aus ihrer Vergangenheit. Ich wusste, dass ihr Vater die Familie ziemlich überraschend verlassen hatte. Ich wusste, dass sie ein angespanntes, eher distanziertes Verhältnis zu ihrer Mutter hatte, aber genau wie bei Katy wollte sie einfach nicht darüber reden – diese Themen schienen ihr unangenehm zu sein. Also ließ ich die Sache auf sich beruhen und lenkte das Gespräch auf etwas Unverfänglicheres.

Was bringt es schließlich, über die Vergangenheit nachzugrübeln?

Hinter mir höre ich Schritte. Ich drehe mich hastig um und sehe den jüngeren Robbie mit Jenn die Gasse entlangschlendern. Sie hat einen Kaffeebecher in der Hand und er eine Papiertüte aus meiner Lieblingsbäckerei, also muss es irgendwann am Morgen sein. Die Sonne steht am Himmel, doch die Luft ist kühl, und ein paar gelb gefärbte Blätter liegen auf dem Asphalt. Herbst.

»Da wären wir«, sagt er und steckt den Schlüssel ins Schloss. Er öffnet die Tür und zeigt mit einer ausladenden Geste hinein. »Wo gezaubert wird.«

Sie lacht und folgt ihm. Ich haste hinterher – ich will schließlich nicht wieder ausgesperrt werden. Ich weiß nicht, wie lange diese Erinnerung dauern wird, und ich muss versuchen, Jenn auf mich aufmerksam zu machen. Die Tür fällt scheppernd ins Schloss, und wir stehen in der dunklen Küche. Er betätigt den Schalter, und auf einmal durchflutet Licht den Raum, das von den weißen Wänden und den Edelstahltheken zurückgeworfen wird. Neben dem Ofen hängt ein Kalender. Ich schaue blinzelnd darauf – Samstag, der 26. September. Damals waren wir schon beinahe ein ganzes Jahr zusammen.

»Wow«, sagt sie und sieht sich lächelnd um. »So sieht also eine professionelle Küche aus.«

»Na ja, ich würde sie nicht unbedingt als professionell bezeichnen«, sagt Robbie und schaltet den Ofen ein. »Sie ist auch nicht die größte, aber sie erfüllt ihren Zweck. Ich weiß allerdings immer noch nicht, warum du unbedingt sehen wolltest, wo ich den ganzen Tag schwitze. Warst du nicht mit Hils schon im Restaurant?«

Sie zuckt mit den Schultern und stellt ihren mittlerweile fast leeren Kaffeebecher auf einer Arbeitsfläche ab. Ich könnte ihn umstoßen und den Rest verschütten. Aber was bringt das schon? *Scheiße, streng dein Hirn an, Robbie.*

»Weil du hier die meiste Zeit verbringst, die du nicht mit mir zusammen bist«, entgegnet Jenn. »Es ist schließlich ein wichtiger Teil deines Lebens.«

Er kratzt sich am Kopf und stützt sich mit einer Hand auf der Kochinsel ab. »Tja, da hast du recht. Für einen Nicht-Mediziner weiß ich inzwischen auch ganz schön viel über Medizin.«

»Du liebst deine Arbeit wirklich«, fährt sie fort, bevor sie sich auf die Arbeitstheke schwingt. Ihre langen Beine baumeln fröhlich in der Luft.

Nach unserem ersten Urlaub, unserem ersten Streit in Barcelona, war es zum Glück leicht gewesen, wieder zur gewohnten Tagesordnung überzugehen und zusammen Spaß zu haben. Es war nur ein kleiner Ausrutscher gewesen, und im Nu waren wir wieder Robbie und Jenn: das Paar, das eine tolle Zeit miteinander verbrachte, das Paar, das wahnsinnig verliebt war.

»Oh, schau mal«, sagt sie und zeigt auf den Boden. »Was ist das?«

»Hm?« Robbie entdeckt die auf dem Boden liegende Postkarte und lacht. »Schon wieder eine.«

»Schon wieder?«

»Marty«, erklärt er, geht ein paar Schritte in die entsprechende Richtung und bückt sich, um die Karte aufzuheben.

»Eine seiner Postkarten?«

»Genau.«

Er dreht die Karte so, dass Jenn sie sehen kann. Auf der Vorderseite steht ein breit grinsendes Schwein vor einer amerikanischen Flagge.

Jenn lacht.

An die Karte erinnere ich mich noch. Damals arbeitete Marty in den Staaten, war Junggeselle, genau wie ich, und wahnsinnig erfolgreich. Wir schickten einander ständig die albernsten Postkarten, die wir finden konnten, an unsere jeweilige Arbeitsadresse – unsere Art, in Kontakt zu bleiben.

»Wieso ein Schwein?«, fragt sie mit Blick auf die Postkarte.

»Wegen seines Namens. Du weißt doch, Marty McFly aus *Zurück in die Zukunft*.«

Sie kann ganz offensichtlich nicht folgen.

»Niemand nennt mich eine feige Sau«, zitiert er mit übertrieben amerikanischem Akzent.

»Ach ja«, sagt sie und lacht, »genau, da war was.«

»Na, dann steht ja schon mal fest, was wir heute Abend machen«, grinst Robbie.

»Ihr müsst echt viel Spaß auf euren Reisen gehabt haben«, sagt sie von der Theke aus. »Es ist bestimmt schön, die Welt kennenzulernen und einfach zu tun, worauf man Lust hat.« Sehnsucht schwingt in ihrer Stimme mit.

»Unglaublich viel Spaß«, bestätigt Robbie mit leuchtenden Augen.

»Ich kann immer noch nicht fassen, dass ihr in den Trevi-Brunnen geklettert seid.«

»Andere Länder, andere Sitten …«

»Keine Ahnung, ob das wirklich eine italienische Sitte ist«, sagt sie mit hochgezogener Augenbraue.

Ich denke an diesen Moment in Italien zurück – wie jung und

unbeschwert Marty und ich damals waren. Das Leben war mir wie mein ganz persönlicher Vergnügungspark vorgekommen, mit unendlichen Möglichkeiten. Jenn und ich hatten uns am Anfang unserer Beziehung bereits über Reisen unterhalten, und ich weiß noch, wie überrascht ich war, als sie meinte, sie sei noch an keinem wirklich interessanten Ort gewesen – bei ihr hatte sich anscheinend alles immer nur um Prüfungen und Arbeit gedreht. Ich hatte gesagt, dass ich nicht verstand, weshalb sie nicht einfach nach der Schule oder in den Semesterferien losgezogen sei, notfalls mit einem zweckentfremdeten Studienkredit, doch sie wich wie üblich aus und löcherte mich stattdessen mit Fragen über die Orte, an denen ich gewesen war.

»Möchtest du noch einen Kaffee?«, fragt Robbie und zeigt auf ihren leeren Becher.

»O ja, gern«, antwortet sie. Er nimmt eine Tasse aus dem Regal, geht zu der riesigen Kaffeemaschine, die an der Seitenwand steht, und betätigt den Schalter auf der Rückseite. Lichter blinken mich rot an.

Die Zeit wird knapp.

Wortlos schlendert er zum Kühlschrank und holt ein paar Tupperdosen heraus. Er stellt sie neben der Papiertüte auf der Arbeitsfläche ab und beginnt, eines meiner klassischen Rezepte für sie zuzubereiten – ein Croissant mit Haggis und Käse. Nach einer langen Schichtdienstwoche war sie normalerweise so fertig, dass ich ihr ständig irgendwelche selbst kreierten Mahlzeiten vorsetzte, weil sie das Essen sonst einfach vergaß.

»Hattest du nie Lust, noch zu studieren?«, will sie wissen, während er das Blech in den Ofen schiebt.

»Nein, nie«, entgegnet er und lächelt sie kurz an. Er wendet sich wieder der Kaffeemaschine zu und dreht den schweren Filtergriff zur Seite.

Dann zieht er eine bauchige Packung Kaffeebohnen aus dem Regal und gibt ein paar Löffel davon in die Kaffeemühle. »Das Problem war nicht, dass ich zu dumm bin oder so. Meine Noten waren okay, aber ich hatte ja miterlebt, wie es Fi und Kirsty in der Uni ging, und es klang alles so … normal. Mir gefiel die Vorstellung nicht, von vornherein zu wissen, wie mein Leben verlaufen würde. Erst studieren, dann arbeiten, dann heiraten, zack, zack, zack, weißt du?«

»Und wie bist du dann in den Bergen gelandet?«

Robbies Finger verharrt über dem Einschaltknopf.

Mir wird flau im Magen.

Ein weißer Strand, tanzende Menschen. Marty und ich in Neonwesten. Er steht an diesem thailändischen Strand und grinst mich an.

»Na ja«, sagt Robbie und schiebt die Erinnerungen mit einem entschlossenen Druck auf den Knopf beiseite. »Wir waren in Thailand, und mein Kumpel erzählte von seiner Arbeit – dass er abends in einem Restaurant in Chamonix arbeitet und tagsüber Snowboard fährt. Und das klang für mich ziemlich perfekt.«

Ich schlucke. Bloß nicht darüber nachdenken.

»Allerdings«, sagt Jenn mit Sehnsucht in der Stimme. »Und dann warst du fünf Jahre dort?«

»Genau«, antwortet er, geht zum Kühlschrank hinüber und zieht eine Packung Milch aus einem gut gefüllten Fach. Er dreht sich wieder zu ihr um und runzelt leicht die Stirn. »Hab ich dir das nicht alles schon erzählt?«

»Zum Teil vielleicht«, sagt sie lächelnd. »Aber ich höre es gern noch mal. Wie ging es dann weiter?«

»Na ja … Marty ging nach Bristol an die Uni, und ich blieb in Chamonix. Aus einer Saison wurde ein Jahr, aus einem Jahr wurden zwei und so weiter.«

Er gießt einen Schuss Milch in ihren Kaffee und überreicht ihr das Croissant, aus dem der Käse quillt.

Es riecht köstlich.

Nachdenklich lächelt sie und beißt hinein. »Boah, ist das genial. Unfassbar, dass Haggis und Käse so lecker sein können.«

»Nicht wahr?« Er grinst. »Das ist tatsächlich der andere Grund, warum ich zurückgekommen bin.«

»Wie meinst du das?«

Jetzt sieht er richtig aufgeregt aus, und für einen kurzen Moment denke ich wehmütig an diese Zeit zurück, als es noch leicht war, große Träume zu haben und hoch hinauszuwollen – ohne dass der Spaß zu kurz kam.

»Ich möchte ein eigenes Restaurant aufmachen«, sagt er. »Für Matt zu arbeiten ist super, aber irgendwann möchte ich einen eigenen Laden in der Altstadt haben, schottische Küche mit europäischem Touch. Das ist zumindest der Plan.«

»Ich glaube, der Plan gefällt mir«, entgegnet Jenn und stellt die Tasse neben sich ab. Ihre Augen strahlen, und ich kann sehen, dass er sie mit seiner Idee, seinem Streben nach mehr, beeindruckt hat. Das Knistern im Raum ist deutlich zu spüren, die Luft voller Möglichkeiten und Verheißungen für die Zukunft.

Auf einmal überkommt mich wieder dieses seltsame Gefühl, mein Atem geht schneller, und ich weiß, dass ich mich bald an einem anderen Ort wiederfinden werde. Das Licht lässt nach. Wer weiß, wo ich diesmal lande: in ihrer Kindheit, unserer Beziehung – oder im Wagen?

Ich muss etwas tun, egal was.

Als der Raum zu verschwinden beginnt, schlage ich mit aller Kraft nach ihrer Tasse.

»Wach auf, Jenn!«, schreie ich.

Das Porzellan fällt scheppernd auf den Boden, und sie schnappt erschrocken nach Luft. Das Letzte, was ich sehe, ist ihr entsetztes Gesicht. Ihr Blick huscht hektisch durch den Raum, und ich höre sie gerade noch fragen: »Wer hat das gesagt?«

Drei Wochen später

JENN

Ein Jahr. Auf den Tag genau ein Jahr ist es her, dass sie Robbie kennengelernt hat – als sie Hilarys Geburtstag im Cowgate gefeiert haben. Und jetzt ist sie hier und verstaut ihre Kleidung in seinen Schubladen, legt ihre Studienbücher und Hefte auf seiner Kommode ab. Ihr Leben und seins verflechten sich wie zwei Bäume ineinander, und ihr wird warm ums Herz bei dem Gedanken. Sie ist zu Hause.

Er ist ihr Zuhause.

Sie hatten nicht lange überlegen müssen, wer in wessen Wohnung ziehen würde. Susie hatte angedeutet, dass sie mit Paul zusammenleben wollte, sobald ihr Mietvertrag auslief, während Robbie die Wohnung in Marchmont bereits gehörte. Und er schlug nicht einfach vor, dass sie einziehen könnte, sondern flehte sie geradezu an. »Einverstanden«, hatte sie schließlich eingewilligt, woraufhin er sie mit einem Freudenschrei durch die Luft gewirbelt hatte.

Aus seinem Radiowecker ertönt ein übertrieben fröhlicher Popsong, und sie fühlt sich zu einem kleinen Freudentänzchen inspiriert.

»Jenn?« Sie hält inne und dreht sich um. Er steht breit lächelnd in der Tür, rot im Gesicht vor Anstrengung, weil er ihre Sachen die breite Treppe hochgeschleppt hat.

Einen Moment lang ist es ihr peinlich, doch schon eine Sekunde später tanzt er auf sie zu, mit so albernen Robbie-Moves, dass sie einen heftigen Lachanfall bekommt.

Mein Gott, wie er sie zum Lachen bringen kann. Er schickt ihr sogar während der Arbeit immer noch diese durchgeknallten Nachrichten mit Texten wie *»Du bist besser als ein scharfes Thunfischbrötchen, und ich wünsche dir einen super Tag«*. Vielleicht wäre mittlerweile ein »*Ich liebe dich*« angebrachter, doch Robbie ist halt niemals ernst. Natürlich hat er es damals im Kino gesagt, und nach ihrem Streit in Barcelona, aber sie ist sich nicht sicher, es seitdem noch einmal aus seinem Mund gehört zu haben.

Aber das ist albern. Sie weiß, wie sehr er sie liebt: Sie spürt es, wenn er ihre Hand drückt, wenn er sie ansieht, sich um sie kümmert (er wollte immerhin sogar, dass sie bei ihm einzieht!).

Natürlich treibt er sie manchmal in den Wahnsinn: Ständig verlegt er seine Brieftasche und seine Schlüssel, und sie muss dann danach suchen, lässt seine verschwitzten Fahrradklamotten fallen, wo es ihm gerade passt, und bringt nie die Küche in Ordnung, wenn er mal wieder eine seiner extravaganten Mahlzeiten zubereitet hat.

Aber seine Küsse sind einfach unvergleichlich.

Er kommt neben ihr zum Stehen, schließt sie in seine Arme und wirbelt sie herum. Ihr Bauch tut weh vor lauter Lachen.

Als er sie schließlich wieder absetzt, erkundigt er sich: »Darf man um diese Zeit schon eine Flasche Champagner aufmachen?«

»Wieso nicht?« Sie ist ganz berauscht von dem Moment. »Lass uns anstoßen!«

»Das ist mein Mädchen«, sagt er grinsend und verschwindet im Flur, wo sich Schuhkartons und Müllsäcke mit Haushaltswaren stapeln, die sie mitgebracht hat. Nicht, dass hier noch irgendwas in der Küche gebraucht würde. Robbie ist gut ausgerüstet mit Schälern, Würfelschneidern, Pochierern und Flambierbrennern. Seine Schränke sind vollgestopft mit Gewürzen, Kräutern und den unterschiedlichsten Zutaten. Sie wird wahrscheinlich nie wieder selbst kochen, denkt sie und muss lächeln.

Genau wie bei ihrem Vater.

Plötzlich sieht sie ihn im Geiste vor sich, wie er in der warmen Küche am Spülbecken steht, Kartoffeln schält und auf einem zerkratzten Brett Zwiebeln hackt. Er hat ihr ebenfalls nie gesagt, dass er sie liebt, wenn sie es sich recht überlegt.

Was, wenn auch Robbie sie verlässt?

Ihr Magen krampft sich schmerzhaft zusammen, und einen Moment lang bleibt ihr die Luft weg – allein bei der Vorstellung, dass sie noch einmal eine derart enge Bindung mit einem anderen Menschen eingehen könnte, nur um dann von ihm im Stich gelassen zu werden. Bei Duncan war das anders – bei ihm hatte sie nie Angst, dass etwas schiefgehen oder dass er sie verlassen könnte.

Ein Knall aus der Küche lässt sie aufschrecken. Dann hört sie leises Gläserklirren und stellt sich vor, wie Robbie den Champagner einschenkt, den sie von Jill und Campbell zur Feier des Tages bekommen haben. Gerade als sie die Gedanken an die Vergangenheit beiseiteschiebt, hört sie Robbies Schritte im Flur, dreht sich um und blickt in sein grinsendes Gesicht. »Bitte«, sagt er und reicht ihr das feinstielige Glas. »Auf uns. Danke, dass du bei mir eingezogen bist.«

Es kommt ihr komisch vor, dass er sich dafür bedankt. Dabei hatte sie nicht die geringsten Einwände gegen den Umzug. Und trotz der Geschichte mit ihrem Vater, trotz der Tatsache, dass sie sich manchmal vollkommen allein auf der Welt fühlt, hat sie keine Zweifel, dass er der Richtige für sie ist, dass ihre Beziehung etwas ganz Besonderes ist.

Und das wird sie sich ganz bestimmt nicht von ihrer Vergangenheit kaputt machen lassen.

Sie nimmt einen großen Schluck, leert das Glas bis zur Hälfte, bevor sie es abstellt. Und noch bevor Robbie etwas sagen kann, presst sie ihre Lippen auf seine. Sein Körper reagiert sofort, und er erwidert den Kuss – alles, wie sie es schon so oft getan haben, einfach so, ohne nachzudenken. Er schmeckt metallisch und warm, und das macht sie an, sie zieht ihn noch näher, hält ihn fest umklammert. Deutlich spürt sie seine wachsende Erregung.

Dieses Bedürfnis nach ihm, dieses Verlangen, ist wie atmen für sie.

Irgendwann merkt sie, dass er noch immer sein Glas in der Hand hält. Sie zieht ihn zu sich heran und befiehlt: »Stell das weg.«

»Unbedingt«, antwortet er und platziert es unsanft auf der

Kommode, bevor sie sich aufs Bett fallen lassen und ihre Jeans, ihre Oberteile, seine Pyjamahose, ihren blauen Lieblingsmantel unter sich begraben. Und ihren Notizblock, auf dem in vertrauter, krakeliger Schrift die Worte »Ich bin hier« stehen.

ROBBIE

Auf einmal bin ich in der Küche. Die leere Champagnerflasche steht auf der Arbeitsplatte, auf dem Herd köchelt irgendwas vor sich hin. Zwiebeln und noch etwas anderes: genau, Hotdogs. Draußen ist es dunkel geworden.

Ob Jenn meine Notiz entdeckt und gelesen hat?

Alles war plötzlich wieder verschwunden. Scheiße, dabei hatte ich es endlich geschafft, einen Stift in die Hand zu nehmen und richtige Wörter zu schreiben.

Aber sie hat gar nicht hingeschaut. Sie hatte nur Augen für ihn. Für mich.

Ich muss mir etwas anderes ausdenken – laut mit ihr zu sprechen hat schon im Restaurant nichts gebracht, weil sie mich dummerweise nicht sehen kann. Klar war es aufregend zu wissen, dass sie mich tatsächlich gehört hat – dass ich noch eine Stimme habe –, aber was um Himmels willen hatte ich erwartet?

Natürlich hat sie sich höllisch erschrocken.

Ich überlege, was ich sonst noch tun, wie weit ich gehen könnte. Wenn ich eine Pfanne gegen das Fenster werfen würde, würde es dann kaputtgehen? Wenn ich in diesem Gebäude eine Kerze oder ein Feuerzeug anzünden würde, könnte ich es dann niederbrennen? Aber so verführerisch es auch ist, etwas Größeres – etwas Extremeres – auszuprobieren, Jenns panischer Gesichtsausdruck hält mich davon ab. Es sind immerhin ihre Erinnerungen, die kann ich nicht vollkommen durcheinanderbringen und Jenn hoffnungslos verwirren. Was, wenn ich sie dauerhaft verändere? Was hieße das für später? Für Jenn?

Scheiße, ich hab nicht den geringsten Schimmer, wie es weitergeht, sobald wir hier rauskommen. Kann ich das Auto einfach rumreißen? Oder werde ich immer noch wie erstarrt am Lenkrad sitzen, während der Lkw auf uns zurast, sodass all das hier umsonst war?

Ich gehe noch einmal alles in Gedanken durch, von dem ich weiß, dass ich es in ihren Erinnerungen tun kann, wenn ich nur an Jenn denke – sie berühren, Gegenstände um sie herum bewegen (kleine zumindest), laut mit ihr sprechen. Ich habe eine gewisse Kontrolle, verstehe aber nicht, was mir das nützt. Ich weiß nicht, warum ich diese Dinge tun kann, wenn ich ihr damit doch nur Angst einjage …

Wozu das Ganze?

Ich verlasse die Küche, um noch mal nach der Notiz zu schauen, als ich Gelächter aus dem Wohnzimmer höre. Das schallende Lachen ist mir vertraut.

Fi. Sie, Max und Hilary waren vorbeigekommen, um Jenns Einzug bei mir zu feiern. Ich erinnere mich wieder: Ich hatte einen Hotdog-Abend veranstaltet. Durch die offene Tür sehe ich sie zusammen im warmen Lichtschein sitzen, Gläser in den Händen, und ich muss daran denken, wie glücklich ich an jenem Tag war, wie aufregend ich die Vorstellung fand, dass Jenn jetzt bei mir wohnte. Ich liebte sie über alles – sie, die stets bereit war, neue Gerichte zu probieren, die sich genauso für Musik interessierte wie ich und die überraschenderweise fast den gleichen Humor hatte, sodass wir uns oft wegen der geringsten Kleinigkeit vor Lachen bogen.

Da störte es mich überhaupt nicht, dass sie auch samstags furchtbar früh aufwachte, nach dem Duschen überall Haare von ihr lagen oder dass sie ihren Tee falsch zubereitete – »Man drückt den Beutel nicht am Tassenrand aus«, hatte ich ihr schon mindestens hundert Mal erklärt.

Alles, was ich mir wünschte, war, mit ihr zusammen zu sein.

Ich muss unbedingt den Zettel holen. Wenn Jenn meine Handschrift sieht, erinnert sie das vielleicht daran, was passiert ist. Vielleicht ist das ja der Ruck, den sie braucht?

Ich mache mich auf den Weg in Richtung Schlafzimmer und bleibe plötzlich stehen.

Werden wir deshalb ständig von einer Erinnerung in die nächste geworfen? Liegt es daran, dass ich sie immer wieder erschrecke? Wie in einem Albtraum, den man in eine andere Richtung zu lenken versucht? Ich muss an die Wunderkerze denken, wie ich ihren Arm in der Kathedrale berührt habe, wie ich sie im Restaurant angebrüllt habe – jedes Mal sprangen wir von einer Erinnerung in die nächste.

Mist.

Aber wie zum Teufel soll ich sie sonst aufwecken?

Als ich kurz entschlossen das Wohnzimmer betrete, werden die Stimmen lauter.

Jenn, Hilary und Fi sitzen plaudernd auf dem Sofa, Jenns lächelndes Gesicht strahlt im Schein der Lampe, doch Hilary sieht furchtbar aus. Bei genauerem Hinschauen erkenne ich, dass ihre Augen und ihr Gesicht vom Weinen gerötet sind.

Mein anderes Ich sitzt auf einem Sessel neben Jenn und hat eine Hand auf ihr Knie gelegt. Er lacht über irgendetwas, das sie gerade gesagt hat.

Max sitzt auf einem Stuhl am anderen Ende des Raums, in der einen Hand ein fast leeres Glas, in der anderen sein Handy.

Plötzlich schaut er auf und gestikuliert mit seinem Glas in Richtung Robbie. »Ich könnte noch 'nen Schluck vertragen, Kumpel.«

Was für ein Vollpfosten. Ich habe nie verstanden, was Fi an ihm findet.

Aber mein anderes Ich scheint viel zu glücklich zu sein, um sich an diesem Tag – an dem Jenn bei ihm eingezogen ist – von ihm auf die Palme bringen zu lassen.

»Klar, gern«, sagt Robbie, runzelt kaum merklich die Stirn und richtet sich zu seiner vollen Größe auf. Er geht zu Max hinüber, um sein Glas zu holen, und dreht sich wieder um. »Wollt ihr auch noch was, Mädels?«

»Ja, bitte«, sagen Fi und Hilary wie aus einem Mund.

Jenn sieht zu Robbie auf und lächelt. »Ich bin versorgt, danke.«

Sobald er den Raum verlassen hat, unterhalten sie sich weiter.

»Ich hab gehört, du hast gerade eine Trennung hinter dir?«, sagt Fi zu Hilary. »Was ist denn passiert?«

Hilary schüttelt den Kopf. »Ich versteh das selbst nicht. Erst lief alles richtig gut, und dann …« Sie macht eine resignierte Handbewegung und seufzt.

Ah, ja, eine weitere Beziehung, die in die Brüche gegangen war. Jetzt erinnere ich mich wieder. Aber das war ja nichts Neues, sondern typisch Hilary. Früher war sie mit einem Arschloch nach dem anderen zusammen gewesen – und landete irgendwann immer mit einem Glas Sauvignon in der Hand auf unserem Sofa und weinte sich bei Jenn aus. Ich habe ihnen dann ein paar Tapas gemacht, einfache Gerichte, die man nebenbei essen konnte, und sie danach in Ruhe gelassen. Kochen war das Einzige, was ich gut konnte, und es gab mir immer einen kleinen Kick, zu wissen, wie gut meine Gerichte bei den Leuten ankamen.

Außerdem hatten Hilary und ich etwas gemeinsam: Wir waren beide ein bisschen verloren gewesen, bevor jemand Bestimmtes in unser Leben trat und es änderte.

»Was für ein Arsch«, sagt Fi gerade kopfschüttelnd.

»Nimm es dir nicht allzu sehr zu Herzen«, fügt Jenn beruhigend hinzu, »ehrlich, Hilary, du wirst schon merken, wenn du den Richtigen getroffen hast.«

»Meinst du?« Hilary sieht nicht überzeugt aus.

Ich wünschte, ich könnte ihr sagen, dass alles gut werden wird, dass es keinen Grund gibt, sich zu stressen.

Dann richtet sich Jenn an Fi. »Wie läuft's bei der Arbeit?«, fragt sie in dem offensichtlichen Versuch, ein erfreulicheres Thema anzuschneiden.

Hilarys Trennungsgeschichten waren immer ein ziemlicher Stimmungskiller.

»Och, gut, der übliche Wahnsinn.« Fi nippt an ihrem Sekt. »Absolut irre, wie lang die Warteliste ist.«

Jenn nickt. »Musst du mir nicht sagen.«

Fis Augen leuchten auf. »Übrigens, ich hab dieses Mal endlich daran gedacht, das Buch einzupacken.« Sie greift in ihre Handtasche – die knallrote, die sie von Mum zu Weihnachten bekommen hat – und fischt es heraus. »Falls du noch Interesse daran hast.«

»Welches Buch …?«, fragt Jenn, bevor sie sich plötzlich erinnert. »Das über Psychologie? Ja, klar!«

Das Buch.

»Ich wusste nicht, dass es Menschen gibt, die diese Art von Erfahrungen so gründlich untersucht haben«, sagt Jenn und greift nach dem blauen Hochglanzband.

»Na ja, immerhin sind sie gar nicht so selten«, entgegnet Fi, »insbesondere bei Traumapatienten. Ich hatte vor Kurzem selbst so einen merkwürdigen Fall«, fährt sie fort.

»Und los geht's«, murmelt Max.

»Worum ging es dabei?«, will Jenn wissen.

»Eine geteilte Todeserfahrung«, sagt Fi. »Hast du schon mal davon gehört?«

Ich schaue abrupt auf.

Jenn schüttelt den Kopf. Mein Puls beginnt vor Aufregung zu rasen.

»Ich vorher auch nicht«, sagt Fi, »bis dieser Patient von seinem Bruder erzählte, der eigentlich am anderen Ende des Landes lebte und eines Nachts plötzlich am Fußende seines Bettes stand. Was meinst du, was am nächsten Tag passiert ist?«

»Er ist in die Geschlossene eingewiesen worden?«, witzelt Max, ohne von seinem Handy aufzusehen.

Fi ignoriert seine Bemerkung. »Er erfährt, dass sein Bruder unter absolut traumatischen Umständen gestorben ist. Er war in eine Maschine geraten.«

»Ich meine, von so was hab ich schon mal gehört«, sagt Jenn nachdenklich.

»Das kann gut sein. Im viktorianischen Zeitalter nannte man sie Sterbebettvisionen. Man sah geliebte Menschen auf ein helles Licht zugehen und so weiter. Als ich mich näher damit befasst habe, bin ich auf diesen Arzt aus den USA gestoßen, der den Begriff ›empathisches Erlebnis mit einem Sterbenden‹ für eine solche geteilte Todeserfahrung geprägt hat.«

»Was für ein Schwachsinn«, grunzt Max.

Halt einfach die Klappe, Max.

»Das dachte ich anfangs auch«, erwidert Fi schroff. »Aber es gibt eine ganze Reihe dokumentierter Fälle. Vollkommen gesunde Anwesende nehmen an den letzten Momenten eines Menschen teil, meist jemand, der ihnen nahesteht, und alle gewinnen dabei neue Einsichten. Es wird berichtet, dass sich Szenen aus dem Leben der sterbenden Person vor ihren Augen abspielen, wie in einem 360-Grad-Film – der Sterbende scheint sie noch einmal zu erleben, und die andere Person sieht dabei zu. Im Buch gibt es ein ganzes Kapitel darüber.«

O mein Gott.

Das ist es.

Geteilte Todeserfahrung. Ich murmle die Worte leise vor mich hin. Was Fi sagt, erklärt alles, was mit uns passiert: Jenn erlebt diese Momente noch einmal, ich schaue ihr dabei zu. Und das Ganze ist ein gut dokumentiertes Phänomen.

Ich muss unbedingt mehr darüber herausfinden.

Schritte auf dem Flur, der andere Robbie betritt den Raum.

Scheiße.

»Da bin ich wieder«, sagt er, Max' nachgefülltes Glas in der einen Hand, in der anderen eine neue Flasche Sekt. Er schenkt erst Fi und Hilary nach, bevor er Max sein Glas reicht, der das Handy zur Seite legt, um den Drink in Empfang zu nehmen.

»Alles gebucht«, sagt er und nimmt einen Schluck.

Fi sieht zu ihm hinüber. »Was ist gebucht?«

»Las Vegas, Baby, zehn Tage über Silvester. Kannst du dir vorstellen, wie irre das wird?«

»Wieso irre?«, fragt mein anderes Ich und schaut zwischen den beiden hin und her.

Doch Fi scheint den anderen Robbie nicht mal zu hören. Sie sieht einfach nur schockiert aus.

»Was soll das heißen, du hast es gebucht?«, fragt sie mit großen Augen.

Max zieht die Augenbrauen hoch. »Es heißt, dass ich die Flüge gebucht habe und Greg das Hotel.«

Jetzt erinnere ich mich wieder.

Rückblickend betrachtet war die Stimmung zwischen den beiden an jenem Abend ziemlich angespannt. Aber ich war wegen Jenns Einzug so aufgeregt, dass es mir wohl gar nicht richtig aufgefallen ist. Natürlich verlässt der andere Robbie gleich darauf wieder den Raum, ohne Max' Antwort mitzubekommen. Und zu meiner Verteidigung: Ich hatte Fi eine Frage gestellt, aber sie war nicht darauf eingegangen.

»Es ist doch hoffentlich nicht dein Ernst, dass du über die Feiertage wegfährst«, sagt Fi anklagend, sobald Robbie aus dem Zimmer ist. »Wir wollten sie doch mit Struan verbringen.«

Max rollt mit den Augen. »Es ist Gregs Junggesellenabschied, hab ich dir doch erzählt, oder? Schließlich war er Trauzeuge bei unserer Hochzeit, falls du es vergessen haben solltest.«

Fi sieht aus, als wollte sie ihm jeden Moment an die Gurgel gehen, und ich kann es ihr nicht verdenken.

Zehn Tage sind extrem lang für einen Junggesellenabschied.

»Und ich habe dir geantwortet, dass das eine ziemlich bekloppte Jahreszeit dafür ist, falls du es vergessen haben solltest«, faucht Fi zurück. »Ich habe gesagt: ›Lass uns doch mit Struan nach Lappland fahren oder so. Und ausnahmsweise mal ein wenig Zeit zusammen als Familie verbringen, verdammt noch mal!‹«

Hilary macht Anstalten, vom Sofa aufzustehen, und murmelt,

sie müsse mal kurz wohin. Jenn folgt ihr hastig, mit dem Buch in der Hand, aber nicht ohne Fi vorher noch einen besorgten Blick zuzuwerfen.

Obwohl mich auch interessieren würde, wie es hier weitergeht, weiß ich, dass ich mich auf das Buch konzentrieren muss, solange ich die Möglichkeit dazu habe. Als ich das Zimmer verlasse, stelle ich erleichtert fest, dass Jenn auf unserem Bett im Schlafzimmer sitzt, das Buch aufgeschlagen auf dem Schoß.

Im Hintergrund höre ich, wie Max und Fi sich streiten – Max brüllt, dass sie ihm gefälligst seine Freiheit lassen soll, und Fi entgegnet, dass er sich nicht genug um sein Kind kümmere. Unbehagen macht sich in mir breit.

Habe ich später jemals nachgefragt, wie es um ihre Ehe stand?

Ich schiebe den Gedanken beiseite und schaue Jenn über die Schulter, um zu lesen, was auch sie gerade liest, doch ein Großteil der ersten Seiten ist verschwommen, als hätte Jenn die Details vergessen.

Mist.

Das Gezeter nebenan wird immer lauter. Jenn blättert schließlich weiter, und ich entdecke es.

Unter der Überschrift »*Die Elemente empathischer Erlebnisse mit Sterbenden*« sind die folgenden Punkte aufgeführt:

- Die zuschauende Person berichtet, dass die Zeit während der geteilten Todeserfahrung stehenbleibt und erst weiterläuft, wenn diese zu Ende ist.
- Der zuschauenden Person ist zumeist bewusst, dass es sich um eine geteilte Todeserfahrung handelt, nicht aber der sterbenden Person.
- Geteilte Todeserfahrungen beinhalten oft eine Art »Abschied« am Ende, bei dem sich beide Parteien bewusst werden, was passiert.
- Manchmal wird die sterbende Person von der zuschauenden Person an die Schwelle des Todes begleitet, doch weiter kann die zuschauende Person nicht mitgehen.

Ich überfliege den Rest der Seite, aber das war's. Da steht natürlich noch was von dem 360-Grad-Rückblick, den Fi ebenfalls erwähnt hat, aber ansonsten ist die Seite einfach nur verschwommen.

Verdammt.

Im Nachbarzimmer ist es still geworden. Kurz darauf höre ich Schritte im Flur und Türenknallen. Jenn springt sofort auf und eilt aus dem Schlafzimmer. Ich hefte mich an ihre Fersen. Als sie das Wohnzimmer betritt, sitzt Fi auf dem Sofa, den Kopf in den Händen, sieht aber sofort auf, als Jenn sich räuspert. Die roten Flecken auf ihrem blassen, hübschen Gesicht verraten, dass sie geweint hat, und ich verspüre den überwältigenden Drang, Fi in den Arm zu nehmen und sie zu trösten.

Doch ich weiß, dass das hier nicht wirklich Fi ist, sondern nur die Erinnerung, die Jenn an sie hat; an einen traurigen, frustrierenden Moment im Leben meiner Schwester.

»Alles klar?«, fragt Jenn leise.

Fi wischt sich über die Augen, schnieft und greift nach ihrem Sektglas. »Alles in Ordnung, danke. Max ist gerade eine rauchen gegangen.«

Wenn ich recht darüber nachdenke, ist er an diesem Abend gar nicht mehr zurückgekommen. Angeblich weil dem Babysitter schlecht geworden war und er, Max, zurückmusste, um auf Struan aufzupassen. Ich war aber zugegebenermaßen so sehr mit der Zubereitung der Hotdogs beschäftigt, dass ich mich nicht weiter darum gekümmert habe.

»Möchtest du darüber reden?«, erkundigt sich Jenn.

Fi lächelt, ein aufrichtiges Lächeln, und ich bin froh, dass wenigstens Jenn für sie da war.

»Lieb, dass du fragst«, sagt sie. »Vielleicht ein andermal.«

Jenn nickt und nimmt neben Fi Platz.

»Ich habe noch eine Frage zu diesem Buch«, beginnt sie, und ich kenne Jenn gut genug, um zu merken, dass es ihr im Moment hauptsächlich darum geht, Fi abzulenken. Fi wirft ihr einen traurigen Blick zu, scheint aber gleichzeitig dankbar zu sein.

»Klar, schieß los.«

»Diese geteilten Todeserfahrungen«, beginnt Jenn, »stirbt die Person am Ende immer? Also diejenige, deren Leben man sieht, meine ich.«

Mir wird schlecht, als mir der Duft der Hotdogs in die Nase steigt, und mir schnürt sich die Kehle zu.

Sag jetzt bitte nicht Ja.

Fi sieht Jenn ernst an. »Normalerweise schon.«

Mein Kopf beginnt wieder zu pochen, und ich atme aus.

Mit »normalerweise« kann ich leben. Normalerweise ist nicht »ja«. Normalerweise heißt nicht immer. Es gibt noch eine Chance.

Und dank des Buches weiß ich jetzt, dass ich das Auto ganz sicher wegfahren kann, wenn die geteilte Todeserfahrung zu Ende ist – wenn die Zeit wieder zu laufen beginnt.

Ich muss nur herausfinden, wie ich zu Jenn durchdringen kann.

Und zwar möglichst schnell.

ZEHN

2003

JENNY

Überall um sie herum sind Foodtrucks, grell beleuchtete Fahrgeschäfte und Menschen. Es riecht nach Burgern, Pommes und aufgeheiztem Gras. Als sie ihren Blick über den Jahrmarkt schweifen lässt, entdeckt sie Katy und Laura, die ein Stück abseits stehen und sich unterhalten. Sie haben vorhin an einem Stand Zuckerwatte gekauft, aber die ist ihr viel zu klebrig. Außerdem hat sie einen komischen Nachgeschmack. Und der Apfel war sowieso billiger.

»Das macht fünfzig Pence, junge Dame.«

Jenny fischt ein paar Münzen aus ihrer Tasche und zählt sie auf der Handfläche ab. Die Münzen reflektieren das Sonnenlicht, bevor sie sie dem Mann im Wagen überreicht.

»Danke«, sagt sie, nimmt den Paradiesapfel entgegen und geht langsam über die grüne Wiese zu ihren Freundinnen. Die Sonne brennt auf ihren Kopf, während sie in den Apfel hineinbeißt und unter der zuckerigen äußeren Schicht das saftige Fruchtfleisch zum Vorschein kommt. Die Musik dröhnt immer lauter, je mehr sie sich ihren Freundinnen nähert, und allmählich werden die Neonblitze und Sterne auf den Gondeln, die langsam zum Stehen kommen, deutlich sichtbar. Katy hat mal wieder ihr Handy in der Hand – vermutlich ist ihre Mutter dran. Sie verfolgt Katy auf Schritt und Tritt, fragt ständig, was sie gemacht und ob sie an dieses oder jenes gedacht hat. Es macht Jenny traurig, wenn sie darüber nachdenkt, dass ihre Mutter nicht einmal weiß, wo sie gerade ist. Nicht, dass sie es böse meint, aber – na ja, es interessiert sie halt einfach nicht. Als Jenny vorhin aufbrach, hat sie auf dem Sofa gesessen und eine Kochsendung geschaut. Dabei weiß Jenny genau, dass ihre Mutter Kochen hasst.

Um ehrlich zu sein, findet sie es ein wenig albern, dass Katys Mutter sich so sehr um ihre Tochter sorgt. Immerhin ist sie schon vierzehn, und einige ihrer Mitschüler trinken Alkohol und gehen in den Pub.

Als sie die Mädchen erreicht, dreht sich Laura zu ihr um, ein Stück Zuckerwatte zwischen Daumen und Zeigefinger. Ihre glitzernden Fingernägel graben sich in die zarte, zuckrige Masse, ihre kajalumrandeten Augen weiten sich.

»Wir wollen als Nächstes Walzerbahn fahren. Bist du dabei, Baby?«

Laura spricht mit einem irritierenden, halb amerikanischen Akzent, seit ihre Familie vor ein paar Wochen Urlaub in Kalifornien gemacht hat. Seitdem verwendet sie auch ständig amerikanische Ausdrücke wie Baby oder Honey.

Jenny und ihre Eltern hatten dieses Jahr nach Florida fahren wollen – ihre Mutter hatte endlich einer Flugreise zugestimmt. Ein Gefühl der Enttäuschung macht sich in ihr breit, und zum tausendsten Mal fragt sie sich, wo ihr Dad wohl gerade steckt und warum er nicht zurückgekommen ist.

Schlaf gut, Jenny.

Es fühlt sich an, als würde die ganze Welt einen Moment lang verstummen.

»Jenny, hast du gehört, was ich gesagt hab?«, fragt Laura, die dünnen Augenbrauen besorgt gerunzelt.

Sie verdrängt die Bilder aus ihrem Kopf und antwortet: »Ja. Ich bin dabei.« Sie beißt noch einmal in den eklig süßen Apfel, und der Geschmack holt sie in die Gegenwart zurück. Sie stellt fest, dass die vorherige Fahrt vorbei ist und die Wagen sich leeren.

Der Jahrmarkt findet jedes Jahr im Sommer in The Meadows statt, und sie liebt ihn, liebt alles dort, sei es der Scrambler, der Autoscooter oder das Dosenwerfen. Sie kann gar nicht genug davon bekommen. Aber die Walzerbahn ist ihr absoluter Favorit.

Dieses unvergleichliche Gefühl, das einen überkommt, wenn man in der Gondel herumgeschleudert wird und die Welt sich dreht und dreht, bis einem schlecht wird.

Letztes Jahr war sie mit ihrem Vater hier – nur sie beide –, und sie hat in jedem einzelnen Fahrgeschäft eine Runde gedreht, während er lächelnd, die Hände in die Taschen gesteckt, vom Rand aus zugesehen hat. Auf einmal überkommt sie ein überwältigendes Gefühl der Traurigkeit, und sie ist sich nicht mehr sicher, ob sie wirklich mitfahren will.

Die Mädchen werfen die Essensreste in einen Mülleimer in der Nähe. Die Metallplattform gibt ein dumpfes Geräusch von sich, als sie sie betreten. Ein Typ in einem schwarzen T-Shirt stürzt sofort auf sie zu, um ihnen das Geld abzunehmen. Jennys Brust krampft sich zusammen. Viel hat sie nicht mehr in ihrem Portemonnaie. Als sie ihm eine Pfundmünze hinhält, blickt sie in sein blasses, pickliges Gesicht und sieht ihn verschwörerisch lächeln. Sofort fühlt sie sich unwohl und wendet den Blick ab. Er ist ein bisschen älter als sie, vielleicht siebzehn.

Sie lässt sich in den glatten, noch warmen Sitz gleiten und sieht zu, wie der Typ die Metallstange vor ihnen herunterdrückt, bevor er der Gondel einen kräftigen Stoß versetzt. Sie beginnt sich träge um die eigene Achse zu drehen, und die Mädchen lachen. Doch Jenny wird dieses komische Gefühl einfach nicht los, sosehr sie auch versucht, es abzuschütteln.

»Der hat mich total angestarrt«, sagt Laura, als die Gondel wieder langsamer wird.

»Quatsch«, entgegnet Katy kopfschüttelnd. »Er hat Jenny angestarrt.«

Jenny spürt, wie ihr heiß wird. »Er hat doch bloß gelächelt.«

»Klar, weil er auf dich steht«, antwortet Laura wie aus der Pistole geschossen, und ihr Blick verhärtet sich. Ihre Lippen glänzen vom Lippenstift, und ihr blondes Haar sieht irgendwie gelblich aus.

»Kerle lächeln, wenn sie dich mögen«, fährt sie fort. »Du solltest dich nach der Fahrt unbedingt mal mit ihm unterhalten.«

Laura will sie herausfordern, das weiß sie. Aber ihr wird ganz anders bei der Vorstellung, tatsächlich zu dem Typen hinzugehen.

»Auf keinen Fall«, sagt Jenny und wünscht sich, die Fahrt würde endlich losgehen, damit das Gespräch ein Ende findet. Manchmal fragt sie sich, warum sie und Katy eigentlich mit Laura abhängen – immerhin haben sie praktisch nichts gemeinsam. Aber eines Tages war sie einfach da, und zu dritt war eben alles ein bisschen interessanter.

Die Musik wird plötzlich lauter, und sie spürt, wie der Boden unter ihnen zu vibrieren beginnt.

»Los geht's!«, sagt Laura und vollführt einen Trommelwirbel auf der Metallstange. Jenny dagegen hält sie fest umklammert, das Metall gräbt sich in ihre Haut. Der Typ steht auf der anderen Seite und gibt jeder Gondel einen Stoß. Sie begreift, dass sie bald dran sind. Sie wirft einen Blick aus der Gondel und wünscht sich auf einmal, wieder festen Boden unter den Füßen zu haben. Fröhliche Rufe ertönen aus einem anderen Fahrgeschäft und verklingen gleich wieder. Laut, leise, laut, leise. Rot-weiß gestreifte Karussellpferde, grünes Gras, Gesichter blitzen kurz auf und verschwinden sogleich wieder. Ihr Herz schlägt schneller.

Auf einmal spürt sie eine Erschütterung auf dem Blech hinter ihnen, und der Typ taucht über ihren Köpfen auf, die Hände an der Rückseite der Gondel.

»Bereit?«, fragte er, ohne die Antwort abzuwarten. Stattdessen grinst er nur und gibt der Gondel einen kräftigen Stoß. Und auf einmal drehen sie sich, wieder und wieder, ihr Magen dreht sich mit, und ihr Herz klopft wie wild – aber es ist nicht mehr dasselbe tolle Gefühl wie im letzten Jahr oder dem davor. Es macht keinen Spaß mehr. Neben ihr kreischen Katy und Laura vor Aufregung, ihre Haare fliegen durch die Luft. Jenny kneift die Augen fest zu und versucht gegen das Gefühl anzukämpfen, dass sie die Kontrolle verloren hat, aber das macht alles nur noch schlimmer.

»Halt«, sagt sie, ohne jemanden direkt anzusprechen. Keine

der beiden Freundinnen sieht zu ihr herüber. Keine der beiden hört sie über den Lärm hinweg.

»Halt!«, schreit sie, diesmal lauter. Es fühlt sich an, als würde ihre Brust gleich explodieren.

Als die Gondel für einen Moment etwas langsamer wird, schaut Katy schließlich mit gerunzelter Stirn zu ihr herüber. Sie sieht verwirrt aus. *Alles klar bei dir?*

Eine Sekunde später spürt Jenny, wie der Gondel ein erneuter Stoß versetzt wird, und diese ihre Endlosspirale wieder aufnimmt. Die Welt besteht nur noch aus farbigen Streifen. Sie erträgt es nicht mehr. Warum hat der Typ sie nicht gehört? Sie beginnt zu weinen und ringt verzweifelt nach Luft. *Was passiert mit ihr? Warum hilft ihr niemand?*

»Jenny, geht es dir gut?«, ruft Laura jetzt, und Jenny spürt ihre Hand auf der Haut.

»Halt an!«, brüllt Katy. Sie fuchtelt wie wild mit den Armen. Jenny weiß, wie peinlich das ist, aber sie muss einfach hier raus. Der Typ steht auf der anderen Seite des Fahrgeschäfts und scheint sie nicht zu bemerken.

»Halt die Fahrt an!«, schreit Katy noch einmal und zeigt auf Jenny. »Sie hat eine Panikattacke!«

Endlich schaut er zu ihnen hinüber, wirft ihnen aber nur einen unbekümmerten Blick zu und verschwindet hinter einer anderen Gondel. Und weiter geht es auf und ab und rundherum wie ein Kreisel.

Lauras stark geschminkte blaue Augen erscheinen Jenny übergroß wie in einem Albtraum. »Alles wird gut«, sagt sie theatralisch, während die Lichter ihre Haut in Rot- und Blautöne tauchen.

Jenny wirft den Kopf zurück und kneift die Augen zu. *Mach, dass es aufhört, bitte mach, dass alles aufhört.*

Und auf einmal fühlt es sich an, als stemme sich die Gondel gegen die Bewegung. Als halte sie jemand fest und verhindere, dass sie sich weiter dreht. Jennys Atmung wird gleichmäßiger, auch wenn sie die Augen noch immer mit aller Kraft zukneift. Die Fahrt geht weiter, doch die Gondel dreht sich nicht mehr. Blut schießt ihr in den Kopf, und alles fühlt sich wahnsinnig seltsam an.

ROBBIE

Als ich auf meine Hände hinunterschaue, halten sie immer noch die Rückseite der Gondel fest umklammert. Was zum Teufel ist gerade passiert? Die Fahrt ist endlich vorbei, und ich beobachte, wie die Mädchen aufstehen und aussteigen. Katy eilt zu Jenn hinüber, um ihr zu helfen. Laura wirkt eher verwirrt, fast ein bisschen verärgert, als sie von der Plattform steigt, als wisse sie nicht so recht, was die ganze Aufregung eigentlich soll. Aber ich habe die Angst, die Panik in Jenns Augen gesehen.

Als ob ihre Welt in sich zusammenbrechen würde.

Eben stand ich noch im Gras und habe mich gefragt, wie ich diesmal zu ihr durchdringen könnte, dann rannte ich schon zum Fahrgeschäft und schlängelte mich zwischen den Gondeln hindurch. Ich musste einfach zu ihr, musste ihr helfen.

Mein Herz pocht immer noch wie wild. Ich habe sie angehalten. Ich habe eine Walzerbahn-Gondel angehalten.

Die Mädchen überqueren inzwischen die Wiese, aber ich weiß, dass sie es dieses Mal gespürt hat. Dass sie mich gespürt hat.

Dreh dich einfach um.

Und plötzlich macht sie genau das – schaut zurück zur Gondel, zu mir.

»Ich bin hier!«, rufe ich und winke ihr wie ein Wahnsinniger zu. Sie kann mich sehen oder zumindest hören, ich weiß es genau, ihre Augen huschen suchend hin und her. Sie wirkt total entsetzt, doch ich bin unendlich erleichtert. Ich habe es geschafft. Jetzt wird sie aufwachen, wir werden beide wieder im Auto sitzen, und die Zeit wird weiterlaufen, so wie es in Fis Buch steht, und ich werde das Lenkrad nach rechts herumreißen und das Gaspedal durchdrücken.

Doch sie wendet den Blick ab, schaut wieder zu ihren Freundinnen.

Nein, nein, nein!

Ein verzweifeltes Geräusch entfährt mir, und ich lasse meine Stirn auf die Rückseite der Gondel sinken. Nichts funktioniert. Das Pulsieren geht wieder los, um mich herum beginnen Lichter zu blinken, und ich weiß, dass ich an einen anderen Ort gezogen werde.

»Wach auf, Jenn!«, rufe ich ihr nach. »Wach verdammt noch mal auf, Jenn!«

ELF

2016

JENN

Sie kann das Rascheln hören, beinahe wie ein Flüstern, während sie sich durch das hohe Gras bewegt. Die Abendsonne schimmert durch die Bäume vor ihr, und sie schlingt die Arme um sich und kuschelt sich noch tiefer in Robbies alten grauen Kapuzenpulli. Der eigentliche Besitzer des Pullis bleibt plötzlich stehen und hebt Struan von seinen breiten Schultern.

»Na, dann mal los, Kurzer«, sagt er, und gleich darauf sieht man nur noch Struans kastanienbraunen Hinterkopf durch das Grün davonsausen.

»Bist du sicher …«, setzt sie an.

»Ja, das ist okay«, beschwichtigt Robbie sie. »Hier ist alles abgezäunt, keine Sorge.«

Sie nickt erleichtert. Sie machen oft einen Spaziergang mit Struan, wenn sich mal wieder alle bei Robbies Eltern treffen, aber normalerweise nur durch die Straßen in der unmittelbaren Umgebung oder höchstens mal bis zum Park. Offiziell machen sie es, um Fi eine Verschnaufpause zu gönnen, aber Jenn genießt es insgeheim. Es ist, als würden sie sich einen Moment lang ein kleines Stück Familienleben ausleihen, ein kleines Stück Normalität. Sie hat schon immer von einer großen Familie geträumt: Geschwister, Cousins und Cousinen, Nichten und Neffen, die zu Abendessen und Geburtstagsfeiern zusammenkommen. Ihre Eltern waren beide Einzelkinder.

»Wie kommt es, dass wir noch nie hier auf diesem Feld waren?«, fragt sie und schaut sich um. Eigentlich ist es gar kein Feld, sondern eher eine Koppel. Sie liegt unweit seines Elternhauses an einem kleinen Weg in der Nähe der imposanten Häuser, die das Viertel dominieren.

»Waren wir hier echt noch nicht?«, fragt er verwirrt. Beim Nachdenken legt sich seine Stirn in Falten, während die Frühlingsbrise seine Haare durcheinanderwirbelt.

»Als Kinder sind wir oft hergekommen, obwohl wir das eigentlich nicht durften. Kirsty hatte immer Angst, dass wir Ärger kriegen«, sagt er grinsend und schüttelt den Kopf. »Wir hatten da drüben sogar ein Seil zum Schaukeln angeknotet«, sagt er und deutet auf einen großen Baum in der Nähe. »Aber das hat irgendwann jemand abgeschnitten. Angeblich zu *unsicher*. Diese Spaßbremsen! Fi hat einen Tobsuchtsanfall gekriegt.«

Jenn geht unter dem dicken Ast hindurch und starrt auf die verwitterten Furchen und Verwerfungen in der Rinde, die Windungen und Wendungen der Zeit. Sie fragt sich, was der Baum im Laufe seines Lebens wohl alles gesehen hat, wie viele Nester mit zartem, zerbrechlichem Leben sich darin befunden haben, wie viele Kinder seine Äste getragen haben – seine Adern müssen voller Geschichten sein.

»Sieh mal!«, ruft sie plötzlich. »Es ist noch da.«

»Was?« Er steht jetzt neben ihr.

»Das Schaukelseil«, sagt sie grinsend und deutet auf eine verblichene, schmutzig weiße Schlinge um den Ast.

»Tatsächlich«, sagt er leise.

Es macht sie glücklich, diesen kleinen Fetzen des früheren Robbie entdeckt zu haben. Es ist, als habe sie einen Teil von ihm gefunden, den niemand außer ihr besitzt. Und einen Moment lang sieht sie den kleinen Robbie – vielleicht etwas älter als Struan – auf dem Feld herumrennen, verbotene Schaukelseile an Bäume knoten und sich weigern, nach irgendjemandes Pfeife zu tanzen. Manchmal hat er noch heute dieses Funkeln in den Augen, diesen trotzigen Blick.

Er dreht sich zu ihr um. »Weißt du, woran mich meine Mum heute erinnert hat?« Sein Atem geht schneller.

»Nein, woran denn?«

»Wir sind heute seit genau achtzehn Monaten zusammen.«

Er schluckt und atmet tief ein.

»Ist das etwa deine Art, mir zu sagen, dass du genug von mir hast?«, stichelt sie. »Es ist schon ein starkes Stück, mich dafür erst hier raus aufs Feld zu schleppen …«

Ohne ein Wort zieht er sie an sich und küsst sie, unter dem alten Ast, unter dem dichten grünen Blätterdach.

Nach einer Weile löst er sich von ihr und lächelt sie an, und sie fragt sich, ob sie sich jemals so lebendig und zugleich so friedlich gefühlt hat. Zum ersten Mal kann sie ihn wirklich erkennen: den Schimmer einer echten Zukunft mit ihm.

Und er hat ihn auch gesehen, das weiß sie.

Als sie sich von dem Baum entfernen und zu Struan hinübergehen, der jetzt mit einem Stock um sich schlägt, als wollte er unsichtbare Piraten abwehren, hat Jenn das untrügliche Gefühl, dass der Robbie aus einer anderen Zeit auch hier an diesem Ort ist. Dass er hinter ihnen unter dem Ast steht und ihnen nachsieht. Der Wind frischt auf und pfeift zwischen den Bäumen hindurch – wie ein Ruf aus dem Jenseits.

* * *

ROBBIE

Wir sind wieder im Auto. Meine Hände liegen auf dem Steuer. Mein Fuß steht auf dem Gaspedal.

Ich bin zurück!

Jetzt muss ich nur den Wagen wegfahren.

Ich will das Gaspedal durchtreten – aber mein Fuß ist immer noch wie eingefroren.

Ich will meine Hände bewegen – doch ich kann es nicht.

Scheiße.

Warum kann ich mich nicht bewegen?

Die Zeit steht still.

Wie es in Fis Buch stand. Aus dem Augenwinkel sehe ich, dass Jenn weiter den Lastwagen anstarrt, der auf uns zuhält. Er ist noch ein Stück näher gekommen, da bin ich mir sicher.

Ich muss einfach ihr Gesicht sehen. Sie muss *mein* Gesicht sehen, damit sie merkt, was los ist, aufwacht und wir von hier wegfahren können. Ich muss unbedingt mit ihr reden. Ich stelle mir vor, wie ich schreie, brülle, meine Hände vom Lenkrad nehme und mich zu ihr umdrehe, um sie anzuflehen, nicht länger zu denken, dass wir sterben. Immerhin sind wir gerade erst wieder zusammengekommen.

Sie ist doch gerade erst zurückgekehrt.

Aber nichts passiert. Die Staubpartikel schweben weiter in der Luft, mein Herz pocht, und ich kann nicht mehr klar denken.

In meinem Kopf taucht ein Bild auf, von einem meiner Lieblingsmomente. Jenn und ich lagen nebeneinander im Park im Gras und blickten in den mit Schäfchenwolken bedeckten Frühlingshimmel, während über uns die Vögel aufstiegen und dann im Sturzflug wieder herabsausten. Die Luft roch nach frisch gemähtem Gras und nach unendlichen Möglichkeiten. Ich drehte den Kopf zur Seite, betrachtete ihr ungeschminktes Gesicht und ihr kurzes Haar und fragte mich, wie ich sie nach all den gemeinsamen Jahren immer noch so sehr lieben konnte. Andere Bilder gesellen sich dazu: von mir und Jenn, wie wir in den Pentlands in einen monstermäßigen Hagelsturm gerieten und vor lauter Lachen wieder mal Bauchschmerzen bekamen, wie wir uns mit dem Auto in den Highlands verirrt hatten, wo es keinen Handyempfang gab, sodass wir das Best-of-Album der Beach Boys in Dauerschleife hören mussten. Bilder von unzähligen Abendessen mit Freunden und von Abenden, an denen wir beide allein losgezogen waren, und davon, wie ich jeden Morgen nach dem Aufwachen zuallererst in ihr Gesicht sah, und so weiter und so weiter.

Warum bist du fortgegangen?

Während ich in den Lichtstrahl schaue, der auf uns zurast, erscheint noch ein weiteres Licht in meinem Kopf. Es kommt mir vor, als hätte ich es eben erst gesehen, aber gleichzeitig ist es Welten von mir entfernt.

Es ist grün.

Jenn, auf dem Beifahrersitz. Sie hatte zur Ampel hochgesehen und genau diese Worte gesagt. Ich erinnere mich, wie panisch sie geklungen hatte, irgendetwas musste ihr Angst gemacht haben. Aus ihrer Tasche war ein piepsendes Geräusch gekommen, ich hatte eine Bewegung wahrgenommen, gehört, wie sie die Luft einsog.

Ich muss dir etwas sagen.

ZWÖLF

2005

ROBBIE

Ich öffne die Augen, mein Herz hämmert wie wild. Es ist stockfinster.

Bin ich noch im Wagen?

Ein schwaches Licht breitet sich aus und wird langsam immer heller. Eine Couch. Darauf sitzt jemand.

Marian. Jenns Mum.

Mist.

Wieder eine Erinnerung.

Sie hockt ganz allein auf dieser Couch, dann und wann fällt Licht vom Fernseher auf ihr Gesicht. Sie trägt einen Morgenmantel und hat den Kopf an ein verblichenes Kissen gelehnt. Eine leere Chipstüte liegt auf dem Wohnzimmertisch neben einer nicht angerührten Tasse Tee. Gelegentlich ertönt Lachen aus der Konserve aus dem Fernseher, aber sie verzieht keine Miene. Sie wirkt unendlich müde. Aber ist das überhaupt ihr Haus? Vor dem Erkerfenster flackert eine Straßenlaterne – wir scheinen in einer Wohnung zu sein. Offenbar sind sie umgezogen.

Ich muss dir etwas sagen.

O Gott.

Das Auto. Jenns Erinnerungen.

Nein, nein, nein, ich muss wieder zurück in den Wagen. Sie wollte mir etwas mitteilen, bevor das alles passierte, ich erinnere mich jetzt wieder.

Ruhig bleiben, Robbie.

Ich atme tief durch.

Denk nach.

Sie wollte mir gerade etwas sagen, als der Lastwagen auf uns zukam, und dann sind wir auf einmal in ihren Erinnerungen gelandet. Und jetzt stecken wir darin fest.

Meine Gedanken schwirren wild durcheinander, überschlagen sich.

Moment mal.

Was ist, wenn Jenn mir *immer noch* etwas sagen will? Etwas Wichtiges. Vielleicht ist ihr das Ganze noch nicht einmal bewusst, aber ihr Unterbewusstsein zieht mich in ihre Welt, zeigt mir alles, lässt mich zuschauen, bis ich herausfinde, was sie mir sagen will.

Weil sie glaubt, dass sie sterben wird.

Sie hat ein Geheimnis.

Vielleicht ist das der Grund, warum ich mich im Auto nicht bewegen kann, warum ich immer wieder zu diesen Erinnerungen zurückkehre. Fi sagte doch, dass Menschen in geteilten Todeserfahrungen Erkenntnisse gewinnen. Vielleicht geht es ja darum?

Ich muss ihr Geheimnis lüften, damit ich sie wecken kann.

Wahrscheinlich ist das Ganze ziemlich weit hergeholt, aber eine andere Theorie fällt mir nicht ein, und falls ich recht habe, kann ich den Aufprall noch verhindern.

Ich kann ihn verhindern.

Aber der Lkw ist schon gefährlich nah. Viel Zeit bleibt uns nicht mehr.

Scheiße.

Ein Geräusch. Jenn betritt den Raum. Ich hätte sie fast nicht erkannt. Und das nicht nur, weil sie jetzt älter ist, vielleicht sechzehn, sondern weil sie so gar nicht wie Jenn aussieht. Ihr Gesicht ist stark geschminkt, ihre Haare sind geglättet, und sie trägt ein schwarzes Spaghettiträger-Kleid. Die paar Male, die Jenn etwas anderes als Jeans getragen hat, kann ich an einer Hand abzählen. Das kam nur bei hochoffiziellen Anlässen vor, wie die Rubinhochzeit meiner Eltern oder Martys Verlobungsfeier.

Hinter ihr taucht noch jemand auf, blond und ebenso stark geschminkt. Es ist das Mädchen vom Jahrmarkt, Laura. Ihr Blick ist glasig, und sie schwankt leicht. Unter dem unangenehm süßen Parfümgeruch, den sie verströmt, sticht eine saure Alkoholnote hervor. Solche Mädchen gab es in meiner Schule auch. Sie sahen älter aus, als sie waren, gingen schon früh in Bars und Pubs und waren mit älteren Jungs zusammen. Warum hängt Jenn immer noch mit dieser Laura rum? Wo ist Katy?

Jenn holt tief Luft. »Mum«, sagt sie. Marian dreht sich um. »Wir sind dann jetzt weg, okay?«

Mir wird warm ums Herz, als ich die vertraute Sorge in ihrer Stimme höre. Sie mag vielleicht fremd aussehen, wie eine andere Version ihrer selbst, aber die echte Jenn steckt trotzdem in ihr.

Marian richtet sich auf und schaut die beiden Mädchen an. Einen Moment lang wirkt sie verwirrt, als wüsste sie nicht genau, was sie tun soll, bis sie schließlich fragt: »Wo wollt ihr denn hin?«

»Auf eine Party«, antwortet Jenn und fügt hastig hinzu: »Aber wenn du dich nicht wohlfühlst, kann ich auch hierbleiben.«

Ich könnte schwören, dass sie ihre Mutter fast flehentlich ansieht, als wünschte sie sich geradezu, sie würde sie zurückhalten. Ihr Vater hätte es getan.

Laura hat einen Schluckauf und hält sich leicht verspätet die Hand vor den Mund.

Komm schon, Marian, sag etwas. Sie wird sie doch nicht etwa gehen lassen!

Doch Jenns Mutter nickt nur. »Okay.«

»Bevor ich's vergesse«, sagt Jenn, »auf dem Herd steht eine Gemüsepfanne fürs Abendessen, wenn du Hunger hast, und ich habe das Warmwasser angestellt, falls du ein Bad nehmen möchtest.«

Marian lächelt matt. »Danke, mein Schatz.«

»Ciao, Mrs Clark«, verabschiedet sich Laura hastig und schiebt Jenn aus dem Zimmer, wobei sie ihr etwas ins Ohr flüstert.

Marion lässt sich zurück aufs Sofa sinken und starrt teilnahmslos auf den Fernseher. Ich habe mich noch nie dermaßen über sie geärgert. Weil sie nicht für Jenn da war, als sie es dringend brauchte. Weil sie ihre eigene Tochter nicht verstehen kann. Ohne Vorwarnung beginnt der Raum vor meinen Augen zu verschwimmen, als würde ich ohnmächtig, und ich denke an all die Dinge, die Jenn mir nie erzählt hat.

All die Dinge, die ich erst jetzt erfahre.

JENNY

Das Licht bei der Party ist gedämpft, die Musik wird von den vielen Unterhaltungen übertönt, und im Raum hängt ein Rauchschleier, der sie an den *haar* erinnert, den Nebel, der früher in ihren Garten kroch. Überall im Wohnzimmer sitzen Menschen auf Sofas, Stühlen und dem Boden. Cider, Bier und andere Spirituosen stehen auf dem Couchtisch. Jenny hockt unbehaglich auf einer Sofalehne und schaut zu, wie Laura in einer Zimmerecke mit ein paar Mädels aus dem Jahrgang über ihnen einen Drink nach dem anderen hinunterkippt.

Die gesamte Oberstufe scheint hier zu sein, während sie von ihren Klassenkameraden nur wenige entdecken kann. Jenny kommt sich irgendwie fehl am Platz vor, weil sie niemanden richtig kennt und nicht weiß, mit wem sie reden soll. Laura war zu der Party eingeladen worden von einem Typen, mit dem sie zusammen war. Katy wollte eigentlich auch mitkommen, aber dann meinte ihre Mutter, auf einer Party mit Alkohol hätte sie nichts zu suchen. Jenny schaut auf den kaum angerührten Drink in ihrer Hand, der leuchtend blau ist und widerlich schmeckt. Die Farbe erinnert sie an einen Ausflug mit ihrem Vater in die Deep Sea World, als sie noch jünger war, an den magischen Blick ins Haibecken, den man vom Tunnel darunter aus hatte, und die im Wasser tanzenden Lichter, die von der Scheibe reflektiert wurden. Wie gern wäre sie jetzt dort.

»Hey«, hört sie eine Stimme sagen, dreht sich um und blickt in ein vertrautes Gesicht unter einem strohblonden Wuschelkopf. Duncan. Vage kommt ihr ein Bild aus dem Biologieunterricht in den Sinn, wie er über einen Bunsenbrenner gebeugt hoch konzentriert die Aufgabenstellung befolgt.

»Hi«, sagt sie, während sie ein unerwartetes Gefühl der Erleichterung überkommt. Er sieht ganz anders aus als in der Schule, viel lässiger mit seinem blauen T-Shirt und den Jeans. Er hält eine noch fast volle Flasche Bier in der Hand.

»Gefällt dir die Party?«, erkundigt er sich.

»Och, geht so«, entgegnet sie.

Die beiden tauschen einen vielsagenden Blick.

»Ja, ich kenne hier auch niemanden richtig«, sagt er. »Normalerweise gehe ich nicht auf solche Partys.«

»Und wieso bist du dann hier?«

»Ach, weil ich mit Eric Fußball spiele.«

Sie nickt und denkt an den Typen mit den glänzenden schwarzen Haaren und dem gruseligen Lächeln, der ihr vorhin die Tür aufgemacht hat. *Sexy,* hatte Laura ihr zugeraunt, als sie ins Zimmer traten, kurz bevor sie Jenn allein in einer Ecke stehen ließ.

»Ähm«, beginnt Duncan, der auf einmal etwas unsicher wirkt. »Ich glaube, du hast auch alle drei Naturwissenschaften in der Oberstufe gewählt, oder? So wie ich?«

Sie lächelt. Das war ihr gar nicht aufgefallen. »Ja, ich will später wenn möglich Medizin studieren.«

»Echt? Ich auch«, sagt er und grinst.

Neben ihnen auf dem Sofa beginnen zwei Typen grölend miteinander zu rangeln. Einer von ihnen rempelt Jenn an, sodass sie fast von der Sofalehne kippt, doch Duncan stützt sie im letzten Moment. Sie muss lachen, und er fällt mit ein.

»Hey, sollen wir vielleicht einen Moment rausgehen?«, schlägt Duncan vor. »Es sind ein paar Leute draußen auf der Terrasse.«

»Klar«, sagt sie und nickt. Sie zögert kurz und wirft Laura noch einen Blick zu, glaubt jedoch, dass es ihrer Freundin ziemlich egal ist, wohin sie geht. Ein bisschen frische Luft und noch etwas Plaudern würde ihr sicher guttun. Zu Hause wartet doch nur eine dunkle Wohnung auf sie.

Sie erhebt sich von der Sofalehne, schnappt sich ihre Jacke, und die beiden bahnen sich einen Weg durch den überfüllten Flur. Duncan öffnet ihr die Tür, und ein Hauch kühler Herbstluft schlägt ihr entgegen. Auf dem Weg die Treppe hinunter hört sie, rhythmisch und immer leiser werdend, den Bass hinter sich wummern.

Am nächsten Tag

ROBBIE

Musik. Ein Radio dudelt leise vor sich hin. Ich bin in einem Schlafzimmer – einem ziemlich ungewöhnlichen. Die Wände sind vom Boden bis zur Decke mit Kunstdrucken bedeckt – sie kommen mir irgendwie bekannt vor, wahrscheinlich sind sie berühmt –, und überall auf dem Boden und auf dem riesigen Bett liegen Klamotten. Ich dachte immer, *ich* sei unordentlich, aber das hier toppt alles.

Ich bin allein, aber die Fotos von Jenn und Katy rund um den Schminkspiegel verraten mir, was ich wissen muss.

Ist es kurz nach der Party?

Jenn und Duncan. Was für ein komisches Gefühl, sie zusammen weggehen zu sehen. Eine Erinnerung daran, dass sie eine gemeinsame Geschichte haben, in der für mich kein Platz ist.

Ob sie an ihn gedacht hat, wenn wir zusammen waren?

Ich vermute, es sind diese Momente, in denen ich ganz besonders aufmerksam sein muss: die Orte, an denen ich nie war, die Gespräche, die ich nie gehört habe. Nur hier kann ich etwas über ihr Geheimnis erfahren.

Aber was Spiele und Rätsel angeht, war Jenn schon immer viel besser als ich. Meine Stärke sind sie nicht gerade. Jenn dagegen war für ein spätabendliches Pictionary oder eine Runde »Wer bin ich?« jederzeit zu haben. Ich sehe vor mir, wie sie bei meinen Eltern sitzt, ein gelbes Post-it auf der Stirn, auf dem in meiner kindlichen Handschrift »Dolly Parton« gekritzelt steht. Und sie hat sich immer total ins Zeug gelegt, war mit Begeisterung dabei. *Bin ich ein Mensch? Bin ich eine Schauspielerin?* Sie machte so lange weiter, bis das Rätsel gelöst war. Aufgeben war keine Option.

Jetzt ist es an mir, nicht aufzugeben.

Die Schlafzimmertür öffnet sich, und ich erstarre.

»O mein Gott, erzähl mir alles«, sagt eine Stimme, und Katy stürmt ins Zimmer. Sie trägt einen roten flauschigen Pullover mit Pailletten auf der Vorderseite. Jenn folgt ihr und streift ihre graue Strickjacke ab. Es ist ganz schön warm hier drin.

Katy lässt sich aufs Bett fallen und sieht Jenn erwartungsvoll an. Doch die lächelt nur und nimmt auf einem riesigen pinkfarbenen, aufblasbaren Sessel Platz.

»Da gibt's nicht viel zu erzählen, ich war ja nicht lange da.«

»Aber *irgendetwas* muss doch passiert sein«, drängt Katy, »irgendwelche peinlichen Geschichten muss es doch geben?« Sie runzelt die Stirn.

»Da war nichts, ehrlich, du hast nichts verpasst«, versichert Jenn. »Ich habe ein bisschen mit Duncan rumgehangen, und dann haben wir uns verdrückt.«

»Duncan?«

Jenn errötet, als wäre ihr etwas herausgerutscht, was sie nicht hatte erzählen wollen.

»Von dem höre ich ja zum ersten Mal. Meinst du Duncan Anderson? Den Superschlauen? Also, so superschlau wie du? Habt ihr … du weißt schon?«

Jenn lacht überrascht auf. »Nein. Wir sind einfach nur zusammen nach Hause gegangen, das war's.«

»Das war's?« Katy verschränkt die Hände hinter dem Kopf und

lässt sich aufs Kissen sinken. »Na ja, er ist ein bisschen still, da überrascht mich das nicht wirklich.«

»So still nun auch wieder nicht«, gibt Jenn zurück, als wolle sie ihn verteidigen. »Er ist nett. Wir haben uns nett unterhalten.«

Katy wirft ihr einen vielsagenden Blick zu.

Duncan. Damals muss das mit den beiden angefangen haben. Irgendwann habe ich ihn mal gegoogelt. Mich interessierte einfach, wer der Typ war, mit dem sie während der ganzen fünf Jahre ihres Studiums zusammen war. Ich erinnere mich noch gut an sein Profilbild: nettes Lächeln, nette Frisur, netter Kerl. Zwei Sekunden später hatte ich ihn schon wieder vergessen. Die beiden hatten Schluss gemacht, jetzt war sie mit mir zusammen, und mehr brauchte ich nicht zu wissen.

»Egal«, sagt Katy schließlich, »aber ich kann's einfach nicht fassen, dass Mum mir verboten hat mitzugehen. Wir sind immerhin sechzehn. Im Grunde sind wir doch schon erwachsen. Deine Mum ist da echt viel cooler.«

Ich weiß nicht, ob ich Marians offenkundige Depression als cool bezeichnen würde. Aber Jenn sagt nichts, sondern lächelt nur.

Dann steht sie aus dem Sessel auf und geht zum Nachttisch hinüber. »Hey, ist das von dem Familien-Fotoshooting, das ihr gemacht habt?« Sie deutet auf einen weißen Rahmen inmitten eines bunten Sammelsuriums aus Haarbürsten, Weckern und einer Lavalampe. Das Schwarz-Weiß-Bild zeigt offensichtlich Katys Familie. Katy steht mit einem älteren Jungen zwischen ihren Eltern. Alle haben dichtes schwarzes Haar und goldbraune Haut, nur ihr Vater ragt groß und blass neben ihnen auf. Die ganze Familie grinst in die Kamera, als wollten sie Reklame für Zahnpasta machen. Gruselig. Meine Eltern haben uns auch mal zu so was gezwungen, irgendwo barfuß am Strand.

»Ja, furchtbar, oder?«, sagt Katy, und ich sehe zu ihr auf. »Ich würde bei so was am liebsten im Boden versinken. Aber Mum liebt die Bilder. Sie hat Unmengen davon ausgedruckt, ich zeig sie dir später im Wohnzimmer. Das reinste Gruselkabinett.«

Jenn nimmt das Bild in die Hand und betrachtet es einen Moment lang. »So schlimm finde ich es gar nicht«, sagt sie leise.

Sie kann die Sehnsucht in ihren Augen nicht verbergen. Sehnsucht nach dem, was sie früher einmal hatte.

Hängt ihr Geheimnis wohl damit zusammen?

»Bleibst du zum Mittagessen?«, fragt Katy, und Jenn schaut auf. »Mum macht Hähnchencurry. Oder musst du zurück?«

»Nee, ich bleibe gern, danke«, erwidert Jenn lächelnd. »Meine Mum malt heute sowieso, es macht ihr sicher nichts aus.«

Was sie eigentlich sagen will, ist wohl: Es fällt ihr vermutlich gar nicht auf.

Im nächsten Augenblick stehe ich in einer Grünanlage wie der vor Jenns und meiner Wohnung. Es ist kühl, doch ihre Mutter sitzt am Rand der Wiese vor einer Leinwand und malt. Sie hat uns den in ein cremefarbenes Wolltuch gehüllten Rücken zugedreht. So ganz allein hier draußen wirkt sie unglaublich einsam. Jenn schlendert in ihrer grauen Strickjacke an mir vorbei, in der Hand einen angeschlagenen Becher, aus dem Dampf aufsteigt. Die Sonne steht schon tief am strahlend blauen Himmel, und die Schatten wandern langsam an den Backsteinmauern empor.

Ich muss gegen den Drang ankämpfen, Jenns Namen zu rufen. Ich weiß ja, dass ich ihr damit bloß Angst einjage. Ich muss jetzt einfach zuhören. Beobachten. Ich folge ihr, und die Formen auf der Leinwand werden deutlicher, je näher ich komme: kahle Bäume, eine alte Bank im Hintergrund. Ich bin zwar kein Kunstkenner, aber ich bin beeindruckt.

Jenn steht hinter ihrer Mutter und schaut ihr über die Schulter. Das nachlassende Sonnenlicht fällt auf die Grün- und Brauntöne und die Goldflecken, die leuchten wie in einem Traum.

»Es ist toll geworden«, sagt Jenn.

Ihre Mutter zuckt zusammen und schaut zu ihr auf. Sie sieht noch immer blass und müde aus.

»Hast du mir einen Schrecken eingejagt, Jenny!«

»Entschuldige«, sagt Jenn und reicht ihr den Becher. Marian

nimmt ein paar kleine Schlucke. Ihre knochigen, farbverschmierten Finger sind ganz rot vor Kälte. »Danke. Wie war's bei Katy?«

»Super, ich habe auch gleich bei ihr zu Mittag gegessen.«

»Wie schön.«

Jenn schaut nachdenklich drein, als wolle sie noch etwas hinzufügen.

»Warum versuchst du eigentlich nie, ihn zu finden?«, fragt sie schließlich.

»Wie bitte?«

»Dad. Warum ist er gegangen? Warum sind wir keine Familie mehr?«

Die Frage ist ungewöhnlich direkt, aber dann fällt mir das Foto in Katys Schlafzimmer wieder ein – die vier strahlenden Gesichter.

»Jenny«, sagt ihre Mum leise, ohne ihr in die Augen zu sehen, »lass uns dieses Thema bitte nicht immer wieder aufwärmen. Hör auf damit.«

Aber Jenn lässt sich nicht so einfach abwimmeln.

Es ist offensichtlich nicht das erste Mal, dass sie das Thema anspricht.

»Ich habe nach ihm gesucht, weißt du?«

»Wie meinst du das?«, fragt Marian und schaut Jenn in die Augen. Ihre Stirn ist gerunzelt.

»Im Internet, bei Architekturbüros, Projektausschreibungen, Stadtverwaltungen. Ich hab überall gesucht, aber ich kann ihn nirgends finden. Es ist, als wäre er vom Erdboden verschluckt. Aber Menschen verschwinden nicht einfach so, Mum. Du musst doch etwas von ihm gehört haben! Er hat dir bestimmt irgendwas gesagt?«

»Jenny, ich …«

»Bitte, Mum, sag mir, was du weißt, er fehlt mir so sehr.« Jenn beginnt plötzlich zu weinen, Tränen laufen ihr über die Wangen. »Ich kann die Unsicherheit einfach nicht mehr ertragen.«

Marian vergräbt das Gesicht in den Händen.

»Bitte, Mum«, drängt Jenn sie weiter, »bitte, sag mir einfach, was passiert ist …«

Marian lässt die Hände wieder sinken.

»Er hat mich geschlagen.«

Die Worte hängen wie unsichtbare Dolche in der Luft. Mein Herz hämmert. Jenn muss es ebenso gehen, denn sie atmet so schwer, dass ich es hören kann. Eine gefühlte Ewigkeit verharren die beiden im Garten voreinander, als sei die Zeit stehen geblieben. Auf Marians Wangen haben sich rote Flecken gebildet.

»Was meinst du mit ›geschlagen‹«?, fragt Jenn schließlich.

Marian schüttelt den Kopf wie ein Kind, das sich weigert zu sprechen. »Vergiss bitte, dass ich das gesagt habe.«

»Mum«, sagt Jenn und schaut auf ihre Mutter hinunter. Ihre Augen sind groß und ihr Blick ist forschend, doch Marian sieht sie nicht an. »Mum, bitte.«

Marian greift nach ihrem Pinsel und starrt darauf, als lägen die Antworten auf all ihre Fragen in seinem abgebrochenen Schaft. Aber Jenn rührt sich nicht, lässt nicht locker. Es ist ihr einfach zu wichtig.

»Es war im Oktober«, beginnt Marian schließlich, so leise, dass ich sie kaum verstehen kann. »Dein Vater hatte viel zu tun, weißt du noch? Ein großes Projekt, und ich habe versucht, ihm aus dem Weg zu gehen. Wie ich es schon eine ganze Zeit lang getan hatte … Er war irgendwie anders. Und dann, eines Abends, hab ich den Abwasch gemacht, meine Hände waren nass und glitschig, und mir ist ein Topf runtergefallen – der große, in dem wir immer Suppe gekocht haben. Es war ein Höllenlärm, und dann kam dein Vater plötzlich aus seinem Arbeitszimmer gestürmt. Sein Gesicht, Jenny – ich hatte ihn noch nie so außer sich gesehen. Er sagte, ich würde zu viel Krach machen und ob ich nicht gefälligst endlich mal aufhören könnte, derart nutzlos zu sein. Und dann kam er auf mich zu und schlug mich, so, dass es richtig wehtat.«

»Nein«, sagt Jenn und schüttelt den Kopf.

»Doch«, erwidert ihre Mutter mit zitternder Stimme. Sie starrt auf das Bild. »Es war die Nacht, in der er uns verlassen hat. Ich habe noch versucht, ihn aufzuhalten«, sagt sie und fährt sich mit der Hand über die Augen. »Er fing an, seine Sachen zu packen, und ich habe ihm gesagt, dass ich ihn liebe und dass ich ihm verzeihe. Ich konnte den Gedanken nicht ertragen, dass er uns verlässt … wie idiotisch von mir.«

Jenn starrt sie nur an, als könne sie nicht fassen, was sie da hört.

»Er hat dann zuerst auch gesagt, dass er bleibt«, fährt ihre Mutter fort, »und wir sind ins Bett gegangen wie jeden Abend. Aber er muss wieder aufgestanden sein, nachdem ich eingeschlafen war.«

»Nein«, sagt Jenn, bestimmter jetzt, »das kann einfach nicht sein. Dad war nicht so. Du irrst dich.«

»Nein, tu ich nicht«, sagt Marian, und ihre Augen füllen sich erneut mit Tränen.

Jenn beginnt zu zittern, und ich kann nicht sagen, ob es an der kalten Luft liegt oder an dem, was sie gerade erfahren hat. Hoffentlich reden die beiden weiter, es könnte immerhin wichtig sein. Um hinter ihr Geheimnis zu kommen, meine ich. Das wäre doch möglich? Traumatisch genug ist das Ganze jedenfalls.

Aber warum sollte Jenn so etwas vor mir verheimlicht haben? Er wäre schließlich nicht der erste Ehemann, der seine Frau geschlagen hat. Außerdem hat Jenn recht, wenn sie findet, dass das Ganze keinen Sinn ergibt. Alles, was ich bisher gesehen habe, alles, was ich von ihrer Kindheit mitbekommen habe, deutet darauf hin, dass ihr Vater ein guter Mensch war.

»Ich glaube dir nicht«, sagt Jenn schließlich. »Dad war der netteste und friedlichste Mensch, den ich kenne.«

»Jenny, ich sage die Wahrheit. Du hast es vielleicht nicht bemerkt, aber er hatte manchmal schreckliche Wutausbrüche. Er hat mich zwar nur dieses eine Mal geschlagen, aber seine Launen waren schon länger ziemlich unberechenbar. Ich habe mich damals sogar gefragt, ob er angefangen hatte zu trinken.«

Jenn schüttelt den Kopf. »Ich will nicht mehr darüber reden.«

Marian scheint noch etwas hinzufügen zu wollen, aber dann nickt sie nur. Der Pinsel liegt vergessen auf ihrem Knie. Mir ist, als wäre sämtliche Farbe aus unserer Umgebung gewichen, und ich kann mir das neue Bild von Jenns Vater, das ihre Mutter gerade von ihm entworfen hat, einfach nicht vorstellen.

Als Jenn zum Haus zurückgeht, schießt mir ein Gedanke durch den Kopf: Wenn ihr Vater das alles nicht getan hat, bedeutet es, ihre Mutter lügt.

Aber warum sollte sie das tun?

Ich muss daran denken, was Jenn über Psychologie gesagt hat und warum sie sich so dafür interessiert: *Ich finde es spannend, warum Menschen tun, was sie tun.*

Kurz bevor sie in dem düsteren Gebäude verschwindet, wirft sie über den Rasen einen Blick zurück zu ihrer Mutter, die sich wieder der Leinwand zuwendet. Jenn sieht fassungslos aus, als sei ihre ganze Welt plötzlich in sich zusammengebrochen. Schließlich betritt sie das Mehrfamilienhaus, und ihre Schritte hallen auf dem Steinfußboden wider.

Während es in meinem Kopf wieder zu pochen beginnt, greift ihre Mutter nach einer Plastikflasche auf dem Rasen und überschüttet das Bild mit Terpentin. Es blutet violett, grün und braun, die goldenen Flecken werden weggespült, und alles Licht löst sich auf.

DREIZEHN

2017

JENN

Sie sitzt am Wohnzimmertisch und lackiert sich die Nägel golden, als es auf einmal an der Tür klingelt. Sie schaut auf.

»Ich geh schon«, sagt Robbie grinsend und eilt aus dem Zimmer. Jenn schraubt den Deckel wieder auf das Fläschchen und stellt es, ebenfalls lächelnd, auf den Tisch.

Marty ist zurück.

Sie muss an die unzähligen Fotos denken, die Robbie ihr im Internet gezeigt hat, von seinen gemeinsamen Reisen mit Marty: Robbie und Marty im Hafen von Sydney, Robbie und Marty hoch oben in Machu Picchu, Robbie und Marty bei einer Vollmondparty mit Leuchtbändern um den Kopf und in orangefarbenen Westen. Sie waren die Art von Jungs, bei denen selbst das cool aussah – Robbie wegen seiner Größe und seines dunklen, verwegenen Aussehens, Marty wegen seines frechen Lächelns und seiner strahlend blauen Augen. Sie waren Jungs, die den Spaß ihres Lebens und keinerlei Sorgen hatten. Und ob sie will oder nicht, Jenn verspürt einen Anflug von Neid. Sie ist neidisch, dass die beiden nach der Schulzeit einfach mit Geld von ihren Eltern ein Jahr lang abtauchen konnten. Neidisch, dass sie gar nicht auf die Idee gekommen waren, sich einen bezahlten Job zu suchen, weil sie es schlichtweg nicht nötig hatten.

Ihr Leben hatte etwas anders ausgesehen, als sie achtzehn war.

Doch als sie hört, wie die Tür aufgeht, muss sie unwillkürlich lächeln. Sie freut sich, Marty wiederzusehen, und sie freut sich für Robbie, dass sein Freund wieder in Edinburgh ist.

Sie lässt ihren Blick durch das Wohnzimmer schweifen, über

die Gläser mit den Teelichtern und das Feuer im Kamin – das erste Mal in diesem Herbst. Auf dem Sims und den Beistelltischen hat sie Schalen mit Chips verteilt, als kleinen Snack vor dem Abendessen. Irgendwie fühlt es sich immer noch komisch an, Leute zum Abendessen einzuladen. Mit achtundzwanzig steht sie an einer eigenartigen Schwelle: noch nicht ganz erwachsen, aber auch nicht mehr wirklich jung. Irgendwas dazwischen halt.

Aus dem Flur hört sie Schulterklopfen und Lachen, dann betritt Marty das Zimmer.

»Jenn!«, ruft er, geht auf sie zu und beugt sich vor, um ihr einen Kuss auf die Wange zu drücken. Er trägt ein teuer aussehendes Hemd, sein Haar ist akkurat geschnitten, und als seine Wange ihre streift, fühlt sie sich glatt rasiert an.

»Ewig nicht gesehen«, sagt er.

»Ewig vielleicht nicht gerade, aber es ist schon ein paar Jahre her«, sagt sie lächelnd.

»War das letzte Mal nicht bei Robbies Weihnachtsfeier? Kurz bevor ich nach New York gegangen bin?«

»O Gott«, sagt Jenn, »an dem Abend hab ich definitiv zu viel Glühwein getrunken.«

»Haben wir doch alle, wenn ich mich recht entsinne«, fügt Robbie hinzu, der mit einer Flasche Bier in der Hand ins Zimmer tritt, die er Marty reicht.

»All die leeren Versprechungen, mich besuchen zu kommen.« Marty schüttelt theatralisch den Kopf.

»Ach, jetzt stell dich nicht so an«, sagt Robbie. »Wir haben uns immerhin letztes Jahr in Dubai getroffen.«

»*Anfang* letzten Jahres. Und ein kläglicherer Versuch, ein paar Tage Urlaub mit alten Freunden zu machen, ist mir noch nicht untergekommen.« Marty wendet sich an Jenn. »Dauernd musste er dich anrufen. Hat in Bars und Restaurants eine SMS nach der anderen getippt und ist ständig nach draußen verschwunden. Irgendwann haben die Jungs das Handy unter einer Sonnenliege versteckt …«

»Hey, jetzt reicht's«, sagt Robbie lachend.

Jenn muss grinsen, als sie an diese Zeit zurückdenkt. Sie waren etwas mehr als ein Jahr zusammen gewesen und zum ersten Mal zehn Tage getrennt, eine wirklich furchtbare Qual, die sie nur überstanden, weil sie sich Tag und Nacht Nachrichten schickten. Natürlich hingen sie auch sonst nicht ständig aufeinander, beide hatten schließlich viel um die Ohren, aber zehn Tage, und dann noch so weit voneinander entfernt – das hatte sich wie eine Ewigkeit angefühlt.

Es hatte ihr klargemacht, dass sie etwas ganz Besonderes miteinander hatten. Etwas, das sie noch nie erlebt hatte.

»Und für wen arbeitest du jetzt hier?«, erkundigt sich Jenn.

Marty wendet sich ihr zu. »Ach, bloß für einen kleinen Hedgefonds in der City.«

»Ach, bloß für einen kleinen Hedgefonds in der City«, äfft Robbie ihn grinsend nach. »Marty macht ganz schön Karriere.«

Sie weiß, dass er es Marty gönnt, aber es schwingt doch auch eine Spur Bitterkeit in seinen Worten mit.

»Warum bist du eigentlich zurückgekommen?«, will Jenn wissen. Sie fühlt sich in Martys Gegenwart seltsam wohl, und das, obwohl sie sich bisher nur ein einziges Mal getroffen haben. Es ist fast, als würde sie eine Art osmotische Freundschaft verbinden. All die albernen Postkarten, die in der ganzen Wohnung verteilt sind, die betrunkenen Anrufe nach dem Pub, wenn für Marty der Abend auf der anderen Seite des Atlantiks gerade erst begann, geben ihr das Gefühl, ihn schon lange zu kennen.

Marty zuckt mit den Schultern. »Ich hatte einfach genug vom Leben da drüben. Es war toll, versteh mich nicht falsch, aber ich hab mich schon immer zu Hause am wohlsten gefühlt.«

Jenn nickt. Sie fragt sich, wie es wohl ist, im Ausland zu leben. Immerhin hatte sie das auch mal vor.

»Also«, fährt Marty fort und schaut zwischen den beiden hin und her, »ihr seid jetzt also schon seit drei Jahren zusammen?«

»Ja, genau«, sagt Robbie und legt den Arm um Jenns Taille. Sie kann es selbst kaum glauben. Sind es wirklich schon drei Jahre? *Sie liebt ihn immer noch so sehr.*

»Was ist denn aus dem Mädchen geworden, mit dem du in New York zusammen warst?«, fragt Robbie. »Tiffany? Ich dachte, das wäre was Ernstes?«

»Ihr Name war Tory«, sagt Marty langsam, »und nein, am Ende hat es bei uns einfach nicht gepasst.«

»Mein Beileid, Kumpel. Die Nächste, die dran glauben musste.«

Marty lächelt. »Es gibt ja noch andere. Vielleicht lerne ich ja jemanden bei eurer Hochzeit kennen?«

Robbie spuckt beinahe sein Bier quer durch den Raum. Hastig nimmt er den Arm von Jenns Hüfte. »Hochzeit?«

Marty sieht verdutzt aus. »Tut mir leid, war nur als Scherz gemeint. Ich hatte einfach angenommen ...«, beginnt er, lässt den Satz aber unvollendet. »Jetzt sag nicht, dass du in der Zwischenzeit deinen Sinn für Humor verloren hast, Robbo«, fügt er schnell hinzu und lacht.

»Hilfe!«, ruft Robbie albern und beginnt ebenfalls zu lachen, aber es klingt irgendwie gezwungen. Unsicher.

Jenn wird mit einem Mal ganz anders. Ist die Vorstellung, sie zu heiraten, etwa so absurd? Um ehrlich zu sein, weiß sie nicht, ob sie überhaupt heiraten möchte – zu viele Leute, die sie anstarren, und dann noch ihre komplizierten Familienverhältnisse. Aber sie war schon davon ausgegangen, dass sie beide auf Dauer eine feste Bindung wollten. *Hatte sie sich etwa geirrt?*

Doch bevor sie etwas sagen kann, klingelt es erneut an der Tür.

»Ich geh schon«, sagt sie, denn sie weiß, wer es ist. Über alles andere wird sie sich heute Abend nicht mehr den Kopf zerbrechen – wahrscheinlich macht sie sich eh zu viele Gedanken. Immerhin sind sie gerade mal achtundzwanzig. Die wenigsten ihrer Freunde haben einen festen Partner. Kein Grund zu klammern.

Auf dem Weg zur Wohnungstür setzt sie ein fröhliches Gesicht auf, während die Jungs im Hintergrund über irgendetwas lachen. Sie öffnet, und auf der anderen Seite steht Hilary, wunderschön mit ihrem glänzenden Haar und der intensiven Bräune. In der einen Hand hält sie einen Strauß rosa- und lilafarbene Blumen, in der anderen eine Weinflasche in einer glitzernden Geschenktüte.

»Hi«, sagt Jenn mit einem breiten Lächeln und umarmt sie.

»Ist er schon da?«, flüstert Hilary und betritt die Wohnung. Sie streift den cremefarbenen Mantel ab und setzt dabei eine Wolke schweren Parfüms frei. Jenn hängt ihn an die Garderobe. Hilary trägt ein eng anliegendes, rosafarbenes Kleid und hochhackige Schuhe, und auf einmal fühlt sich Jenn in ihrer Nullachtfünfzehn-Jeans und ihrem schwarzen Oberteil underdressed. Es war gar nicht ihre Absicht, Hilary und Marty zu verkuppeln, aber da Kirsty und ihr neuer Mann auch eingeladen sind, sollte sich Marty nicht als fünftes Rad am Wagen fühlen. Doch Jenn hatte schon vermutet, dass er Hilary gefallen würde – Marty war der Typ Mann, der jeder Frau gefiel.

»Hils«, grüßt Robbie, als sie ins Wohnzimmer kommen. Er geht auf Hilary zu, umarmt sie herzlich und tritt dann lächelnd zurück. »Bist du gut von der Arbeit weggekommen? Kaum zu fassen, dass es uns gelungen ist, einen Samstagabend zu finden, an dem alle freihaben.«

»Oh, bist du etwa auch Köchin?«, erkundigt sich Marty sofort mit leuchtenden Augen.

Hilary strahlt ihn mit geröteten Wangen an. »Nein, ich bin Ärztin. Wie Jenn.«

»Super«, sagt Marty und sieht ihr unverwandt in die Augen. »Welcher Fachbereich?«

»Derselbe wie Jenn, ich bin Notärztin.«

»Beeindruckend. Ich bin übrigens Chris«, sagt er lachend. »Vielleicht hätte ich mich erst mal vorstellen sollen.«

»Wie, und was ist mit Marty?«, mischt Robbie sich ein. Er grinst, wirkt aber seltsam verwirrt.

»Gott, ich habe mich schon seit Ewigkeiten nicht mehr als Marty vorgestellt«, sagt dieser und lächelt Hilary immer noch an. »Zeit, endlich erwachsen zu werden.«

Wenn sie jetzt ihre Hand zwischen Marty und Hilary legen würde, denkt Jenn, würde sie vermutlich in zahllose unsichtbare Funken geraten – die Funken, die am Anfang einer Beziehung sprühen, wenn sich alles großartig anfühlt und der Spaß im Mittelpunkt steht. Keine Erwartungen, keine Verwirrung.

»Okay«, sagt Robbie, der das alles nicht mitzubekommen scheint, und klatscht in die Hände. »Alkohol. Worauf hast du Lust, Hils?«

»Oh, irgendwas«, sagt sie. »Das hier ist übrigens für euch.« Sie reicht Robbie die Tüte.

»Danke«, sagt er und wirft einen Blick hinein, bevor er sich Jenn zuwendet. »Prosecco für die Damen?«

»Klingt gut«, sagt sie, während sie versucht, ihn zu verstehen, diesen Mann, den sie besser kennt als jeden anderen. Zumindest hatte sie das immer gedacht. *Was ging in seinem Kopf vor?*

»Gleich zurück«, verkündet Robbie und verlässt den Raum, als ob alles vollkommen in Ordnung wäre und es keinen Grund zur Sorge gäbe. Während Jenn ihm nachsieht, klingelt es erneut. *Kirsty*. Sie will gerade zur Tür gehen, als die Kerze in der Mitte des Wohnzimmertisches auf einmal hektisch zu flackern beginnt, als hätte ein Windstoß sie erfasst. Sie bekommt eine Gänsehaut, und ein Schauer läuft ihr über den Rücken.

Zwei Wochen später

ROBBIE

Ein langer, dunkler Raum. Menschen sitzen an Holztischen und haben Getränke vor sich stehen. Fenster von der Decke bis zum Boden, davor Kopfsteinpflaster. Hinter der Bar flackert Neonlicht. Ich bin im West End – den Laden hier kenne ich gut. Ich sehe mich nach Jenn um. Sie sitzen in der Ecke: Er mit einem Bier in der Hand, sie mit einem Glas Weißwein. Er trägt einen grünen Pulli, und sie hat noch immer ihren blauen Mantel an. Wahrscheinlich irgendwann im Herbst, nicht lange nach dem Abendessen mit ihren Freunden. Allerdings ist mir nicht klar, warum ich ausgerechnet diesen Abend gesehen habe. Was war so wichtig an Martys Rückkehr?

Ich schlendere zu ihnen hinüber, an ein paar leeren Tischen vorbei. Es muss mitten in der Woche sein. Wir sind früher gern mal an einem Wochentag abends ausgegangen, wenn wir am nächsten Morgen freihatten. Am Wochenende musste ja oft einer von uns arbeiten. Wir gingen dann zuerst essen, koreanisch, griechisch, türkisch, wo auch immer wir gerade landeten. Dann noch irgendwo ein paar Drinks, manchmal auch ein paar mehr, bevor wir uns wieder auf den Heimweg machten, über den Tag redeten und herumalberten.

Leise setze ich mich neben Jenn auf die Holzbank – ich will sie nicht erschrecken, die Unterhaltung nicht unterbrechen. *Hör jetzt gut zu, Robbie.* Es könnte wichtig sein.

»Ich habe Hilary heute bei der Arbeit gesehen«, sagt sie und nimmt einen Schluck von ihrem Wein.

»Ach ja?« Robbie klingt nicht sonderlich interessiert. »Alles klar bei ihr?«

»Kann man so sagen.« Sie zieht die Augenbrauen hoch.

»Was soll denn dieser Blick?«

»Offenbar hatten sie und Marty schon ihr zweites Date. Scheint ganz gut zu laufen.«

»Echt?«

»Hat er dir nichts davon erzählt?«

Robbie schüttelt den Kopf und nimmt noch einen Schluck. »Ist doch super, die beiden würden ein tolles Paar abgeben.«

»Stimmt«, sagt Jenn und beginnt, am Stiel ihres Weinglases herumzuspielen. Es sieht aus, als wolle sie noch etwas sagen, aber er ist mit seinem Handy beschäftigt, scrollt herum und lacht auf. *Ständig hat er das verdammte Telefon in den Fingern.*

Sie räuspert sich nervös, und er sieht auf.

»Kannst du dich noch an Martys Kommentar erinnern, über die Hochzeit?«

»Welchen Kommentar über welche Hochzeit?«, fragt er, zunächst mit leerem Blick, doch dann scheint er plötzlich zu verstehen. »Ach, du meinst den unwitzigen Witz?«

Sie lacht halbherzig, dreht den Stiel in ihren Fingern.

»Du hast dich aber nicht darüber geärgert, oder?«, fragt er. »Ich meine, du willst doch jetzt nicht wirklich heiraten oder so?«

Er sieht beunruhigt aus, ist auf einmal blass geworden. *Deutlicher geht's wohl kaum.*

»Nein«, sagt sie, »aber ich habe mich schon gefragt …«

»Was hast du dich gefragt?«

»Na ja, ob … ob wir auf derselben Wellenlänge sind.«

Er lächelt und greift nach ihrer Hand. »Natürlich sind wir das. Wir haben doch eine Menge Spaß zusammen. Alles ist bestens, oder?«

Jenn nickt, aber wirklich überzeugt sieht sie nicht aus. Natürlich nicht, er weicht dem Kern der Sache aus. Selbst ich merke das. Warum bleibt er nur so verdammt unverbindlich? Mir wird mulmig zumute. Es war das erste Mal, dass wir über das Thema Hochzeit gesprochen haben, und ich konnte ihre Sorgen offenbar in keiner Weise zerstreuen. Habe ich das echt so gesagt?

Jenn nimmt einen letzten Schluck Wein und stellt ihr leeres Glas ab.

»Noch einen?«, fragt Robbie schnell und will schon aufspringen.

»Nein, heute Abend nicht, sorry«, sagt sie mit einem betrübten Lächeln. »Ich hab bald die Prüfung, das weißt du doch. Und wir sind in letzter Zeit eh so viel ausgegangen.«

»Ist das dein Ernst?«, fragt Robbie, der genervter aussieht, als der Sache angemessen wäre.

»Na ja, ich muss sie halt bestehen, sonst kann ich mich nicht spezialisieren.«

»Hast du nicht gesagt, man kann sie wiederholen?«

»Doch, vier Mal«, antwortet sie zögerlich. »Aber der nächste Termin ist erst im Frühjahr, und jeder Versuch kostet Geld. Außerdem macht es einen sehr schlechten Eindruck durchzufallen.« Sie schüttelt hastig den Kopf, als würde ihr allein die Vorstellung schon Angst einjagen.

»Okay … ist ja gut«, sagt Robbie und hebt beschwichtigend die Hände. »Ich dachte bloß, weil wir schon so lange nicht mehr allein ausgegangen sind. Aber in Ordnung. Ich bezahle dann mal die Rechnung.«

»Warte«, sagt sie, und er dreht sich zu ihr um. Sie seufzt und lächelt dann. »Vielleicht noch einen.«

Er reckt triumphierend die Faust in die Luft.

»Aber dann gehen wir, okay?«, fügt sie hinzu.

»Na klar«, erwidert er grinsend. »Ich verspreche dir, du bist um zehn im Bett und sitzt um acht am Schreibtisch und paukst.«

»Abgemacht«, sagt sie und sieht ihn mit unendlich viel Liebe und absolutem Vertrauen an.

Wenn ich daran denke, wie die Geschichte weitergeht, wird mir schlecht.

»Ich bin sicher, dass du bestehst«, sagt er, bereits unterwegs in Richtung Bar. »Tust du doch immer.«

Zwei Monate später

JENN

Sie steckt den Schlüssel ins Schloss und betritt den dämmrigen Flur, der nur vom Licht aus der Küche erhellt wird. Das Klappern von Tellern und das Klirren von Besteck, das aus einer Schublade gezogen wird, sind deutlich zu hören. Auf dem Beistelltisch steht noch die Kaffeetasse von heute Morgen, die sie, erfüllt von erwartungsvoller Energie, dort stehen gelassen hat. Sie hatte sich so auf den heutigen Tag gefreut, war so sicher gewesen, dass sie genug gelernt hatte und die Prüfung bestehen würde! Jetzt fühlt sie sich nur noch beschissen. Sogar die Tasse scheint sie zu verhöhnen, mit ihrem Bild einer spanischen Señorita, die mit den Absätzen klappert und sich Luft zufächelt. Sie haben sie vor ein paar Monaten bei einem Wochenendtrip nach Madrid gekauft. Deine *Hoppla-hier-komm-ich-Tasse,* wie Robbie sie nennt.

Als sie die Tür hinter sich schließt, verstummen die Geräusche in der Küche, und Robbie erscheint im Türrahmen.

»Ich habe dich gar nicht reinkommen hören. Herzlichen Glückwunsch«, sagt er und geht grinsend auf sie zu, »ich habe den Sekt schon kalt gestellt, und das chinesische Essen ist auch gerade gekommen …«

»Ich bin durchgefallen«, sagt sie kaum hörbar. Sie lässt ihre Tasche zu Boden fallen, nimmt die Tasse und geht an ihm vorbei in die Küche. Sie spürt seinen Blick im Rücken, drängend, fragend, aber sie will nicht darüber reden.

Sie öffnet den Geschirrspüler und stellt die Tasse hinein, sodass die Señorita nun mit dem Kopf nach unten im Dunkeln steht. *Hätte er die nicht schon wegräumen können?* Er war immerhin den ganzen Tag zu Hause.

»Aber …«, beginnt er, »bist du sicher?«

»Klar bin ich sicher«, schnauzt sie ihn an, wohl wissend, wie untypisch das für sie ist. Doch sie ist total panisch. *So etwas ist ihr noch nie passiert.*

»Aber du arbeitest und lernst doch ständig«, sagt er ratlos. »Wie konnte das passieren?«

Sie holt tief Luft. All die Gedanken, die ihr durch den Kopf gegangen sind, als sie nach Hause geradelt ist, wirbeln jetzt wild durcheinander. »Ich arbeite nicht *hart,* ich gehe einfach ganz normal zur Arbeit«, sagt sie ruhig. »Und lernen tue ich doch nie. Ich bin immer nur mit dir unterwegs, oder mit unseren Freunden, oder mit deiner Familie, oder auf Reisen. Ich muss mich einfach mehr auf meine Ausbildung konzentrieren, wenn ich das durchziehen will. In deinem Job kannst du dich vielleicht um Schichten herumdrücken, aber ich kann mir diese spontanen Aktionen nicht ständig leisten.«

Seine Miene verfinstert sich, und die gute Laune ist plötzlich verflogen.

»Jetzt übertreibst du aber, Jenn«, sagt er schließlich. »Es ist doch nur eine Prüfung. Die kannst du wiederholen.«

»Als ob es darum ginge. Hast du irgendeine Ahnung, wie schlecht es aussieht, wenn man eine Prüfung zweimal macht? Wie sich das auf meine Berufsaussichten auswirken könnte?«

»Mensch, Jenn, jetzt komm mal wieder runter. Das ist schließlich nicht das Ende der Welt.«

Sie bedeckt das Gesicht mit den Händen. Er versteht es einfach nicht. *Er versteht nicht, wie wichtig das für mich war, wie es sich angefühlt hat.*

»Hör zu, es tut mir leid«, sagt sie und hat das Gefühl, jeden Moment in Tränen der Enttäuschung auszubrechen. »Es war einfach ein anstrengender Tag. Ich gehe jetzt ins Bett.« Eilig verlässt sie das Zimmer, damit er ihre Tränen nicht bemerkt.

»Und das Essen vom Chinesen?«, ruft er ihr hinterher. Sie bleibt kurz stehen, ohne sich umzudrehen. Sie weiß, dass es letztlich ihre eigene Schuld ist – sie hätte ja einfach öfter zu Hause bleiben und lernen können –, dass sie es sich selbst zuzuschreiben hat. Aber warum musste er sie ständig in Versuchung führen? Warum konnte er sich nicht einmal im Leben verantwortungsvoll verhalten? Und sie einfach unterstützen, wenn sie es braucht?

Und jetzt unterstützt er sie wieder nicht.

»Scheiß auf das Essen, Robbie«, sagt sie und geht. Sie kann die Tränen nicht mehr zurückhalten.

Im Schlafzimmer streift sie die Turnschuhe ab und zieht ihre Leggings aus. Das Bett ist ungemacht, die Bettdecke liegt zusammengeknüllt in der Mitte, so wie Robbie sie hat liegen lassen, aber das ist ihr egal, sie zieht sie einfach zu sich und über den Kopf in der Hoffnung, schnell einzuschlafen und diesen Tag zu vergessen. Morgen wird sie aufstehen und lernen, damit ihr so etwas nie wieder passiert. Sie schaut auf ihre Uhr, betrachtet die verblassten Pfirsichblüten und den langen, tickenden Zeiger.

»Wach auf, Jenn, *bitte*. Uns läuft die Zeit davon.«

Sie schreckt hoch und schaut sich aufmerksam im Zimmer um. *Was war das für eine Stimme?* Ihr Herz rast. Aber es ist offensichtlich niemand da. Sie legt sich wieder hin und versucht, sich zu beruhigen, so wie sie es seit ihrem dreizehnten Lebensjahr getan hat. *Alles wird wieder gut, Jenn, alles wird wieder gut.* Aber sie fühlt sich schrecklich. Weil sie durch die Prüfung gefallen ist, weil sie die Geduld verloren hat und weil Robbie jetzt nicht neben ihr liegt.

Über den Gedankenwirrwarr hinweg hört sie, wie in der Küche ein Korken knallt, wie sich jemand ein Glas Sekt einschenkt. Ein Gefühl der Bitterkeit steigt in ihr auf. Sie schließt die Augen und lässt sich fallen, immer tiefer ins Nichts hinein.

VIERZEHN

2006

ROBBIE

Verschwommene Schemen, die langsam Kontur annehmen. Das Pulsieren in meinem Kopf lässt nach. Ich befinde mich im Flur einer anderen Wohnung. Auch diese liegt in einem alten Mehrfamilienhaus, genau wie meine. Sockelleisten aus Holz, auf dem Boden ein gestreifter Teppich, abgenutzte Holzdielen. Eine große, farbenfrohe Leinwand hängt an der Wand neben der Tür, eine Vase mit frischen Blumen steht auf dem Beistelltisch, daneben ein Foto von Jenn und ihrer Mutter.

Ich bin wieder bei ihnen zu Hause. Doch dieses Mal sieht es irgendwie schöner aus, fröhlicher. Sonnenlicht scheint aus dem Wohnzimmer herüber, das jetzt ordentlich und aufgeräumt ist. Keine depressive Mutter auf dem Sofa, die trashige Fernsehsendungen schaut. Die Lage muss sich etwas gebessert haben.

Zum Glück sind wir nicht mehr in unserer Wohnung. Es war schrecklich, uns so zu sehen, *Jenn* so zu sehen, niedergeschlagen im Dunkeln liegend, während ich ganz allein unseren Sekt trank. Wie konnte mir entgehen, dass sie weinte? Ich hätte sie trösten sollen, anstatt mir einen hinter die Binde zu kippen.

Und ich hätte auch nicht laut sprechen dürfen – sie zu erschrecken, war nicht gerade hilfreich.

Wann lerne ich es endlich?

Ein Klappern an der Tür, gefolgt von dem Geräusch von Briefen, die auf die Dielen fallen. Eilige Schritte, die immer näher kommen. Ich drehe mich gerade rechtzeitig um, um sie auf mich zustürmen zu sehen – eine schlaksige Jenn im Teenager-Alter in gelben Shorts und weißem T-Shirt –, und springe hastig zur Seite. Keine Ahnung, ob sie mich spüren könnte, aber ich will es auch nicht unbedingt testen. Im nächsten Moment kniet sie auf dem Boden und wühlt in den Umschlägen herum, bis sie einen großen braunen in der Hand hält, den sie ungeduldig aufreißt. Ihr Atem geht schwer, ihre Hände zittern, als sie ein Blatt Papier daraus hervorzieht. Sie liest es, dann kreischt sie vor Freude auf.

Ich muss lächeln, ob ich will oder nicht. Ihre Freude ist ansteckend, dabei weiß ich nicht einmal, worum es geht. Ihre Mutter kommt mit weit aufgerissenen Augen in den Flur und trocknet sich die Hände an einem Geschirrtuch ab.

»Ist das ...«, beginnt sie fragend.

»Ich habe bestanden!«, ruft Jenn und springt auf, das Schreiben fest umklammert. Tränen rinnen über ihr Gesicht.

Marian drückt ihre Tochter, die sie mittlerweile überragt, an sich. Ihr Stolz ist nicht zu übersehen. Als sie sich voneinander lösen, schauen beide noch einmal gemeinsam auf das Blatt, bevor sie sich verschwörerisch angrinsen.

»Ich wünschte, ich könnte es ihm erzählen«, sagt Jenn einen Moment später, und Marians Miene verändert sich umgehend. Sie fängt wieder an, ihre Hände mit dem fleckigen Geschirrtuch abzutrocknen, obwohl sie gar nicht mehr nass sein können.

»Mach dir darüber heute keine Gedanken«, sagt sie mit gezwungen fröhlicher Stimme. »Lass uns einfach feiern. Wir könnten nach der Schule essen gehen. In das Restaurant, vor dem du immer stehen bleibst. Du weißt schon, das schicke mit den Blumen vor der Tür. Vielleicht mit Katy?«

»Mum«, sagt Jenn so bestimmt, wie sie nur kann, »den Laden können wir uns nicht leisten, das weißt du ganz genau.«

»Oh.« Marian nickt. Sie sieht verwirrt aus. »Ja, du hast vermutlich recht.«

Es ist komisch, mit anzusehen, wie ein Kind so etwas zu einem Elternteil sagt – Jenn war schon damals die vernünftige Erwachsene, es blieb ihr ja nichts anderes übrig. Wollte sie deshalb keinen Studienkredit aufnehmen? Weil sie schon früher immer darauf achten musste, dass sie und ihre Mutter nicht in die Schuldenfalle rutschen?

In meiner Kindheit und Jugend war Geld nie ein Thema. Selbst jetzt denke ich nie wirklich darüber nach. Mum und Dad haben die Wohnung vor Jahren für mich gekauft, sodass ich, mal abgesehen von den Nebenkosten, über mein verdientes Geld frei verfügen kann.

Jenn hatte es nie so einfach.

Sie schaut wieder ihre Mutter an.

»Du musst doch wissen, wo er ist«, versucht sie es noch einmal. »Es würde ihm viel bedeuten. Da bin ich mir sicher.«

Marian schüttelt den Kopf. »Ich weiß nicht, wo er sich aufhält. Ich hab keine Ahnung, wo er damals hingegangen ist. Ich habe dir doch alles über den Abend erzählt …«

»Aber Mum, so was würde er doch nicht einfach tun. Ich kenne ihn schließlich.«

»Was soll das denn jetzt heißen?«, fragt Marian gereizt. Es ist das erste Mal, dass ich sie die Stimme erheben höre. »Ich lüge nicht.«

Jenn öffnet den Mund, will noch etwas sagen, doch im selben Moment ertönt die Klingel. Beide zucken erschrocken zusammen, ich auch, und wir sehen alle zur Tür. Die Klingel schrillt erneut, als wolle sie die beiden anschreien.

»Wer kann das sein?«, fragt Marian. Plötzlich sieht sie verloren und verwirrt aus, dort im dunklen Flur – wie ein Reh im Scheinwerferlicht.

Jenn nimmt den Hörer der Gegensprechanlage ab, durch den ein ohrenbetäubendes Kreischen in den Flur dringt. »Komm hoch«, sagt sie lächelnd und drückt auf den Türsummer. Sie sieht zu ihrer Mutter hinüber. »Katy.«

Marian wirkt erleichtert, stößt einen Seufzer aus und lässt das Geschirrtuch zu Boden fallen. Unten fällt die Eingangstür ins Schloss, dann sind Schritte im Treppenhaus zu vernehmen. Hört jetzt bloß nicht auf zu reden! Ist die Beziehung zu ihrer Mutter etwa deshalb so mies – weil Jenn ihr nicht geglaubt hat?

Ich habe Marian im Laufe der Jahre nur wenige Male getroffen. Einmal hat sie hier in Edinburgh in unserer Wohnung zu einem ziemlich steifen gemeinsamen Abendessen vorbeigeschaut. Ein anderes Mal sind wir nach London gefahren, um Freunde zu besuchen, und ihre Mutter war zufällig auch da. Beide Male verwandelte Jenn sich in einen ängstlichen, nervösen Menschen. Als ob die Begegnung mit ihrer Mutter etwas Negatives in ihr auslöste. Aber als ich sie darauf ansprach, machte sie wie gewohnt dicht, und ich lenkte das Gespräch auf ein Thema, das angenehmer für sie war.

Oder angenehmer für mich?

Mein Magen verkrampft sich.

Die Schritte auf der Treppe werden lauter. Jenn dreht den Schlüssel im Schloss und öffnet die Tür in genau dem Moment, als ein Blitz aus dunklen Haaren, grünem Kapuzenpulli und rosa Pyjamahose auf dem Treppenabsatz auftaucht.

»Ich hab eine Eins in Kunst und vier Dreien!«, kreischt Katy, die ebenfalls einen Umschlag in der Hand hält. »Hast du, was du brauchst?« Sie sieht aus, als hätte sie sich seit Wochen nicht mehr gekämmt. Ist das etwa Müsli in ihrem Haar?

Aber ich mag Katy, sie scheint ein interessanter Mensch zu sein. Warum ist Jenn eigentlich nicht mehr mit ihr befreundet?

»Habe ich«, sagt Jenn nickend. Katy umarmt sie überschwänglich, und die beiden hüpfen auf und ab wie Gummibälle, ihre Gesichter strahlen im Morgenlicht vor Glück. Jenn sieht plötzlich so unbeschwert aus …

Marian steht mit amüsiertem Lächeln daneben.

»Herzlichen Glückwunsch, Katy«, sagt sie schließlich, als die Mädchen langsam wieder zur Ruhe kommen. »Auf welche Kunsthochschule möchtest du denn gehen?«

»Ich habe keinen blassen Schimmer«, sagt sie atemlos. »Aber ist das nicht wunderbar?«

Marian lächelt und nickt.

Das Telefon im Flur klingelt, und Jenn greift schnell nach dem Hörer, noch immer ein breites Grinsen auf dem Gesicht.

»Hi«, sagt sie. »Ja, habe ich. Du auch?« Eine Pause. »Glückwunsch, das ist ja toll. Ja, ich komme gleich vorbei.«

Sie legt den Hörer auf und schaut hoch.

»Wer war das?«, erkundigt sich Katy, die immer noch von einem Fuß auf den anderen hüpft. Sie kann scheinbar nicht stillstehen.

»Och, bloß Duncan. Er wollte wissen, wie's gelaufen ist.«

Katy rollt mit den Augen und lächelt. *»Bloß Duncan«*, äfft sie nach. »Er ist so verliebt in dich! Wer sonst würde dich morgens als Allererstes anrufen? Außer mir natürlich.«

»Hab ich was verpasst?«, fragt Marian und schaut zwischen den Mädchen hin und her.

Jenn wird rot im Gesicht und schüttelt den Kopf. »Er ist nur ein Freund. Und außerdem habe ich den ganzen Sommer über nichts von ihm gehört.«

»So, so«, sagt Katy und beginnt wieder, zu nicht hörbarer Musik zu tanzen. Sie wirbelt Jenn im Flur herum, und das Licht in meinen Augen wird heller und heller.

»Wir werden ja sehen.«

JENNY

Regen prasselt gegen das Bibliotheksfenster, und Jenny schaut in die graue, wabernde Wolkenwand auf der anderen Seite der Scheibe. Der Sommer scheint endgültig vorbei zu sein.

Sie wendet sich wieder ihrem Biologiebuch zu und liest die Hausaufgaben vom Vormittag durch. Es ist ihr Abschlussjahr, doch aufgrund ihres jetzt schon hervorragenden Notendurchschnitts wird sie sich wohl nicht mehr besonders anstrengen müssen. Und doch – sicher ist sicher.

»Hi Jenny«, sagt jemand leise, und Duncans vertraute Gestalt taucht auf der anderen Seite des Tisches auf. Sein regennasses Haar klebt ihm am Kopf, und seine Wangen sind von der Kälte gerötet. Wahrscheinlich kommt er gerade vom Fußballspielen. Er lächelt ihr zu, bevor er den Rucksack auf den Boden fallen lässt und seine Bücher daraus hervorkramt. Seit sie im letzten Jahr bei der Party ins Gespräch gekommen sind, treffen sie sich regelmäßig in der Mittagspause zum Lernen in der Bibliothek, motivieren einander und sprechen über ihre Fortschritte. Wahrscheinlich ist das auch der Grund, warum sie beide so gute Noten haben.

»In welchem Kapitel bist du gerade?«, flüstert er ihr zu, während er sich hinsetzt und sein Buch aufschlägt. Selbst feucht schimmert sein Haar noch blond, seine Augen sind strahlend blau, und er hat ein paar Sommersprossen auf der Nase. Ihr ist, als könne sie schon jetzt den Mann vor sich sehen, der er einmal werden wird, mit stoppeligem, wettergegerbtem Gesicht. Ein gut aussehender Typ. *Ein alter Kopf auf jungen Schultern,* wie ihr Vater zu sagen pflegte.

»Skelettmuskeln«, antwortet sie und tippt mit dem Bleistift auf die Stelle im Buch.

Der menschliche Körper fasziniert sie, seit sie sich vor ein paar Jahren bei einem Sturz vom Fahrrad den Arm gebrochen hat. Trotz der Schmerzen empfand sie die Anwesenheit des Arztes im Krankenhaus, die Untersuchungen und Röntgenaufnahmen und das Eingipsen ihres Armes als ungeheuer beruhigend.

Und deshalb will auch sie Ärztin werden, um zu lernen, wie man Menschen heilt. Wie man ihnen hilft, wenn sie in Not sind.

»Hey, hast du Katy irgendwo gesehen?«, erkundigt sie sich. »Ich dachte, sie wollte auch kommen.«

»Katy?«, fragt Duncan und schaut auf. »Ich glaube, ich habe sie vorhin in Richtung Kunstraum gehen sehen.«

»Ach so.«

»Das wird bestimmt komisch für euch, oder?«

»Was wird komisch?«

»Na ja«, sagt Duncan, »ich vermute, dass sie irgendwohin abdüsen wird, sobald wir die Schule hinter uns haben. Sie wirkt doch immer so … abenteuerlustig.« Er wägt seine Worte stets genau ab, um bloß niemandem auf die Füße zu treten. Wie süß von ihm.

Sie lächelt. »Wahrscheinlich hast du recht.«

Katy hat noch keine Ahnung, was sie nach der Schule machen will. Vorausplanen ist einfach nicht ihr Ding. Aber sie muss es ja auch nicht.

Im Gegensatz zu Jenny.

Seit dem Ende des letzten Schuljahres hängen die beiden nicht mehr mit Laura ab, ohne dass klar ist, wer diese Entscheidung eigentlich getroffen hatte. Aber Jenny wusste, dass sie gute Noten brauchte und es sich deshalb nicht leisten konnte, jedes Wochenende Party zu machen. Eine permanente Anspannung hatte sie erfasst und trieb sie voran. Ihre Mutter gab immer noch Kunstkurse – in Teilzeit, sodass sie nebenbei noch malen konnte –, doch das reichte einfach nicht zum Leben. Und schon gar nicht, um etwas zurückzulegen. *Warum hat Dad uns ohne einen Penny zurückgelassen?* Also trägt sie seither morgens vor der Schule Zeitungen aus, jobbt am Wochenende im Altersheim. Es gefällt ihr, eigenes Geld zu haben und damit die Kontrolle über ihr Leben.

»Hast du schon entschieden, bei welchen Unis du dich bewerben willst?«, unterbricht Duncan plötzlich die Stille. Sein Stift ruht auf einem Blatt mit säuberlichen, präzisen Notizen.

Ich muss in Edinburgh bleiben. Ich kann Mum nicht allein lassen.

»Vermutlich hier in Edinburgh«, sagt sie so beiläufig wie möglich.

Er lächelt und errötet ein wenig. »Ja, das ist auch meine erste Wahl.«

»Na, dich nehmen sie garantiert. Du bist immerhin der Klassenbeste.«

»Zusammen mit dir«, erinnert er sie. Sie grinst ihn an.

Dann sagt er: »Vielleicht studieren wir am Ende ja gemeinsam Medizin.«

Sie verspürt ein seltsames Gefühl in der Brust, als habe er etwas gesagt, was sie bereits weiß. Als erinnere sie sich an einen Traum von letzter Nacht, den sie jetzt noch einmal erlebt.

Wieder so ein Woanders-Moment.

Sie lächelt ihn an. »Vielleicht.«

ROBBIE

Die beiden haben die Köpfe tief in ihre Bücher gesteckt. Jetzt kann ich nachvollziehen, weshalb sie sich so gut verstanden haben. Ich hätte während meiner Schulzeit niemals freiwillig einen Fuß in eine Bibliothek gesetzt, um mehr zu lernen als unbedingt nötig. Einen Moment lang stelle ich mir vor, Jenn und ich wären zusammen zur Schule gegangen. Was hätten wir wohl voneinander gehalten? Wären wir überhaupt ins Gespräch gekommen?

Vielleicht ist Timing eben doch alles.

Aber warum sehe ich diesen Typen eigentlich ständig? Was hat er mit ihrem Geheimnis zu tun?

Und wie nah ist uns der Lkw inzwischen?

Plötzlich wird mir bewusst, wie verrückt das alles ist. Ein gottverdammter Lastwagen ist kurz davor, in uns hineinzubrettern, und ich hänge hier in einer Bibliothek herum. Kann ich nicht irgendetwas tun, irgendwie Hilfe holen? Gibt es eine Verbindung zwischen den beiden Dimensionen?

Mein Smartphone. Mensch, warum habe ich nicht schon früher daran gedacht? Ich taste in meiner Hosentasche herum. Kein Handy. Mist. Es muss noch im Auto liegen.

Ich schaue mich um, sehe Bücherregale und hier und da einen Schreibtisch. Mein Herz macht einen Satz. Ein Computer.

Ob das klappt?

Bei genauerem Hinsehen stelle ich fest, dass es sich um ein älteres Modell handelt, klobig im Vergleich zu den schlanken Geräten von heute. Aber Computer bleibt Computer. Trotzdem ist die Idee absurd – wie soll das Teil denn in ihren Erinnerungen funktionieren? Mach dich nicht lächerlich, Robbie.

Auf der anderen Seite habe ich keine Ahnung, was für Regeln hier gelten.

Ich nehme vor dem PC Platz und schaue zurück zu Jenn. Sie unterhält sich flüsternd mit Duncan, die beiden sehen sich in die Augen, und mich überkommt ein Anflug von Neid auf das, was sich zwischen ihnen abspielen wird. Auf den Teil ihres Lebens, in dem ich keinen Platz hatte. Weshalb haben die beiden sich eigentlich getrennt? Wie viel von ihrem Leben hat sie mir verschwiegen?

Mit einem mulmigen Gefühl wende ich mich wieder dem Computer zu. Ein Doppelklick mit der Maus und der Bildschirm erwacht zum Leben. Wow, das ist wie eine Reise in die Vergangenheit. Als Teenager habe ich ständig vor irgendwelchen Computern gehockt, illegal Musik runtergeladen und mit meinen Freunden gechattet. Fi ist immer ausgerastet, weil sie währenddessen nicht telefonieren konnte.

Da ich nicht weiß, wie viel Zeit mir bleibt, klicke ich hastig auf das Internet-Icon und warte, bis endlich die Sanduhr erscheint und das Programm lädt. Mein Gott, geht das langsam. Okay, und was jetzt? Egal, Hauptsache ich probiere irgendwas.

In der Suchleiste gebe ich das Wort *Notfall* ein. Der Bildschirm wird einen Moment lang dunkel, und ich sitze erwartungsvoll davor. Nichts.

Netter Versuch.

Aber was hätte ich auch schreiben sollen? *Hey, Herr Kommissar, ich stecke gerade in einer geteilten Todeserfahrung mit meiner Freundin fest. Können Sie vielleicht jemanden vorbeischicken?*

Vollkommen hirnverbrannt.

Trotzdem wäre es schön, Hilfe zu haben.

Sich nicht so allein zu fühlen.

Während ich die Sanduhr beobachte, die sich munter um die eigene Achse dreht, geht das Pulsieren in meinem Kopf wieder los. Lichtflecken tauchen vor meinen Augen auf, die Bücher um mich herum beginnen zu verblassen.

»Jetzt mach schon!«

Die Sanduhr dreht sich weiter.

Bis sie schließlich ganz verschwindet.

FÜNFZEHN

2018

ROBBIE

»Robbie.«

Stimmen, Gelächter. Der beruhigende Geruch von Hopfen. Mein Puls beschleunigt sich, als die Schemen um mich herum Gestalt annehmen und immer besser zu erkennen sind. Das Pochen in meinem Kopf lässt langsam nach.

»Robbie«, sagt die Stimme erneut, lauter diesmal.

Ich blinzle und sehe Jenn neben mir an einer Bar stehen. Hinter der Theke befindet sich ein Regal mit dekorativen alten Büchern. Jenn trägt Leggings, Turnschuhe und den zu großen lilafarbenen Pulli mit dem Loch in der Schulter. Wahrscheinlich ist sie gerade von der Arbeit gekommen. Sie hält in jeder Hand ein Bierglas.

Kann sie mich etwa …?

Nein. Sie sieht mich nicht an, sondern über meine Schulter hinweg.

Enttäuschung breitet sich in mir aus.

So einfach ist es dann doch nicht.

Als ich mich umdrehe, erspähe ich mein jüngeres Ich zusammen mit Matt an einem Tisch am anderen Ende des Raumes. Die beiden unterhalten sich und lachen lauthals über irgendetwas. Jenn nehmen sie überhaupt nicht zur Kenntnis. Als ich wieder zu ihr schaue, entdecke ich zwei weitere Bierflaschen und ein paar Chipstüten vor ihr auf der Theke.

Verdammt, warum hilft Robbie ihr denn nicht?

Einen Moment später geht Jenn laut seufzend an mir vorbei. Ich folge ihr und versuche herauszufinden, in welcher Erinnerung ich hier gelandet bin.

Wo wir uns befinden, ist kein großes Rätsel. Einrichtung aus Eichenholz, abgetretener Teppich, verstaubte Bücher, wohin man schaut, Steve hinter der Theke. Burn's Bar – hier haben wir uns immer nach der Arbeit getroffen.

Auf einer Tafel an der Wand steht mit Kreide »April-Karte« geschrieben.

Also etwa sechs Monate nach dem schrecklichen Abend, als sie die Prüfung in den Sand gesetzt hatte. Frühling.

Aber ich weiß immer noch nicht, welcher Tag genau es ist.

»Mist«, entfährt es Robbie, als er Jenn näher kommen sieht. Immerhin springt er jetzt auf.

Wurde auch Zeit, Kumpel.

»Sorry, ich wollte eigentlich rüberkommen und dir helfen. Setz dich doch«, sagt er und zeigt auf einen Hocker. »Den Rest hole ich schon.«

»Danke«, erwidert Jenn und lässt sich nieder. Ich nehme ihr gegenüber Platz und beuge mich vor, um über den Lärm hinweg zu verstehen, was gesprochen wird.

»Danke dir«, sagt Matt und hält ihr sein Glas entgegen, bevor er es an die Lippen setzt. Seine runden Wangen sind gerötet, und sein kahler Kopf glänzt im Licht der Bar.

»Gerne doch.«

»Hast du jetzt länger frei?«

Jenn schüttelt den Kopf. »Nein, leider nicht. Ich hab die nächsten vier Tage Bereitschaft. Aber ich dachte, ich schaue auf dem Heimweg mal kurz vorbei, wo ihr doch alle hier seid.«

»Prima Ausrede.« Matt grinst und nimmt noch einen Schluck von seinem Bier. »Du willst wohl eher auf Nummer sicher gehen, dass er keinen Blödsinn macht.«

Wie bitte?

Jenn sieht einen Moment lang ebenso verdattert aus wie ich. Mir wird heiß im Nacken. Wieso soll ich denn bitte schön Blödsinn machen? Wie kommt Matt bloß darauf? Wahrscheinlich ist er einfach nur betrunken und versucht witzig zu sein. Das war alles, was für ihn zählte: ordentlich essen, ordentlich trinken. Ordentlich Spaß haben.

Jenn geht nicht auf seine Bemerkung ein, stattdessen beginnen ihre Augen seltsam zu funkeln. Sie rutscht nervös auf ihrem Hocker hin und her. »Ehrlich gesagt, habe ich tolle Neuigkeiten, und die wollte ich Robbie erzählen«, sagt sie und schielt zur Bar hinüber.

Ich drehe mich kurz um. Robbie plaudert mit Stevie – vermutlich über Fußball.

»Ich hatte keine Lust zu warten, bis er nach Hause kommt«, erklärt Jenn, und ich schaue wieder zu ihr.

Hä?

Matt lächelt beschwipst. »Großartig. Wenigstens eine mit guten Nachrichten.«

Jenn zögert einen Moment, dann fragt sie: »Und wie war der Abend im Restaurant?«

Die Uhr an der Wand verrät mir, dass es gerade mal zehn ist, ein untrügliches Zeichen dafür, dass er ziemlich mies gewesen sein muss. Jetzt erinnere ich mich wieder an diese Zeit: kaum Gäste, sodass ich gelangweilt und unausgelastet in der Küche rumhing und mir einen Podcast nach dem anderen reinzog.

»Total tote Hose«, sagt Matt mitten in meine Gedanken hinein.

»Ist doch normal für einen Dienstag, oder?«, versucht Jenn ihn aufzumuntern.

»Nein, nein, daran liegt es nicht.«

»Woran liegt was nicht?«, erkundigt sich Robbie, der endlich mit den beiden Flaschen Bier und den Chips aufkreuzt. Er stellt eine Flasche vor Jenn und die zweite auf die andere Seite des Tisches.

Die Extraflasche. Jenn, die nach der Arbeit kurz vorbeischaut – auf einmal weiß ich wieder, welcher Abend das war.

Die Stimmung wurde im Laufe der Zeit ziemlich angespannt, ja. Aber doch nichts Ernstes, oder? Nichts, was nicht am nächsten Tag schon wieder vergessen war?

»Ich habe nur gesagt, dass das Restaurant gerade vor die Hunde geht«, sagt Matt.

Robbie antwortet nicht, sondern setzt sich und trinkt einen Schluck. Jetzt, wo er mir gegenübersitzt, merke ich erst, wie mitgenommen er aussieht. Er hat Tränensäcke unter den Augen, sein Gesicht ist ein wenig aufgedunsen, sein grünes T-Shirt zerknittert. Zu der Zeit hing ich wesentlich öfter in irgendwelchen Pubs rum als gewöhnlich. Aber Jenn war ja schließlich die ganze Zeit bei der Arbeit oder am Lernen. Und ich hatte einfach keinen Bock, allein in der Wohnung rumzuhocken.

»Das ist doch immer so«, wendet sich Robbie schließlich an Matt. »Manchmal läuft es scheiße im Restaurant und manchmal läuft es …«

»Richtig scheiße?«, fällt Matt ihm ins Wort und lacht missmutig.

Jenn beißt sich auf die Lippe.

»Du darfst halt nicht aufgeben«, sagt Robbie zu Matt, »dann wird es schon.«

Matt nickt. »Ich verschwinde mal kurz«, sagt er und geht in Richtung Toilette.

Eine Gestalt erscheint neben uns. Ich schaue auf und erblicke vertraute katzenartige Augen und geschwungene Lippen. Liv. Sie schält sich aus ihrer Lederjacke, und darunter kommt ein schwarzes Trägertop zum Vorschein, das ihre olivfarbene Haut nur spärlich bedeckt – da bleibt nicht mehr viel Raum für Fantasie. Schuldgefühle machen sich in mir breit.

Wobei es dafür eigentlich gar keinen Grund gibt. Es ist ja nicht etwa so, als ob damals, also bevor Jenn abgetaucht ist, irgendwas zwischen uns gelaufen wäre. Wir waren einfach nur Freunde.

Männer können schließlich mit Frauen befreundet sein, oder?

»Sorry, sorry, dass ich zu spät bin, Leute«, trällert Liv und zieht die Kopfhörer aus den Ohren.

»Jetzt sag nicht, dass du immer noch dieselbe schaurige Mucke hörst, mit der du uns vorhin in der Küche terrorisiert hast«, sagt Robbie mit hochgezogener Augenbraue.

Liv verzieht das Gesicht, dann grinst sie. »Fängst du schon wieder damit an?«

»Klar, denn es war absolut unerträglich.«

»Du bist halt einfach zu alt dafür.«

Robbie fasst sich mit der Hand theatralisch an die Brust. »Hey, ich hab auch Gefühle!«

»Um welche Musik ging es denn?«, erkundigt sich Jenn nach einem Moment.

»Oh, Entschuldigung«, entgegnet Liv, legt ihre Jacke auf den Hocker und nimmt neben ihr Platz. »Du bist sicher Jenn?«

Jenn mustert Liv aufmerksam, so, wie die allermeisten es tun. *Mit der werden wir später noch unseren Spaß haben,* hat meine Mutter immer gesagt. Als Liv und ich jünger waren, war sie oft mit ihrer Familie bei uns zu Besuch. Unsere Väter tranken zusammen ein Bier und schauten Rugby, während die Mütter sich in der Küche ein Glas Wein genehmigten. Liv parkten sie meist im Nebenraum vor dem Fernseher – sie war immerhin ein paar Jahre jünger als ich. Das hielt sie allerdings nicht davon ab, mir trotzdem ständig hinterherzudackeln und mich zu nerven. Sonderlich viel Aufmerksamkeit habe ich ihr aber nicht geschenkt.

Zumindest damals nicht.

»Das ist Liv«, sagt Robbie. »Ich hab dir doch erzählt, dass Craig nicht mehr da ist und dass wir jemand gefunden haben, der ein paar Schichten übernimmt?«

Verständnis macht sich auf Jenns Gesicht breit, gefolgt von einem Lächeln. »Stimmt, du bist eine alte Freundin der Familie, richtig?«

»Tragischerweise ja«, entgegnet Liv mit einem gespielten Seufzen, und Robbie lacht schallend auf.

»Sie hilft nur so lange aus, bis sie ihr eigenes Geschäft aufgebaut hat«, sagt er, mehr an Liv als an Jenn gerichtet.

Mir ist auf einmal ein wenig komisch zumute.

Aber warum eigentlich?

»Was denn für ein Geschäft?«, fragt Jenn, genauso offen und

interessiert, wie sie allen gegenüber ist, auch wenn sie gerade ein wenig angespannt wirkt.

»Craft Gin«, entgegnet Liv und nimmt einen Schluck von ihrem Drink. »Mit ein paar Jungs, die ich aus der Schule kenne.«

»Wow, das klingt spannend«, erwidert Jenn.

»Dann kannst du ja mein Restaurant beliefern, wenn ich es eröffne«, fügt Robbie hinzu, den Blick immer noch auf Liv gerichtet. »Verrate es nur Matt nicht«, flüstert er verschwörerisch, und Liv grinst ihn an.

Meine Brust zieht sich zusammen. *Er … flirtet doch nicht etwa?*

»Hast du das immer noch vor?«, schaltet Jenn sich schnell in die Unterhaltung ein. »Einen eigenen Laden aufzumachen?«

Robbies Gesicht versteinert sofort. Ich erinnere mich an den Moment, als sei es gestern gewesen – wie verärgert ich über diese Frage war, die so völlig aus heiterem Himmel kam; es war absolut nicht der richtige Zeitpunkt, so etwas zu besprechen. Ich hatte das Gefühl, Jenn wollte mich aufziehen, mich vorführen. Aber im Nachhinein kann ich ihr wirklich nicht vorwerfen, dass sie die Frage gestellt hat. Schließlich hatte ich das Thema selbst aufgebracht.

»Klar habe ich das vor«, entgegnet er schroff. »Dachtest du etwa, ich hätte die Flinte schon ins Korn geworfen?«

Jenn zuckt sichtlich zusammen, und es tut mir weh, das Ganze mit anzusehen. Wie kalt seine Stimme klingt.

»Das habe ich nie gesagt«, entgegnet sie.

»Ich mach das schon, aber erst, wenn die Zeit reif ist, okay? Ein Restaurant zu eröffnen erfordert eine Menge Arbeit und Planung.« Er sieht Liv an, während er das sagt, als könne Jenn es ohnehin nicht verstehen.

Ich würde mein altes Ich am liebsten umbringen.

Liv schaut unsicher zwischen den beiden hin und her. »Ich glaube, ich geh mal kurz für kleine Mädchen.«

Sobald sie außer Hörweite ist, sieht Jenn Robbie forschend an. »Was ist denn los mit dir?«

»Nichts«, sagt er, leert sein Bier in einem Zug und stellt die Flasche geräuschvoll ab. »Hör zu, es tut mir leid. Es war einfach ein beschissener Tag im Restaurant, und jetzt ist absolut nicht der richtige Zeitpunkt, mich zu drängen, endlich meinen eigenen Laden aufzumachen.«

»Ich dränge dich doch gar nicht.«

Robbie runzelt die Stirn. »Das hat sich aber verdammt danach angehört.«

Sie streckt ihre Hand nach seiner aus, doch er zieht seine weg. Verdammt. Sie sieht verletzt aus, und zwar zu Recht – sie hat ihm bloß eine einfache Frage gestellt, und er hat sich wie der letzte Idiot aufgeführt.

Ich war schließlich derjenige, der ständig von einem eigenen Restaurant redete. Schottisch mit europäischem Touch – das waren meine Worte, nicht ihre.

»Hör mal«, schlägt Jenn vor, »lass uns nach diesem Drink nach Hause gehen. Wir können ja auf dem Heimweg darüber reden und uns vielleicht unterwegs noch ein paar Pommes holen?«

Sie lächelt ihn hoffnungsvoll an, und ich muss an unsere unzähligen Besuche im Fish-&-Chips-Laden gegenüber denken, wenn wir wieder mal festgestellt hatten, dass unser Kühlschrank nur noch verdorbenes Gemüse zu bieten hatte. So belohnten wir uns nach einer anstrengenden Woche – extra viel Brown Sauce für mich, extra viel Ketchup für sie.

Aber diesmal wird er nicht darauf eingehen.

Das weiß ich.

»Ich bleib lieber noch ein bisschen hier«, antwortet Robbie nach einer ausgedehnten Pause. »Liv ist schließlich gerade erst gekommen.«

Die Betonung liegt eindeutig auf »Ich«, und ich bin über mich selbst entsetzt.

»Bist du sicher?«, fragt Jenn, als Matt zurückkommt. Sie senkt die Stimme. »Ich denke, es wäre gut, darüber zu reden, meinst du nicht?«

Robbies Blick wird weich, und ich sehe, wie er ihre Hand nimmt und sie zweimal drückt. *Ich liebe dich.* Für einen kurzen Moment keimt Hoffnung in mir auf, bevor ich mich daran erinnere, wie der Abend endete.

Mir wird speiübel.

»Wir sehen uns dann später«, sagt er, »du bist sicher müde.«

Jenns Miene verfinstert sich, doch dann zwingt sie sich zu einem Lächeln. Ich kann nur hilflos zuschauen, wie sie allein die Bar verlässt. Als Liv und sie aneinander vorbeigehen, lächelt Jenn und winkt ihr zu.

Dann öffnet sie die Tür und verlässt die Bar, und plötzlich wird mir klar: Ich habe nie erfahren, welche Neuigkeiten sie mir an dem Abend erzählen wollte.

JENN

Als sie in die inzwischen kühle Nachtluft hinaustritt, fühlt sie sich total mies. Was hat sich da gerade mit Liv abgespielt? Das Ganze war einfach nur seltsam und ziemlich unangenehm.

Als sei sie das fünfte Rad am Wagen.

Ihr ist klar, dass sie und Robbie in nächster Zeit weder über das Restaurant noch über irgendetwas anderes sprechen werden. Morgen früh, bevor sie zur Arbeit geht, wird er zu verkatert sein, und dann gibt es erst mal keine Gelegenheit mehr, denn in den nächsten Tagen werden sie sich kaum sehen.

Mist.

Als sie die menschenleere Straße hinuntergeht, kommen allzu vertraute Zweifel in ihr auf.

Hat sie ihn wegen des Restaurants etwa zu sehr bedrängt?

Wenn sie ihn bedrängt, wird er sie verlassen.

Wie all die anderen es auch getan haben.

Auf dem Weg zurück in die leere Wohnung bleibt sie vor einem Schaufenster mit Gartengeräten stehen. Sie starrt auf ihren trüben Umriss auf der Glasscheibe und stellt sich vor, wie der Abend eigentlich hätte verlaufen sollen: wie sie beide lachend Hand in Hand den Pub verlassen und sie die frohe Botschaft mit ihm teilt – dass sie die Zwischenprüfung heimlich wiederholt und dieses Mal bestanden hat.

SECHZEHN

2007

ROBBIE

Das Hämmern in meinem Kopf lässt langsam nach, und die Sicht wird klarer. Ich bin wieder in dem kleinen Gemeinschaftsgarten. Es ist heiß, also muss es Sommer sein oder kurz davor. Marian kniet drüben am anderen Ende der Grünfläche auf einem Kissen. Sie trägt ein grünes Kleid, Sonnenhut und Gartenhandschuhe und buddelt mit so einem Dreizackteil irgendetwas aus. Direkt vor mir liegen Jenn und Katy in Shorts und T-Shirts ausgestreckt im Gras, die Füße in entgegengesetzte Richtungen, die Köpfe nebeneinander. Wolkenschatten huschen über ihre Gesichter. Das Ganze wirkt wie ein besonders idyllischer Schnappschuss.

Wenn ich daran denke, wie ihr älteres Ich allein die dunkle Straße entlangging, überkommen mich Schuldgefühle. Sie sah so schrecklich traurig aus. Warum bin ich nicht einfach mit ihr nach Hause gegangen?

Und warum hat sie mir nie verraten, weshalb sie an jenem Abend in die Bar gekommen war?

Weil sie dich in den folgenden Wochen kaum zu Gesicht bekommen hat, sagt eine Stimme.

In der Zeit danach habe ich ziemlich viele Stunden im Restaurant zugebracht. Wir wollten den Laden endlich wieder in Schwung bringen, und Liv hatte jede Menge neue Ideen und …

Ich schätze, ich war ein bisschen abgelenkt.

»Ich kann nicht fassen, dass es jetzt endgültig vorbei ist«, höre ich Katy sagen.

Beunruhigt schaue ich zu ihr und sehe, dass ihre Augen zum

Schutz vor der blendenden Sonne geschlossen sind. »Nie wieder Schule.«

»Für dich vielleicht«, lächelt Jenn. Auch sie hat die Augen zu. »Bei mir geht's im September direkt weiter mit dem Lernen.«

»Und wessen Schuld ist das?«

»Meine«, räumt Jenn seufzend ein. »Aber das ist schon okay. Ich freu mich drauf.«

Es muss kurz nach ihrem Abitur sein, das heißt, mein anderes Ich tingelt gerade mit Marty irgendwo in der Welt herum. Wo waren wir in diesem Moment – in Florida?

»Aber du bleibst in Edinburgh«, klagt Katy, »zu Hause. Warum nimmst du dir nicht erst mal ein Jahr Auszeit?« Sie reißt die Augen auf. »Komm doch mit nach Paris!«

»Katy«, entgegnet Jenn und öffnet ebenfalls die Augen. »Ich bin schon eingeschrieben. Da kann ich nicht mal kurz nach Frankreich verschwinden.«

Katy dreht den Kopf und sieht Jenn an. »Klar kannst du. Fang einfach später an zu studieren. Was könnten wir für einen Spaß haben! Stell dir vor«, sagt sie, während sie die Hände gen Himmel streckt und den Blick wieder nach oben richtet. »Du, ich und der Eiffelturm. Französische Männer. Meine Eltern haben gerade den Mietvertrag für eine kleine Wohnung unterschrieben. Ich kann da in zehn Tagen einziehen. Warum kommst du nicht einfach mit?«

Jenn lacht bei dem Gedanken, doch ein bisschen Bitterkeit schwingt auch dabei mit. »Klar klingt das nett«, sagt sie, »aber ich fange morgen den Nebenjob im Kino an und nächste Woche den im Supermarkt, schon vergessen?«

»Kündige einfach!«

Jenn seufzt.

»Selbst wenn das ginge«, sagt sie schließlich mit unüberhörbarer Sehnsucht in der Stimme, »kann ich meine Mutter unmöglich allein lassen. Sie kommt doch ohne mich nicht zurecht.«

Und was ist mit dir, Jenn?

Warum hat sie diese super Gelegenheit nicht einfach beim Schopfe gepackt? Ich wüsste nicht, dass ich mit achtzehn auch nur einen Gedanken an andere verschwendet habe, schon gar nicht an meine Mutter. Die ganze Welt stand mir offen, und das plante ich, in vollen Zügen zu genießen.

»Weißt du«, bemerkt Katy und lässt die Hände sinken, »du musst auch an dein eigenes Leben denken.«

Die Wolken schieben sich kurzzeitig vor die Sonne, sodass einen Moment lang alles im Schatten liegt. Katy kann Jenn nicht sehen, ich aber schon. Sie runzelt die Stirn.

»Ich muss mal pinkeln«, verkündet Katy, springt auf und verschwindet im Haus. Jenn bleibt liegen, die Augen geschlossen. Ihre Lider flattern leicht, als würde sie noch immer über irgendetwas nachgrübeln.

Einfach mal an nichts denken – ob sie das überhaupt kann?

Schließlich steht sie auf und zupft unbeholfen ihre Shorts zurecht. Für ihre ungefähr achtzehn Jahre wirkt sie immer noch unglaublich jung. Als sie die Rasenfläche überquert, streifen die federleichten Halme ihre Knöchel. Ihre Mutter sieht von ihrem Kissen auf und lächelt ihr zu. Neben ihr steht eine Schüssel frisch geernteter Kartoffeln.

»Ist Katy schon weg?«, erkundigt sie sich und hält die Hand schützend vor die Augen. »Sie kann gern zum Abendessen bleiben.«

Marian sieht gesünder aus als früher, mit ein paar Sommersprossen auf der Nase und sonnengebräunten Armen.

Vielleicht heilt die Zeit wirklich alle Wunden.

»Nein, noch nicht«, sagt Jenn, »ich frag sie gleich mal.«

Marian lächelt. »Mach das.«

Dann schneidet Jenn ein neues Thema an. »Was ich noch mit dir besprechen wollte – ich habe mich am Schuljahresende mit Mrs Barclay, meiner Kunstlehrerin, unterhalten.«

»Ach ja, ich glaube, ich kenne sie vom Elternabend.«

»Sie hat erwähnt, dass an der Schule fürs nächste Schuljahr

eine Vollzeitstelle ausgeschrieben ist. Wer auch immer sie antritt, würde mit ihr zusammenarbeiten. Mr Allen verlässt anscheinend die Schule.«

»Und …?« Marians Lächeln ist verschwunden. Sie sieht verwirrt aus.

»Du solltest dich da unbedingt bewerben«, schlägt Jenn enthusiastisch vor, »du würdest das bestimmt toll machen!«

»Aber ich will keine Vollzeitstelle als Lehrerin«, antwortet Marian, jetzt wesentlich bestimmter. »Ich brauche die Zeit für meine *eigene* Kunst.«

Wie bitte?

Das ist doch nicht fair. Warum muss sich Jenn den ganzen Sommer über mit zwei Jobs abrackern, wenn ihre Mutter kaum einen hat? Deshalb verzichtet Jenn auf die Reise ihres Lebens? Ich hatte immer angenommen, dass ihre Mutter keine andere Stelle finden *konnte*. Mir war nicht klar, dass sie keine *wollte*. Verdiente sie überhaupt Geld mit ihren Bildern?

»Schau es dir doch wenigstens mal an«, schlägt Jenn mit einem aufmunternden Lächeln vor.

Marian wendet sich wieder dem Gemüsebeet zu und stochert mit dem Dreizack im Dreck herum. Mir fällt auf, wie fest sie ihre Lippen zusammenpresst, und ich verspüre eine seltsame, ahnungsvolle Sorge um Jenn. Irgendetwas ist hier gerade zwischen den beiden passiert, an diesem perfekten, sonnigen Tag.

»Ich überlege es mir.«

Fünf Wochen später

JENNY

Pullover, T-Shirts, Kleider. Hektisch wühlt sie in ihrem Kleiderschrank und hält Ausschau nach einem ganz bestimmten grellroten Teil. Nichts. *Verdammt.* Dann muss es noch bei der Bügelwäsche liegen. Sie eilt in die Küche, wo ihre Mutter am Tisch sitzt, ein Blatt Papier vor sich. Sie schaut hoch, als Jenny hereinkommt, und steht auf. Ihre Augen leuchten, ihre Wangen sind gerötet.

»Hast du meine Weste gesehen?«, fragt Jenny und beginnt, den Bügelkorb mit den geblümten Kleidern ihrer Mutter und ihren eigenen Oberteilen zu durchsuchen – der Sommer war ungewöhnlich heiß. Sie muss die Weste jetzt endlich finden, sonst verpasst sie noch den Bus.

»Ich wollte noch was mit dir besprechen, mein Schatz. Wenn du einen Moment Zeit hast?«

»Jetzt geht's gerade echt nicht«, sagt Jenny, bemüht, nicht gereizt zu klingen. Sie schiebt ein paar Pullover zur Seite, bis sie schließlich beim Schlafanzug ganz unten anlangt. Von der Weste keine Spur. Sie richtet sich wieder auf und lässt den Blick durch den Raum schweifen. *Liegt sie etwa noch bei der Schmutzwäsche?* Ihre Mutter wollte sie doch waschen.

»Jenny, Schatz, wirklich, es ist wichtig.«

Jenny öffnet die Tür zum Abstellraum und beginnt, den Korb auf dem Boden zu durchstöbern. Aha! Als sie die Weste herauszieht, erkennt sie sofort, dass sie ziemlich zerknittert ist, und auch der Cola-Fleck ist noch da – ein Kinobesucher hatte sie versehentlich angerempelt. Es sieht unmöglich aus, aber ohne kann sie nicht zur Arbeit gehen.

Sag lieber nichts zu Mum, sonst regt sie sich nur auf.

Sie streift die Weste über ihr blaues Hemd und sieht ihre Mutter endlich über die Schulter hinweg an.

»Tut mir echt leid, aber können wir bitte nach der Arbeit reden?« Sie zieht ihre Haare unter dem Kragen hervor. »Ich bin echt spät dran. Der erste Film beginnt um fünf.«

Wahrscheinlich will ihre Mutter ihr eh nur von einer Kunstausstellung erzählen, bei der eines ihrer Werke zu sehen ist. Sie stellt jetzt häufiger Arbeiten in kleinen Galerien in der Stadt aus, und Jenny weiß, wie glücklich sie das macht. Nur verkaufen tut sie eigentlich nie etwas: Es ist Jenny, die mit ihren Jobs seit über einem Jahr dafür sorgt, dass sie ihre Rechnungen bezahlen können.

»Ich will nach Cornwall«, platzt ihre Mutter plötzlich heraus.

Jennys Finger erstarren über den Knöpfen der Weste. »Cornwall? Wieso Cornwall?«

Ihre Mutter hält den Zettel jetzt mit beiden Händen umklammert. Ihre grünen Augen leuchten, und ihr rotes Haar schimmert im Licht der warmen Nachmittagssonne.

»Zum Malen, Schatz.«

»Im Urlaub, oder was meinst du?«, fragt Jenny langsam. »Ich bin mir nicht sicher, ob wir im Moment das Geld dafür haben.«

Ihre Mutter atmet tief durch. »Ehrlich gesagt hatte ich an einen etwas längeren Zeitraum gedacht.«

»Wie bitte?« Jenny versteht die Welt endgültig nicht mehr. »Was meinst du damit? Warum willst du nach Cornwall?«

Ihre Mutter schluckt, als könne sie nur mit Mühe die Fassung bewahren.

»Weißt du, es gibt dort fantastische Ateliergemeinschaften …«

Jenny fährt der Schreck in die Glieder. »Du willst da hinziehen?« Ihr Herz beginnt zu rasen. »Aber … wo willst du denn wohnen?«, fragt sie. »Und wie willst du Geld verdienen?«

»Das ist ja gerade das Tolle.« Die Miene ihrer Mutter erhellt sich wieder. »Ich habe mit meiner Freundin Maggie von der Kunsthochschule gesprochen, und sie hat mir erzählt, dass bei ihr im Garten ein Wohnwagen steht, in dem ich erst mal bleiben könnte. Natürlich nur so lange, bis ich auf eigenen Füßen stehe.

Offenbar gibt es dort eine große Nachfrage nach Landschafts- und Meeresbildern, selbst von Zugereisten.«

»Kannst du die denn nicht hier malen?«

Jennys Stimme klingt gefasst, doch sie spürt Panik in sich aufsteigen. Und Wut. Sie hat alles darangesetzt, hier in Edinburgh zu bleiben, um ihrer Mutter zu helfen, doch es war offenbar für nichts und wieder nichts. Sie hätte überall hingehen können. Sogar ins Ausland. Hätte selbst ein neues Leben beginnen können.

»Natürlich kann ich das«, sagt ihre Mutter mit hochgezogenen Brauen. »Ich denke nur, dass jetzt der richtige Zeitpunkt dafür gekommen ist. Du bist achtzehn und gehst nicht mehr zur Schule. Vorher wäre mir das natürlich nicht in den Sinn gekommen.«

»Das heißt also, ich soll hierbleiben und mich um die Wohnung kümmern, während du woanders ein neues, aufregendes Leben beginnst?«

Jenny ist sich darüber im Klaren, wie hart ihre Worte klingen, aber sie kann sich nicht zurückhalten. Unfassbar, dass ihre Mutter sie einfach so damit überrumpelt.

Marian sieht nervös aus. »Da ist noch was, mein Schatz.«

O Gott, was denn jetzt noch?

»Man muss eine kleine Miete für die Atelierräume bezahlen«, fährt ihre Mutter fort. »Nicht viel, aber ein bisschen eben schon. Und der Mietvertrag für diese Wohnung läuft ja sowieso Ende August aus …«

Jenny fehlen die Worte. Verzweifelt versucht sie zu verstehen, was hier gerade passiert, wohl wissend, dass draußen gleich der Bus vorfahren wird. Sie hört den Motor aufheulen und die Bremsen kreischen.

»Und wo soll *ich* wohnen?«

»Na ja, ich dachte, vielleicht ziehst du ins Studentenwohnheim, das ist bestimmt ganz toll und lustig.«

»Mum, was redest du da?«, erwidert Jenny ungläubig. »Dafür muss man sich Ewigkeiten im Voraus bewerben. Die Zimmer sind längst alle weg.«

»Oje«, entgegnet ihre Mutter, »daran habe ich nicht gedacht.«

Jenny spürt, wie ihr die Tränen in die Augen schießen. Warum ist nie jemand für sie da?

Weil sie niemandem wichtig ist.

Sie kneift einen Moment lang die Lider fest zu.

»Jenny, mein Schatz, ist alles in Ordnung?«

Sie spürt eine Hand auf ihrem Arm und öffnet die Augen wieder. »Es tut mir leid«, sagt ihre Mutter leise, »ich habe das wohl nicht richtig durchdacht.«

»Nein, das hast du nicht. Ich bin dann jetzt weg.«

Genauso wie ihre Mutter offenbar auch.

Im Kinofoyer riecht es nach Popcorn. Im Gegensatz zu der brüllenden Hitze draußen ist es angenehm kühl. Jenny steht am Eingang zu den großen Sälen und spürt, wie der Schweiß ihr den Nacken hinunterrinnt. Auf dem Weg zum Kino musste sie die Morningside Road hinauflaufen, und die Weste hätte sie über ihren anderen Sachen heute wirklich nicht auch noch gebraucht. Sie wusste, dass sie es wahrscheinlich irgendwie noch rechtzeitig schaffen würde, doch dann war sie in einen Laufschritt verfallen, aus dem ein schneller Trab und schließlich ein regelrechter Sprint wurde, und plötzlich strömte all die aufgestaute Energie und Panik aus ihr hinaus. Es war ihr egal, wie sie aussah, denn in dieser Sekunde, in diesem Moment war die Angst wie weggeblasen.

Doch langsam kommt sie zurückgekrochen.

Wie soll es jetzt weitergehen?

Die ersten Kinobesucher des Abends nähern sich dem Eingang, ein sonnengebräuntes Pärchen in ihrem Alter, das kühle Getränke aus Coca-Cola-Bechern schlürft. Sie schenkt ihnen das breiteste Lächeln, das sie gerade zustande bringen kann, bevor sie ihre Eintrittskarten abreißt und ihnen bedeutet, ihr zu folgen. Als sie den Korridor entlang über den roten Teppich gehen, blicken diverse Hollywood-Stars von glänzenden Schwarz-Weiß-Bildern an den Wänden auf sie herab, und Jenny fragt sich, ob sie wohl tatsächlich alle so glücklich waren, wie sie auf den Bildern scheinen – oder war auch bei ihnen nicht alles Gold, was glänzt?

Sie kann noch immer nicht fassen, was ihre Mutter ihr gerade offenbart hat, dass sie sie einfach so verlassen will. Dabei hat Jenny das überwältigende Gefühl, etwas falsch gemacht zu haben, dass alles ihre Schuld ist.

Erst ging ihr Dad, und jetzt geht ihre Mum. Nur sie bleibt immer zurück.

Und dann kommen die anderen Fragen. Soll sie sich an der Uni erkundigen, ob es noch Wohnheimzimmer gibt? Vielleicht bei Studentenforen im Internet nachschauen, ob dort noch etwas zu kriegen ist? Mist, sie hätte sich schon längst darum kümmern können.

Katys Stimme klingt in ihren Ohren. *Du musst auch an dein eigenes Leben denken, Jenny.*

Aber Katy hat gut reden. Wenn sie ihre Eltern um etwas bittet, bekommt sie es – einfach so. Beruf, Geld, Verantwortung – daran denkt sie noch gar nicht, weil sie es eben nicht muss.

Und wenn Jenny ganz ehrlich mit sich ist, hätte sie Katy so oder so nicht nach Paris begleitet. Denn das Wichtigste ist jetzt, dass sie möglichst bald mehr Geld verdient – richtiges Geld –, damit sie sich nie wieder Sorgen machen muss, wovon sie ihre Miete oder sonst irgendetwas bezahlen soll.

Katy versteht das einfach nicht.

Nachdem sie das Paar an seinen Plätzen im Kinosaal abgeliefert hat, kehrt sie um, um die nächsten Besucher in Empfang zu nehmen.

An der Kasse stellt sie überrascht fest, dass dort ein vertrautes Gesicht auf sie wartet. Seine Haare scheinen noch heller geworden zu sein, sofern das überhaupt möglich ist, und die Sonne hat sein Gesicht mit Sommersprossen übersät. Er trägt beigefarbene Shorts und ein strahlend weißes Poloshirt, und sie muss automatisch lächeln.

»Duncan«, sagt sie verdutzt. *Ist er etwa ihretwegen hier?*

Als Antwort hält er lächelnd eine Kinokarte hoch. »Zu heiß draußen.«

»O ja«, sagt sie nickend und kommt sich sofort ziemlich töricht vor. Er ist im Kino, um einen Film zu schauen, was denn sonst? *Hör auf, dir Sachen einzubilden, Jenny.*

»Komm bitte mit«, fordert sie ihn auf in dem Versuch, zumindest halbwegs professionell zu klingen, doch der Schock von vorhin schwingt noch immer in jeder einzelnen Silbe mit.

Sie weiß nicht recht, wie sie sich ihm gegenüber verhalten soll. Seit ihrem letzten Schultag vor ein paar Wochen haben sie sich nicht mehr gesehen. Es gab keinen wirklichen Anlass, und sie wussten beide, dass sie sich ohnehin wiedertreffen würden, sobald das Semester losgeht. Aber jetzt wird ihr klar, wie sehr sie ihre Gespräche vermisst hat. Er ist einfach ein netter Kerl. Aus dem Augenwinkel bemerkt sie, wie muskulös seine Unterarme geworden sind; gebräunte Haut, bedeckt von goldenem Flaum.

»Und? Wie war dein Sommer so bisher?«, erkundigt er sich.

»Och, ganz gut«, lügt sie. »Ich arbeite die meiste Zeit, weißt du.«

»Ja, ich auch«, antwortet er. »Manchmal denke ich, ich hätte lieber verreisen sollen oder so.«

Sofort geht ihr das Gespräch mit ihrer Mutter wieder durch den Kopf und verdrängt jede Freude über das unverhoffte Treffen mit Duncan.

»Ist alles in Ordnung?«, erkundigt er sich, als sie den Kinosaal erreichen. Seine blauen Augen schauen sie mit offenkundiger Besorgnis an.

»Wie bitte? Ja klar, mir geht's gut. Es ist nur …«

Sie sollte ihm besser nicht ihr Herz ausschütten, sollte niemanden mit ihren Problemen belästigen.

»Was ist denn los?«

Doch es ist einfach alles zu viel für sie. Sie fühlt sich so unendlich allein, und deshalb sprudelt es aus ihr heraus: dass ihre Mutter heute aus heiterem Himmel beschlossen hat, an den südlichsten Zipfel des Landes zu ziehen und sie allein zurückzulassen, dass der Mietvertrag für die Wohnung bald ausläuft und sie nicht weiß, wo sie wohnen soll, wenn die Uni beginnt, dass der Sommer mit einem Mal ziemlich düster aussieht, weil sie jetzt obendrein auch noch Geld für die Miete zusammenkratzen muss.

Als sie schließlich innehält, wird ihr bewusst, dass Duncan die ganze Zeit über kein Wort gesagt hat. *Was ist bloß in sie gefahren, ihm das alles zu erzählen?*

»Aber das interessiert dich sicher gar nicht«, schiebt sie schnell hinterher. »Ich bringe dich jetzt zu deinem Platz.«

»Sei nicht albern, Jenny«, widerspricht er. »Das klingt ja echt ziemlich ätzend, tut mir total leid.«

Sie versucht zu lächeln. »Ist schon okay, ehrlich, mir geht's gut.«

Er öffnet den Mund, zögert einen Moment und sagt schließlich: »Pass auf, ich hab eine Idee, aber ich will dich zu nichts drängen, es ist völlig okay, wenn du Nein sagst.«

Gespannt wartet sie darauf, dass er weiterspricht.

»Meine Eltern haben vor Kurzem eine Wohnung gekauft. Für sie ist es eine Art Kapitalanlage, aber ich werde während des Studiums darin wohnen und die Hypothek abbezahlen. Die Wohnung hat zwei Zimmer, und du kannst gern eins davon haben, natürlich nur, wenn du willst, meine ich. Ich bin noch nicht dazu gekommen, eine Anzeige für einen Mitbewohner aufzugeben, also würdest du mir sogar einen riesigen Gefallen tun, wenn du das Zimmer nimmst.«

Ihre Panik lässt ein wenig nach. Hinter den Wolken lugt mit einem Mal die Sonne hervor. Aber wäre es nicht komisch, sich mit Duncan eine Wohnung zu teilen? Außerdem will sie nicht, dass er sie nur aus Mitleid aufnimmt, wie peinlich wäre das denn? Doch Duncan ist ein Freund, sie verstehen sich gut, und wenn sie das Problem mit der Wohnung geklärt hat, kann sie sich entspannen. Dann muss sie sich für den Rest des Sommers keine Sorgen mehr machen. Und plötzlich scheint die Antwort auf der Hand zu liegen.

»Das wäre toll«, sagt sie. »Falls es wirklich okay für dich ist?«

Ein Lächeln breitet sich auf Duncans Gesicht aus, und sie weiß, dass er es wirklich ernst gemeint und das Angebot nicht nur aus Mitleid gemacht hat.

»Das ist super, Jenny. Da fällt mir wirklich ein Stein vom Herzen.«

»Ich würde mich natürlich zur Hälfte an den Kosten beteiligen«, sagt sie mit erhobenem Zeigefinger. »Alles wird fair geteilt.«

»Abgemacht«, sagt er und nickt.

»Dann bringe ich dich mal zu deinem Platz, Herr Mitbewohner«, sagt sie.

»Einverstanden, Frau Mitbewohnerin.«

Sie grinsen einander an und verschwinden dann im dunklen Saal, gerade, als die Musik einsetzt.

SIEBZEHN

2018

JENN

»Gleich hier«, sagt sie, und der Taxifahrer hält am Rand der Hanover Street an. Im Radio dudelt leise Musik – aus einem Film, den sie irgendwann mal gesehen hat. Durch die beschlagenen Scheiben hält sie nach Robbie Ausschau, kann ihn jedoch nirgendwo auf dem von Straßenlaternen beleuchteten Gehsteig entdecken. *Ist er etwa noch in der Bar?* Sie wählt seine Handynummer, lauscht eine Weile dem Freizeichen und legt dann wieder auf. Gerade als sie ihm eine Nachricht schreiben will, taucht er plötzlich auf, öffnet die Tür und springt ins Taxi.

»Da bin ich«, verkündet er und lehnt sich im Sitz zurück. Er riecht nach Alkohol und Zigaretten, und sie merkt, dass er schon ein bisschen angetrunken ist.

Jenn beugt sich zum Fahrer vor. »Jetzt bitte zur Fettes Row.«

Der Wagen fährt mit einem Ruck an, und Robbie reibt sich die von der Novemberkälte durchgefrorenen Hände.

»Und? Wie war's?«, fragt sie, auch wenn sie nicht sicher ist, ob sie die Antwort überhaupt hören will. Sie denkt an die Steaks, die sie vorhin für sie beide gekauft hat und die jetzt im Kühlschrank liegen. Sie hatte gedacht, es wäre sicher schön, vor der Verlobungsfeier noch gemeinsam zu Abend zu essen. Bei der Gelegenheit hätten sie dann vielleicht auch den Champagner aufmachen können, den sie für einen besonderen Anlass aufgehoben hatten. Er steht schon seit über sechs Monaten im Weinregal, seit Hilary ihn ihr zur bestandenen Zwischenprüfung geschenkt hat. Ein wenig plagt sie das schlechte Gewissen, weil sie Robbie noch nichts davon erzählt hat, aber andererseits kann sie es einfach nicht fassen, dass er nicht ein einziges Mal nachgefragt hat, ob sie die Prüfung inzwischen wiederholt hat. Sie waren nicht zum Abendessen verabredet gewesen, aber sie wusste, dass seine Schicht um sechs zu Ende war. Doch dann hatte er ihr in letzter Minute eine Nachricht geschickt, dass ein paar Kollegen aus dem Restaurant schon heute Abend mit ihm auf seinen Geburtstag anstoßen wollten. Offenbar konnte er da nicht Nein sagen.

»Super«, antwortet er, »nur schade, dass ich schon wegmusste.«

Jenn sieht irritiert zu ihm hinüber. »Dir ist aber bewusst, dass Hilary und Marty ihre Verlobungsparty nur deshalb auf heute Abend gelegt haben, damit sie nicht mit deinem Geburtstag morgen zusammenfällt?«

»Klar, Marty ist ja mein bester Freund«, entgegnet er. »Es ist halt einfach schade, dass nicht beides geht.«

»Na dann«, sagt Jenn, nicht wirklich überzeugt. In letzter Zeit scheint er am liebsten mit seinen Kollegen aus dem Restaurant unterwegs zu sein. Von Matt einmal abgesehen sind die meisten von ihnen Singles und um einiges jünger. Sie ziehen ständig zusammen los, und es wird von Tag zu Tag schlimmer. Letzten Montag war er nach irgendeiner After-Party erst im Morgengrauen schwankend nach Hause gekommen, umgeben von einer Wolke aus Alk und Hasch. *Ob sie sich Sorgen machen muss?*

»Hey«, sagt er, leicht lallend, »es tut mir leid, dass ich nicht zum Abendessen zu Hause war, aber sie sind alle mitgegangen, da konnte ich einfach nicht anders. Ist immerhin der letzte Geburtstag vor meinem dreißigsten. Neunundzwanzig … Heilige Scheiße. Aber morgen Abend koch ich uns was, okay? Wenn wir vom Essen bei meinen Eltern zurück sind.«

Sie muss lächeln, ob sie will oder nicht, und nickt. Er lässt sich halt nach Möglichkeit keinen Spaß entgehen. Als sie nach seiner Hand greift, fühlt sie sich gleich ruhiger. Es ist alles in Ordnung zwischen ihnen.

Alles in bester Ordnung.

Sie nimmt noch einen Schluck von ihrem Prosecco und hört mit halbem Ohr zu, wie Hilarys Brautjungfern – lauter Ärztinnen aus dem Krankenhaus natürlich – sich über den Lärm hinweg über die Hochzeit unterhalten.

»Was meint ihr, für welche Farbe sie sich entscheiden wird?«, fragt Deepa aufgeregt.

»Rosa, definitiv rosa«, antwortet Pippa. »Ist schließlich ihre Lieblingsfarbe.«

Wo steckt Robbie eigentlich? Jenn schaut sich im Zimmer um – überall Freunde, die reden und lachen. Die Wohnung von Marty und Hilary ist ein absoluter Traum. Sie haben sie vor ein paar Monaten zusammen gekauft, eine Erdgeschosswohnung im georgianischen Stil mitten in der Innenstadt, nach gerade einmal zehn Monaten als Paar.

Sie ist sich nicht sicher, ob sie und Robbie jemals darüber gesprochen haben, irgendetwas gemeinsam anzuschaffen. Sie weiß ja nicht mal, wo er gerade steckt. Er ist direkt nach ihrem Eintreffen in der Küche verschwunden.

Auf einmal schnappt sie ein paar Worte, eine Melodie aus einem von Robbies Lieblingsliedern auf – »There's a Light That Never Goes Out« –, und sie muss lächeln. Immer wenn sie diese Zeilen hört, muss sie an ihn denken, genauso wie bei allen anderen Liedern von The Smiths. Und bei Joy Division geht es ihr nicht anders.

»Jenn«, vernimmt sie eine Stimme und sieht, wie Hilary sich mit einem leicht beschwipsten Lächeln durch die Menge einen Weg zu ihr bahnt. Ein Träger ihres rosafarbenen Kleides rutscht ihr von der Schulter, und Jenn schiebt ihn schnell wieder an seinen Platz.

Hilary umarmt sie überschwänglich, dann ergreift sie ihre sorgfältig gepflegten Hände. »Komm, lass uns tanzen«, fordert sie Jenn auf und beginnt, sich im Takt der Musik zu wiegen. Ihr Glück ist nicht zu übersehen. Seit sie Marty kennengelernt hat, ist da dieses Leuchten in ihren Augen. Und ihm geht es offenbar nicht anders, das erkennt Jenn daran, wie er Hilary ansieht. Robbie hat sie anfangs genauso angeschaut – als könne er sein Glück kaum fassen.

Während sie sich gemeinsam im Rhythmus der Musik bewegen, schauen die anderen Gäste lächelnd zu ihnen herüber. Die überglückliche zukünftige Braut tanzt mit ihrer besten Freundin, ihrer Trauzeugin.

Und auf einmal muss Jenn an Katy denken, an ihre funkelnden Augen, ihr Lachen und den Lavendelduft in ihren Haaren. *Was sie jetzt wohl gerade macht?*

Ein lautes Klirren schallt durch den Raum. Hilary und Jenn hören auf zu tanzen und sehen zu Robbie hinüber, der in der Nähe der Tür steht, die Hände vor sich ausgestreckt, als wolle er ein Stück auf dem Klavier spielen. Die Leute um ihn herum treten einen Schritt zurück, und Jenn sieht überall Glasscherben herumliegen. Sie eilt zu ihm hinüber.

Bitte nicht heute Abend.

Sie bückt sich und beginnt, die größten Scherben aufzusammeln. Die anderen Gäste schauen neugierig zu.

»Sorry«, lallt er, »ist mir weggerutscht.«

Sie kann nicht anders, als kopfschüttelnd zu ihm aufzusehen, während sie ihm die Hand mit den Scherben hinhält, als wolle sie ihm das zersplitterte Glas zum Geschenk machen. »Was ist denn los mit dir?«

Er schwankt ein wenig.

»Muss man sich jetzt schon entschuldigen, wenn man ein bisschen Spaß haben will?«

Marty erscheint mit Handfeger und Kehrblech. »Nichts passiert, Robbo«, beruhigt er ihn, doch seine Stirn ist gerunzelt. »Meine Whisky-Cocktails waren wohl doch etwas zu stark«, erklärt er an Jenn gewandt, als wolle er Robbie in Schutz nehmen. Dabei ist es schließlich nicht das erste Mal, dass sie ihn so betrunken erlebt. Nur hat es sie in den ersten Jahren nicht so sehr gestört, solange er dabei gut drauf war, ein bisschen angeheitert, ein bisschen tollpatschig, aber glücklich.

Doch diese Trinkerei hier ist anders, sie kommt aus einer ganz anderen Ecke.

Schließlich steht Jenn auf und lässt die Glasscherben auf die Kehrschaufel fallen, die Marty ihr hinhält. »Tut mir leid, aber ich glaube, wir gehen jetzt besser … wenn das für euch in Ordnung ist?«

»Nein, bitte bleibt doch!«, ruft Hilary, die auf einmal neben ihnen auftaucht, »es ist noch nicht mal elf!«

»Ich weiß«, sagt Jenn und schenkt Hilary ein breites Lächeln, »wir sind nur beide ziemlich platt von der vielen Arbeit in letzter Zeit. Aber danke für den tollen Abend.«

Hilary und Marty tauschen einen vielsagenden Blick, während Robbie sich am Heizkörper abstützt. Jenn weiß genau, dass er nur deshalb nichts sagt, weil er dazu schlicht und einfach nicht mehr in der Lage ist.

Es folgen Umarmungen zum Abschied, Versicherungen, sich schon bald mal wieder zum Abendessen zu treffen und das übliche »Wir-können-den-großen-Tag-kaum-erwarten«-Geplänkel, bevor Jenn sich bei Robbie unterhakt und ihn möglichst unauffällig durch die geräumige Diele zur Tür führt. Einige Gäste schauen ihnen tuschelnd und mit hochgezogenen Augenbrauen hinterher. Sie würde am liebsten im Erdboden versinken und ärgert sich, dass der Abend so enden muss.

Gleichzeitig macht sie sich Sorgen um Robbie.

Als Jenn die Tür öffnet und sie auf den mit Teppich ausgelegten Treppenabsatz hinaustreten, spürt sie einen kurzen, stechenden Schmerz in der Handfläche. Bei näherem Hinsehen entdeckt sie im grellen Licht ein winziges Stück Glas in den blassen Hautfalten. Es hat sich tief ins Fleisch hineingebohrt, dort, wo es am meisten wehtut.

Am nächsten Tag

ROBBIE

Ich bin im Esszimmer meiner Eltern. Der ganze Clan ist um den Tisch versammelt, in der guten Stube, wo es keinen Fernseher gibt und die nur zu besonderen Anlässen wie Weihnachten und Geburtstagen betreten werden darf. Weihnachten ist heute schon mal nicht – kein Lametta, kein roter Kerzenständer auf dem Tisch. Und es ist eindeutig mitten am Tag. Sind wir beim Mittagessen? Auf dem Tisch stehen Rotwein, Roastbeef-Reste, Bratensoße und Yorkshire-Pudding – mein Lieblingsessen. Scheiße, das muss mein Geburtstag sein. Der Tag nach der Verlobungsfeier.

Die Verlobungsfeier. Mein Gott, ich hatte ja keine Ahnung. Warum hat Jenn mir nie gesagt, wie unmöglich ich mich aufgeführt habe? Ich erinnere mich lediglich daran, dass ich am nächsten Tag mit einem kolossalen Filmriss aufgewacht bin.

Wie fühlst du dich?

Das hatte sie zu mir gesagt, nicht »Du bist so ein Idiot« oder »Du hast dich wie der letzte Volltrottel benommen«. Nein, stattdessen hat sie sich nach meinem Befinden erkundigt. Und mir einen Kaffee gemacht. Dementsprechend war ich davon ausgegangen, dass nichts allzu Tragisches vorgefallen war. Soweit ich wusste, war es einfach ein weiterer, ziemlich lustiger und für alle vergnüglicher Robbie-hat-etwas-zu-tief-ins-Glas-geschaut-Abend gewesen, nach dem Jenn mich ohne irgendwelche Kollateralschäden nach Hause bugsiert hatte. *So etwas* hatte ich nicht in Erinnerung.

»Ein bisschen Toffeepudding für dich, Max?«, fragt Mum, die mit einem Teller in der Hand hinter ihm steht.

Max blickt nur kurz von seinem Diensthandy auf. »Äh, nein danke, Jill. Der ist hart erkämpft«, erwidert er lächelnd und legt die Hand auf seinen Waschbrettbauch.

Was für ein Penner.

Fi sitzt auf der anderen Seite des Tisches und hat den Mund zu einem schmalen Strich gezogen.

»Mama, Saft!«, verlangt Struan, der neben ihr sitzt, und sie reicht ihm hastig seinen Becher. Er ist zwar erst drei, aber er wird seinem Vater mit jedem Tag ähnlicher, zumindest, was das Äußere angeht: dichtes schwarzes Haar, dunkle Augen, eckiges Kinn. Sie tragen sogar das gleiche Outfit: dunkelgrüne Pullis mit karierten Hemden darunter.

Mum trottet hoffnungsvoll mit ihrem Teller weiter zu Jenn. »Wie sieht es bei dir aus, Liebes?«

»Aber gern, danke«, antwortet sie lächelnd.

Auf Jenn ist Verlass – dabei mag sie Süßes nicht einmal.

Dad schweigt ausnahmsweise, schüttet sich noch etwas Sahnesoße auf den Teller und widmet sich seinem Pudding. Mum nimmt sich auch eine Portion, bevor sie noch einmal die Runde macht, um allen Getränke nachzuschenken. Sie hat sich richtig herausgeputzt, wie immer zu unseren Geburtstagen. Doch die Stimmung im Raum ist irgendwie angespannt. Es ist merkwürdig still. Ich höre das Besteck auf den Tellern kratzen und jemanden geräuschvoll die Luft durch die Nase einziehen. *Was haben sie denn nur alle?*

»Ob ich mal nach ihm schaue?«, schlägt Kirsty vor und sieht zur Tür hinüber. »Er ist schon ziemlich lange weg.«

Wen meinen sie?

»Ich geh schon«, sagt Jenn hastig und springt auf.

»Untersteh dich«, sagt Fi und legt ihr eine Hand auf den Arm. »Er ist schließlich selbst schuld.«

Von wem reden sie?

Doch wohl nicht von mir?

»Muss ja eine Mordsparty gewesen sein.« Max grinst und nimmt noch einen Schluck Wein. Fi sieht ihn kühl an. O Mann, ich hatte vollkommen vergessen, wie verkatert ich beim Mittagessen noch war, und nach dem Hauptgang war mir alles wieder hochgekommen.

Ich hatte gehofft, es wäre niemandem aufgefallen.

»Ich hab die Nase gestrichen voll«, sagt Dad plötzlich und lässt seinen Löffel ins Schälchen fallen, »ich dachte wirklich, er hätte diese Phase endlich hinter sich. Irgendwann muss er doch mal erwachsen werden.«

Mist. Ich wusste nicht, dass er so dermaßen wütend auf mich war.

»Ach, Liebling«, versucht Mum ihn zu besänftigen, während sie Max' Glas nachfüllt. »Er hat heute Geburtstag, lass es dieses Mal bitte auf sich beruhen.«

Dad steht auf und wischt sich den Mund mit der Serviette ab. »Wenn du meinst. Ich schaue mir jetzt die Rugby-Ergebnisse an.«

Kaum ist er weg, schiebt Kirsty ihren Stuhl zurück. »Ich bin gleich wieder da.« Die gute Kirsty. Stets bemüht, den Frieden zu wahren, genau wie Mum. Und ich habe lediglich *Lass mich in Ruhe* geknurrt, als ich jemanden vor der Badezimmertür hörte.

Drei Stühle am Tisch sind jetzt leer, und die Stimmung ist weiterhin gedrückt. Jenn spielt nervös mit ihrer Limonade. Auf ihrer Handfläche klebt ein kleines fleischfarbenes Pflaster – das zerbrochene Glas.

Mir war nicht klar, wie sehr mein Alkoholkonsum den anderen die Laune verdarb. Aber es war schließlich mein Geburtstag, durfte ich da nicht tun und lassen, was ich wollte? War es nicht mein gutes Recht, mir die Kante zu geben?

»Hey, wo ist denn mein Nachtisch geblieben?«, fragt Mum, als sie schließlich wieder Platz nimmt. Sie schaut verwirrt auf ihren Teller. Struan, der auf dem Platz neben ihr sitzt, hat über das ganze Gesicht klebrige Soße verteilt.

»Tut mir leid, Mum«, entschuldigt Fi ihren Sohn von weiter oben am Tisch und lacht leise.

»Tut mir leid, Oma«, plappert Struan ihr nach und schwenkt seinen Löffel hin und her, woraufhin alle laut lachen, und das Eis ist gebrochen. Sogar Max legt sein Handy zur Seite und schüttelt amüsiert über seinen Sprössling den Kopf.

»Was geht hier ab?«, ist plötzlich eine Stimme zu vernehmen. Robbie steht mit einem Bier in der Hand im Türrahmen. Er grinst, sieht aber furchtbar aus. Sein Gesicht ist leichenblass, die Haare sind total zerzaust und seine Augen glasig, nachdem er gerade das Mittagessen erbrochen hat. Er hält sich an seinem Bier fest, als wäre es ein Rettungsring.

Das Lächeln verschwindet von Jenns Gesicht, und meine Mutter sieht besorgt zu ihr hinüber.

»Möchte jemand einen Tee?«, fragt sie.

JENN

Der Rasen ist überfroren, und Jenn zieht die Decke mit dem Schottenkaro fester um ihre Schultern. Auf dem schmiedeeisernen Tisch vor ihr stehen ein Tablett mit Milch und Keksen und die große rote Teekanne, die Jill trotz des angeschlagenen Henkels so gern benutzt. Kleine Dampfwolken steigen auf und verpuffen im eisigen weißgrauen Himmel.

»Was macht die Arbeit?«, erkundigt sich Jill, während sie Tee in zwei zueinander passende Porzellantassen gießt.

»Alles im grünen Bereich«, versichert Jenn und versucht, sich auf die Frage zu konzentrieren. »Ich muss nur noch das sechste Ausbildungsjahr hinter mich bringen, dann hab ich's geschafft. Als Nächstes stehen dann die Abschlussprüfungen an.«

»Du hörst auch nie auf zu lernen, oder?«, fragt Jill lächelnd und trinkt einen Schluck Tee.

»So ist das eben bei Ärzten.«

»Du bist wirklich etwas ganz Besonderes, Liebes. Das weißt du hoffentlich? Robbie gibt dir doch nicht das Gefühl … weniger wert zu sein? Ich weiß, er ist mein Sohn, aber falls er dir wehtut, bekommt er es mit mir zu tun.«

Jill lächelt, als sie das sagt, doch in ihren Worten liegt eine gewisse Schärfe. Andere haben sein Verhalten also ebenfalls bemerkt – irgendwie macht es das nur umso schlimmer.

»Ich verstehe einfach nicht, was los ist«, sagt Jenn leise. »Er war so glücklich damals, als wir uns kennengelernt haben.«

»Er war so glücklich, *weil* ihr euch kennengelernt habt.«

Jenn sieht sie verwirrt an.

»Du hast ihn zu einem anderen Menschen gemacht«, sagt Jill. »Hast das Beste aus ihm herausgeholt. Ich kenne meinen Sohn, er ist ein lieber Kerl. Er hat eine Menge Potenzial, und du hast es freigesetzt. Ich weiß noch, als er jünger war«, fährt sie fort und lächelt gedankenverloren, »war er so ein herzliches Kind, hat immerzu mit allen gekuschelt und jeden zum Lachen gebracht. Das war seine große Stärke. Sobald er sich kurze Zeit in einem Zimmer aufhielt, strahlten alle.«

Jenn muss bei dem Gedanken lächeln. Ja, so ist er, ihr Robbie. Er lässt auch sie erstrahlen.

Meistens zumindest.

»Ich werde nie vergessen, wie er beim Fünfzigsten von Tante Beth eine Stand-up-Nummer zum Besten gegeben hat«, fährt Jill mit leuchtenden Augen fort. »Mit gerade mal zehn Jahren hat er den ganzen Saal zum Toben gebracht. Kannst du dir das vorstellen?«

Ja, das kann sie tatsächlich. Robbie kann jeden zum Lachen bringen. Aus diesem Grund fühlen sich die Leute ja so zu ihm hingezogen.

»Aber wir haben ihn verwöhnt«, gibt Jill zu und lehnt sich mit der Teetasse in der Hand zurück. »Das ist mir durchaus bewusst. Er war der Jüngste, und die Mädchen waren vollkommen vernarrt in ihn. Fi hat ihn immer in einem Eimer herumgetragen«, erinnert sie sich und muss lachen, wird aber gleich wieder ernst. »Als Jugendlicher ist er dann irgendwie vom rechten Weg abgekommen. Es war einfach alles zu leicht für ihn, es wurde ihm zu leicht gemacht. Brauchte er Geld, haben wir es ihm hinterhergeworfen. Wollte er verreisen, haben wir es ihm ermöglicht. Ich weiß, es ist meine Schuld, aber ich habe wirklich gehofft, dass er irgendwann die Kurve kriegt. Bei den Mädchen hat es schließlich auch funktioniert. Als er aus Frankreich zurückkam, dachte ich, es würde vielleicht besser werden, aber es hatte sich nichts geändert. Seine Welt drehte sich nach wie vor um Partys und Alkohol. Erst als er dich kennengelernt hat …«

Sie sieht Jenn an.

»Ich dachte wirklich, ihr …«

Jill hält inne.

»Du dachtest, wir würden heiraten?«, beendet Jenn den Satz schließlich für sie.

Jill wird rot, senkt den Blick und wischt sich ein paar unsichtbare Krümel vom Knie. »Ja, schon. Ich dachte, darauf würde es hinauslaufen.«

Jenn sitzt einen Moment lang schweigend da und versucht zu verarbeiten, was sie gerade gehört hat. Sie kann sich noch immer nicht recht vorstellen zu heiraten, aber ein bisschen mehr als das, was sie jetzt hat, braucht sie schon. Sie wünscht sich, dass Robbie sie wieder so liebt wie früher, dass sie für ihn an erster Stelle steht, so wie er für sie in den vier Jahren, die sie zusammen sind.

Aber wenn er das jetzt nicht tut, wird es dann jemals wieder so sein?

O Gott, sie kann den Gedanken nicht ertragen, ihn zu verlieren.

Sie liebt ihn immer noch über alles.

»Tust du mir einen Gefallen?«, fragt Jill, und Jenn schaut sofort auf, als sie auf dem Tisch nach ihrer Hand greift.

Was für einen Gefallen? Was soll ich tun?

»Gib ihm bitte noch ein bisschen Zeit, es endlich zu begreifen«, sagt Jill schließlich. »Er wird schon zu Sinnen kommen, da bin ich mir sicher. Oder er verliert das Beste, was ihm jemals passiert ist.«

Jenn sagt nichts, sondern lächelt bloß.

Jill hat recht, sie muss ihm einfach mehr Zeit geben und sich immer wieder daran erinnern, wie sehr sie ihn liebt.
Und daran, was für ein herzensguter Mensch er wirklich ist.

Eine Woche später

ROBBIE

Überall Menschen, dazwischen Stände im Freien, an denen man Seife und Käse kaufen kann. Es ist immer noch verdammt kalt. Ein herzhafter, rauchiger Duft weht mir in die Nase – Paella. Ich bin auf einem Markt, genauer gesagt auf dem Stockbridge Market.
Jenn kann ich noch nirgends entdecken, aber ich bin erst einmal froh, nicht mehr am vorherigen Ort zu sein. Das alles mit anzusehen, war einfach zu schmerzhaft.
Ich hatte keine Ahnung, dass dieses Gespräch stattgefunden hatte, dass meine eigene Mutter meine Freundin gebeten hatte, mir noch Zeit zu geben, erwachsen zu werden.
Ich schlucke.
Haben mich wirklich alle so gesehen? Als ein verwöhntes Balg, das nur an sich selbst denkt?
An meinem Geburtstag verkatert zu sein, war schon peinlich genug, aber so langsam beschleicht mich das Gefühl, dass ich mich die übrige Zeit auch nicht gerade vorbildlich verhalten habe. Dass die beiden diese Unterhaltung überhaupt geführt haben, ist kein gutes Zeichen.
Wenigstens kann es nicht noch schlimmer werden, jedenfalls nicht an diesem Ort.
Ich wüsste nicht, dass ich mich auf einem Markt jemals danebenbenommen hätte.
Vertraute Stimmen hinter mir. Ich drehe mich um. Jenn und

Hilary kommen mit braunen Kaffeebechern in der Hand auf mich zu geschlendert. Beide sind bis oben hin eingemummelt, und ihre rosafarbenen Nasen verraten mir, dass sie offenbar schon eine ganze Weile unterwegs sind, was mich nicht wundert: Jenn und Hilary können stundenlang miteinander quatschen. Früher drehten sich die Gespräche überwiegend um Hilarys in die Brüche gegangenen Beziehungen, aber heute reden sie über den Brunch, mit dem Marty Hilary an diesem Morgen im Bett überrascht hat, inklusive Kaffee aus dem neuen Restaurant, und ich kann mir ein Lächeln nicht verkneifen: Marty ist so unglaublich lieb zu ihr.

»Da drüben!«, unterbricht Hilary auf einmal ihren eigenen Redefluss.

Ich schaue in die Richtung, in die sie zeigt – auf einen Käsestand.

Die beiden gehen hinüber und fangen an, sich durch die Probierhäppchen auf der Theke zu arbeiten.

»Und? Ist er dabei?«, fragt Jenn nach dem dritten Stück.

Hilary blickt stirnrunzelnd auf die handgeschriebenen Namen. »Ich glaube nicht, er war irgendwie weicher. Entschuldigen Sie«, sagt sie zu einem Mann mit rundlichem Gesicht, der hinter dem Tresen steht, und er lächelt sie an. »Ich bin auf der Suche nach einem Käse, den mein Verlobter so gern mag, aber ich kann mich beim besten Willen nicht mehr daran erinnern, wie er heißt. Er ist weich, aber trotzdem kräftig im Geschmack und hat einen französischen Namen.«

Époisses. Das muss er sein. Den haben wir auf der Käseplatte im Restaurant.

Einen Augenblick später hat der Mann ein Exemplar davon hervorgezaubert und schneidet ein Stück für Hilary ab. Ihre Augen leuchten auf, als sie es probiert. »Ja, das ist er!«, ruft sie strahlend aus. »Davon nehme ich ein Stück, ein großes bitte. Ach, und noch ein bisschen von dem scharfen Chutney, genau, von dem. Und ein paar Haferkekse dazu, die liebt er.«

»Mission erfüllt.« Jenn lächelt, während der Mann beginnt, alles in einer Tüte zu verstauen. »Wann kommen denn seine Eltern nachher vorbei?«

»So wie ich sie kenne, viel zu früh«, entgegnet Hilary und zieht eine Augenbraue hoch. »Sie kommen immer viel zu früh, aber da das ihr einziger Fehler ist, will ich mich nicht beschweren. Hast du gesehen, wie viel Getränke sie am letzten Wochenende für unsere Verlobungsfeier rangeschafft haben?«

Ich denke an Martys Eltern – Wendy und Bill – und muss Hilary hundertprozentig beipflichten. Sie sind unfassbar herzlich und großzügig und denken an sich selbst immer zuletzt.

Sie waren wie ein zweites Paar Eltern für mich.

Hilary bezahlt, und dann schlendern die beiden zwischen den Ständen hindurch zurück, während es langsam zu dämmern beginnt.

»Habt ihr beide dieses Wochenende irgendwas vor?« Ein seltsamer Unterton schwingt in Hilarys Frage mit.

Die Verlobungsfeier, das zerbrochene Glas.

Verdammt. Sofort schäme ich mich wieder. Ich habe mich noch nicht einmal entschuldigt.

Andererseits war mir auch gar nicht bewusst, dass mein Verhalten eine Entschuldigung erforderte.

»Nein, ich denke, wir lassen es ruhig angehen«, entgegnet Jenn und schaut zu Boden. »Ich glaube, Robbie muss heute Abend arbeiten.«

»Nach allem, was du mir erzählt hast, brauchst du auch mal einen Abend für dich. Ein heißes Bad, ein Glas Wein, verwöhn dich einfach so richtig.«

Ich hatte vergessen, dass Hilary der einzige Mensch ist, mit dem Jenn über alles redet. Allerdings nur, wenn sie einander sehen, wie Hilary mir mal erzählt hat. Man muss Jenn gegenübersitzen, um sie aus ihrem Schneckenhaus zu locken. Ich frage mich, ob das wohl mit ihrer Mutter zu tun hat und dem Gefühl, dass sie ihr keine Sorgen bereiten durfte. Sie hat sich vermutlich daran gewöhnt, sich nichts anmerken zu lassen. Mit guten Nachrichten hält sie es genauso – sie erzählt sie einem lieber persönlich, niemals per SMS oder am Telefon, und im Gegensatz zu mir mit meinem vorlauten Mundwerk teilt sie sie auch nur mit Menschen, die ihr nahestehen, Menschen, die sich wirklich dafür interessieren.

Scheiße – an dem Abend damals war sie extra zu mir in Burn's Bar gekommen, um mir zu sagen, dass sie die Prüfung bestanden hatte.

Hatte ich mich wirklich so abweisend verhalten?

Hilarys Telefon beginnt zu klingeln – irgendein Ed-Sheeran-Gedudel –, und die beiden bleiben am Tor stehen. »Hey, du«, sagt Hilary lächelnd, als sie rangeht. »In einer Stunde schon? Hilfe, na gut. Ja, das klingt doch super, danke.«

Hilary legt auf, die Augen weit aufgerissen. »Tut mir leid, aber Chris meint, die Schwiegereltern kommen noch früher, als wir ohnehin dachten.« Sie schüttelt den Kopf, aber ich kann ihr ansehen, dass sie es insgeheim genießt, von ihren »Schwiegereltern« zu sprechen. »Er sammelt mich auf dem Rückweg vom Fitnessstudio ein.«

»Kein Thema«, entgegnet Jenn, sieht aber doch ein wenig niedergeschlagen aus.

Es kann nicht leicht gewesen sein, Hilarys und Martys Glück mit anzusehen, während es in unserer Beziehung kriselte. Denn das lässt sich wirklich nicht mehr leugnen – wir steckten in einer Krise.

»Es ist total seltsam, das Wort ›Schwiegereltern‹ aus deinem Mund zu hören«, bemerkt Jenn nach einer Weile. »Es ist alles irgendwie so schnell gegangen.«

Hilary runzelt kaum merklich die Stirn. »Na ja, wenn es der Richtige ist, dann weiß man es einfach, oder?«

»Auf jeden Fall«, bekräftigt Jenn, »es ist nur … diese enorme Verpflichtung einzugehen, bevor man den anderen wirklich kennt – das ist schon ein gewaltiger Schritt, findest du nicht?«

Ich weiß nicht genau, was Jenn damit meint, aber es ist seltsam, so etwas zu jemandem zu sagen, der frisch verlobt ist.

»Ich glaube nicht, dass Zeit dabei eine Rolle spielt«, sagt Hilary forsch und rückt den Riemen ihrer Handtasche auf der Schulter zurecht. »Ich meine, wie lange bist du jetzt schon mit Robbie zusammen? Über vier Jahre, und du weißt immer noch nicht …«

Sie stockt.

Jenn neigt den Kopf zur Seite.

Moment mal.

»Was weiß ich immer noch nicht?«, fragt Jenn schließlich, ihr Lächeln wie weggeblasen.

»Mist«, murmelt Hilary. »Nichts, Jenn, es tut mir leid. Ich hatte mir vorgenommen, es nie anzusprechen.«

Scheiße.

»Jetzt musst du es mir aber sagen«, fordert Jenn mit fester Stimme.

Erzähl es ihr nicht, Hilary.

Bilder erscheinen vor meinem inneren Auge: *ein weißer Strand, tanzende Menschen. Marty und ich in Neonwesten. Er steht an diesem thailändischen Strand und grinst mich an.*

Hilary schaut kurz zum Himmel hinauf und dann wieder zu Jenn. »Okay, aber du darfst Robbie und Chris nicht verraten, dass ich es dir erzählt habe. Versprochen?«

»Versprochen«, stimmt Jenn nickend zu.

Als Hilary mit ihrer Geschichte beginnt, kommt auch bei mir die Erinnerung zurück. Seit Jahren habe ich mich bemüht, sie zu verdrängen – ein Biertrichter in Martys Mund, in den ich eine hochprozentige, undefinierbare Flüssigkeit hineinschütte, angefeuert von einem Haufen zwielichtiger Typen, die wir gerade erst kennengelernt hatten.

Hilary lässt nichts aus, weder dass die Polizei ihn später in dieser Nacht bewusstlos und mutterseelenallein aufgefunden hat, noch dass er ins Krankenhaus gebracht wurde, wo man ihm den Magen ausgepumpt hat, und auch nicht, dass er danach an ein

Beatmungsgerät angeschlossen wurde. Seine Eltern waren am nächsten Tag mit dem Flugzeug angereist, und man hatte ihnen mitgeteilt, dass er mit Sicherheit gestorben wäre, wenn die Polizei ihn nicht gerade noch rechtzeitig gefunden hätte.

»Und wo war Robbie?«, fragt Jenn nach einer Weile mit versteinerter Miene.

Hilary schüttelt nur den Kopf, und mir dreht sich der Magen um.

Sie wird es sich denken können.

Ich war mit irgendeinem Mädchen in irgendeinem Hostel. Und ich hatte keinen blassen Schimmer, wo Marty steckte.

Das Ganze laut ausgesprochen zu hören, macht es nur noch schlimmer.

Aber wir waren halt Jungs, die sich wie Jungs benahmen, oder?

Oder?

»Deshalb ist er also nach Chamonix gegangen«, stellt Jenn schließlich fest.

Hilary nickt. »Ja. Ein paar Tage nachdem Chris mit seinen Eltern nach Großbritannien zurückgeflogen war.«

»Und wie ging es Marty – danach, meine ich?«

Hilary zuckt mit den Schultern, und mit einem flauen Gefühl im Magen stelle ich fest, dass ich die Antwort selbst nicht kenne. Marty verbrachte den Rest des Sommers zu Hause und begann dann im Herbst, in Bristol zu studieren. Ich arbeitete die Touristensaison über in Chamonix und blieb schließlich dort. Wir haben während dieser Zeit nicht wirklich miteinander gesprochen, aber ich dachte, es lag einfach daran, dass wir so weit voneinander entfernt lebten.

Oder habe ich mir das vielleicht nur eingeredet?

»Es ging ihm wohl nicht gut«, sagt Hilary schließlich. »Mehr weiß ich auch nicht – so genau hat er es mir nicht erzählt –, aber er hat sich in dem Sommer sehr zurückgezogen und sich danach ganz auf die Uni konzentriert. Ich vermute, das war seine Art, mit dem Erlebten fertigzuwerden.«

Jenn beißt sich auf die Lippe, und ich wünschte, ich könnte ihre Gedanken lesen.

Ed Sheeran meldet sich erneut zu Wort, und Hilary greift dankbar nach ihrem Telefon. »Hey, du«, sagt sie und setzt ein Lächeln auf. Gleich darauf wandert ihr Blick zur Straße hinüber, wo Martys Audi mit dem Schrägheck gerade eingeparkt hat. »Ja, ich sehe dich. Noch eine Minute, ja?«

Mit Bedauern im Blick wendet sie sich wieder Jenn zu. »Es tut mir echt leid, dass ich dich jetzt einfach so stehen lassen muss, nachdem ich dir das alles erzählt habe. Wir würden dich ja mitnehmen, aber ...«

»Mach dir keinen Kopf, mir ist sowieso nach einem Spaziergang«, sagt Jenn und winkt Hilary verhalten zum Abschied zu. Sie sieht ziemlich verstört aus. Was ja auch kein Wunder ist – sie hat immerhin gerade erfahren, dass der Typ, mit dem sie zusammenlebt – mit dem sie eine Beziehung eingegangen ist –, seinen besten Freund einst in Todesgefahr allein zurückgelassen hat.

»Ich rufe dich später an, okay?«, sagt Hilary und nimmt Jenn zum Abschied fest in den Arm.

»Okay«, entgegnet Jenn mit dem für sie typischen Lächeln.

Hilary rennt mit wehenden Haaren durch das Tor, und ich bleibe allein mit Jenn zurück.

Ratlosigkeit macht sich in mir breit. Ich verstehe einfach nicht, warum ich diese Erinnerung gesehen habe. Was hat mein Geheimnis mit ihrem zu tun?

Ich muss dir etwas sagen.

Immer wieder höre ich Jenns Worte, wie den Ruf einer Sirene.

ACHTZEHN

2009

JENNY

Das Geräusch ihrer Schritte auf dem Gehsteig hallt in der Stille wider, während das Morgenlicht zwischen den verschlafenen Gebäuden der Altstadt hindurchblinzelt. Edinburgh Castle schlummert links von ihnen auf seinem Hügel, The Cowgate ist menschenleer, und das Kopfsteinpflaster erholt sich von den zahlreichen Barbesuchern, die es in der letzten Nacht mit Füßen getreten haben.

Duncan läuft zügig neben ihr her. Trotz der fünf Kilometer, die sie schon hinter sich haben, ist er kein bisschen aus der Puste. Als sie die Straße erreichen, die sie hinauf zur George IV Bridge führt, durchströmt Jenny ein letzter Energieschub, und sie stürmt los, so schnell ihre Beine sie tragen, bis sie oben angekommen ist.

Duncan trifft einen Moment später ein, und die beiden verschnaufen einen Moment vor Greyfriars Bobby, dem Denkmal für den treuen Terrier. Der Himmel erstrahlt in frischem Morgenblau; ihre Beine sind von der Oktoberkälte gerötet.

»Du warst ja heute überhaupt nicht zu bremsen«, keucht Duncan und stützt sich mit den Händen auf den Knien ab.

Jenny grinst. Normalerweise geht sie vor der Uni allein eine Runde joggen und lässt Duncan schnarchend im Bett zurück, wo seine Hand auf dem Abdruck ruht, den sie auf dem Laken hinterlassen hat. Doch heute wollte er aus irgendeinem Grund unbedingt mitkommen, und sie hatte nichts dagegen, sie haben schließlich dasselbe Tempo.

Er richtet sich auf und verschränkt die Hände hinter dem Kopf.

»Was hältst du davon, wenn wir heute Abend was essen gehen? Pizza oder so?«

»Heute Abend ist es leider schlecht«, entgegnet Jenny. »Ich treffe mich mit Katy in irgendeinem Club. Sie ist für ein paar Tage in Edinburgh, hatte ich das nicht erzählt?« Sie macht ein paar Dehnübungen und bemüht sich, ihre Überraschung zu überwinden. Sie gehen sonst nicht zum Essen aus, sie haben ja nicht viel Geld, und außerdem arbeitet Jenny abends meist im Kino.

Duncan wirkt angespannt.

»Ist alles okay?«, erkundigt sie sich.

»Eigentlich wollte ich dir das später in der Wohnung geben«, antwortet er und zieht etwas aus seiner Tasche hervor. Dabei schaut er sie mit seinen blauen Augen ernst an. Dann reicht er ihr einen kleinen weißen Umschlag, der in der Tasche ein wenig zerknittert ist.

»Was ist das?«, fragt sie lächelnd, bevor sie ihn umdreht, öffnet und eine Karte herauszieht. In geschwungener Handschrift steht dort geschrieben: *Alles Gute zum ersten Jahrestag,* und darunter prangt ein grellpinkes Herz. Jenny muss gegen den Impuls ankämpfen, sich zu schütteln: Meine Güte, ist das kitschig. Doch als sie Duncans offenherzigen, liebevollen Gesichtsausdruck bemerkt, hat sie sofort ein schlechtes Gewissen und lächelt ihn an. Ihr war gar nicht bewusst, dass das heute ist.

An den exakten Moment, als sie zusammenkamen, kann sie sich gar nicht mehr erinnern; irgendwie ist er ihr nicht im Gedächtnis geblieben. Sie weiß nur noch, dass sie und Duncan sich in den ersten Monaten, die sie zusammenwohnten, immer näherkamen und zu einem eingespielten Team wurden. Sie gingen zusammen zu Seminaren und kamen zusammen nach Hause. Und eines Abends war es dann passiert: ein Glas Punsch zu viel bei einer Party in der Studentenkneipe – das Motto war Hawaii –, und als sie wieder zu Hause war, klopfte sie an seine Tür. Sie wusste schließlich, was er für sie empfand und dass er nur darauf wartete, dass sie seine Gefühle erwiderte.

»Drinnen steht auch noch was«, sagt er lächelnd, und sie klappt die Karte auf.

Liebe Jenny, danke für das beste Jahr meines Lebens. Von Herzen, Duncan.

Sie sieht zu ihm auf.

»Ich liebe dich, Jenny«, sagt er hastig, und sie spürt, wie ihr Herz einen Sprung macht.

Während der Wind über sie hinwegfegt, schaut er ihr forschend in die Augen.

Es ist das allererste Mal, dass er diese Worte sagt. Und es tut gut, sie zu hören, genauso wie es ihr guttut, wenn sie mit ihm zusammen ist. Dann scheint die Welt in Ordnung zu sein. Aber fühlt es sich wirklich so an, verliebt zu sein? Zugegeben, Duncan ist nett und süß. Ein klasse Typ – einfach perfekt, wenn sie ehrlich ist –, aber sie hatte sich Verliebtsein irgendwie anders vorgestellt. Intensiver. Doch wahrscheinlich sind ihre Vorstellungen einfach hoffnungslos romantisch und albern. Immerhin hat sie in ihrer Kindheit selbst miterlebt, wie große Liebesgeschichten enden können.

Sie greift nach seiner Hand und erwidert: »Ich dich auch.«

Später am Abend

ROBBIE

In meinem Magen wummert es. Elektro-Beats. Es ist dunkel und heiß. Stroboskopische Lichteffekte, Rauchschwaden, kreischende Menschen. Der Sound dröhnt in meinen Ohren, ein Bass setzt ein. Die Musik dreht total auf, genauso wie die Leute um mich herum. *Ach du Scheiße.* Ich werde von ihren Körpern hin und her gestoßen. Vor mir befindet sich eine Bühne mit einem DJ. Ich bin in einem großen Club – dem in der Victoria Street. Hier war ich schon mal.

Aber wo steckt Jenn? Ich muss sie finden. Bloß wie? Wenigstens ist Duncan nicht in der Nähe. Meine Brust zieht sich schmerzhaft zusammen, wenn ich daran denke, was sie zu ihm gesagt hat. *Ich dich auch.* Klar weiß ich, dass ich nicht der erste Mann in ihrem Leben bin, aber es ist trotzdem nicht leicht, mit anzuhören, wie sie einem anderen sagt, dass sie ihn liebt.

Ein Lichtstrahl fällt auf ein Gesicht, das ich wiedererkenne. Katy. Sie hat sich verändert, sieht älter aus. Ihre Augen sind stark geschminkt, auf eine ausgefallene Art und Weise, und auf ihren Wangen und Schultern klebt Glitter. Sie tanzt. Und dann taucht Jenn auf einmal in der Menge auf, in einem schwarzen, ärmellosen Oberteil. Ihre Haare sind noch lang, doch auch sie ist eindeutig älter geworden, erwachsen und der jungen Frau nicht unähnlich, in die ich mich verliebt habe. Mein Herz bleibt einen Moment lang stehen.

Ein neues Stück beginnt, und Katys Tanzbewegungen werden langsamer. Sie sieht zu Jenn hinüber. *Sollen wir was trinken?* Jenn nickt.

Sie bahnen sich einen Weg durch die Menge zur Bar. Das Dröhnen der Musik wird leiser, und doch weiß ich, dass ich nur mit sehr viel Glück überhaupt was verstehen werde. *Warum sind wir hier?* Die beiden lehnen sich an die Theke, und Jenn stellt ihre Tasche darauf ab. Die hat sie tatsächlich heute immer noch – so ein abgewetztes braunes Teil, von dem sie sich partout nicht trennen will.

»Chic«, sagt Katy anerkennend. »Sehr retro.«

Jenn wirft einen Blick auf die Tasche und lächelt zärtlich. »Ja, oder? Sie gehörte früher meinem Vater. Mum hat sie gefunden, als wir ausgezogen sind, und ich hab dann eine Handtasche daraus gemacht.« Sie kramt ihr Portemonnaie hervor. »Ich hole uns was zu trinken.«

»Sicher?« Katy legt Jenn einen Arm um die Schultern. »Du bist meine Heldin, *mon amie*. Es tut mir leid, dass ich heute Abend nicht so viel spendieren kann. Aber Paris ist wahnsinnig teuer.

Und Praktika in Kunstgalerien sind alles andere als gut bezahlt, das kann ich dir sagen.«

»Sei nicht albern«, beruhigt Jenn sie. »Ich bin in letzter Zeit kaum ausgegangen, weil ich so viel um die Ohren hatte, also sieht's auf meinem Konto ziemlich gut aus. Außerdem muss ich eh einen Drink für Duncan holen, bevor er hier aufschlägt. Da kann ich auch gleich diese Runde übernehmen.«

»Duncan?«, erkundigt sich Katy, und der Glitter in ihrem Gesicht scheint ein wenig zu verblassen.

Kann ich absolut nachvollziehen.

»Ja, sorry, ich hatte ganz vergessen, dass heute unser Jahrestag ist. Ist doch kein Problem, oder?«

»Quatsch«, sagt Katy, »ich dachte bloß, wir wären heute unter uns, du weißt schon, ein Mädelsabend. Ich seh dich doch so selten … und du hast mich immer noch nicht in Paris besucht.«

»Tut mir echt leid, aber ich hab den ganzen Sommer über gejobbt, und mir war nicht klar, dass es dir so wichtig ist, heute mit mir allein auszugehen.«

»Ist es ja auch nicht, nur …«

»Nur was?«

»Na ja …« Katy wendet sich Jenn zu und greift nach ihrer Hand. Ihre Augen sind glasig, und sie schwankt ein wenig.

»Ich hatte bloß nicht damit gerechnet, dass du *immer noch* mit Duncan zusammen bist«, sagt sie. »Ich meine, du bist zu Beginn des Studiums bei ihm eingezogen, und eine Woche später wart ihr zusammen. Du hast ganz schön viel Spaß verpasst.«

»Katy, ich …«

»Wir studieren jetzt schon im zweiten Jahr, und du hast noch nichts Richtiges erlebt.«

»Was soll ich denn bitte erleben?«, fragt Jenn, deren Stimme jetzt härter klingt. Sie sieht Katy mit nüchternem Blick an. »Ich studiere, um Ärztin zu werden«, sagt sie. »Das ist mein Ziel.«

Katy hat sofort eine Antwort parat.

»Ja, klar, aber ich spreche vom Leben, nicht von der Arbeit,

Jenny. Freunde kennenlernen, Männer kennenlernen, reisen, Spaß haben – so was, weißt du?«

»Wir sind doch heute Abend hier«, entgegnet Jenn. »Manche können es sich eben nicht leisten, einfach zu tun, was sie wollen.«

»Aber warum denn nicht?«, fragt Katy mit aufgerissenen Augen. Sie packt Jenn an den Schultern, als wolle sie sie schütteln. »Warum nicht? Eine ganze Welt wartet nur darauf, von dir entdeckt zu werden.« Sie gestikuliert wild mit einer Hand. »Kann es nicht vielleicht sein, dass du dich nur mit Duncan eingelassen hast, weil du dich bei ihm sicher fühlst? Ich versteh ja, dass du das wahrscheinlich gebraucht hast, nach allem, was mit deinen Eltern passiert ist, aber irgendwann musst du dich von deiner Vergangenheit frei machen. Hör auf, die ganze Zeit so verdammt vernünftig zu sein!«

»Ach ja, als ob du das verstehen könntest!«

Katy runzelt die Stirn.

»Manche von uns haben eben Verpflichtungen, Katy«, fährt Jenn fort, »und nicht jeder hat es so gut wie du. Während du in Paris Party machst und das Geld deiner Eltern auf den Kopf haust, muss ich selbst für meinen Lebensunterhalt aufkommen.«

Was ist bloß in sie gefahren? So gehässig kenne ich sie gar nicht. Licht flackert über ihre Gesichter, und mir wird klar, dass gerade eine unsichtbare Grenze zwischen ihnen gezogen wurde. So habe ich Jenn noch nie erlebt.

Ob das etwas mit ihrer Mutter zu tun hat?

»Weißt du was?«, entgegnet Katy, und es klingt trotz ihres alkoholisierten Zustands schneidend. »Warum hängst du heute Abend nicht nur mit Duncan ab, wenn du das so siehst?«

»Kein Problem«, sagt Jenn mit zitternder Stimme. Sie schluckt. »Dann gehe ich jetzt wohl besser.«

»Lass dich nicht aufhalten. So kann ich wenigstens ungestört in Paris Party machen.«

Einen Moment lang sieht Jenn aus, als wolle sie etwas erwidern. Aber dann tut sie es doch nicht. Katy zuckt nur kurz mit den Schultern, bahnt sich einen Weg zurück in die Menschenmenge und verschwindet schließlich im Halbdunkel.

Neben mir atmet Jenn tief durch. Jemand erscheint an ihrer Seite, und sie dreht sich zu ihm um. Duncan.

Vorhersehbar wie immer.

»Ich weiß, dass du gerade erst gekommen bist«, sagt Jenn mit schwankender Stimme, »aber würde es dir was ausmachen, wenn wir nach Hause gehen?«

Er versucht gar nicht mal, sie umzustimmen oder sich zumindest erst noch einen Drink zu bestellen, sondern sieht sie nur besorgt an und nickt. »In Ordnung«, sagt er. »Wie du meinst.«

Als die beiden zwischen all den Menschen verschwinden, wird mir klar, dass Duncan immer für sie da war, wenn sie ihn brauchte. Er ist ein durch und durch guter Kerl, im Gegensatz zu mir. *Stellt ihr Unterbewusstsein etwa Vergleiche zwischen uns an?*

Aber was hat das alles mit ihrem Geheimnis zu tun?

Was sollte ich hier verdammt noch mal sehen?

Mein Herz schlägt schneller.

Die Lichter des Clubs blenden mich plötzlich und werden zu Blitzen in meinen Augen.

* * *

ROBBIE

Wir sind zurück im Auto.

Scheiße.

Mein Herz klopft jetzt wie wild.

Komm schon, Robbie. Mach was, irgendwas.

Aber ich kann die Hände immer noch nicht bewegen. Und die Füße auch nicht.

Die Staubpartikel schweben weiterhin in der Luft, Jenn sitzt neben mir und schaut nach vorn, und das Licht ist heller geworden.

Der Lastwagen ist näher gekommen.

Die Zeit läuft uns davon.

Ich versuche erneut, mich zu bewegen, spüre, wie ich mich bis zum Zerreißen anspanne, aber ich komme nicht gegen meine Glieder an, bin gefangen in meinem eigenen Körper. *Verdammt noch mal, ich muss irgendetwas tun!* Ich möchte schreien, mich zu ihr umdrehen, mit ihr sprechen, doch nichts funktioniert.

Ich denke an Duncan, an seine besonnene Art.

Schluss mit der Panik.

Stattdessen sollte ich darüber nachdenken, was Jenn mir zeigen will – was ich sehe und warum: Ihr Vater hat sie verlassen, und damit ist irgendein Geheimnis verbunden. Duncan war ein Held und ich ein Idiot.

Aber wie passt das alles zusammen? Wie hängt die Tatsache, dass ich ein Mistkerl war, mit ihrem Geheimnis zusammen?

O Gott.

Ein weiterer Gedanke, eine weitere Erinnerung – aber dieses Mal meine eigene.

Mein Magen zieht sich zusammen, und mir wird ganz anders.

Als mir die Lichter des Lkws direkt in die Augen leuchten, überfällt mich das schreckliche Gefühl, dass ich der Sache näherkomme.

Und sie könnte mit mir zu tun haben.

NEUNZEHN

2019

JENN

Ihr tut alles weh, als sie die Steintreppe des Mehrfamilienhauses hinaufsteigt. Ein langer Krankenhaustag liegt hinter ihr: Am Valentinstag gibt es immer viele Patienten mit Überdosis zu behandeln. Ihr Nacken ist steif, die Schultern sind verspannt, und die Füße schmerzen. Der Job verlangt ihr mehr ab, als sie leisten kann. Es ist, als wolle man einen Verband um zwei Wunden gleichzeitig wickeln. Kaum hat sie begonnen, einen Patienten zu verarzten, wird sie schon zum nächsten gerufen. Informationen zum Zustand ihrer Patienten nimmt sie mit der Emotionslosigkeit eines Croupiers auf; Zeit, sich in Ruhe mit dem Menschen selbst zu beschäftigen, gibt es nie. Also notiert sie einfach die Krankengeschichte, macht eine Untersuchung, prüft die Unterlagen, und das war's.

Das hatte sie sich irgendwie anders vorgestellt.

Als sie die Wohnung betritt, wandern ihre Gedanken sofort zu einem Schaumbad und einer Tasse heißem Tee. Sie lässt den Rucksack erschöpft zu Boden fallen und knipst das Licht an. Aus dem Spiegel im Flur starrt ihr eine schlecht gelaunte Version ihrer selbst entgegen. Sie hat Tränensäcke unter den Augen und weiß, dass nicht nur die Arbeit schuld daran ist. Seit Robbies Geburtstag hat sie versucht, mehr Zeit mit ihm zu verbringen, sich nicht mehr so viele Sorgen zu machen. Einfach nur für ihn da zu sein. Aber es ist nicht leicht. Es kommt ihr so einseitig vor, als wäre sie die Einzige, die sich bemüht.

Weihnachten und Neujahr sind praktisch unbemerkt an ihnen vorbeigezogen, da sie eine Schicht nach der anderen hatte und er einen Kater nach dem anderen. Wenigstens war der erste Weihnachtstag bei seinen Eltern schön, allerdings hatte sie dort die meiste Zeit mit Fi verbracht, die Max offensichtlich aus dem Weg ging. Robbie wiederum wanderte ständig fröhlich zwischen dem Wohnzimmer und der Küche hin und her, um sich noch ein Bier zu holen. *Schaut mal,* Jurassic Park *läuft wieder. Der Hammer!*

Aber eine Sache gibt es doch, auf die sie sich freut. Sie lächelt und hält auf der Kommode nach dem kleinen Tütchen Ausschau. Doch da ist nichts. Stirnrunzelnd schaut sie den Poststapel durch für den Fall, dass es dazwischengeraten ist. Normalerweise feiern sie keinen Valentinstag – beide finden das albern –, aber Robbie schenkt ihr trotzdem jedes Jahr eine Tüte Jellybeans.

Doch diesmal sucht sie vergeblich. Sicherheitshalber schaut sie noch auf dem Beistelltisch nach, darunter und auch dahinter. Ebenfalls nichts. Enttäuscht stellt sie fest, dass er es vergessen hat.

Sie geht durch den Flur in die Küche und sieht sich um. Überall finden sich Hinweise auf ihr gemeinsames Leben, seien es ihre ineinander verknoteten Kopfhörer auf dem Tisch, die Fotos am Kühlschrank von ihrer Reise nach Skye vor drei Jahren, der magnetische Bierdeckel mit dem R, den sie für ihn gekauft hat, die Wand, die er eines Tages, während sie bei der Arbeit war, lila angestrichen hat, um sie zu überraschen. Sie versucht sich zu erinnern, wann er ihr das letzte Mal eine seiner albernen *»Du bist besser als«*-Nachrichten geschickt hat, aber es fällt ihr beim besten Willen nicht ein.

Was ist nur passiert? Wo ist der warmherzige, aufmerksame Robbie geblieben, den sie damals kennengelernt hat? Erwartet sie zu viel von ihm? Oder ist sie eine von diesen naiven Frauen, die sich viel zu lange an eine Beziehung klammern in der Hoffnung, dass es irgendwann wieder besser wird?

Ich kann mir einfach nicht vorstellen, ihn nicht zu lieben.

Als sie den Wasserkocher anschaltet, fällt ihr Blick auf ein paar schmutzige Tassen auf der Anrichte und einen Haufen Wäsche, der aus dem Korb quillt. Seine Fahrradkleidung hat Robbie achtlos zum Trocknen über den Wäscheständer geworfen, der unter der Decke hängt. Sie stellt sich vor, wie er heute früh eine Tour durch die hügelige Landschaft gemacht hat. Gestern Abend hatten sie endlich wieder einmal Sex, nachdem sie sich zwei Wochen lang die Klinke in die Hand gegeben hatten, doch trotz der körperlichen Nähe hat sie seine Liebe nicht so intensiv gespürt wie sonst. Er schien distanzierter denn je.

Sie nimmt Robbies Koala-Becher vom Tassenständer, lässt einen Beutel koffeinfreien Tee hineinfallen und übergießt ihn mit heißem Wasser. Die Gerbstoffe färben das Wasser, und braune Ranken schlängeln sich durch die Flüssigkeit, bis der Tassenboden nicht mehr sichtbar ist. Sie schüttet etwas kalte Milch dazu, bevor sie den Beutel am Rand des Bechers ausdrückt und in den Mülleimer wirft.

»Du machst das vollkommen falsch.«

Sie hält erschrocken inne und sieht zur Tür. Wer war das?

»Robbie?«, ruft sie, obwohl sie genau weiß, dass er es nicht sein kann. Er ist schließlich im Restaurant. Trotzdem geht sie in den Flur, schaut zur Schlaf- und dann zur Wohnzimmertür. Alles dunkel. Ihr Atem geht schneller.

Sie betritt das Badezimmer, schaltet das Licht an und seufzt. Sie ist erschöpft, das ist alles. Da kann das Gehirn einem schon mal Streiche spielen und Dinge sehen und hören lassen, die gar nicht da sind.

Ein Woanders-Moment, weiter nichts.

Sie geht über die abgenutzten weißen Holzdielen zur Badewanne und dreht den Heißwasserhahn auf. Es rauscht in den Leitungen, und dann plätschert das Wasser in die harte, gewölbte Keramikwanne hin zum Abfluss. Schnell greift sie nach dem Gummistöpsel und verschließt den Ablauf.

Sie setzt sich auf den Rand der Wanne und lässt ihren Blick durch den Flur zur Kommode schweifen. Plötzlich fällt ihr wieder ein, dass im Stapel mit der Post ein weißer Brief lag, mitten zwischen den in Plastik eingeschweißten Zeitschriften und Wurfsendungen. Er sah irgendwie förmlich aus. Sie erwarten doch keine Hochzeitseinladung oder so?

Während sie aufsteht, horcht sie wieder auf diese Stimme. Dann schüttelt sie den Kopf. Robbie ist nicht hier. *Hör auf, dir selbst Angst zu machen, Jenn.* Sie geht zurück zur Kommode und blättert die Post durch, bis sie den Umschlag findet. Darauf steht ihr Name getippt, und auch der Stempel sieht ziemlich offiziell aus – PR *Winston Solicitors, England.* Sie erschrickt. Warum sollte sich ein Anwalt aus England bei ihr melden?

»Mach ihn auf.«

Der Brief fällt ihr vor Schreck aus den Händen.

Das war eindeutig Robbie.

Das war eindeutig seine Stimme.

»Robbie«, sagt sie, jetzt ziemlich genervt. Er scheint ihr irgendeinen blöden Streich zu spielen, aber sie findet das gar nicht lustig. Er macht ihr Angst. Sie geht ins Schlafzimmer und schaltet das Licht an in der Erwartung, dass er gleich hinter der Tür hervorspringen wird. Aber dann durchfährt sie der Gedanke: Das hätte er früher getan, als zwischen ihnen alles noch in Ordnung war. Doch die Zeiten waren vorbei, heute würde er so etwas nicht mehr tun.

Er macht seine Späße jetzt anderswo.

Sie kneift einen Moment lang die Augen fest zu und atmet tief ein. Das ist nicht real, du bist bloß müde, flüstert sie sich selbst zu.

Sie geht zurück in den Flur, bückt sich und hebt den Brief vom Boden auf, wo sie ihn hat fallen lassen. Das Rauschen aus dem Bad klingt wie ein Wasserfall im Dschungel, und Dampf zieht durch den Flur zu ihr herüber. Sie fährt mit dem Finger unter die Verschlusslasche und reißt den Umschlag auf.

Eine Stunde später

ROBBIE

Das Klappern von Tellern. Rostfreier Stahl. Ich bin wieder im Restaurant. *Verdammt!* Was wohl in dem Umschlag war? Sie war gerade dabei, ihn zu öffnen, und ich wollte ihn doch lesen. Irgendetwas an diesem Moment, an jenem Brief, schien wichtig zu sein. Warum sonst hätte ich diese Erinnerung gesehen?

Aber was könnte es damit auf sich haben? Von wem könnte er sein?

Ich muss Jenn finden. Ich muss den Brief finden.

Aber in welcher Erinnerung befinde ich mich jetzt? In der Luft hängt der Geruch von gebratenem Huhn und Rosmarin, obwohl die Küche aufgeräumt ist. Es ist niemand da. Wahrscheinlich ist der Abend bald vorüber.

Ich gehe zur Tür zum Restaurant und spähe durch das runde Fenster. Weinrote Wände und Tweed-Stoffe, wohin das Auge reicht. Also nach der Renovierung. Es könnte immer noch derselbe Abend sein.

Es ist doch nicht etwa *jener* Abend, oder?

Mir dreht sich der Magen um, als ich daran denke, was mir im Auto klar geworden ist.

Aber Jenn war doch an jenem Abend nicht im Restaurant?

Scheiße, warum sollte sie hier gewesen sein?

Ein leises Klicken. Eine Tür öffnet sich. Als ich mich umdrehe, sehe ich sie am Hintereingang stehen. Sie wirkt verzweifelt und scheint ganz aufgelöst zu sein. Irgendetwas ist passiert. Und dann entdecke ich ihn in ihrer Tasche – den Brief.

Das Geheimnis muss da drin stehen.

Ich spüre es förmlich.

Wenn ich ihn nur irgendwie in die Finger bekomme, dann werden wir aufwachen. Ich kann das alles aufhalten.

Mit zitternden Händen nimmt sie ein Glas aus dem Regal und gießt sich etwas Wasser ein. *Was zum Teufel steht in dem Brief?* Sie verharrt mit dem Rücken zu mir. Das ist meine Chance. Ich greife in ihre Tasche, ganz vorsichtig, sodass sie es nicht merkt. Doch plötzlich wendet sie sich von der Spüle ab und schaut mich an, schaut mir direkt in die Augen.

Ich erstarre. *Kann sie mich etwa sehen?*

Sie trinkt einen Schluck Wasser und beginnt, in der Küche auf und ab zu gehen, wobei sie von Sekunde zu Sekunde blasser wird. »O Gott«, murmelt sie vor sich hin und bedeckt ihr Gesicht mit den Händen. »O mein Gott.« Sie ist offenbar zu aufgewühlt, um stillzustehen.

Und dann erinnere ich mich auf einmal. Als ich an jenem Abend im Restaurant war, schrieb sie mir eine Nachricht, dass sie mit mir sprechen müsse. Und ich hab sie ignoriert. Ich war zu beschäftigt und gestresst und nahm an, es könnte warten.

Aber jetzt ist sie extra hergekommen, um mit meinem anderen Ich zu reden.

Jenn geht zur Tür zum Restaurant und blickt durch die runde Scheibe. Sie sieht unglaublich verängstigt aus.

Ich muss unbedingt an den Brief kommen.

Wenn mir das gelingt, wird sie aufwachen.

Und wenn sie aufwacht, werden wir überleben.

Ich schleiche mich von hinten an sie heran. Mist, sie hat ihn tiefer in ihre Tasche gestopft. Ich muss mit der Hand hineingreifen, selbst wenn ich ihr damit Angst einjage.

Eine vertraute Stimme lässt mich innehalten. Durch die Glasscheibe sehe ich, wie sich mein anderes Ich mit einem älteren Ehepaar unterhält.

Jetzt schüttelt er ihnen an der Tür die Hand und öffnet sie ihnen. Sie gehen in die dunkle Nacht hinaus, und Robbie bleibt allein zurück.

Er hält auf die Tür zur Küche zu.

Und dann taucht plötzlich jemand von der Seite auf.

JENN

Sie ist es.

Liv.

Mist, ich muss mit Robbie allein reden.

Sie will gerade die Tür aufstoßen und ihn ansprechen, als eine Bewegung sie innehalten lässt. Liv streckt die Hand nach Robbie aus.

Und küsst ihn leidenschaftlich.

O Gott. Jenn stolpert schwer atmend zurück. Sie hat das Gefühl, gleich ohnmächtig zu werden, und hält sich an der silberfarbenen Kochinsel fest, um nicht umzukippen.

Ich glaube, mir wird schlecht.

Plötzlich fühlt sich alles vollkommen falsch an, als stünde ihre Welt auf einmal kopf.

Das kann nicht passiert sein.

Ist es aber.

Sie muss zusehen, dass sie von hier verschwindet. Die beiden dürfen sie auf keinen Fall entdecken – mit dieser Demütigung wird sie nicht auch noch fertig. Nicht jetzt.

Nicht nach dem Brief.

Sie muss weg von hier, weg von ihm.

Ihre Beine tragen sie wie von selbst durch die Küche zum Hintereingang. Als sie vorsichtig die Klinke hinunterdrückt, spürt sie etwas, ein Ziehen an ihrer Jacke. Reflexartig greift sie mit der Hand dorthin und sieht sich um.

Doch die Küche ist leer.

Sie wirft noch einen Blick zur Restauranttür, und als sie darüber nachdenkt, was sich wohl gerade dahinter abspielt, wird ihr sofort wieder übel. Aber sie will es gar nicht wissen, und nachdem sie ihre Augen für den Bruchteil einer Sekunde geschlossen hat, verschwindet sie nach draußen.

In die Kälte.

Reisepass, Brieftasche, Handy. An der Wohnungstür hakt sie in Gedanken alles ab. Sie kann gar nicht genau sagen, was sie eigentlich in ihren Koffer gepackt hat, sie weiß nicht, was sie mitnehmen muss, da sie keinen blassen Schimmer hat, wo es hingeht. Alles, was sie weiß, ist, dass sie von hier wegmuss, bevor Robbie zurückkommt – wann auch immer das sein mag. Sie kann ihm jetzt nicht die Wahrheit sagen, nicht nach dem, was sie gesehen hat.

Sie muss einfach weg.

Alles hinter sich lassen.

Doch da ist noch eine Sache, die sie tun muss. Sie nimmt den Brief vom Beistelltisch, geht ins Wohnzimmer und hockt sich neben den Kamin. Im Rost glimmt noch die Glut, und Jenn denkt an das erste Feuer zurück, das sie gemeinsam angezündet haben – an Robbies Gesicht, das voller Ruß war, und wie er immer wieder versucht hatte, es an ihrem abzuwischen, bis sie schließlich, rußverschmiert, küssend vor dem Kamin zu Boden sanken.

Als sie noch ein perfektes Paar waren.

Sie nimmt ein Feuerzeug vom Kohleneimer, hält den Brief hoch und versucht, darunter eine Flamme zu entzünden.

Ein Schatten.

Eine Bewegung neben ihr – etwas stößt ihr das Schreiben aus der Hand. *Was zum Teufel war das?* Sie schaut sich um, traut ihren eigenen Sinnen nicht. Tränen rinnen ihr über das Gesicht.

Dann reißt sie sich wieder zusammen und unternimmt einen neuen Versuch. Diesmal klappt es. Sie hält das Feuerzeug an den Rand des Briefes und sieht zu, wie er erst schwarz wird, dann orange, bevor der verkohlte Rand sich kräuselt und das Feuer sich nach und nach in das Weiß hineinfrisst, bis die Worte verschwunden sind, verbrannt. Sie wirft die Reste zu der glimmenden Asche auf den Rost.

ROBBIE

Ich sitze in einem schwarzen Taxi. Draußen ist es dunkel, Laternen und Häuser rauschen vorbei, und sie sitzt neben mir, einen Rucksack auf den Knien – es ist der, den sie immer bei unseren Campingausflügen dabeihatte. Sie klammert sich daran fest und sieht sehr blass aus in ihrer grauen Jacke. Den Blick hat sie konzentriert nach vorn gerichtet, trotz allem liegt eine gewisse Entschlossenheit darin. Wohin fahren wir?

Der Brief. Ich lege mein Gesicht in die Hände. Ich war so nah dran an ihrem Geheimnis, so nah dran, sie zu retten, und sie hat ihn verbrannt. *Verdammt.*

Das Taxi gibt auf einmal Gas, und ich entdeckte draußen ein grünes Schild. *Flughafen.* Ich habe keine Ahnung, wohin sie unterwegs ist, und vermutlich weiß sie es selbst auch noch nicht. Aber eins ist sicher: Dieses Mal reise ich mit ihr.

ZWANZIG

2019

ROBBIE

Schlamm unter meinen Turnschuhen. Es ist heiß und feucht. *Hui, geht's da bergab!* Ich stehe am Rand von einer Art Pfad. Direkt daneben fällt der Boden steil ab in ein felsiges Tal mit bizarren, dschungelartigen Bäumen. Hastig trete ich einen Schritt zurück. Um mich herum ragen Berge auf, der Himmel ist wolkenverhangen. War ich schon mal hier? Ich höre ein Klappern. Schritte nähern sich. Jenn. Sie trägt eine marineblaue wasserdichte Jacke, kurze Hosen und Wanderschuhe. Schnaufend und mit klatschnassem Haar marschiert sie zügig an mir vorbei. Allein.

Mein Herz pocht laut, und meine Gedanken laufen noch immer auf Hochtouren.

Hinter uns bahnt sich eine Reihe von Menschen den Weg den Berg hinauf. Ich laufe Jenn hinterher, um sie nicht aus den Augen zu verlieren. Wo zum Teufel sind wir eigentlich?

Sie ist zuerst nach Südamerika geflogen. Das hatte Hilary mir erzählt, nachdem Jenn weg war.

Irgendwie kommt mir das alles bekannt vor. Dieser schwüle, feuchte Geruch – beinahe tropisch. Hinter Jenn marschiert ein Typ mit einem Ausweis um den Hals, vermutlich ein Reiseführer. Machu Picchu? Das muss es sein. Der Inka-Pfad. Dann war ich tatsächlich schon mal hier.

Ich hefte mich an Jenns Fersen und passe auf, dass mir nichts entgeht. Sie läuft schnell, und ihre Beine sind mit Schlammspritzern bedeckt. Klar, die Regenzeit dauert bis Februar. Während dieser Zeit ist der Pfad geschlossen, und auch in den Folgemonaten ist es hier immer noch sehr nass und auf dem Berg wenig los.

Machu Picchu war der einzige Teil unserer Reiseplanung, den Marty mir damals überlassen hat, als wir nach der Schule auf große Fahrt gegangen sind.

Jetzt könnte vielleicht März sein. Also nur ein paar Wochen nach Jenns Abreise.

Liv. Das Restaurant. Der Kuss. Plötzlich sehe ich alles wieder vor mir.

Scheiße.

Aber Jenn hat sich geirrt, es war nicht das, wonach es aussah.

»Was soll das?«, hatte ich zu Liv gesagt und war einen Schritt zurückgewichen.

Wir hatten uns gerade darüber unterhalten, wie viel an diesem Abend im Restaurant los gewesen war und wie gut es endlich insgesamt wieder lief. Ich hatte vorgeschlagen, gemeinsam nach der Arbeit darauf anzustoßen. Mehr nicht.

»Komm schon, Robbie«, hatte Liv gesagt, »erzähl mir nicht, dass du nicht auch mehr willst.«

»Liv«, entgegnete ich und schüttelte den Kopf, »sorry, wenn ich einen falschen Eindruck vermittelt habe, aber ich bin mit Jenn zusammen.«

Sie seufzte und sah mich im schummrigen Halbdunkel des Restaurants fast empört an. »Aber du verbringst nie Zeit mit ihr.«

Ich runzelte die Stirn. »Wie bitte? Na klar, dauernd!«

»Okay, wenn du das so siehst.«

Dort stand sie in ihrem schwarzen Oberteil, die Haare hübsch zurückgekämmt, aufwendig geschminkt. Für mich? Die Vorstellung irritierte mich und schmeichelte mir zugleich. Ich geriet in Panik.

»Geh am besten nach Hause, Liv«, sagte ich und fuhr mir mit den Händen übers Gesicht. »Jetzt ist wirklich nicht der passende Moment für so ein Gespräch. Ich mache hier noch klar Schiff.«

Nachdem sie beleidigt abgezogen war, überlegte ich fieberhaft, was ich jetzt tun sollte. Musste ich Jenn davon erzählen? Nein, entschied ich. Jenn brauchte es nicht zu wissen. Es würde sie nur aufregen, und es war ja sowieso nichts passiert. Zumindest nichts von Bedeutung.

Trotzdem ging ich nicht sofort nach Hause. Ich fühlte mich seltsam angespannt. Mir war klar, dass ich Jenns Nachricht noch immer nicht beantwortet hatte, doch Livs Kuss hatte mich aus der Bahn geworfen. Also setzte ich meinen ursprünglichen Plan in die Tat um – ich ging in die Bar um die Ecke und trank ein Bier, drei Bier, und dann noch eins, bis ich benebelt genug war, um zu vergessen, was gerade passiert war. Dann stolperte ich nach Hause und ging direkt ins Gästezimmer, um Jenn in ihrem wohlverdienten Schlaf nach der langen Schicht nicht zu wecken.

Ich weiß noch, dass es am nächsten Morgen auffällig ruhig war in der Wohnung, was mir seltsam vorkam, da Jenn an jenem Tag freihatte. Sie hatte vorgeschlagen, am Morgen einen gemeinsamen Spaziergang in den Pentlands zu machen. Die Küche war leer, doch ich rechnete jeden Moment damit, dass sie mit einem Haufen Wäsche im Arm auftauchen oder mich bitten würde, Teewasser aufzusetzen oder so.

»Jenn?«, rief ich schließlich in den Flur. Keine Antwort. Als ich unser Schlafzimmer betrat, sah ich, dass das Bett ungemacht war, was ihr gar nicht ähnlich sah. Ich ging ins Wohnzimmer, und so langsam machte ich mir Sorgen, wenn ich mich recht entsinne. Oder vielleicht auch nicht. Ich würde wohl einfach gern glauben, dass ich ihre Abwesenheit irgendwie gespürt hatte.

Erst dann entdeckte ich den kleinen Zettel auf dem Tisch mit ihrer gedrungenen, akkuraten Handschrift darauf. Sie sah ein bisschen anders aus als sonst, als habe sie in großer Eile geschrieben.

Lieber Robbie – schon bei dieser Anrede drehte sich mir der Magen um – *ich muss Edinburgh für eine Weile verlassen. Es tut mir leid. Jenn.*

Keine Liebesbezeugung, keine Küsse – und keine Erklärung. Einen Moment lang fragte ich mich, ob Jenn den Kuss mit Liv beobachtet haben könnte, doch ich verwarf diesen Gedanken genauso schnell wieder, wie er mir gekommen war. Schließlich waren wir allein im Restaurant gewesen, und Liv war nicht so dumm, dass sie Jenn noch gestern Abend davon erzählt hätte. Sie konnte es nicht wissen. Also was zum Teufel war hier los?

Doch während ich Jenn jetzt diesen schlammigen Pfad in den Anden hinaufsteigen sehe, realisiere ich, dass sie es tatsächlich weiß.

Sie hat es sogar mit eigenen Augen gesehen.

Mir wird speiübel.

Aber Liv hatte mich geküsst, nicht ich sie. Ich konnte doch gar nichts dafür. Zugegeben, inzwischen ist mir klar, dass ich auch sonst längst nicht alles richtig gemacht habe, dass ich in meinem Trott feststeckte, während Jenn versuchte, sich weiterzuentwickeln – aber nach all den gemeinsamen Jahren hatte ich doch sicher mehr verdient als einen Dreizeiler? Ich bin einfach stinksauer. Wir hätten uns den ganzen Mist sparen können, wenn sie nur mit mir gesprochen hätte.

Ich höre Schritte, und der Bergführer zieht an mir vorbei. Er scheint etwa in meinem Alter zu sein, mit dunklen Haaren, Bart und roter Mütze. Auf seinem Ausweis steht der Name Raul neben einem verschwommenen Foto. Er reiht sich neben Jenn ein, und die beiden gehen zusammen weiter.

»Du bist jetzt schon den dritten Tag hintereinander die Erste in unserer Gruppe, Señorita. Kannst du es nicht mal ein bisschen langsamer angehen lassen?«

Jenn schaut auf. Seine Worte scheinen sie zu überraschen.

»Ich glaube nicht«, sagt sie und lächelt zaghaft.

»Immer noch keine Lust, mal mit den anderen zu reden?«

Hinter ihnen ist ein jünger aussehendes Trio in gemäßigterem Tempo unterwegs. Sie lachen, die Kapuzen fest um die Köpfe verschnürt, sodass sie aus der Entfernung alle irgendwie gleich aussehen. Auf einmal bleiben sie stehen, rücken zusammen und halten ein Handy hoch, machen das Friedenszeichen und strecken die Zungen heraus.

»Bald kannst du dich ausruhen«, sagt Raul schließlich zu Jenn. »Der letzte Zeltplatz ist nicht mehr weit.« Er macht eine Pause. »Und vielleicht magst du uns heute Abend nach dem Essen ein wenig Gesellschaft leisten?«

»Mal sehen«, sagt Jenn, wieder mit diesem zaghaften Lächeln. Doch es liegt viel Traurigkeit darin, und mir geht all das durch den Kopf, was ich gerade gesehen habe, und all das, was ich schon *vor* diesem folgenschweren Kuss falsch gemacht habe. Wenn ich so darüber nachdenke, habe ich ziemlich viele Schichten mit Liv zusammen gearbeitet. Manchmal hat sie mit Craig oder Jo getauscht, aber letztendlich war ich damals für die Dienstpläne verantwortlich. Ich habe entschieden, wer mit wem arbeitet. Und ich war auch derjenige, der vorgeschlagen hatte, nach der Arbeit noch was trinken zu gehen. Und natürlich hatte ich bemerkt, wie sexy Liv aussah.

In der Nacht, nachdem Liv mich geküsst hatte, war ich da wirklich ins Gästezimmer gegangen, um Jenn nicht zu stören – oder hatte ich mich schuldig gefühlt?

O Gott.

Auf einmal wird mir klar:

Ich habe Liv tatsächlich ermutigt.

»Okay«, sagt Raul und nickt. »*Vamos*, Señorita.«

Er lässt sich zurückfallen zum Rest der Gruppe. Ich bleibe ganz nah bei Jenn, und mein Herz klopft in meiner Brust, dass es wehtut.

Denn das Geheimnis, das uns retten kann … Nun, der Brief ist verbrannt.

Und vermutlich trage ich die Schuld daran.

JENN

Die Kälte steckt ihr in den Gliedern, während sie auf den kleinen orangefarbenen Campingstühlen eng beieinander rund um das Lagerfeuer sitzen. Es ist der dritte Abend ihrer Wanderung, und sie ist immer noch überwältigt von der unendlichen Weite dieses Ortes hoch oben in einer dunklen Welt aus Wolken und Stein. Die anderen trinken Rum und tauschen lachend Reiseanekdoten aus: über die Salzebenen und den Titicacasee, die Silberminen von Potosi und Streifzüge in den Dschungel. Lauter beliebte Touristenziele. Jenn ist bewusst, dass die ganze Truppe inzwischen ziemlich angeheitert ist, obwohl sie morgen, am letzten Tag ihrer Wanderung, sehr früh aufbrechen müssen. Auch sie hat einen Becher heißen Rum in der Hand, doch ihr geht es mehr um die Wärme als um den Alkohol. Danach war ihr nicht mehr zumute gewesen, seit sie Edinburgh verlassen hat. Doch Raul hatte recht, sie sollte zumindest einen Abend mit den anderen verbringen, anstatt gleich im Zelt zu verschwinden. Die Ablenkung tut ihr gut.

Während sie in die flackernden Flammen starrt, denkt sie darüber nach, wie absurd es ihr erschienen wäre, wenn ihr jemand prophezeit hätte, dass sie jetzt in den Anden sitzen würde. Schließlich hätte sie niemals ihren Job und ihr Leben mit Robbie einfach so aufgegeben. Doch dann hatte sie mit angesehen, wie er Liv geküsst hatte, und in dem Moment war es, als würde ihr die Luft zum Atmen genommen.

Einen Moment lang wandern ihre Gedanken wieder zu dem Brief, den sie kurz davor erhalten hatte, schwarze Worte auf blütenweißem Papier: *»Sehr geehrte Miss Clark …«*

Denk jetzt nicht darüber nach. Tu dir das nicht an.

Stattdessen erinnert sie sich noch einmal an die ersten Momente im Taxi, nachdem sie den Beschluss gefasst hatte, etwas vollkommen Verrücktes zu tun und einfach den nächstbesten Flug zu buchen, egal wohin. Mit zitternden Händen hatte sie das

Internet durchforstet auf der Suche nach einem Flug, der sie schnellstmöglich aus Edinburgh – und von ihm – wegbringen würde.

Aber wie so oft in ihrem Leben lief es nicht so wie geplant. Es war schon spät, und der letzte Flug nach Heathrow hob gerade einmal zwanzig Minuten später ab. Das hätte sie niemals geschafft. Der erste Flug am nächsten Morgen ging nach Amsterdam, also buchte sie den in der Hoffnung, von dort aus weiterfliegen zu können. Denn sie musste weit weg von hier, viel weiter weg als in die Niederlande. Nachdem sie im Flughafenhotel eingecheckt hatte, lag sie in einem in Beige und Grau gehaltenen Zimmer auf der festen Matratze mit weißem Bettlaken. Wie viele Menschen der Raum wohl schon für eine Nacht beherbergt hatte? An Schlaf war nicht zu denken, jede Menge albtraumhafte Gedanken spukten in ihrem Kopf herum: Livs breites, grellrot geschminktes Lächeln; Robbie, der sie betrog; ein weißer Brief, der in Flammen aufging. Ihr Magen krampfte sich zusammen. Es machte sie wütend, dass er sie derart im Stich gelassen hatte. Jedes Mal, wenn sie einnickte, schreckte sie gleich wieder hoch, und die Erinnerungen kehrten mit einem Schlag zurück. Sie fragte sich, ob sie diese schreckliche Angst wohl je überwinden würde, ob ihr je wieder ein friedlicher Moment vergönnt wäre.

Von Amsterdam aus hatte sie einen Direktflug nach Lima gebucht – ein weiter entferntes Flugziel gab es nicht. Noch immer schien alles einfach an ihr vorbeizuziehen, als sei sie betrunken oder berauscht oder als mache sie gerade eine Art außerkörperliche Erfahrung: die Abflughalle, die Fluggastbrücke, die Sicherheitskontrolle, das ohrenbetäubende Dröhnen der Triebwerke, und dann wieder Halbschlaf.

Als sie schließlich landeten, lagen ihre Nerven blank, und sie war fast krank vor Erschöpfung. Sie buchte ein Einzelzimmer in einem Hostel, wo ihr Körper endlich vom Schlaf übermannt wurde. Sie hatte das Gefühl, wochenlang im Bett zu liegen, doch in Wahrheit waren es drei oder vier Tage gewesen. Abends stand sie auf, um sich im kleinen *Supermercado* auf der anderen Straßenseite etwas zu essen und zu trinken zu holen, nur um sich dann gleich wieder hinzulegen.

Irgendwann fühlte sie sich wieder wie ein normaler Mensch, und ihre Gedanken wurden klarer. Ihr Herzschlag beruhigte sich, und das Licht draußen vor dem Fenster wirkte auf einmal heller. Und ihr Appetit kam auch zurück. Als Erstes schickte sie Hilary endlich eine Nachricht als Antwort auf ihre unzähligen, zunehmend panischen Textnachrichten, Anrufe und E-Mails. *Mir geht's gut, ehrlich. Ich melde mich bald,* hatte sie geschrieben. Dann kam der schwierigere Teil – ihr Arbeitgeber. Sie versuchte die Situation, so gut sie konnte, zu erklären und schrieb, dass sie für ihr Verhalten aus vollem Herzen um Entschuldigung bitte, wobei ihr klar war, dass sie die Stelle vermutlich für immer verloren hatte.

Blieb noch Robbie.

Robbie, der genauso viele Nachrichten geschickt und genauso oft angerufen hatte wie Hilary. *Bitte lass mich wissen, dass es dir gut geht. Ruf mich an, bitte.* Doch was konnte sie ihm schon schreiben? Seine Sorge war schnell in Verärgerung, ja sogar in Wut umgeschlagen. *Wie kannst du mir das nur antun?* Ihre Finger schwebten über dem »Antworten«-Feld. Sie dachte an seine braunen Augen, an seine Arme um ihren Körper, an seinen Duft. Er war der einzige Mensch, der es schaffte, dass sie sich gut fühlte. Doch dann schossen ihr andere Gedanken durch den Kopf: wie distanziert er in letzter Zeit gewesen war, der Kuss mit Liv. Und sie wusste genau, was sie antworten musste.

Es tut mir leid, aber ich kann nicht mehr mit dir zusammen sein.

Am selben Tag wagte sie sich schließlich weiter nach Lima hinein und genoss die heiße Sonne auf ihrem Gesicht. Die Natur schenkte ihr selbst im dunkelsten Moment ihres Lebens neue Kraft.

Jenn ließ sich durch die Altstadt treiben, deren Fassaden im Licht der Sonne in Rosa-, Orange- und Gelbtönen leuchteten. Sie hatte auf einer Plaza Ceviche gegessen, in stockendem Spanisch einen sirupartigen Kaffee bestellt und irgendwann Werbung für den Machu Picchu gesehen.

»Und, wie ist der Rum?«

Sie reißt ihren Blick vom Feuer los und sieht Raul an, der neben ihr in der Dunkelheit steht.

»Gut«, sagt sie und umfasst die randvolle Tasse in ihren Händen fester. »Aber in letzter Zeit war mir einfach nicht nach Alkohol zumute.«

»Er wird dich warm halten, wenn es kälter wird«, verspricht Raul lächelnd. »Zum Glück ist es jetzt noch nicht so kalt wie später im Jahr. Das ist das Gute an dieser Zeit. Und man hat den Pfad fast ganz für sich allein.«

»In der Hochsaison ist sicher ziemlich viel los.«

»Allerdings«, erwidert er grinsend, »furchtbar viele Menschen, der reinste Wahnsinn. Aber es ist auch schön, Leute zum Reden um sich zu haben, oder?«

Sein Tonfall macht deutlich: Er will hören, ob es ihr gut geht. Die meisten Leute schließen sich wahrscheinlich genau aus diesem Grund einer solchen Gruppe an – um mit anderen Menschen ins Gespräch zu kommen. Und nicht, um vor ihnen davonzulaufen. Aber was macht sie dann überhaupt hier, wenn sie eigentlich lieber allein sein will? Sie nimmt sich vor, die beliebten Touristenziele in Zukunft zu meiden und sich weniger bekannte Orte auszusuchen.

»Manchmal ist es einfacher, allein zu sein«, antwortet sie schließlich und blickt zu den Sternen empor. Mehr will sie nicht sagen. Der Himmel ist hier von einer unvorstellbaren Weite, und die Sterne glitzern wie Eissplitter auf einem dunklen, arktischen Meer. Sie wünschte, sie könnte hineinspringen und ein Bad darin nehmen.

»Ich bin mir nicht sicher, ob wir jemals wirklich allein sind«, sagt Raul, und Jenn sieht neugierig zu ihm hinüber. Er starrt jetzt selbst in den Nachthimmel. »Wusstest du, dass die Sterne für die Inka eine besondere Bedeutung hatten? Sie glaubten, dass jeder Stern einem anderen Tier gehörte. Der da drüben zum Beispiel«, sagt er und zeigt nach rechts, »das könnte eine Kröte sein oder so. Die Inka waren zudem eine der wenigen Zivilisationen, die Bilder sowohl in den leuchtenden Sternen als auch in den dunklen Flecken der Milchstraße sahen. Sie glaubten, sie seien in Wahrheit Tiere in einem Fluss, so wie die Tiere hier unten.«

»Das wusste ich nicht«, entgegnet Jenn, den Blick wieder zum Himmel gewandt.

»Ja, sie dachten, alles um uns herum sei miteinander verbunden«, fährt er fort. »Deshalb sind wir vielleicht auch niemals wirklich allein.«

Sie lächelt und fragt sich, wie oft Raul diese Sternengeschichte hier oben wohl schon zum Besten gegeben hat. Trotzdem weiß sie es zu schätzen. Es ist das erste Mal, dass sie ihre Sorgen für eine Weile vergessen hat.

»Wie auch immer«, sagt sie, »ich glaube, ich muss jetzt schlafen gehen.«

Er verzieht kurz das Gesicht, und es tut ihr leid, dass sie das Gespräch so abrupt beendet hat, aber sie ist tatsächlich müde. Schließlich müssen sie am nächsten Tag früh raus.

»Okay, Señorita«, sagt Raul, und sein Lächeln kehrt zurück. »Ich werde dich wecken, wenn es Zeit ist aufzubrechen.«

Nachdem er gegangen ist, erhebt sie sich von ihrem Campingstuhl und reckt sich. Sie stellt den Becher mit dem Rum auf einem Tisch ab und sagt den anderen am Lagerfeuer Gute Nacht. Im ersten Moment sehen sie beinahe überrascht aus, dass sie noch da ist, doch dann rufen sie freundlich: »Gute Nacht!« und »Wir sehen uns in fünf Stunden!«

Als Jenn kurz darauf im Dunkeln in ihrem Schlafsack liegt, überlegt sie, ob sie sich auf dem Rückweg morgen nicht ein bisschen mehr Mühe geben sollte, mit ihnen ins Gespräch zu kommen. Es würde vielleicht sogar Spaß machen, mit ihnen in Cusco etwas trinken zu gehen oder etwas anderes zu unternehmen.

Schon bald setzt draußen ein dumpfes Dröhnen ein, das immer lauter wird. Vom Lagerfeuer her ertönt Gekreische, und die anderen rennen zu ihren Zelten. *Es regnet wieder.*

Ein Geräusch. Sie schreckt auf und sieht sich um. Was war das? Es fühlte sich an, als wäre jemand mit ihr im Zelt. Schemen geistern in der Dunkelheit umher, und wieder überkommt sie dieses komische Gefühl. Aber natürlich ist niemand da. Schließlich legt sie sich wieder hin und versucht zu schlafen.

Ein durchdringend schriller Ton, eine Art Trillern dringt in ihre Träume. Die Welt ist schwarz, als sie aufwacht. Hastig tastet sie nach ihrem Handy und stellt den Wecker ab – Stille. Sie hört schlurfende Schritte, vor dem Zelt bewegt sich etwas. »Jenn«, flüstert eine Stimme durch den Stoff hindurch.

Raul.

Sie setzt sich auf und zieht den Reißverschluss am Eingang hoch. Raul hat eine Blechtasse in der Hand.

»Tee?«

»Danke«, sagt sie lächelnd und nimmt die Tasse entgegen.

»In zehn Minuten geht's los, okay? Zeit, die jungen Hüpfer zu wecken.«

Mit einem Grinsen verschwindet er wieder in der Finsternis, und sie bleibt im fahlen Lichtschein ihres Handys in der Dunkelheit zurück, während aus dem Teebecher kleine Dampfwolken wie Morgennebel zur Zeltdecke emporsteigen.

Die Nacht weicht allmählich der Morgendämmerung, als sie vom Campingplatz aufbrechen. Um sie herum herrscht dichter Nebel, der wie eine Decke über den Bergen liegt. Sie hatte damit gerechnet, nach den Wanderungen wesentlich erschöpfter zu sein, doch jetzt stellt sie fest, dass ihr Job sie hervorragend für durchwachte Nächte und frühes Aufstehen trainiert hat.

Direkt vor ihr führt Raul sie einen steilen Bergpfad hinauf. Langsam beginnt sich der Nebel zu lichten, und der klare Himmel, der dahinter zum Vorschein kommt, schimmert perlmuttartig. Es riecht nach Morgentau, Dschungel und frischer Bergluft.

Schließlich gibt Raul ihnen mit der Hand ein Zeichen, bevor er sie um eine felsige Ecke lotst. Und dort, gerade als die Sonne das Land endlich in ihren morgendlichen Glanz taucht, erblickt sie ihn, den Ort, den sie schon so oft auf Postkarten, Broschüren und auf Robbies Bildern gesehen hat. Die bizarren Felsgipfel, in die letzten Wolken hineinragend, die sich noch nicht verzogen haben.

Der Anblick mit der verlorenen Stadt unter ihr und der schützenden Bergkette der Anden dahinter könnte direkt aus einem Kindheitstraum entsprungen sein.

Und obwohl sie nicht an ihn denken wollte, ihn ein für alle Mal aus ihrem Gedächtnis streichen wollte, spürt sie auf seltsame Weise Robbies Gegenwart, hier an diesem Ort. Als stünde er direkt neben ihr.

Am nächsten Tag

ROBBIE

Es ist dunkel, Reggae-Musik dröhnt in meinen Ohren und hallt in meiner Brust wider. Grünes und rotes Licht flackert überall um mich herum. Ich bin in einem großen Club, umgeben von tanzenden Menschen. Von Zeit zu Zeit gleitet einer der Lichtstrahlen über die Menge, lauter junge Leute, sie haben Bändchen ums Handgelenk und Getränke in der Hand. Doch ihre Gesichtszüge sind verschwommen, also kann Jenn noch nicht hier sein. Ein unangenehmes Aroma von Schweiß und Toiletten liegt in der Luft. Wenn ich genug intus habe, nehme ich das normalerweise gar nicht wahr, aber jetzt, wo ich nüchtern bin, sticht es mir höchst unangenehm in die Nase. Ich erinnere mich dunkel daran, selbst an diesem Ort gelandet zu sein, als ich vor vielen Jahren in Cusco war. Glitzernde Säulen, Stahlgerüste. Wahrscheinlich war ich sternhagelvoll.

Langsam wir mir bewusst, dass ich das oft war.

Die Barkeeper mit ihren verschwommenen Gesichtern bewegen sich wie Gestaltenwandler – Drinks werden eingeschenkt, und Bier wird gezapft, und ich weiß, dass ich mich in einem anderen Leben jetzt betrunken hätte – ich wollte schließlich Spaß haben.

Aber wohin hat mich das gebracht?

Erinnerungen ziehen an meinem inneren Auge vorbei: im Pub mit Liv, bei der Verlobungsfeier von Marty und Hilary, an meinem Geburtstag, der Kuss mit Liv.

Die Moral von der Geschichte scheint zu sein: Mich ständig beschissen aufzuführen, bekommt mir offensichtlich nicht.

Ich lasse meine Augen durch die Dunkelheit schweifen und warte darauf, dass Jenn auftaucht. Und da kommt sie auch schon, zusammen mit Raul und dem Kapuzen-Trio. Ihr trägerloses blaues Kleid bringt ihre langen Beine besonders gut zur Geltung, ihr kurzes Haar ist gewellt. Sie sieht ein wenig nervös aus, lächelt aber, als Raul, dem sie den Kopf zugeneigt hat, etwas zu ihr sagt. Es versetzt mir einen Stich.

Wie konnte ich das geschehen lassen? Wie konnte ich zulassen, dass die Person, die ich am meisten liebe, sich so weit von mir entfernt?

Sie dachte, es sei mir egal.

Die Gruppe schlendert hinüber zur Tanzfläche, und ich folge ihnen. Die Musik dröhnt und wummert, während sie sich in der Mitte einen Platz suchen. Jenn beginnt sich zu bewegen, zu tanzen, als würde sie ihrem Körper zum ersten Mal seit langer Zeit wieder erlauben, alles aus sich herauszulassen. Das Stroboskoplicht malt farbige Regenbogen auf ihre Haut, und alles, woran ich in diesem Moment denken kann, ist, wie wunderschön sie aussieht.

Sie hat mir mal etwas über Licht erzählt – darüber, wie eine phosphoreszierende Substanz Energie absorbiert, wenn sie dem Licht ausgesetzt wird, und dass sie deshalb leuchtet.

Ich glaube, so war es auch bei mir.

Ihr Licht brachte mich zum Strahlen.

Kurz darauf beugt sich Raul zu ihr, ruft ihr etwas ins Ohr und weist in Richtung Bar. Sie sieht ihn an und lächelt, zeigt dann aber auf den Boden und sagt: »*Ich bleibe hier.*«

Ich ertappe mich dabei, wie ich »Und ich bei dir« hinzufüge. Doch sie kann mich nicht hören. Raul geht zur Bar, und wir beide bleiben unter den blinkenden Lichtern zurück, während das Kapuzen-Trio in der Nähe alberne Tänze vollführt.

Auch ich fange an, mich zur Musik zu bewegen, denn ich habe es immer geliebt, mit Jenn in Clubs zu gehen und sie auf den schmuddeligen Tanzflächen Edinburghs herumzuwirbeln, bis die Lichter ausgingen. Danach gratulierten wir dem DJ zu seiner tollen Performance und holten uns auf dem Heimweg ein paar Pommes. Wir waren das perfekte Paar.

Bevor ich alles kaputt gemacht habe, wie ich es immer tue.

Doch selbst wenn ich jetzt sterbe – wenn wir beide sterben –, weil ich ihr Geheimnis nicht mehr herausfinden kann, wäre es schön zu wissen, dass ich in meinen letzten Momenten auf dieser Erde endlich alles richtig mache. Denn mir ist klar, dass ich es beim ersten Mal total vermasselt habe. Ich weiß, dass ich ihr – und auch anderen Menschen, die mir nahestehen – nie richtig zugehört oder mich bemüht habe, sie wirklich zu verstehen, und dass ich um alles, was irgendwie schwierig, bedeutsam oder unangenehm war, einen riesigen Bogen gemacht habe. Wenn es ernst wurde, war ich der falsche Mann.

Und genau deshalb hat sie mir ihr Geheimnis nie verraten.

Vielleicht gehört das ja zu den Dingen, die sie mir sagen will? Vielleicht geht es um wesentlich mehr als um ein einziges Geheimnis.

Also werde ich für den Rest der Zeit, die uns in diesen Erinnerungen noch bleibt, alles anders angehen. Ich werde aufhören, mich wie besessen auf dieses eine Geheimnis zu konzentrieren, sondern mir alles genau ansehen, was sie mir zeigt, alles verstehen, was sie mir erklärt, und dort hingehen, wo sie mich hinführt. Und ich werde die ganze Zeit über aufmerksam sein und jede einzelne Sekunde in mich aufnehmen.

So wie ich es schon immer hätte machen sollen.

Wie hast du es eigentlich mit mir ausgehalten?, möchte ich sie am liebsten fragen.

Ich spüre die Musik in meinen Armen, meinen Beinen, in meinem ganzen Körper, sie ergreift von mir Besitz, als gäbe es kein Morgen und kein Auto und keinen Lkw, der auf uns zuhält. Ich recke meine Arme in die Höhe, und einen Moment lang ist es so, als tanzten wir zusammen, nur wir beide, in der von Stroboskopblitzen erhellten Dunkelheit.

EINUNDZWANZIG

2010

JENNY

Sie sitzt am Küchentisch und schaut zu, wie das rote Licht am Bügeleisen sie munter anblinkt, während der Dampf in kleinen Wolken über dem Bügelbrett aufsteigt.

»Hat sie gesagt, warum sie nicht kommt?«

Sie sieht auf. Duncan steht mit bloßem Oberkörper hinter dem Brett und beobachtet sie. Ein knittriges Hemd wartet darauf, geglättet zu werden.

»Nein«, antwortet sie schließlich und schiebt sich hastig einen Löffel Porridge in den Mund. Sie wusste, dass es ihr nicht gelingen würde, das Gespräch so schnell zu beenden.

Duncan verzieht das Gesicht, bevor er mit dem Bügeleisen über das Hemd fährt und die Ecke fest auf die Unterlage drückt.

»Vielleicht solltest du mal mit deiner Mutter darüber reden?«, schlägt er vor. »Es beschäftigt dich ja offensichtlich. Sie kann doch nicht ständig ihre Besuche bei dir absagen.«

Als sie in ihr Schälchen hinunterschaut, bemerkt sie, wie wenig sie gegessen hat. Der Apfel, den Duncan vorhin klein geschnitten hat, liegt noch in heikler Schieflage oben auf dem Porridge. Wenn sie an sich und ihre Mutter denkt, fühlt sie sich manchmal genauso. Das Gleichgewicht zwischen ihnen ist sehr fragil, und sie weiß nie, ob sie es halten kann. Natürlich möchte sie ihre Mutter fragen, warum sie sich nie die Mühe macht, sie in Edinburgh zu besuchen, aber gleichzeitig hat sie Angst vor der Antwort. Normal ist das nicht, das ist ihr klar. Die meisten Mütter und Väter setzen Himmel und Erde in Bewegung, um ihre Kinder zu sehen. Duncans Eltern schauen regelmäßig vorbei, und selbst wenn sie auf einer ihrer Kreuzfahrten sind, rufen sie immer mal an. Aber sie hat ihre Mutter seit ihrem Besuch in Cornwall im letzten Sommer nicht mehr gesehen, und selbst da hatte sie eher das Gefühl gehabt, ihr zur Last zu fallen.

Da ihre Mum immer noch in dem Wohnwagen lebte, hatte es für sie und Duncan keinen Platz zum Übernachten gegeben, und ihre Mutter war ohnehin mit einer Ausstellung beschäftigt gewesen. Also waren sie in ein paar günstigen Bed & Breakfasts in der Gegend abgestiegen, in Carbis Bay und Porthcurno. Am Ende war es mehr ein Sommerurlaub für sie und Duncan geworden, und bei der Gelegenheit hatte sie festgestellt, wie sehr sie es genoss, beim Aufwachen über die Dächer hinweg das Meer zu sehen und das dumpfe Rauschen der Brandung zu hören.

Doch eines Nachts, während Duncan selig schlummerte, lag sie wach neben ihm. Die Matratze war zu klein und der Raum zu stickig, also schlüpfte sie aus dem Bett, schlich über den kalten Holzboden auf Zehenspitzen zum Fenster und öffnete es leise. Sie spürte, wie die kühle Luft ins Zimmer wehte, bevor sie sich vorbeugte und den Kopf in die Dunkelheit hinausstreckte. Unter ihr lag eine gewundene Straße, am Horizont sah sie das Meer, und eine Ahnung beschlich sie, dass es irgendwo dort draußen etwas Größeres, Bedeutungsvolleres gab als ihre kleine Welt. Ihr Herz begann heftig zu pochen, und sie empfand unerklärliche Freude, als stünde ihr noch etwas ganz Wunderbares bevor.

Doch dieser Moment des Glücks wurde schon bald von Schuldgefühlen abgelöst, denn Duncan schien nicht Teil dieser wunderbaren Zukunft zu sein. Und das war dem Mann gegenüber, den sie liebte und mit dem sie gemeinsame Pläne schmiedete, einfach nicht fair. Nur noch ein Jahr an der Uni, dann hatten sie beide ihren Abschluss in der Tasche und konnten tun und lassen, was sie wollten. Er hatte kein Problem damit, dass sie Großbritannien verlassen wollte. Sie hatten vor, die zweijährige praktische Ausbildung noch in Edinburgh zu machen und dann zusammen nach Australien zu gehen und sich dort zu spezialisieren. Das war ihr gemeinsamer Traum. Man verdiente dort mehr, es ließ sich besser leben, und endlich, *endlich* würde sie von hier fortkommen und die Geister der Vergangenheit hinter sich lassen können.

»Jenny«, sagt Duncan, und sie blickt auf. Er ist gerade dabei, sein Hemd über eine Stuhllehne zu hängen.

»Alles in Ordnung bei dir?«

Sie weiß nicht genau, warum, aber jetzt nervt er sie auf einmal. Manchmal geht ihr seine ständige Aufmerksamkeit auf den Geist, als würde er permanent analysieren, wie sie sich fühlt und wie sie zurechtkommt. Doch das gibt ihr das Gefühl, verletzlich zu sein. Ihr wäre es lieber, wenn er sie einfach nur ablenken oder zum Lachen bringen würde. Um das Thema zu wechseln, sagt sie: »Bist du bereit für den großen Tag?«, und steht vom Küchentisch auf. Der Tisch wackelt wie üblich, und eine Sekunde später kniet Duncan mit einem Bierdeckel in der Hand auf dem Boden und schiebt ihn unter das Tischbein. Auf seinem Rücken glänzen noch Wassertropfen vom Duschen.

»Es ist auch dein großer Tag«, sagt er von dort unten. Dann steht er wieder auf, geht zum Bügelbrett hinüber, klappt es zusammen und verstaut es ordentlich in der Abstellkammer.

Beim Gedanken an den bevorstehenden Tag wird sie ganz aufgeregt – es ist der erste Einsatz in der Notaufnahme, den sie im Rahmen ihres Studiums absolviert. Trotz der schweren Verletzungen, die sie dort sehen wird, freut sie sich darauf: Sie wird lernen, Menschen in Notfallsituationen zu helfen, und kein Tag wird wie der andere sein.

»Schade, dass wir uns dann nicht mehr so oft sehen«, sagt Duncan und dreht sich wieder um.

Sie nickt, aber insgeheim ist sie froh darüber. Und erleichtert, dass Duncan sich für Kardiologie und nicht für Notfallmedizin entschieden hat, denn in der Medizin geht es um *sie,* nicht um sie beide als Paar. *Ein Paar*. In ihrem Bauch macht sich schon wieder dieses flaue Gefühl breit, das sie schon in Cornwall hatte. Was ist nur los mit ihr?

»Okay, ich düse dann mal los.« Sie greift nach ihrem Handy und ihrem Portemonnaie und wirft beides in die Handtasche, die an der Seite des Stuhls hängt.

»Ich bin gespannt, was du später erzählst«, sagt Duncan. Sie zieht ihn zu sich heran und gibt ihm einen kurzen Kuss auf den Mund. Er ist aufmerksam und sie ist undankbar. Sie hat ihn nicht verdient.

»Ich werde berichten«, erwidert sie lächelnd und geht zur Tür hinaus.

ROBBIE

Eine Frau in einem Bett. Einem Krankenhausbett. Sie sieht ziemlich mitgenommen aus, überall Blutergüsse, Infusionen und Gipsverbände. Sie ist an eine piepende Maschine angeschlossen, und ihr pechschwarzes Haar liegt um ihren Kopf herum auf dem Kissen wie ein Fächer.

Wo ist Jenn?

Ah, da steht sie ja, am Fußende des Bettes, zusammen mit ein paar anderen angespannt wirkenden Studenten in blauen Kitteln. Ich lächle erleichtert – immerhin bin ich noch bei ihr. Ist das der »große Tag«, über den Duncan und sie gesprochen haben? Ein Mann mit kurzem rotem Haar im Arztkittel, ich schätze mal Mitte vierzig, zählt die Verletzungen auf, als würde er eine Einkaufsliste abarbeiten: mehrere Prellungen, zahlreiche Schürfwunden, multiple Brüche – was zum Teufel ist mit dieser Frau passiert?

Ich hasse Krankenhäuser wie die Pest, bin aber froh, dass wir nicht mehr am vorherigen Ort sind. Ich ertrage es einfach nicht, Jenn und Duncan in ihrem häuslichen Glück zu erleben. Für mich hat sie immer nur mit mir zusammen gewohnt.

Und er ist die ganze Zeit so unfassbar lieb zu ihr.

Ich glaube nicht, dass ich mir zuvor je über ihre Beziehung Gedanken gemacht habe, darüber, wie ihr gemeinsamer Alltag wohl ausgesehen hat. Aber es schien alles wesentlich friedlicher – fürsorglicher – abgelaufen zu sein als mit mir.

»Irgendwelche Fragen?«, erkundigt sich der Arzt schließlich, und ich schaue auf. Auf seinem Namensschild steht »Dr. Burden«. Ich erinnere mich, dass Jenn von ihm erzählt hat. Er sieht müde aus, doch seine Augen leuchten, während er die Studenten anschaut. Ich kann mir vorstellen, dass Jenn genauso sein wird, wenn sie älter ist. Sie wird immer anderen helfen wollen, egal wie erschöpft sie ist.

Oder wie sie gewesen wäre.

Ich schlucke ein paar Tränen hinunter, als sie die Hand hebt, und er nickt ihr zu.

»Welche Verletzung ist die gefährlichste?«, fragt sie.

Er winkt sie zu sich heran, und ich stelle mich neben sie. Die Frau hat eine Stütze am Hals, mit Blöcken rechts und links.

Ich frage mich, wie es wohl sein wird, wenn der Lkw uns erreicht. Wahrscheinlich ist es sofort vorbei.

Krach und bumm. Feierabend.

Ich habe nie wirklich darüber nachgedacht, wie vergänglich das Leben ist. In einem Moment ist man da, im nächsten vielleicht schon nicht mehr. Einfach so.

»Das ist der eigentlich kritische Bereich«, sagt Dr. Burden gerade und zeigt auf den Oberkörper der Frau. Ich schaue gedankenverloren auf sie hinab.

»Sie hat erhebliche Quetschungen der Lunge davongetragen und muss mit hohem Druck beatmet werden.«

Eine seltsame Vorstellung, dass sich unter unserer Haut etwas so Katastrophales abspielen kann, ohne dass man es sieht.

»Kaum zu glauben, was für Verletzungen Autounfälle verursachen können«, fährt Dr. Burden fort.

Mein Herz stockt.

Mein Kopf beginnt zu pulsieren.

Das Letzte, was ich sehe, während der Raum zu verschwimmen beginnt, sind Jenns Augen, die auf die Frau im Bett gerichtet sind.

ZWEIUNDZWANZIG

2019

JENN

»*Arepa, empanada, a la orden.*«

Sie geht an einer Frau mit pechschwarzem Haar vorbei, die hinter einem der vielen Stände am Strand steht. Überall wird Maismehlkuchen angeboten, wie hier in Kolumbien an jeder Ecke, zusammen mit Mangos, Ananas, Kokosnüssen, Bananen – farbenfrohen Früchten in Obst- und Saftbechern. Einen Moment lang ist sie versucht zuzugreifen: Sie hat im Hostel bloß einen Kaffee getrunken, langsam knurrt ihr Magen und verlangt nach Essen.

Doch ein Blick auf die Uhr sagt ihr, dass die Zeit drängt, und sie legt einen Zahn zu, geht etwas zügiger an den leuchtend grünen Palmen zu ihrer Rechten und dem tiefblauen, mit Booten gesprenkelten Meer zu ihrer Linken entlang.

Ein Stück weiter den Strand hinunter erspäht sie die Hütte, die der Mann im Hostel ihr beschrieben hat. Ringsum wimmelt es von Menschen, die sich unterhalten, Geld gegen Tickets tauschen, und einen Moment lang ist Jenn nervös. Doch dann sagt sie sich, dass ihr Spanisch inzwischen ziemlich gut ist. Ganz anders also noch zu Anfang in Cusco. Da war sie kaum in der Lage, einen Kaffee zu bestellen. Aber nach und nach ist es besser geworden. Je mehr sie sich zwingt, spanisch zu sprechen, umso leichter fällt es ihr. Es ist eine willkommene Herausforderung: unmöglich, über andere Probleme nachzugrübeln, wenn man konzentriert Perfekt, Präteritum und Imperfekt bilden muss.

Sie geht zu der Hütte hinüber und bahnt sich einen Weg zum Tresen. Ein Mann mit zotteligen dunklen Haaren blickt sie erwartungsvoll an.

»*Una ida*«, sagt sie.

Im Nu hat sie eine Fahrkarte für eine einfache Fahrt in den Händen, und der Mann weist ihr den Weg zu einem Schnellboot, das nach einem ziemlichen Seelenverkäufer aussieht. Es ist ganz dicht an den Strand herangefahren, doch sie wird trotzdem noch durch seichtes Wasser waten müssen, um es zu erreichen. Sie setzt einen Fuß ins Wasser, das beinahe Badewannentemperatur hat. Was würde sie dafür geben, jetzt eine Runde darin schwimmen zu können! Es ist noch nicht einmal zehn, und ihr leichtes weißes Sommerkleid ist bereits durchgeschwitzt.

Neben dem Boot steht ein Mann. Er nimmt ihr das Ticket ab, wirft einen flüchtigen Blick darauf und zeigt dann auf ihren Rucksack. Sie reicht ihn hinüber, und er wirft ihn schwungvoll ins Boot.

»*Vamos,* Señorita«, sagt er und hält ihr die ausgestreckte Hand entgegen.

Jenn ergreift sie, und er hilft ihr ins Boot.

»*Gracias.*«

»*A la orden*«, sagt er lächelnd.

Während sie sich einen Platz auf einer Holzbank sucht, kommen immer mehr Passagiere an Bord: Männer, Frauen, Kinder, vielleicht noch ein weiterer Rucksacktourist, die sich alle so dicht aneinanderdrängen, dass sie an die Bordwand gedrückt wird. Für einen kurzen Moment beunruhigt sie das – auf diesen Booten sollen tatsächlich schon Menschen gestorben sein, weil sie bei hoher Geschwindigkeit über Bord geschleudert wurden. Aber sie schiebt ihr Unbehagen schnell beiseite. Andere Boote kommen und fahren wieder, setzen Menschen ab und nehmen neue auf, Männer rufen einander etwas zu, und Motoren brummen. Eine warme Brise streicht zärtlich über ihr Gesicht, und sie schaut zurück auf die staubige Stadt, in der sie gestern Abend angekommen ist.

Zwei Monate ist sie jetzt schon auf Reisen und folgt noch immer keinem festen Plan – aber gerade das fühlt sich irgendwie richtig an. Zum ersten Mal in ihrem Leben gibt sie sich der Unsicherheit hin, nicht genau zu wissen, wie es weitergeht. Es tut gut, einfach zu machen, was sie will und wann sie es will. Nach Macchu Picchu hatte sie beschlossen, dass ihr der Sinn nach mehr Wärme und weniger britischen Touristen stand. Also machte sie sich auf den Weg nach Norden, nach Kolumbien. Genauer gesagt nach Medellín.

Dort war sie länger geblieben als gedacht, in der Stadt des ewigen Frühlings, wie man sie offenbar nannte. Ihr gefiel, wie sie sich durch das Tal zog und mit ihren Bürotürmen und Wohnblocks die schroffen grünen Berge hinaufwanderte. An einem solchen Ort war sie noch nie gewesen. Mit ein paar deutschen Mädels, die sie im Hostel kennengelernt hatte, ging sie tanzen, fuhr mit der Metrocable durch die verschiedenen Viertel, schaute von einem Berg hinunter auf die Stadt, während die Sonne unterging und die funkelnden Lichter zum Leben erwachten, sah sich Boteros Kunstwerke an und dachte hin und wieder an ihre Mutter.

Sie hatte mittlerweile einige Nachrichten von ihr erhalten mit der Bitte, sie anzurufen. Sie hatte ihre Mutter wissen lassen, dass sie im Ausland war, dass es ihr gut ging, hatte sich aber noch nicht zu einem Telefonat durchringen können.

Sie brauchte mehr Zeit – Zeit, um zu entscheiden, was sie wegen des Briefes unternehmen sollte, Zeit, um Robbies Seitensprung zu verarbeiten. Vielleicht wäre sie dann in der Lage zu verstehen, wie ihr Leben, das sie so gut zu kennen glaubte, dermaßen in die Brüche gehen konnte. Danach konnte sie einen neuen Plan schmieden. Aber bis dahin war es das Beste, alles und alle von sich fernzuhalten.

Und das schloss wohl auch Hilary mit ein.

Klar fühlte sie sich furchtbar, weil sie sie noch nicht angerufen hatte, aber sie hatte ihr immerhin eine Mail geschrieben und erzählt, was sie gerade machte und wohin es als Nächstes gehen sollte. Sie redete sich ein, einfach keine Lust zu haben, darüber zu sprechen, aber wenn sie ehrlich war, fiel es ihr schwer, jemandem, dessen Träume gerade allesamt in Erfüllung gingen, ihre eigene geplatzte Lebensplanung zu offenbaren.

Von Medellín aus hatte sie noch einen Abstecher nach Bogotá gemacht. Niemand hatte ihr einen Besuch dieser Stadt empfohlen, und doch gab es dort großartige Straßenkunst und viele Cafés, in denen man herrlich entspannen konnte. Und dann hatte ihr jemand von einem abgelegenen Hostel in einer wunderschönen Bucht in der Karibik berichtet.

Das Geräusch des anspringenden Motors dröhnt in ihren Ohren, offenbar sind alle an Bord. Ein kollektives Ruckeln geht durch die Passagiere, und das Boot fährt auf die Bucht hinaus.

Die Fahrt verläuft zunächst ruhig, von allen Seiten umgibt sie spanisches Geplapper, doch als das Boot auf dem offenen Meer beschleunigt, pfeift ihr der Wind um die Ohren. Es hüpft über die Wellen, fliegt kurz durch die Luft und kracht dann wieder auf die Meeresoberfläche. Das Wasser spritzt über den Bootsrand, und Jenn und der älteren Frau neben ihr mitten ins Gesicht. Sie lachen leicht hysterisch auf. Und dann noch einmal: ein Hüpfer, ein Fall, spritzende Gischt. Jenn grinst jetzt vor sich hin, spürt nichts als den Wind auf ihrem Gesicht und die Sonne auf ihrer Haut. Sie schaut aufs Wasser hinaus und hat das Gefühl, genau zur richtigen Zeit am richtigen Ort zu sein.

Eine halbe Stunde später ist es leerer geworden auf dem Boot. Sie haben schon an etwa sechs Buchten angelegt, und jedes Mal hat sie angestrengt versucht, den Namen mitzubekommen, um die eigene nicht zu verpassen. Als sie das letzte Mal angehalten haben, ist die Frau neben ihr ausgestiegen. Bevor sie das Boot verlassen hat, hat sie Jenn mit einem schiefen Grinsen eine Orange in die Hand gedrückt und sie noch einen Moment festgehalten, als wollte sie sagen: *Lass es dir schmecken.*

Jenn nimmt sich Zeit, die Frucht zu schälen, und merkt, wie frisch sie sein muss – wahrscheinlich stammt sie von einem sonnenverwöhnten Baum in der Nähe. Sie atmet den Duft ein. *Robbie, Weihnachten.*

Ihr Herz setzt einen Schlag aus.

Selbst hier, am anderen Ende der Welt, ist er noch immer bei ihr, als würde er neben ihr im Boot sitzen. Sie fragt sich, was er in diesem Moment wohl gerade macht.

Vorne ruft jemand etwas.

Ihre Bucht.

»*Si,* Señor!«, antwortet sie über das Geräusch des Motors hinweg, während sich das Boot langsam dem Strand nähert. Sie nimmt die Landschaft in sich auf und ist überwältigt von der Abgeschiedenheit dieses Ortes, von den grünen Hügeln, die sich schützend um die Bucht und ihre weißen Sandstrände mit den kleinen Holzhütten darauf legen. Es gibt hier keinen Steg, stattdessen kommt ein Mann in das warme Meer gewatet, Salzwasser schwappt über seine blauen Shorts. Er ist kräftig gebaut und schon ein wenig älter – vielleicht in den Vierzigern –, mit grauem Haar, ledriger Haut und einem breiten Lächeln. Noch bevor sie den Strand erreicht haben, stellt der Fahrer den Motor ab, und sie weiß, dass ihr nichts übrig bleibt, als genauso auszusteigen, wie sie eingestiegen ist.

Der Bootsführer wirft dem Mann, der ihnen entgegenkommt, ihren Rucksack zu, und er legt ihn sich auf den Kopf, als würde er rein gar nichts wiegen. Jenn schiebt ein Bein über den Bootsrand und lässt sich neben ihm ins Wasser plumpsen.

»*Gracias*«, sagt sie.

Er grinst. »*Bienvenidas.*«

Herzlich willkommen.

ROBBIE

Jetzt bin ich am Strand. Von dem Typen keine Spur, auch nicht von Jenn. Ich bin nass, voller Sand, und mir ist heiß. Ich ziehe den Kapuzenpulli aus und lasse ihn achtlos auf den Boden fallen. Irre, was ich alles spüren kann, obwohl es nur eine Erinnerung ist. Und meine Klamotten sind so gar nicht für dieses Klima geeignet. Aber immerhin habe ich wieder festen Boden unter den Füßen. Gerade dachte ich noch, ich würde jeden Moment über Bord gehen – ich bin mir zwar nicht sicher, ob man in einer geteilten Todeserfahrung überhaupt ertrinken kann, will es aber auch nicht unbedingt in Erfahrung bringen.

Hier gibt's ja noch nicht mal ein Krankenhaus.

Ich muss wieder an die Frau in Jenns Klinik denken und an ihre Verletzungen – ich wusste gar nicht, was so ein Autounfall alles anrichten kann und dass man unter Umständen gar nicht sofort tot ist, sondern der Körper einfach zertrümmert und man von unerträglichen Schmerzen gequält wird.

Was hieße, dass auch sie leiden müsste.

Aber ich hab's doch versucht – verdammt – ich hab versucht, hinter ihr Geheimnis zu kommen! Aber jetzt wird es Zeit, endlich mit diesem Blödsinn aufzuhören und mich ganz auf sie zu konzentrieren und das Beste aus der Zeit zu machen, die uns noch bleibt.

In der Nähe bewegt sich etwas. Jenn kommt in einem lilafarbenen Bikini aus dem Wasser, und ich halte den Atem an. Sie sieht unglaublich aus: durchtrainiert, schlank, entspannt. Hatte sie den Bikini vorher schon? Ich kann mich beim besten Willen nicht daran erinnern, wann wir das letzte Mal im Urlaub waren, bevor sie Edinburgh verlassen hat, nur wir zwei, faul in der Sonne, kein Krankenhaus, kein Restaurant und kein Drama.

Dabei fällt mir ein: Wovon hat sie das eigentlich bezahlt, acht Monate auf Reisen zu sein? Wo sie doch sonst nie einen Penny zu viel ausgegeben hat. Sie hatte anscheinend einiges gespart, aber trotzdem – alles einfach aus dem Fenster zu werfen sieht ihr gar nicht ähnlich.

Aber es bringt vermutlich nichts, sich jetzt darüber den Kopf zu zerbrechen.

Der Strand um uns herum ist atemberaubend. Ganz anders als die Orte auf meinen Reisen – die waren überlaufen, leicht zugänglich, und die Stimmung war immer feuchtfröhlich. Aber genau das wollte ich ja in meinem Jahr Auszeit nach der Schule: mich vollaufen lassen und Mädels aufreißen.

Jenn bleibt vor einer an den Seiten offenen, mit Palmblättern gedeckten Holzhütte stehen, die mich total an Robinson Crusoe erinnert. Drinnen sind zwei Hängematten gespannt, eine grüne und eine orangefarbene. Schläft sie etwa hier? Wie cool ist das denn?

An einer Wäscheleine zwischen uns hängen ein Paar schwarze Badeshorts, im Sand liegen große Flip-Flops. Moment mal. Wer schläft denn da noch?

Sie streift sich ein luftiges Sommerkleid über und läuft dann über den Strand. Ich folge ihr.

Vor mir sehe ich bunte Sitzsäcke, auf denen es sich der eine oder andere gemütlich gemacht hat. Zwischen zwei hohen Bäumen hängen Holzschaukeln mit Blick aufs Meer, und um einen langen, rustikalen Tisch sitzen schon einige Leute, unterhalten sich und essen frischen Fisch, Reis und Salat.

»Hol dir bitte einfach was zu essen aus der Küche!«, ruft ihr der Mann von vorhin vom Tisch aus zu. Jenn nickt und geht hinüber zur Theke. Während ich sie beobachte, denke ich daran, wie gern ich das alles hier mit ihr zusammen erlebt hätte. Was hätten wir für einen Spaß gehabt! Wir haben es immer genossen, gemeinsam neue Orte zu entdecken und neue Gerichte zu probieren.

»*Bonjour*«, grüßt eine junge Frau mit Sonnenbrille, als Jenn am Ende einer der Bänke Platz nimmt. Sie hat lange dunkle Haare, schlanke, sonnengebräunte Arme und scheint etwa in unserem Alter zu sein.

»*Bonjour.*« Jenn nickt ihr zu.

»Englisch?«

»Ja.« Jenn lächelt entschuldigend. »Sorry.«

»Kein Grund, sich zu entschuldigen«, versichert die Frau höflich. »Ich bin Mathilde, und das ist mein Freund, Fabien.« Beiläufig deutet sie auf den jungen Mann an ihrer Seite. »Und Isadora und Matteo hier kommen aus Rom.«

»*Ciao*«, sagt das junge Paar neben Jenn mit einem breiten Lächeln im Gesicht. Alle sehen so verflucht fit aus.

»Reist du allein?«, fragt Mathilde.

Jenn nickt. »Ja.«

»Klasse, als ich zwanzig war, habe ich das auch gemacht. War die beste Zeit meines Lebens.«

»Wie bitte?«, protestiert Fabien in vermutlich gespielter Entrüstung.

»Was denn?«, entgegnet sie unverblümt. »Ist doch wahr! Du erkennst dich selbst erst, wenn du … wie sagt man?« Sie hält sich die Handflächen vors Gesicht. »… dich im Spiegel siehst. Und dazu muss man vollkommen allein sein. Keine Freunde, keine Familie, nur du und du.«

»Ich glaub, da ist was dran«, erwidert Jenn lächelnd und isst einen Bissen.

»Sagt mal«, wirft Isadora plötzlich ein, »ist Juan eigentlich schon von seiner Wanderung zurück?«

»Ach, der ist bestimmt noch Stunden unterwegs«, entgegnet Mathilde. »Er will den einsamen Strand finden, den man anscheinend von da oben aus sieht.« Sie deutet auf eine Anhöhe zur Linken und wendet ihren Blick dann wieder Jenn zu. »Juan kommt übrigens aus Kolumbien. Er schläft in einer der Hängematten. Du doch auch, oder?«

Jenn nickt, und Mathilde grinst.

Die Sonne nähert sich langsam dem Horizont, und es ist nicht mehr ganz so heiß, aber die Luft ist noch immer warm. Jenn liegt in ihrer Hängematte und liest. Sie wirkt so ausgeglichen, so zufrieden. Ihre Haut glänzt im Abendlicht, und einen Moment lang stelle ich mir vor, wie es wäre, wenn ich sie auf dieser Reise begleitet hätte – wenn ich in der anderen Hängematte geschlafen hätte und nicht dieser Juan.

Ihr Handy liegt neben ihrem Bein, und ich beuge mich behutsam vor und tippe auf das Display. Sie zuckt kaum merklich zusammen, als das Telefon aufleuchtet, schaut aber nicht von ihrem Buch auf. April.

Was habe ich damals eigentlich gemacht? An die ersten zwei Monate nach ihrem Weggang erinnere ich mich nur verschwommen. Ich habe viel getrunken, mir Pizza kommen lassen und bei der Arbeit blaugemacht. Anfangs hat Matt das alles noch ziemlich cool hingenommen. Er hat einen Kumpel aus einem anderen Restaurant eingespannt, der ist eine Weile für mich eingesprungen. Ich konnte mich einfach nicht dazu aufraffen, zur Arbeit zu gehen. Wenn ich ehrlich bin, habe ich gar nichts mehr auf die Reihe gekriegt. Ab und zu kam Marty mit ein paar Dosen Bier vorbei, dann haben wir hirnlose Actionfilme geguckt und Xbox gespielt.

Wenn ich jetzt so darüber nachdenke – er war echt für mich da, als bei mir alles den Bach runterging.

Hinter mir schlurft jemand durch den Sand. Ich drehe mich um und sehe einen jungen Typen auf Jenns Hängematte zugehen. Er trägt Wanderschuhe, Shorts und ein verschwitztes graues T-Shirt. Mahagonibraune Haut, schwarze, zurückgekämmte Haare und ein durchtrainierter Körper. Attraktiv. Ich muss schlucken.

Er geht so dicht an mir vorbei, dass mir der Geruch seines maskulinen Schweißes in die Nase steigt.

»Hallo.« Er lächelt zu Jenn hinunter, und sie schaut überrascht von ihrem Buch auf. Er nimmt einen Schluck aus seiner Wasserflasche.

»Hi«, grüßt sie zurück.

Ist sie etwa rot geworden?

Unmöglich, dieser Schönling ist doch überhaupt nicht ihr Typ. Nie im Leben. »Du musst Juan sein«, sagt sie lächelnd.

»Mathilde hat mir schon erzählt, dass ich eine neue Mitbewohnerin habe«, erwidert er.

Jenn lacht. »Genau, mich.«

Er hebt den Arm und hält sich am Dach der Hütte fest, sodass sein Trizeps zur Geltung kommt. Wie alt ist er wohl? Bestimmt um einiges jünger als wir. *Vergiss es!,* würde ich ihm am liebsten zurufen.

»Bleibst du nur eine Nacht?«, fragt er.

»Weiß ich ehrlich gesagt noch nicht. Das entscheide ich spontan.«

»Super.« Er beugt sich vor und greift nach den schwarzen Shorts auf der Leine. »Ich geh vor dem Essen noch 'ne Runde schwimmen – falls du auch Lust hast?«

Ohne Vorwarnung schält er sich aus seinem T-Shirt und stellt seinen Waschbrettbauch zur Schau.

»Nee, lieber nicht«, antwortet sie lächelnd. »Ich war vorhin schon im Wasser.«

Er zieht seine Schuhe aus und fährt sich mit der Hand durch die Haare. Auf dem Weg zum Wasser dreht er sich noch einmal um und lächelt ihr zu. »Dann vielleicht später.«

Jenn bedeckt das Gesicht mit den Händen. Zuerst denke ich, sie weint. Fühlt sie sich etwa von ihm bedrängt? *Arschloch*. Doch als ich genauer hinsehe, bemerke ich, dass sie nicht weint, sondern leise lacht.

Und mit einem Mal wird mir alles klar.

Ich weiß genau, was hier passieren wird.

Meine Kehle ist wie zugeschnürt, und ich habe das Gefühl zu ersticken.

JENN

Aus der kleinen Küche fällt Licht auf die leeren Teller und vollen Gläser auf dem Tisch vor ihr. Der Himmel ist mit funkelnden Sternen übersät, und die Luft ist noch immer lau. Das beruhigende Rauschen der Brandung in der Bucht untermalt die Gespräche nach dem Abendessen.

Die pure Entspannung. Soweit sie weiß, sind sie insgesamt nur acht Leute, Franzosen, Italiener, Kolumbianer, Briten und Niederländer, alle angezogen von der Abgeschiedenheit dieses Ortes.

Am anderen Ende des Tisches fällt das Wort Medellín.

»Warst du da nicht schon?«, fragt Juan und dreht sich zu ihr um. Mit ihm hat sie sich bis jetzt am meisten unterhalten, und er hat sie mit seinen braungrünen Augen während des Essens eindringlich angesehen, als sei alles, was sie sagt, unglaublich faszinierend.

»Ja«, antwortet sie. »Es war wunderschön da.«

»Du musst auf jeden Fall noch nach Cartagena, das lohnt sich.«

»Mache ich«, verspricht sie lächelnd.

»Willst du noch was trinken?«, fragt er und zeigt auf ihr fast leeres Glas.

»Ja, danke.«

Als er aufsteht, spürt sie, wie seine Hand leicht ihren Oberschenkel streift, und ein Schauer durchläuft sie.

Aber was zum Teufel macht sie hier eigentlich? Sie ist doch gar nicht der Typ für flüchtige Abenteuer. Außerdem ist sie gerade überhaupt nicht in der Stimmung für so etwas – oder?

Rasch leert sie ihr Weinglas und stellt es zurück auf den Tisch. Dabei bemerkt sie ein bisschen Schmutz an ihrem Handgelenk. Sie hat sich vorhin nicht die Mühe gemacht, sich zu waschen, sondern das Salz einfach auf der Haut und in den Haaren trocknen lassen. Bei einem Blick in den Handspiegel ist ihr aufgefallen, wie lang ihre Haare inzwischen sind. Sie reichen ihr schon bis auf die Schultern. *Katy würde das gefallen.*

Katy. Mit einem Mal sieht sie ihre Freundin vor sich, an dem Abend damals im Club, in Edinburgh. Katy hatte sie mit ihren von Glitter umrahmten Augen begeistert angesehen. *Eine ganze Welt wartet nur darauf von dir entdeckt zu werden,* hatte sie gesagt.

Jenn wünschte, sie könnte ihr erzählen, dass sie endlich den Sprung gewagt hat. Am liebsten würde sie ihr sofort eine Nachricht schreiben, nur gibt es hier in der Bucht kaum Empfang. Vielleicht im nächsten Ort? Die alte Nummer hat sie noch, und so, wie sie Katy kennt, hat sie sich bestimmt nicht die Mühe gemacht, sie zu ändern. Katy war immer so herrlich unbekümmert, und nach allem zu urteilen, was Jenn im Internet über sie gefunden hat, hat sich daran nichts geändert. Unzählige Fotos von Katy in Frankreich bei einem Kaffee unter einer grünen Markise oder mit einem Weinglas in der Hand auf irgendeiner traumhaften, sonnenüberfluteten Veranda. Immer chic und doch lässig gekleidet, einen Hauch von Scharlachrot auf den Lippen. Sie sah auf jedem der Bilder umwerfend aus.

Plötzlich überkommt Jenn ein flaues Gefühl in der Magengegend.

Was, wenn sie nicht mit mir reden will?

Ein Geräusch.

Sie sieht abrupt auf. Mathilde schaut sie aufmerksam an, das Kinn in die Handfläche gestützt.

»Sorry«, murmelt Jenny, »hast du was gesagt?«

»Ich hab bloß gefragt, was du morgen vorhast«, erwidert Mathilde und schenkt ihr ein breites Lächeln.

Sie scheint sich wohlzufühlen in ihrer Haut, strahlt geradezu vor Lebensfreude. Jenn wünscht sich, etwas mehr wie sie zu sein.

»Wahrscheinlich irgendwo in der Nähe ein bisschen wandern gehen«, antwortet sie schließlich.

»O ja, es ist wunderschön hier, aber nimm dich vor dem Unterholz in Acht.« Mathilde zieht warnend die Augenbrauen hoch.

Jenn runzelt die Stirn. »Dem Unterholz?«

»Ja«, sagt Mathilde und nickt zur Bekräftigung, »das kann echt gefährlich sein.« Sie grinst Fabien an, und der schüttelt den Kopf.

»Mathilde war sicher, dass jeden Moment eine Schlange irgendwo hervorschnellt und sie beißt.« Er macht dabei eine schnappende Handbewegung und lacht.

»Ich möchte halt gern wissen, was sich unter meinen Füßen so rumtreibt«, erklärt Mathilde. Dann zögert sie. »Ich glaube übrigens, Juan reist morgen wieder ab.«

Jenn weiß nicht, was sie darauf erwidern soll. *Warum erzählt sie ihr das?*

»Darf ich dich mal was fragen?«, fährt Mathilde fort. »Was ist eigentlich passiert, bevor du hergekommen bist?«

Jenn ist verwirrt.

Woher weiß sie das bloß?

»Tut mir leid«, sagt Mathilde und steckt sich die Haare zu einem Knoten hoch. »Es geht mich natürlich absolut nichts an. Aber ich erkenne einfach, wenn ein Mädchen vor etwas davonläuft. Ich habe dafür ein ... wie sagt man – untrügliches Gespür. Das hat schon meine Mutter immer gesagt. Es geht um einen Mann, oder?«

Jenn nickt langsam. Es ist das erste Mal, dass sie dieses Thema zulässt. Selbst in ihren E-Mails an Hilary erwähnt sie Robbie nie. Sie kann es einfach nicht. Nur daran zu denken, wie sie ihn mit Liv gesehen hat, tut schon zu weh.

Mathilde nimmt noch einen Schluck Wein. »Er hat dir wohl sehr viel bedeutet?«

»Ja«, erwidert Jenn und zögert. »Aber ich bin mir nicht sicher, ob ich ihm auch etwas bedeutet habe. Jedenfalls weniger, als ich dachte.«

»Möchtest du zur Abwechslung mal gute Neuigkeiten hören?«

»Sehr gern.«

»Der Schmerz, den du fühlst – genau hier«, sagt sie und tippt sich auf die Brust, »der wird verschwinden.«

Jenn lächelt traurig. »Wann denn?«

Mathilde trinkt noch einen Schluck Wein. »Mit der Zeit. Die Zeit ist auf deiner Seite.«

»Dann gibt's also kein Wundermittel?«, fragt Jenn ernüchtert.

Kein Mittel, um die offene Wunde zu heilen.

»Na ja, man kann sich ablenken«, erwidert Mathilde mit hochgezogenen Brauen. »Ein anderer Moment, ein anderer Mensch … Das ist oft sehr hilfreich.«

Mit einem Mal wird Jenn klar, weshalb Mathilde vorhin Juan erwähnt hat, und sie spürt, wie sie rot wird. Aber das kann sie doch nicht machen! Obwohl Robbie sie hintergangen hat, obwohl sie sich getrennt haben, fühlt sie sich immer noch wie durch ein unsichtbares Band mit ihm verbunden.

»Ich bin noch nicht so weit«, erklärt sie und schüttelt den Kopf.

»Wie du meinst. Aber warte nicht zu lange«, warnt Mathilde sie. Die goldenen Flecken in ihren Augen leuchten im Licht aus der Küche. »Er wird es auch nicht tun. Wahrscheinlich hat er längst eine Neue. Wenn sich dir also ein Augenblick des Glücks bietet, solltest du zugreifen. Man weiß schließlich nie, was morgen kommt.«

Jenn spürt die Bedeutsamkeit dieser Worte, es ist, als habe Mathilde etwas gesagt, das auf einer ganz anderen Ebene Sinn ergibt. Sie weiß bloß nicht, warum.

Juan taucht mit ihren Drinks auf, und ob sie will oder nicht, sie hat auf einmal Schmetterlinge im Bauch, als hätte Mathilde ihr die Genehmigung erteilt, sich für eine Weile gehen zu lassen, und sei es nur für eine Nacht. Ihr Kopf scheint in einer unbeschwerten Wolke aus Wein, Meer und Wärme zu schweben.

»Wie sieht's aus, wollen wir unsere Drinks mit runter zum Strand nehmen?«, fragt Juan und lächelt.

Ohne weiter darüber nachzudenken, nickt sie.

»Klingt super.«

Sie schlendern über den Strand, bis die Stimmen hinter ihnen nicht mehr zu hören sind und der Sand unter ihren Füßen feucht wird.

Kurz bevor sie das Wasser erreichen, bleibt sie stehen, und er tut es ihr gleich. Als sie ihn ansieht, lächelt er, seine nahezu makellosen Züge verschwimmen leicht in der Dunkelheit. Und plötzlich kommt es ihr großartig vor, sich kopfüber mit ihm ins Abenteuer zu stürzen. Dabei weiß sie, dass es zu nichts führen wird, denn sie wird ihn nach dieser Nacht nie wiedersehen, das Ganze ist nicht mehr als ein Urlaubsflirt, ein kurzer Moment des Glücks – ein absolutes Klischee.

Aber genau das braucht sie vielleicht gerade.

»Wie war das vorhin mit dem Schwimmengehen? Jetzt wäre ich dabei«, sagt sie, und er grinst.

Sie lässt ihr Sommerkleid in den Sand fallen, steht nur noch im Bikini da, und er zieht sich hastig das T-Shirt über den Kopf. Und dann rennen sie planschend und lachend ins Meer. Als sie das tiefe Wasser erreichen, schwimmt er zu ihr und legt seine Arme um ihre Taille. Sein Gesicht ist ihrem jetzt so nah, dass sie die Wassertropfen an seinen dunklen Wimpern erkennen kann. Sie legt die Hände auf seine muskulösen Schultern und spürt die Bewegungen ihrer Beine im Wasser. Er küsst sie, und die Welt um sie herum dreht sich im Glanz der Sterne, bis die Dunkelheit sie verschluckt.

DREIUNDZWANZIG

2012

ROBBIE

Pulsieren in meinem Kopf. Rundherum lebhaftes Stimmengewirr. Es ist wieder kühler. Ich öffne die Augen und sehe überall Gestalten in schwarzen Roben mit verschwommenen Gesichtern. Leuchtend blauer Himmel über einem imposanten grauen Gebäude. Wir befinden uns in einem Hof, in dem ich definitiv schon mal war. Bei irgendeinem Festival, glaube ich. Offenbar sind wir zurück in Edinburgh.

Bei ihrer Uniabschlussfeier?

Gott sei Dank war die letzte Erinnerung im richtigen Moment vorbei. Scheiße. Mir wird ganz schlecht. Was ist danach passiert? Haben sie miteinander geschlafen? Ich hab mich wie ein Arsch aufgeführt, als ich Liv küsste, das ist mir schon klar, aber wenigstens bin ich nicht sofort mit ihr in die Kiste gesprungen.

Oder?

Mir wird flau im Magen. Was hatte Mathilde zu Jenn gesagt?

Aber warte nicht zu lange … er wird es auch nicht tun.

Ich seufze verzweifelt. Wann war es denn zwischen Liv und mir das erste Mal so weit? Doch bestimmt nicht so bald – oder etwa doch?

Ich weiß nur noch, dass ich total angeödet und stinksauer war. Und dann war plötzlich alles wieder so wie früher, bevor ich Jenn kennenlernte; ich ging freitagabends meine Kontakte durch, auf der Suche nach jemandem, der eventuell noch Party machte, bis mein Daumen irgendwann über Livs Namen verharrte. Mir fiel zu dem Zeitpunkt wirklich kein Grund ein, warum ich nicht mit ihr sprechen sollte. Mit Jenn war Schluss, das hatte sie mir deutlich zu verstehen gegeben, und Liv und ich waren schon seit Jahren befreundet. Es war höchste Zeit, dass wir uns aussprachen. Und sie machte mit Sicherheit noch Party.

Liv machte immer Party.

Ich hatte die Nachricht kaum zu Ende geschrieben, da kam schon die Antwort: *George Street. Kommst du dazu?*

Ich traf sie in einer dunklen, heruntergekommenen Kellerbar in der Innenstadt, wo wir ziemlich einen über den Durst tranken. Doch obwohl ich total benebelt war, war mir klar, dass ich an einer unsichtbaren Schwelle stand, und wenn ich die überschritt, dann war es aus. Mit mir und Jenn. Endgültig. Aus und vorbei.

Und dennoch – plötzlich fielen wir direkt an der Bar übereinander her und küssten uns, als hinge unser Leben davon ab.

Wenn ich jetzt daran denke, wird mir ganz anders.

Merkwürdig, wie klar mir damals alles erschien: Liv war an allem schuld, nicht ich; zudem war Jenn ohne ersichtlichen Grund abgehauen, also konnte ich tun und lassen, was ich wollte, ohne Gewissensbisse. Ich hatte mir die Geschichte genauso zurechtgelegt, wie es mir am besten passte.

Aber jetzt, da ich das Ganze aus Jenns Perspektive betrachtet habe, wird mir klar, was ich alles falsch gemacht habe.

Einige der Gesichter werden plötzlich scharf, und Jenn und Duncan tauchen in der Menge auf, in schwarzen Roben und mit einer Art rosafarbener Schärpe über der Schulter.

Ich fühle mich furchtbar.

Wenigstens ist sie mit Duncan hier und nicht mit Don Juan, der doch nur auf das eine aus war. Duncan bedeutet sie immerhin wirklich etwas.

Ein älteres Ehepaar erscheint hinter ihnen. Die Frau hat die gleichen hellblonden Haare und blauen Augen wie Duncan. Sie lächelt herzlich und fordert die beiden gestikulierend auf, für ein Foto zusammenzurücken. Offenbar seine Eltern.

»Und?«, fragt sie und tritt einen Schritt zurück. »Wie fühlt es sich an, seinen Abschluss in der Tasche zu haben? Du siehst heute bezaubernd aus, Jenny.«

Wie recht sie hat. Trotzdem bringe ich es einfach nicht fertig, Jenn anzusehen. Nicht, wenn ich daran denke, wie sehr ich sie im Stich lassen werde.

Während Duncans Eltern überlegen, wo sie nach der Zeremonie essen gehen wollen, wendet sich Duncan an Jenn.

»Alles in Ordnung?«, höre ich ihn fragen.

»Ja. Ich hatte nur wirklich gedacht, sie würde kommen«, antwortet sie.

Ich sehe auf.

Scheiße, ihre Mutter ist nicht da. *Hat sie es nicht einmal anlässlich Jenns Uniabschluss geschafft, herzukommen?*

»Ich weiß«, erwidert Duncan sanft. »Aber heute wird trotzdem ein toller Tag, das verspreche ich dir. Wir gehen nachher mit meinen Eltern richtig schön essen. Sie sind maßlos stolz, auch auf dich.«

Sie nickt, doch inmitten all der lächelnden, aufgeregt plaudernden Absolventen sieht sie verloren aus.

»Denk einfach an all die wunderbaren Dinge, die jetzt vor dir liegen«, fügt Duncan hinzu und nimmt ihre Hand. »An die sonnigen Strände in Australien. Und an das Meer, das du gleich nach dem Aufwachen sehen wirst, so wie du es dir immer gewünscht hast.«

Endlich lächelt Jenn. Es ist kaum zu übersehen, wie sehr Duncan ihr Glück am Herzen liegt. Habe ich ihr auch nur annähernd so deutlich zu verstehen gegeben, wie wichtig sie mir ist? Ich glaube kaum. Ich habe ständig nur Witze gerissen und mich wie ein Vollidiot aufgeführt. Über die Zukunft habe ich nie nachgedacht. Geschweige denn darüber, was Jenn sich wünschte.

Neben mir entsteht Unruhe, weil Jenn sich plötzlich in die Menschenmenge stürzt. *Wo will sie denn hin?*

»Jenny!«, ruft Duncan ihr nach, aber sie eilt einfach weiter.

Leicht benommen folge ich ihr.

»'tschuldigung«, sagt sie immer wieder, während sie sich an den Leuten vorbeidrängelt. »'tschuldigung.« Sie scheint nervös zu sein, fast schon panisch. »Entschuldigung!«

Jetzt erkenne ich, wohin sie strebt. Hinter dem Tor drückt sich ein Mann herum. Ich kann nicht sagen, warum, aber irgendetwas an ihm kommt mir seltsam vor. Er trägt eine rote Mütze und eine abgewetzte Jacke, steht einfach da und schaut dem Treiben zu. Ich sehe Jenn an. Auch sie hat ihn im Visier.

Dann dreht er sich plötzlich um und geht.

Sie schiebt sich an den Leuten vorbei bis auf die Straße, und ich hetze hinterher. Aber es ist sehr viel los an diesem sonnigen Tag, überall sind Menschen, ein ständiges Kommen und Gehen. Völlig außer Atem sieht sie sich verzweifelt um.

Doch der Mann ist verschwunden.

Als wäre er nie hier gewesen.

JENNY

Gewaltig und wunderschön wölbt sich die Decke über ihr. Auf allen Seiten von Wandmalereien gesäumt, verliert sie sich in schier unendlichen Höhen. In ihrer Mitte hängt ein riesiger, glitzernder Kronleuchter über den Köpfen stolz lächelnder Angehöriger und Freunde. Morgenlicht strömt durch die hochgelegenen Fenster, und ein Gefühl unbegrenzter Möglichkeiten überwältigt sie.

»Für den Bachelor in Medizin und Chirurgie.«

Während sie auf den Sprecher in seiner Robe schaut, der auf dem Podium hinter dem Rednerpult steht, wird ihr klar, dass der Moment gekommen ist. Schweigen legt sich über die wartende Schlange der Absolventen vor und hinter ihr, zu denen auch sie gehört. Dies ist der Augenblick, auf den sie so lange und angestrengt hingearbeitet hat.

»Archie Abdul.«

Sie beobachtet, wir ihr Kommilitone, der erste im Alphabet, das Podium betritt. Er neigt den Kopf leicht nach vorn, und ihre Professorin tippt mit der schwarzen Kappe sachte dagegen, als Zeichen, dass er es geschafft hat.

Während einer nach dem anderen aufgerufen wird, lässt sie den Blick über die unzähligen bunten Reihen der Gratulanten schweifen, Mütter und Väter, Geschwister und Großeltern. Eine allzu vertraute Enttäuschung macht sich in ihr breit, dieses hohle Gefühl in der Magengrube, wenn wieder einmal niemand wegen ihr da ist.

Aber wer war der Mann vorhin? Sie ist noch immer aufgewühlt. Er sah ihm so verdammt ähnlich – ihrem Vater. Aber das ist unmöglich. Oder? Seit Jahren hat sie das Internet regelmäßig nach ihm durchforstet, ohne Erfolg.

Als sie an der Reihe ist, zwingt sie sich dazu, nicht mehr an ihn zu denken. Dieser Moment bedeutet ihr alles, dafür hat sie unglaublich hart gearbeitet.

»Jennifer Clark.«

In ihren Ohren dröhnt Applaus, irgendwo in der Menge ertönt ein Jubelschrei. Geräuschlos tragen ihre Füße sie über den roten Teppich, und sie neigt den Kopf vor ihrer Professorin. Es fühlt sich so viel persönlicher an, als es von Weitem den Anschein hat, um nicht zu sagen menschlicher. Der Duft schweren Parfüms gemischt mit einem Hauch von Kaffee steigt ihr in die Nase, während die Professorin ihr sanft mit der Kappe auf den Kopf tippt.

Sie geht zügig an ihr vorbei und zurück zu ihrem Platz zwischen den anderen Absolventen in ihren schwarzen Roben. Als sie sich setzt, hört sie, wie Duncans Name aufgerufen wird. Während sie beobachtet, wie er die Rampe hinaufgeht, klatscht sie, so laut sie kann, und lächelt, bis ihr die Wangen wehtun. Sie ist stolz auf ihn, ohne jede Frage.

Aber sie liebt ihn nicht.

Die Einsicht überkommt sie mit solcher Macht und Klarheit,

dass sie kaum weiß, wie ihr geschieht. Ihr Klatschen wird immer langsamer, bis ihre Hände schließlich reglos verharren.

Name um Name wird aufgerufen, ganz so, als wäre nichts geschehen. Als wäre ihr mühsam und kunstvoll errichtetes Leben nicht gerade zusammengebrochen. Aber im Grunde ihres Herzens wusste sie bereits, dass es so kommen würde. Die Gewissheit war schon seit Monaten in ihr hinaufgekrochen wie Efeu an einer Mauer.

So lange hatte sie nun schon Pläne geschmiedet: Sie wollte ihren Abschluss machen, Ärztin werden, gemeinsam mit Duncan in Edinburgh ihre praktische Ausbildung absolvieren, um dann in Australien mit ihm ein neues Leben zu beginnen. Aber bisher waren das alles nur verschwommene Bilder. Nun aber steht das Fenster zu ihrer Zukunft weit offen, und sie erkennt, dass irgendetwas fehlt.

Sie kommt sich vor wie der schlechteste Mensch auf der Welt.

Aber vielleicht ist das ja nur eine Phase? Vielleicht liegt es nur daran, dass sie kurz davor sind, einen neuen Lebensabschnitt zu beginnen? Womöglich bedeutet es gar nichts, und sie kann es einfach ignorieren.

Als Duncan zu seiner Sitzreihe zurückkehrt, lächelt er ihr zu, als wolle er sagen: *Jetzt kann es losgehen.*

Aber tief in ihrem Innern vernimmt sie eine Stimme, die widerspricht: *Nein, Duncan, kann es nicht.*

Und ihr ist klar, dass sie so bald wie möglich mit ihm darüber reden muss. Denn was auch immer hier gerade vor sich geht, sie liebt Duncan nach wie vor – als guten Freund.

Daran wird sich auch nie etwas ändern. Aber genau aus diesem Grund muss sie ihn jetzt gehen lassen, damit er neu anfangen kann. Sie muss einen klaren Schnitt machen, sich ihr eigenes Leben aufbauen, sonst wird er weiterhin versuchen, sich um sie zu kümmern. Das weiß sie genau.

Sie muss es tun, für sich, und für ihn.

ROBBIE

Frischer Kaffee. Ihre Küche. Licht strömt herein. Also morgens. Sie sitzt im T-Shirt am wackeligen Tisch und hält eine Tasse umklammert. Ihr Blick geht ins Leere. Zu tief ins Glas geschaut auf der Abschlussfeier?

Duncan steht in T-Shirt und Boxershorts am Herd und füllt zwei Schälchen mit Porridge. Er wirft ein paar Apfelspalten obendrauf, dreht sich zu ihr um, und im selben Moment entgleisen ihr die Gesichtszüge.

Was geht hier vor?

Er sagt etwas. Es sieht aus wie: »Alles in Ordnung?« Aber wie seltsam – es ist, als wäre die ganze Szene stumm geschaltet. Ich kann alles sehen, aber nichts hören.

Als wollte sie mir etwas zeigen, sich aber nicht daran erinnern, was gesagt wurde.

Sie fängt an zu weinen, und er stellt die Schalen eilig auf dem Tisch ab und legt die Arme um sie.

Doch sie entzieht sich ihm und sagt etwas, das ihn erstarren lässt. Er steht einfach nur da und lässt kraftlos die Hände sinken.

Moment mal, macht sie etwa mit ihm Schluss?

Aber es lief doch alles super zwischen ihnen! Sie hatten keinen Streit, keine Probleme. Sie haben gerade gemeinsam ihren Abschluss gemacht. Und hatten einen perfekten Plan.

Ich raff es einfach nicht.

Ich war immer davon ausgegangen, dass es irgendeinen wichtigen Grund gab, weshalb es mit ihnen nichts geworden war. Entweder hatte er eine heimliche Macke, entpuppte sich als Mistkerl oder hatte sie betrogen.

Vielleicht wünschte ich mir sogar, dass es so war – dann wäre ich wenigstens nicht das einzige Arschloch.

Hastig steht sie auf und geht zu ihm, aber er weicht zurück und schließt für einen Moment die Augen. Inzwischen schluchzt sie bitterlich und schlingt schützend die Arme um ihren Körper. Für eine Weile sieht er sie traurig an – ich kann kaum hinschauen. Dann nickt er kurz und geht an mir vorbei aus der Küche.

In meinem Kopf beginnt es wieder zu pulsieren. Ganz allein sitzt sie da und weint. Ich möchte für sie da sein und ihr irgendwie helfen. Aber was zum Teufel kann ich schon tun? Nach all dem Scheiß, den ich abgezogen habe.

Vorbei ist vorbei.

Was kann ich jetzt noch ausrichten?

* * *

ROBBIE

Hupen. Dunkelheit. Grelle Lichter. Ich bin wieder im Auto.

Erneut versuche ich, die Füße zu bewegen – keine Chance. Kann ich die Hände heben?

Scheiße.

Der Lkw-Fahrer drückt laut auf die Hupe. Und Jenn sitzt einfach nur da. Ich kann nicht mal ihr Gesicht sehen. Wenn ich ihr doch nur in die Augen schauen könnte, dann wäre ich vielleicht in der Lage, irgendwie zu ihr durchzudringen und ihr zu sagen, dass wir nicht mehr viel Zeit haben, dass ich mir alle Mühe gegeben habe, hinter ihr Geheimnis zu kommen, jedoch kläglich gescheitert bin.

Die Hupe macht mich wahnsinnig!

Was um alles in der Welt kann ich noch tun?

Vorbei ist vorbei.

Etwas macht klick in meinem Kopf.

Was, wenn ich tatsächlich noch etwas machen kann, bevor es zu spät ist? Vielleicht gibt es noch einen anderen Grund, aus dem ich diese Nahtoderfahrung mit ihr teile, und ich habe ihn bisher einfach nicht erkannt, weil ich Egoist zu sehr mit mir selbst beschäftigt war?

Vorbei mag vorbei sein, aber noch bin ich hier bei ihr.

VIERUNDZWANZIG

2019

ROBBIE

Sitzreihen. Druck auf den Ohren. Ein Flugzeug. Jenn schläft, und durch das Fenster neben ihr schaue ich auf einen tiefblauen Himmel. Der Lkw und die Kreuzung verblassen vor dem Horizont. Das Pochen in meinem Schädel verebbt, mein Herzschlag verlangsamt sich.

Und dann überkommt es mich.

Ein neues Gefühl.

So etwas wie Erleichterung.

Weil es für uns noch nicht vorbei ist. Wir leben noch.

Also haben wir noch Zeit.

Ich habe noch Zeit.

Jenn gibt auf dem Nachbarsitz einen Laut von sich. Zittert sie etwa? Jetzt erst merke ich, wie kalt es hier ist. Eines der Dinge, die ich am Fliegen hasse, ist, dass man so verdammt unbequem schläft. Mir ist entweder zu warm oder zu kalt, und wenn ich aufwache, hängt mein Kopf vornüber, und mein Mund steht offen. Nicht so bei ihr, aber es sieht schon ein wenig seltsam aus, wie sie da sitzt; sie hat den Kopf in einem merkwürdigen Winkel verdreht.

So sachte wie möglich hebe ich ihre Decke vom Boden auf und breite sie über ihr aus. Vorsichtig rücke ich dichter an sie heran. Es ist fast so, als spürte sie, dass ich da bin, und ihr Kopf sackt sanft auf meine Schulter. Ich kann sie leise atmen hören, und der fruchtige Duft ihres Shampoos steigt mir in die Nase. Ein Lächeln breitet sich auf meinem Gesicht aus. Dann nehme ich ihre Hand und drücke sie zweimal. *Ich liebe dich.* Sie murmelt etwas, und ich verharre mitten in der Bewegung. Ich will sie nicht wecken. Sie sieht so friedlich aus.

Ein Signalton schallt durch die Kabine. Aus den Lautsprechern ertönt eine blecherne Stimme. »Wir landen in zehn Minuten.«

Die kleinen roten Anzeigen über uns leuchten auf, und ein Crewmitglied wirft einen prüfenden Blick in jede einzelne Reihe, um dann im hinteren Teil des Flugzeugs zu verschwinden. Wo fliegen wir eigentlich hin?

In der Kabine wird es dunkel. Wir landen am frühen Morgen. Das Flugzeug verliert merklich an Höhe und ändert dann die Richtung. Und obwohl auch mein Magen in den Sinkflug geht, bin ich plötzlich erleichtert.

Vielleicht kann ich mich ändern, selbst jetzt noch.

Vielleicht ist es noch nicht zu spät.

Denn selbst wenn für uns das Ende naht und ich nichts mehr an der Vergangenheit ändern kann, habe ich vielleicht wenigstens die Möglichkeit, in ihren Erinnerungen etwas Gutes zu tun.

Etwas, das sie nicht vergessen wird.

Niemals.

JENN

Draußen beginnt es zu dämmern. Sie setzt sich im Fahrersitz zurecht. Es ist das erste Mal, dass sie Auto fährt, seit sie Großbritannien verlassen hat. Allerdings wusste sie von Anfang an, dass man nur auf diese Art wirklich etwas von Australien zu sehen bekommt. Der Wagen ist ein älteres Modell, und im Inneren riecht es leicht muffig, dennoch ist sie froh, ihn günstig gekauft zu haben, anstatt sich ein Auto zu mieten.

So muss sie sich keine Gedanken machen, falls mit dem Wagen etwas passiert.

Sie lässt sich noch immer von einem Tag zum nächsten treiben, ohne einen festen Plan, will herausfinden, wozu sie allein fähig ist. Eine gefühlte Ewigkeit lang war Duncan da gewesen, und dann, nur zwei Jahre später, hatte sie Robbie kennengelernt.

Aber es kann durchaus sein, dass sie in der Zukunft harte Zeiten erwarten – und damit muss sie dann allein fertigwerden.

Durch das Fenster schaut sie in einen samtigen, tiefblauen Himmel, vor dem die Silhouetten von Bäumen und Büschen vorbeiziehen. Ein Blick aufs Navi verrät ihr, dass sie sich ein paar Stunden südlich von Darwin befindet. Gleich nach der Landung dort hatte sie den Drang verspürt, der Großstadt so schnell wie möglich zu entfliehen und sich in die Abgeschiedenheit des Outbacks zu begeben. Sie braucht jetzt Zeit für sich.

Das spürt sie deutlich.

ROBBIE

Tageslicht. Wir rasen eine breite, scheinbar endlose Straße entlang. Über uns erstreckt sich der stahlblaue Himmel, und rechts und links zieht eine endlose Reihe von Felsen auf roter Erde an uns vorbei. Wie lange ist sie bereits unterwegs? Der Landschaft nach zu urteilen, hat sie sicher schon den einen oder anderen Zwischenstopp eingelegt. Ich kenne mich gut genug in Australien aus, um zu wissen, dass wir uns irgendwo in der Mitte befinden – in der Gegend, die ich nie bereist habe. Ich fand sie total öde, nichts als Leere, so weit das Auge reicht, und mittendrin so'n riesiger, beknackter Felsen.

Aber jetzt, wo ich hier neben ihr sitze, umgeben von dieser immensen Weite, breitet sich eine unglaubliche Ruhe in mir aus. Ich bin bei ihr, bin ihr ganz nah.

Mir fällt auf, wie entspannt sie wirkt. Sie trägt eine weiße Weste, ihre Haut ist leicht gebräunt, und das Haar reicht ihr schon bis über die Schultern.

Diese Reise hat ihr gutgetan, das ist mir inzwischen klar.

Fi hatte recht.

Es war unser erstes gemeinsames Abendessen bei meinen Eltern, seit Liv und ich zusammen waren, und ich weiß noch, dass sich das Ganze irgendwie komisch anfühlte. Liv war bei uns ein und aus gegangen, seit wir Kinder waren, doch auf einmal herrschte eine seltsame, geradezu förmliche Atmosphäre, vor allem, weil Fi und Struan auch dabei waren. Nach allem, was Mum erzählte, kamen sie in letzter Zeit ziemlich oft. Max arbeitete jetzt häufiger in New York.

Dad zog mit Liv seine bekannte *Wo-arbeitest-du-jetzt?*-Nummer ab, während wir uns Mums Lasagne schmecken ließen, und auf ihre Auskunft hin, dass sie in Teilzeit im Restaurant arbeite, verzog er vielsagend das Gesicht, so wie ich es nur allzu gut von ihm kannte. Daraufhin rastete ich völlig aus, warf ihm vor, ein Snob zu sein und dass er Jenn einzig und allein deshalb gemocht hatte, weil sie Ärztin war, und es ihm stets gegen den Strich gegangen sei, dass sein Sohn sich seinen Lebensunterhalt als einfacher Koch verdiente. Er erwiderte, es sei ihm vollkommen egal, was ich beruflich machte, solange ich mir dabei meine Würde bewahrte und mich nicht ständig sinnlos betrank.

Liv muss das alles schrecklich unangenehm gewesen sein – und nicht nur ihr.

Fi zeigte später keinerlei Verständnis für mich. Ich konnte einfach nicht fassen, dass sie Dads Partei ergriff. Wir hatten immer darüber gelästert, wie versnobt er insgeheim – oder auch ganz offen – war. Zu allem Überfluss hielt sie mir dann auch noch vor, wie unmöglich sie es fand, dass ich mit Liv ausging, wo ich doch ganz offensichtlich noch nicht über Jenn hinweg war. Ich wurde stinksauer und versuchte ihr zu erklären, dass ich mich lediglich bemühte, nach vorn zu blicken: Schließlich hatte Jenn mich verlassen, und nicht etwa andersrum.

»Es dreht sich alles immer nur um dich, nicht wahr?«, hatte Fi erwidert. »Um deine Gefühle, darum, was dem armen Robbie angetan wurde. Hast du jemals darüber nachgedacht, wie Jenn sich gefühlt hat? Und was sie wohl dazu veranlasst hat, dich zu verlassen?«

Eine Staubwolke erscheint vor uns am Horizont.

»Mist!«, stößt Jenn hervor. »Mist, Mist, Mist.« Sie tritt so heftig auf die Bremse, dass wir beide nach vorn geschleudert werden. Der Wagen schert aus und rumpelt über den Straßenrand. Im gleichen Moment taucht ein gewaltiges Fahrzeug vor uns aus der Wolke auf.

Was zum Teufel ist das?

»Road Train«, murmelt sie neben mir, als hätte sie mich gehört.

Ein Dröhnen wird immer lauter, und dann rauscht der gigantische Lastzug an uns vorüber, eine nicht enden wollende Reihe von Anhängern im Schlepptau. Das ganze Auto bebt.

Fuck.

Als er schließlich an uns vorbei ist, atmet Jenn tief durch und lenkt den Wagen zurück auf die Straße.

Mann, ich kann einfach nicht fassen, dass sie ganz allein hier im Outback unterwegs ist, wo es weit und breit keine Hilfe gibt. Von allem abgeschnitten. Keine anderen Autos, keine anderen Leute. Nur sie, der Staub und der Himmel. Ich wüsste gern, was sie zwischen Südamerika und hier gemacht hat. Wo ist sie gewesen? Was hat sie erlebt? Es ist unfair, nur Bruchstücke mitzubekommen.

Es ist auch unfair, dass wir nach ihrer Rückkehr gerade mal eine Nacht zusammen hatten. Zu wenig Zeit, um sie irgendetwas zu fragen.

Ein vertrauter Klang dringt an mein Ohr – die Beach Boys, »Wouldn't It Be Nice«. Erst jetzt wird mir bewusst, dass schon die ganze Zeit über aus dem Radio leise Musik zu hören ist. Sobald ich sicher bin, dass Jenn mich nicht sehen kann, drehe ich vorsichtig die Lautstärke hoch. Sofort breitet sich ein Lächeln auf ihrem Gesicht aus, was auch mich zum Lächeln bringt, und mit einem Mal ist es ganz so, als wären wir tatsächlich gemeinsam unterwegs. Jenn und Robbie. Robbie und Jenn – das Dream-Team.

Plötzlich bin ich total aufgeregt.

Es funktioniert. Und sie hat keine Angst bekommen oder ist vor lauter Schreck in die nächste Erinnerung gesprungen.

Ich habe sie einfach zum Lächeln gebracht.

Einige Zeit später wird der Wagen langsamer, sie verlässt die Straße und steuert auf einen spartanisch aussehenden Rastplatz zu. Neben dem Wassertank steht eine Gestalt. Ein Mann. Besorgt sehe ich zu Jenn hinüber. Ihr ist doch nichts passiert auf dieser Reise, oder?

Sie stellt das Auto ab und steigt aus. Als sie sich ein paar Meter entfernt hat, folge ich ihrem Beispiel. Es ist unglaublich heiß, und ich bin jetzt schon schweißgebadet. Ungeschützt hätte man hier draußen verdammt noch mal keine Chance. Ist ihr das nicht klar?

Ich bleibe beim Wagen stehen, während sie in Richtung Toilette verschwindet, und lasse den Typen keinen Moment aus den Augen. Er ist schon etwas älter, schlaksig und hat längere, grau melierte Haare, die unter einem Schlapphut hervorgucken, der ihn vor der Sonne schützt. Er trägt Shorts, allerdings sind die kaum zu erkennen, weil er über und über mit Staub bedeckt ist. Ich schaue mich nach seinem Wagen um, kann ihn aber nicht entdecken. In der Nähe liegt ein Fahrrad auf dem Boden und daneben ein Rucksack. Er ist doch hier nicht ernsthaft mit dem Drahtesel unterwegs? Jenn ist zurück und geht jetzt lächelnd auf ihn zu, runzelt dabei aber kaum merklich die Stirn. Auch sie ist auf der Hut.

Sie scheint also nicht völlig den Verstand verloren zu haben.

»Hallo«, grüßt er und lächelt ebenfalls. So weit scheint er ja harmlos zu sein, auf jeden Fall grinst er nicht so irre wie der Typ aus der Horrorserie Wolf Creek.

»Hi«, gibt Jenn zurück. Ihr Blick fällt auf das Fahrrad am Boden, und ihre Augen weiten sich erstaunt. »Sind Sie etwa mit dem Rad unterwegs?«

Er trinkt einen Schluck Wasser und nickt. »Japp. Einmal quer durch Australien, von Darwin nach Adelaide.«

»Ernsthaft?«, fragt sie mit großen Augen. »Wahnsinn!«

Ganz meine Meinung. Dass Jenn die Strecke allein mit dem Auto fährt, ist ja schon unglaublich genug, aber mit dem Rad – das ist noch mal eine ganz andere Nummer.

Mit einem Mal sieht Jenn besorgt aus.

»Haben Sie denn genügend Wasser dabei? Oder brauchen Sie noch was? Ich hab mehr als genug«, erklärt sie und deutet auf ihren Wagen.

»Schon in Ordnung, ich bin versorgt. Die Leute hier sind alle unglaublich hilfsbereit. Ich mache nur Pause, bevor ich die nächste Etappe in Angriff nehme. Nach diesem Rastplatz kommen nicht mehr so viele.«

»Ja, das habe ich schon auf der Karte gesehen«, sagt sie.

Er schaut sie neugierig an, und sofort bin ich wieder in Alarmbereitschaft.

»Was verschlägt denn ein junges Mädel wie Sie mutterseelenallein in diese gottverlassene Gegend?«

Sie überlegt kurz, als wolle sie eine gut eingeübte Antwort abspulen, doch dann ändert sich plötzlich ihr Gesichtsausdruck.

»Ehrlich gesagt weiß ich das selbst nicht mehr so genau«, sagt sie schließlich. Der Mann antwortet nicht, sondern trinkt wieder einen Schluck Wasser, als warte er darauf, dass sie weiterspricht.

Aber da kann er lange warten. Sie kennt ihn doch gar nicht. Da wird sie ihm wohl kaum ihr Herz ausschütten.

Doch sie seufzt, und nach einer Weile sagt sie: »Es gab so einiges, was mir das Leben schwer gemacht hat. Ich brauchte einfach Abstand. Allerdings hab ich das alles vorher nicht sonderlich gut durchdacht. Hätte ich wohl besser tun sollen.«

Als der Mann das hört, nickt er, als wüsste er genau, wovon sie spricht, dann nimmt er noch einen Zug aus seiner Flasche.

Ich kann es kaum fassen. Es ist doch sonst nicht ihre Art, mit einem Fremden über so persönliche Dinge zu reden! Aber vielleicht gibt ihr gerade die Tatsache, dass sie ihn nicht kennt, das Gefühl, ihm getrost alles erzählen zu können.

»Wissen Sie«, beginnt er im Gegenzug, »als ich meiner Frau gesagt habe, dass ich plane, mit dem Fahrrad quer durch Australien zu fahren, hat sie mich für verrückt erklärt. Dabei hatte mir mein Arzt letztes Jahr prophezeit, dass ich wahrscheinlich nicht mehr lange zu leben habe. Darmkrebs. Vor der Diagnose habe ich rund um die Uhr gearbeitet. Zwei Monate später, und es wäre nichts mehr zu machen gewesen, haben sie gesagt. Letztlich haben sie den kleinen Scheißer entfernen können, aber danach musste ich das Ganze erst mal verdauen. Und mir endlich die Zeit gönnen, richtig durchzuatmen.«

Er trinkt wieder einen Schluck, dann schaut er Jenn an und grinst. »Sieht so aus, als würden Sie sich auch gerade genau das nehmen, was Sie brauchen – Zeit zum Durchatmen.«

Für irgendeinen Aussie im Outback sondert er wirklich tiefgründiges Zeug ab. Doch wie's aussieht, hat er bei Jenn tatsächlich einen Nerv getroffen, denn sie lässt die Schultern sinken und scheint sich endlich zu entspannen.

Es stimmt. Jenn hat sich nie eine Auszeit genommen, als wir noch zusammen waren, für sie zählte nur, weiterzukommen, immer weiter und weiter.

Als hätte sie stets das Gefühl gehabt, etwas beweisen zu müssen.

Lag es daran, dass ihr Vater sie verlassen hatte? Oder dass ihre Mutter lieber nach Cornwall gegangen war, statt für ihre Tochter da zu sein? Ich bin zwar kein Psychologe, keine Dr. Fiona Stewart, aber nach allem, was ich bisher gesehen habe, nehme ich schon an, dass so etwas nicht spurlos an einem vorübergeht. Dachte sie etwa, es wäre ihre Schuld?

»Ich glaube, Sie haben recht«, sagt sie nach einer Weile.

Er grinst. »Ein blindes Huhn findet ja bekanntlich auch mal ein Korn.«

Ich würde am liebsten laut lachen. Was für ein schräger Typ.

In meinem Kopf beginnt es wieder zu hämmern.

»Wie auch immer«, sagt er abrupt, »ich mach mich dann mal auf den Weg. Hab noch ein ziemliches Stück vor mir.«

Er geht zu seinem Rucksack, hievt ihn sich auf den Rücken und richtet das Fahrrad auf.

Leicht wankend setzt er sich auf den Sattel und fährt zurück auf die Straße. Dann schaut er noch einmal kurz über die Schulter.

»Denken Sie immer daran, dass Sie genau da sind, wo Sie gerade sein sollten!«

»Und wo genau ist das?«

Er rückt sich seinen Hut zurecht. »Mitten im gottverdammten Nirgendwo.«

Jenn lacht, während er davonradelt und seine Gestalt vor dem flimmernden Horizont immer kleiner wird.

FÜNFUNDZWANZIG

2014

JENN

Sie stellt ihr Fahrrad in den Ständer, schließt es ab und läuft zum Krankenhauseingang hinüber. Drinnen schlägt ihr die übliche Wärme entgegen. Sie geht direkt in den Aufenthaltsraum, grüßt den einen oder anderen und macht sich auf die Schnelle einen Kaffee. Vor Beginn ihrer Schicht trinkt sie immer zwei Tassen, auch wenn die doppelte Dosis Koffein sicherlich nicht gesund ist. Aber der daraus resultierende Kick bringt sie auf Touren.

Während sie an der heißen schwarzen Flüssigkeit nippt, überlegt sie, wie seltsam es sein wird, im nächsten Jahr nicht mehr hier zu arbeiten – und auch nicht mehr in Edinburgh zu sein. Sie hat auf der ganzen Fahrradfahrt hierher an nichts anderes denken können. Während ihr die kalte Herbstluft ins Gesicht wehte, war The Meadows zu ihrer Linken einem verschwommenen Gemisch aus Grün und Gold gewichen, dann kam Bruntsfield mit seinen viktorianischen Häusern, Konditoreien, Innenausstattern und in Schals gehüllten Menschen, die ihren Morgenkaffee durch die Gegend trugen oder ihre Hunde ausführten.

Sie liebt diese Stadt über alles. Unter anderen Umständen wäre sie vielleicht geblieben. Aber jetzt hält sie hier nichts mehr.

Hoffentlich hört sie bald etwas wegen der Jobs in Sydney.

Ob Duncan auch noch vorhat, nach Australien zu gehen?

Sie denkt an ihre Trennung zurück – wie schrecklich sie sich gefühlt hat, als sie vor achtzehn Monaten aus der Wohnung ausgezogen ist. Es war die schlimmste Erfahrung ihres Lebens.

Sie war dann mit einer jungen Frau zusammengezogen, die im selben Krankenhaus anfangen würde, und hatte sich erst einmal zurückgezogen. Es war zum Glück nicht schwer, Duncan in einem derart großen Krankenhaus aus dem Weg zu gehen. Außerdem blieb sie abends oft bewusst zu Hause, um ihm nicht allzu häufig zu begegnen. Und wenn sie sich doch einmal über den Weg liefen, war es auch in Ordnung. Duncan lächelte jedes Mal und erkundigte sich, wie es ihr ging. Rund ein Jahr später hörte sie, dass er mit einer hübschen Blonden aus der Geburtshilfe namens Lizzie zusammen war. Anfangs versetzte ihr das einen Stich. Sie litt unter dem schmerzhaften Gefühl, vergessen worden zu sein. Aber sie riss sich schnell wieder zusammen, denn immerhin war es ihre Entscheidung gewesen, Schluss zu machen, und deshalb war es völlig okay, wenn er jemand Neues kennenlernte. Bald wäre sie eh nicht mehr hier.

Im Umkleideraum herrscht ein ziemliches Gewusel, und sie macht sich eilig daran, den Reißverschluss ihrer dicken Jacke zu öffnen. Der Oktober ist dieses Jahr sehr kalt, aber ihr gefällt das irgendwie. Die Luft ist mit einem Mal so frisch, und die Welt leuchtet in Orange- und Goldtönen.

Auf der Suche nach einem freien Schließfach streift ihr Blick ein Paar vertraute, weit auseinanderstehende Augen, die sie ansehen. Darunter breitet sich ein Lächeln aus. Hilary.

Zwar hat sie Hilary nur wenige Male auf der Station getroffen, seit sie beide im Rahmen ihrer praktischen Ausbildung in der Notaufnahme arbeiten, doch sie macht einen sehr netten und liebenswerten Eindruck, und Jenny hat das Gefühl, dass sie Freundinnen werden könnten. Schade, dass sie bald nach Australien geht.

Hilary deutet auf das Schließfach neben ihr. »Hier ist noch eins frei, Jenn.«

Sie lächelt, als sie diesen Namen hört. Offensichtlich hat Hilary aus irgendeinem Grund beschlossen, dass sie ab jetzt Jenn heißt und nicht mehr Jenny. Aber es macht ihr nichts aus, im Gegenteil, die Veränderung gefällt ihr. Es ist, als würde sie schon jetzt ein neues Kapitel in ihrem Leben aufschlagen.

Gut möglich, dass sie sich auch in Sydney als Jenn vorstellen wird.

Sie geht zu dem Schließfach hinüber und beginnt, sich aus Jacke und Mütze zu schälen.

»Wow, deine Haare sehen echt toll aus!«

Sie dreht sich zu Hilary um und fasst sich an die fedrigen Spitzen. Sie hat ganz vergessen, dass sie jetzt kurz sind.

»Ich habe sie gestern schneiden lassen«, erklärt sie lächelnd und ein bisschen unsicher. »Meinst du nicht, sie sind etwas zu kurz geraten?«

»Überhaupt nicht«, antwortet Hilary überschwänglich. »Ich find's super. Passt total zu dir.«

Sie weiß nicht genau, wie Hilary darauf kommt, denn schließlich kennen sie sich ja kaum. Aber vielleicht ist die Person, die sie zu sein glaubt, ja nicht dieselbe, die andere in ihr sehen. Sie überlegt, wie es wohl wäre, sich selbst mit den Augen der anderen zu betrachten.

Was würde sie dann von sich halten?

»Woher der Sinneswandel?«, fragt Hilary und bindet ihr sandfarbenes Haar zu einem Pferdeschwanz zusammen.

Jenn zuckt die Achseln und zieht ihre Krankenhauskleidung an. »Keine Ahnung. Ich glaube, ich hab einfach an Australien gedacht und wie heiß es da sicher sein wird«, erwidert sie und lacht. »Verrückt, oder?«

»Ach ja, ich hab ganz vergessen, dass du dich da um Stellen bewirbst.« Hilary lässt die Arme sinken.

Plötzlich hat Jenn ein schlechtes Gewissen; offenbar ist es ihr nicht nur so vorgekommen, als würde eine Verbindung zwischen ihnen bestehen. Natürlich hat sie während ihrer Zeit hier im Krankenhaus ein paar Freunde gefunden. Ab und zu gehen sie gemeinsam aus, an freien Tagen trinken sie manchmal einen Kaffee zusammen, aber zu keinem von ihnen hat sie eine wirklich enge Beziehung.

»Sag mal, du hast nicht zufällig heute Abend Zeit?«, fragt Hilary, während Jenn ihren Spind abschließt. »Ich hab Geburtstag, und ich gehe mit ein paar Mädels später was trinken. Ich meine, es ist keine große Sache, fünfundzwanzig zu werden, aber … Mein Gott, wie alt das klingt. Fünfundzwanzig!«

Jenn grinst, aber irgendwie kommt ihr dieses Alter mit einem Mal furchtbar jung vor. Sie hat schon so viel erlebt in dieser Zeit …

»Ich bin letzte Woche auch fünfundzwanzig geworden«, erwidert sie schließlich.

»Im Ernst?«, fragt Hilary erstaunt. »Wieso hast du denn nichts gesagt?«

»Ich hab's nicht so mit Geburtstagen, wenn ich ehrlich bin. Aber meine Mitbewohnerin hat mir einen Kuchen gebacken.«

»Hör sich das einer an. Du kommst mit, und keine Widerrede«, entgegnet Hilary rigoros.

Jenn lächelt, ist sich aber nicht sicher, ob sie überhaupt in der Stimmung ist auszugehen. Die Arbeit ist in letzter Zeit furchtbar anstrengend; es ist unglaublich viel los.

Eigentlich will sie heute Abend einfach nur mit einer großen Tasse Tee in der Hand nach ihrer Traumwohnung in Sydney suchen.

»Ach, weißt du, ich hatte in letzter Zeit so viel Dienst, ich bin wirklich nicht …«, setzt sie an.

»Jetzt komm schon. Das wird lustig! Du hast doch morgen frei, oder?« Hilary grinst sie hoffnungsvoll an.

Jenn verspürt einen Anflug von schlechtem Gewissen. Auch wenn sie sich nicht besonders nahestehen, käme sie sich wie eine Spielverderberin vor, wenn sie Nein sagt. Und außerdem, was hat sie morgen schon vor? Nichts.

»Also gut«, lenkt sie ein.

Als sie sich zum Gehen wendet, fällt ihr Blick auf einen Zettel an der Pinnwand. Darauf steht eine handgeschriebene Nachricht.

Ihr Herz schlägt schneller.

»Ich liebe dich über alles, Jenn, und wünsche dir einen super Tag.«

ROBBIE

Eine Bar. Laut und schummrig. Überall hängen Guinness-Schilder. Also ein Irish Pub. Jede Menge Leute und laut aufgedrehte, schmalzige Musik. Irgendwo im Cowgate. Hier war ich schon mal, definitiv. In der Nähe befindet sich ein Tisch voller Drinks, und neben mir stehen Jenn und Hilary zusammen mit einem Haufen anderer Mädels, die ich von irgendwelchen Partys her kenne. Deepa und Pippa sind auch dabei.

Es scheint recht spät zu sein, denn draußen ist es schon dunkel. Aber drinnen geht's hoch her. Die Mädels grölen aus Leibeskräften gegen die Musik an – »Mr Brightside« von The Killers.

Jenn und Hilary fangen an zu tanzen. Sie so zu sehen, macht mich richtig glücklich. Kein Robbie, der sich volllaufen lässt und ihnen den Abend ruiniert, der schuld daran ist, dass sie sich die Hand an einem Glassplitter aufschneidet, oder total verkatert das Mittagessen bei seinen Eltern zu einem absoluten Desaster werden lässt. Immerhin habe ich sie im Krankenhaus wissen lassen, wie ich für sie empfinde – sie hat gelesen, was ich ihr jeden verfluchten Tag hätte sagen sollen.

Aber das reicht bei Weitem nicht.

Ich muss noch mehr tun.

Da tanzt Hilary plötzlich an mir vorbei. Um ihren Hals hängt ein riesiges Schild mit der Aufschrift »HAPPY BIRTHDAY!«.

Moment mal.

Hilarys Geburtstag. Im Cowgate.

Es ist doch nicht etwa *jener* Abend?

Aber wir sind in der falschen Bar. Das war nicht hier.

»Ich glaub, ich geh mal kurz raus, eine rauchen«, sagt Hilary plötzlich. Sie ist ein bisschen unsicher auf den Beinen.

»Ich komm mit«, erwidert Jenn schnell.

Ich folge den beiden nach draußen, während mir nach und nach längst vergessene Einzelheiten wieder einfallen. Hilary hat aufgehört zu rauchen, kurz nachdem Jenn und ich uns zum ersten Mal getroffen haben, und das war an Hilarys Geburtstag.

Sie stehen draußen in der Kälte auf dem Kopfsteinpflaster. Hilary zieht eine Packung Zigaretten aus der Handtasche und zündet sich eine an.

Sie nimmt einen Zug und sagt: »Ich bin froh, dass du heute Abend mitgekommen bist. Im Krankenhaus haben wir ja nie die Gelegenheit, uns richtig zu unterhalten. Du gehst abends nicht oft weg, oder?«

Jenn lächelt. »Nein, normalerweise nicht.«

»Warst du nicht mit Duncan Anderson zusammen?«

Jenn zögert, und Hilary wird rot im Gesicht. »Tut mir leid, ich hätte nicht davon anfangen sollen.«

»Alles gut. Wir haben uns schließlich schon vor einer halben Ewigkeit getrennt.«

»Wie schade.«

»Halb so wild.« Jenn winkt ab. »War schließlich meine Entscheidung.«

»Ach je, ich wär zur Abwechslung auch gern mal diejenige, die Schluss macht«, seufzt Hilary. »Im Grunde bin ich heute nur deswegen hier. Ich treffe mich nämlich seit Kurzem mit einem Typen, und er hat gesagt, dass er kommt, aber wie du siehst – Fehlanzeige. Ich hab einfach kein Glück mit Männern.«

»Na ja, vielleicht taucht er ja noch auf«, sagt Jenn aufmunternd, aber Hilary sieht nicht sonderlich überzeugt aus.

Jenn schweigt für einen Moment und wechselt dann das Thema. »Ich hab gehört, du bist für die Notarztausbildung im nächsten Jahr angenommen worden? Da bist du bestimmt total happy.«

Hilary wirft ihr einen kurzen Blick zu und zieht noch einmal an ihrer Zigarette. »Mein Dad meint, ich soll lieber was machen, womit sich im Privatsektor mehr Geld verdienen lässt. Orthopädie oder so.«

Sie sehen sich vielsagend an und fangen wie auf Kommando an zu lachen.

Ärztehumor.

»Du musst das tun, was dir gefällt«, rät Jenn. »Ist doch egal, was andere denken.«

»Ich weiß«, sagt Hilary und grinst leicht beschwipst. »Aber das ist gar nicht so einfach, wenn deine Stiefgeschwister alle perfekt sind.«

»Sind deine Eltern geschieden?«, fragt Jenn vorsichtig.

»Ja. Mein Vater hat uns verlassen, als ich noch klein war. Wahrscheinlich kommen daher meine Probleme mit Männern, was meinst du?«

Jenn lächelt traurig. »*Mein* Vater hat uns verlassen, als ich dreizehn war«, sagt sie schließlich.

Wie bitte? Ich hab eine gefühlte Ewigkeit gebraucht, um das aus ihr herauszubekommen.

Hilary sieht fast erleichtert aus. »Echt ätzend, oder? Ich hab oft das Gefühl, alle anderen leben in perfekten Bilderbuchfamilien, aber für mich gibt es die nicht.« Sie lässt die Zigarette auf den Boden fallen und drückt sie mit dem Absatz aus.

»Ich weiß genau, was du meinst«, pflichtet Jenn ihr bei.

»Echt schade, dass du nicht hierbleibst«, sagt Hilary. »Wir hätten zusammen unseren Facharzt machen können.«

Ein paar Typen gehen an der Bar vorbei, und plötzlich packt Hilary Jenn am Arm. »Das ist er«, flüstert sie, macht einen Schritt auf die Jungs zu und ruft: »Harry!«

Einer von ihnen bleibt stehen und dreht sich zu ihr um. Er lächelt, und sie unterhalten sich eine Weile lang, doch seine Körpersprache verrät deutlich, dass er kein Interesse hat. Oh, Hils, Hils, Hils – nicht schon wieder! Als die Typen weitergehen, kommt Hilary mit leuchtenden Augen zurück.

»Sie wollen jetzt noch in einen Irish Pub gleich hier um die Ecke. Sollen wir mitgehen?«

Jenn sieht unentschlossen aus und wirft einen Blick auf ihr Handy. »Na ja, wenn's nicht zu spät wird«, stimmt sie schließlich zu. »Sagen wir den anderen noch Bescheid?«

Hilary schüttelt den Kopf. »Nicht nötig«, erwidert sie eilig, »ich schick ihnen einfach 'ne Nachricht. Lass uns lieber gleich los.«

Während ich den beiden nachsehe, als sie über das Kopfsteinpflaster eilen, erscheint es mir plötzlich unfassbar, wie sehr das Leben von Zufällen bestimmt wird. Wie ein Mann allein dadurch, dass er genau im richtigen Moment an einer Bar vorbeigeht, die Zukunft zweier Menschen für immer verändern kann.

Die Wahrscheinlichkeit, dass Jenn und ich uns an jenem Abend treffen würden, war astronomisch gering.

Aber wir haben uns getroffen.

Es ist passiert.

Und aus einem Grund, den ich nicht verstehe, wenn ich bedenke, was sie meinetwegen durchgemacht hat, ist sie zu genau diesem Moment zurückgekehrt.

Zu uns.

JENN

Nach der Kälte draußen herrscht in der Bar eine nahezu erdrückende Wärme. Sie befinden sich in einem altertümlich wirkenden Gewölbekeller, der einem riesigen steinernen Fass gleicht. Flaggen aus aller Herren Länder sind von einer Wand zur anderen gespannt, und hinter der Theke hängt eine lange Reihe gerahmter Bilder mit Sportmotiven. Irgendwo gibt es Livemusik – Geigen und traditionelle Trommeln. Die Stimmung ist feuchtfröhlich. An solchen Orten lässt man gern einen langen Abend ausklingen.

Sofort entdeckt Hilary an der Bar den Typen von vorhin und drückt Jenns Hand. »Da ist er! Komm.«

Sie zögert. Ob sie wirklich noch die Energie hat, so zu tun, als wollte sie mit dem Freund von diesem Harry flirten?

»Ich geh nur kurz zur Toilette, okay?«

»Alles klar.« Hilarys Augen leuchten erwartungsvoll. »Ich besorg dir schon mal was zu trinken.«

Jenn bahnt sich einen Weg durch die Menge in der Hoffnung, dass die anderen Mädels bereits hier sind, wenn sie wieder an die Bar kommt, und sie sich auf den Heimweg machen kann.

Bevor sie auf dem WC verschwindet, dreht sie sich noch einmal um, um zu sehen, ob es Hilary schon gelungen ist, Harry in eine Unterhaltung zu verwickeln. Über irgendetwas scheinen sie tatsächlich zu reden.

Im Vorraum verharrt sie einen Moment vor dem Spiegel. So ganz hat sie sich noch immer nicht an ihre neue Frisur gewöhnt.

Die Haare sind im Nacken stufig geschnitten. Sie hat sie noch nie so kurz getragen und tastet manchmal nach dem, was nicht mehr da ist, wie bei amputierten Gliedmaßen.

Aber es ist gut so, gerade *weil* es anders ist. Wenn es etwas gibt, das sie momentan in ihrem Leben braucht, dann ist es Veränderung.

Denn sie will nicht länger denselben vorgezeichneten Weg entlangtrotten und zu jeder Zeit wissen, was hinter der nächsten Biegung auf sie wartet, ohne jegliches Risiko.

Als sie noch jünger war, brauchte sie genau das – einen Plan, an den sie sich stur halten konnte –, aber dadurch ist ihr auch vieles entgangen. Sie will jetzt einfach mehr, etwas, das sie tief im Innern wachrüttelt und berührt.

Damit sie sich wieder lebendig fühlt.

SECHSUNDZWANZIG

2019

ROBBIE

Wir sind wieder im Auto unterwegs. Die Landschaft hat sich verändert. Es ist dunkel, aber ein Hinweisschild mit einem Dingo drauf bestätigt mir, dass wir noch in Australien sind. Niedrige Büsche ziehen an uns vorbei, dahinter nichts als Leere. Das Meer. Mein Schädel pocht noch immer, aber der Schmerz ebbt langsam ab, und mit ihm verblasst das Bild von Jenn im Irish Pub.

Unmittelbar, bevor wir uns kennengelernt haben.

Ich kann mich noch genau an ihren Geschmack erinnern, als wir uns später in ihrer Wohnung geküsst haben, an das Gefühl der Erregung, das mich dabei durchfuhr. Was ich in der ersten Zeit mit ihr empfunden habe, war einzigartig. Ich kann mir nicht vorstellen, noch einmal so etwas zu erleben.

Sie war ohne Frage das Beste, was mir je passiert ist.

Jenn legt einen anderen Gang ein und spielt an einer App auf ihrem Handy herum. Dann wirft sie einen Blick auf die Küste und nimmt den Fuß vom Gas. Um uns herum ist es ziemlich finster, doch sie lenkt den Wagen von der Straße hinunter. Das Ganze scheint mir keine besonders clevere Idee zu sein, weit und breit ist kein anderes Auto in Sicht, und es ist schon spät.

Sie scheint die Gefahr geradezu herauszufordern.

Das Auto kommt zum Stehen, und Jenn steigt aus. Die einzige Lichtquelle ist der Mond über uns, und in seinem spärlichen Schein ist kaum noch etwas zu erkennen. Sie flitzt davon, wahrscheinlich um zu pinkeln, und ich steige ebenfalls aus. Die Landschaft vor mir endet an einem ausgedehnten Strand, hinter dem sich der Ozean erstreckt. Ich kann hören, wie sich die Wellen am

Strand brechen. Bei Tageslicht ist es hier sicher unglaublich schön.

Da hat sie sich wirklich einen tollen Platz ausgesucht.

Als sie wenige Minuten später zurückkommt, geht sie zur Hintertür des Wagens, schlüpft hinein und zieht die Tür hinter sich zu.

Sie macht es sich auf der Rückbank bequem, kuschelt sich in eine Decke und schließt die Augen. Hinter mir rauscht das Meer, und ich stelle mir vor, wie sie morgen Vormittag am Strand entlangspaziert.

Da kommt mir eine Idee.

Mein Herz macht einen Satz, ich weiß endlich, was ich noch für sie tun kann. Und obwohl es mir nicht gelingen will, hinter ihr Geheimnis zu kommen, und uns wahrscheinlich nicht mehr viel Zeit bleibt, bin ich für einen Moment glücklich.

Ich hoffe nur, dass es funktioniert.

Ich hoffe, dass wir diesen Ort nicht so bald wieder verlassen.

JENN

Licht. Rauschen. Sie ist verwirrt und desorientiert und einen Moment lang glaubt sie, noch in Südamerika zu sein, auf einem der Berge. Dann öffnet sie die Augen und erblickt das Metall des Autodachs. Westaustralien. Ein Strand. Die Erinnerung kommt zurück. Und mit einem Mal ist sie ganz aufgeregt, wie damals, als sie noch ein kleines Mädchen war und sie zu diesem Cottage an der Nordostküste gefahren sind. Sie wurde vom Kreischen der Möwen und dem Duft frisch aufgebrühten Kaffees geweckt und wusste, dass der Strand an diesem Tag ganz allein ihr gehörte. In dem Haus gab es ein Meeresschneckengehäuse, das ihre Mum ihr jedes Mal ans Ohr hielt, sobald sie ankamen. *Hörst du das Meer rauschen, Jenny?*

Mit einem Ruck setzt sie sich auf.

Und schnappt nach Luft.

Der Wagen steht mitten auf dem Strand. Durch die offene Tür erkennt sie, dass der Sand um sie herum feucht ist und die Wellen ganz in der Nähe sanft ans Ufer plätschern.

Ach du Schande, wie bin ich hier denn gelandet? Panik überfällt sie. Ist sie etwa im Schlaf gefahren? Ist der Wagen von allein gerollt?

Sie schaut durch das Fenster zum Himmel auf, betrachtet das warme Gold am Horizont, das sich in dem blassen Blau darüber verliert. Das Wasser vor ihr spiegelt die Szene, und wo die Strahlen der aufgehenden Sonne direkt auf die Oberfläche fallen, glitzert es. Und auf einmal ist ihr egal, wie sie hierhergekommen ist, und auch, dass es gefährlich sein könnte. Denn merkwürdigerweise fühlt sie sich absolut sicher. Und es ist einfach überwältigend.

Als sie aussteigt, spürt sie, wie sich die Hitze des Tages bereits über den Strand legt, und ohne die weite Landschaft um sie herum eines weiteren Blickes zu würdigen, zieht sie ihr T-Shirt und ihre Shorts aus. Nackt läuft sie über den Sand in die Brandung, das kühle Nass wogt um ihre Beine, ihre Oberschenkel, ihren Bauch. Ihr Herz schlägt aufgeregt, und ihr Kreischen verhallt ungehört. Sie lässt sich ins salzige Wasser sinken, betrachtet den Himmel, der sich unendlich und wunderschön über ihr erstreckt, und lauscht dem Meeresrauschen in ihren Ohren.

ROBBIE

Eine Straße. Verkehrslärm. Eine Großstadt. Ein Bus fährt am Straßenrand an. Jenn steht neben mir an der Bordsteinkante und sucht etwas auf der Karten-App ihres Handys. Sie hat noch immer keine Ahnung, dass ich da bin.

Aber ich fühle mich großartig.

Es hat funktioniert. Nach dem Aufwachen hat sie als Allererstes das Meer gesehen, so, wie sie es sich immer gewünscht hat, so, wie Duncan es ihr versprochen hatte. Und er hätte es mit Sicherheit auch wahr gemacht, wenn die Dinge anders gelaufen wären.

Es war herzerwärmend zuzusehen, wie sie im Wasser planschte. Sie war überglücklich. Wenn sie sich am Ende daran erinnert, dann hat sie wenigstens etwas Freude.

Und darum geht es schließlich.

Einzig und allein darum.

Jenn macht sich auf den Weg, und ich folge ihr. Wo sind wir?

Ich habe den Eindruck, dass ich hier schon mal war.

Ein Gepäckanhänger baumelt an ihrem mittlerweile ziemlich mitgenommen aussehenden Rucksack: Sydney. September. Sie ist schon seit vier Monaten in Australien.

Was bedeutet, dass der November gefährlich nahe rückt – und mit ihm der Moment, in dem wir ins Auto steigen.

Nur noch zwei Monate.

Scheiße.

Aber das macht nichts. Wir kehren ja immer wieder in ihre Vergangenheit zurück. Also haben wir noch Zeit.

Ich blinzle in die heiße Sonne, die plötzlich durch die Wolken bricht. Merkwürdig, ich dachte immer, im Winter wäre es in Sydney ziemlich fies. Wir kommen an einer Reihe verdrehter, seltsam aussehender Bäume vorbei. Stimmt, die hab ich ja ganz vergessen. Ich weiß noch, wie unheimlich sie mir vorkamen, als ich das erste Mal mit Marty hier war. Als wäre ich in einer Parallelwelt gelandet.

Überall begegnen wir Menschen mit verschwommenen Gesichtern, Anzugträger auf dem Weg zur Arbeit, den Morgenkaffee in der Hand. Jenn schaut zu einer jungen Frau, die in Leggings und Turnschuhen und mit Rucksack auf dem Rücken an ihr vorbeiradelt. Man könnte meinen, es sei Jenn auf dem Weg ins Krankenhaus. Sie blickt der Frau lange nach.

Fehlte ihr Job ihr etwa allmählich?

Wir überqueren eine belebte Straße und betreten ein Nullachtfünfzehn-Café, wo sie an der Theke einen schwarzen Kaffee und ein Gebäckstück bestellt, bevor sie sich auf einer der langen Bänke im vorderen Teil des Cafés niederlässt.

Wenn ich jetzt bei ihr wäre, würde ich unter Garantie darauf bestehen, irgendeinen traditionellen Laden zu suchen, wo der Kaffee noch wie zu Großmutters Zeiten Bohne für Bohne von Hand ausgewogen wird.

Ich war ein verwöhnter Bengel, und Jenn hat mir meine Allüren immer viel zu schnell verziehen.

Ganz anders als mein Dad.

Dabei fällt mir sein siebzigster Geburtstag im September wieder ein. Meine Eltern hatten den Tag seit einer Ewigkeit geplant – Partyservice, Festzelte, Livemusik, das volle Programm. Als es schließlich so weit war, hatte man eher das Gefühl, bei einer Hochzeit zu sein. Die gesamte Familie war versammelt und jede Menge Freunde meiner Eltern.

Es war einer dieser herrlich lauen Spätsommerabende, und ich hatte draußen im Garten mit Liv Champagner getrunken. Sie schnitt das Thema Urlaub an und fragte, ob ich nicht mit ihr übers lange Wochenende nach Rom fahren wollte. Von jetzt auf gleich hatte ich das Gefühl, nicht mehr atmen zu können. Wir dateten uns mittlerweile seit sechs Monaten, ohne große Verpflichtungen, aber genau das gefiel mir daran – keine Verpflichtungen.

Rom war dafür viel zu romantisch.

Ich versuchte mich rauszureden, sagte, das ginge wegen des Restaurants nicht oder so was Ähnliches. Sie wurde wütend und warf mir vor, sie immer nur hinzuhalten.

Kurz darauf verschwand sie im Haus. Ich blieb im Garten zurück und ließ mich volllaufen. Alles kotzte mich an. Die Arbeit war eine Sackgasse, Liv war sauer auf mich, und langsam, aber sicher wurde mir klar, dass ich immer noch ein Mädchen liebte, das auf Nimmerwiedersehen verschwunden war.

Als ich das Festzelt betrat, war die Party bereits in vollem Gange. Und ich total hacke.

Ich erinnere mich dunkel, dass Kirsty und Fi versuchten, mich wieder nach draußen zu bugsieren. Aber das brachte mich nur noch mehr in Rage. Ich spürte förmlich, wie Mums und Dads blöde Freunde mich anstarrten und verurteilten. Für sie zählte nur der Schein; genauso wie für meinen Dad.

Zumindest habe ich das bisher immer geglaubt. Doch vielleicht wollte er einfach nur kein Arschloch als Sohn haben.

Ich fing an zu tanzen, konnte aber nicht mehr geradeaus gucken. Möglicherweise habe ich versucht, mich bei jemandem unterzuhaken und im Kreis zu tanzen, auf jeden Fall segelte ich kurz darauf quer durch den Raum und landete in der Band. Ich erinnere mich noch an das Geschrei, das Scheppern der Becken, die auf den Boden krachten, und daran, wie mein Gesicht auf dem harten Holzfußboden landete.

Stille.

Einen Moment lang lag ich einfach da, bis mich jemand wieder auf die Füße zerrte. Dad stand reglos neben mir, mit tiefrotem Gesicht.

Ich wusste, dass ich das Fass zum Überlaufen gebracht hatte.

»Bitte geh«, sagte er leise.

Und als ich dann fort war, folgte mir niemand.

Niemand kam, um zu sehen, wie es mir ging.

Ein Löffel klimpert. Neben mir trinkt Jenn einen Schluck Kaffee.

Nur gut, dass ich nie dazu gekommen bin, länger mit ihr zu verreisen. Ich scheine doch nur alles zu versauen, weil ich einfach so verdammt egoistisch bin. Ich denke nie darüber nach, welche Konsequenzen meine Handlungen für andere haben könnten.

Jenn fischt ihr Handy aus der Umhängetasche und tippt eine Nachricht. Sie zögert, löscht das meiste wieder und fängt noch mal von vorn an. *Wem schreibt sie?*

Ich beuge mich vor, um es zu lesen. Was da steht, kann ich nicht erkennen, nur, an wen die Nachricht gerichtet ist. Duncan.

JENN

Sie geht die Einfahrt hinauf, über die akkurat verlegten grauen Steinplatten. Der kurz geschnittene Rasen wird von tropischen Pflanzen gesäumt. Und da steht es, sein Haus. Es ist groß, aber nicht protzig. Weiße Steinwände und Fenster, wohin man schaut. Mit klopfendem Herzen prüft sie, ob sie ihn an einem davon entdecken kann, und fragt sich zum x-ten Mal, ob es richtig war, hierherzukommen.

Aber es hätte sich falsch angefühlt, ihm nicht mal eine Nachricht zu schreiben, wenn sie schon in Sydney war. Sie will auf keinen Fall den Eindruck erwecken, dass er ihr nie etwas bedeutet hat. Sie haben so viel zusammen erlebt – Schule, Uni und andere Dinge.

Sie hätte sich denken können, dass er ein Treffen vorschlagen würde – er war schließlich ein höflicher Mensch, es sei denn, er hatte sich in Australien eine neue Persönlichkeit zugelegt. Und sie hatte auch kein allzu schlechtes Gewissen gehabt, die Einladung anzunehmen, denn sie hatte gehört, dass er sich etwa ein Jahr zuvor von Lizzy getrennt hatte. Doch immerhin war er mit ihr statt mit Jenn nach Australien gegangen.

Und für einen kurzen Augenblick stellt sie sich vor, wie es gewesen wäre, wenn sie vor fünf Jahren hierhergekommen wäre. Wenn sie Robbie nie kennengelernt, sich nie in ihn verliebt und all die wunderbaren Momente mit ihm nie erlebt hätte.

Und nie den Schmerz erfahren hätte, das alles zu verlieren.

Die mit Holz vertäfelte Tür öffnet sich genau in dem Moment, als sie sie erreicht. Und da steht er: dieselben blassblauen Augen, das weißblonde Haar und das gewinnende Lächeln, das sie bereits mit dreiundzwanzig so gemocht hatte. Sie kann kaum glauben, dass es sieben Jahre her ist.

Aber schon sein Körperbau verrät ihr, dass die alten Zeiten vorbei sind. Er ist sonnengebräunt und viel breitschultriger, seinem jugendlichen Aussehen entwachsen und zu einem Mann geworden.

»Jenny«, sagt er und strahlt über das ganze Gesicht. Sie kann einfach nicht anders, als es ihm gleichzutun.

Er kommt mit ausgebreiteten Armen auf sie zu, und sein wohlvertrauter, sauberer Geruch nach Waschpulver und Zahnpasta weckt Erinnerungen in ihr. Seine kräftigen Arme umfangen sie, stark und stützend.

»Wie geht es dir?«, fragt er. »Wie lange ist es her, dass wir uns gesehen haben?«

»Eine Weile«, antwortet sie lächelnd, und für einen Moment verharren sie in der Umarmung.

»Na, dann mal rein mit dir«, sagt er unvermittelt und tritt einen Schritt zur Seite, um sie vorbeizulassen. Als sie den kühlen, luftigen Raum betritt, atmet sie überwältigt ein. Es ist sagenhaft – ein einziger weitläufiger Raum, mit weißen Böden und weißen Wänden. Auf der einen Seite befindet sich eine makellose Küche, und hinten im Wohnbereich steht ein riesiges L-förmiges Sofa. Man könnte meinen, es wirke steril, aber nichts dergleichen. Die Atmosphäre ist offen und freundlich – genau wie Duncan.

Die Fenster auf der anderen Seite des Raumes reichen vom Boden bis zur Decke, und draußen stehen tropische Gewächse, die für reichlich Privatsphäre sorgen.

Während ihr Blick über das Regal mit medizinischen Fachbüchern wandert, sagt sie: »Duncan, dieses Haus ist der Wahnsinn.«

»Selbst auf die Gefahr hin, angeberisch zu klingen, mir gefällt's auch«, entgegnet er. Er scheint sich hier sichtlich wohlzufühlen, und sie kann sich nur allzu gut vorstellen, wie er abends in seine Bücher vertieft auf der Couch sitzt, während irgendwo in der Nähe das Meer rauscht. *Allein oder zu zweit?*

Einen Moment lang plagt sie das schlechte Gewissen. Sie hätte nicht einfach davon ausgehen dürfen, dass er Single ist. Doch als sie sich im Zimmer umschaut, sagt ihr das Fehlen jeglichen überflüssigen Schnickschnacks instinktiv, dass sie sich keine Sorgen zu machen braucht. Außerdem hätte er eine Freundin sicher in seiner Antwort auf ihre Nachricht erwähnt. Er würde ihr niemals etwas verschweigen, das weiß sie bestimmt.

»Tee?«, fragt er. »Oder lieber Wein? Es ist immerhin schon Nachmittag«, fügt er grinsend hinzu.

»Warum eigentlich nicht?«, antwortet sie nach kurzem Zögern. »Ein Glas Wein wäre schön.«

»Super. Setz dich doch.« Er deutet in Richtung eines teuer aussehenden Glastisches und geht in die Küche. »Immer noch lieber weiß?«

Er kann sich erinnern. »Ja, danke. Weißwein klingt gut.«

Während sie sich setzt, öffnet er den Kühlschrank, und sie erhascht einen Blick auf Gemüse und fein säuberlich gestapelte Plastikdosen – ein gesunder, geordneter Lebensstil. Sie muss an ihren und Robbies Kühlschrank in Edinburgh denken, das bunte Chaos in den Fächern. Die aufgereihten Bierdosen.

Duncan greift nach der einzigen Flasche, die sie entdecken kann, und geht damit zu einem strahlend weißen Küchenschrank. Darin befindet sich ein großes Sortiment an edel aussehendem Geschirr. Er nimmt zwei Weißweingläser mit langem, dünnem Stiel heraus und stellt sie auf die Arbeitsplatte. Dann entkorkt er die Flasche, gießt die hellgelbe Flüssigkeit ein und trägt die Gläser zu ihr an den Tisch.

»Ein bisschen anders als unser alter wackeliger«, bemerkt er und nimmt ihr gegenüber Platz.

In ihrem Kopf rattert es, dann fällt der Groschen, und eine Erinnerung taucht vor ihrem geistigen Auge auf – der Bierdeckel unter dem Tischbein. »Oje, das hatte ich vollkommen vergessen«, gibt sie zu und lacht. »Bitte sag mir, dass der Tisch nicht mehr existiert.«

Er reicht ihr ein Glas.

»Na ja, zugegeben, das eine oder andere ist schon im Sperrmüll gelandet, als ich ausgezogen bin.«

»Etwa auch die Katzenbilder?«

Er nickt feierlich. »Ihre Zeit war gekommen.«

Wieder muss sie lachen, dann wird es seltsam still. Immerhin geht es um das Zuhause, das fünf Jahre lang ihr gemeinsames war.

»Na dann«, sagt Duncan nach einer Weile und räuspert sich. »*Cheers.*« Er hebt sein Glas. »Schön, dich wiederzusehen, Jenny.«

»*Cheers*«, prostet sie zurück und stößt vorsichtig mit ihm an. Sie probiert einen kleinen Schluck. Der Wein schmeckt frisch und blumig – *Scheiße, ist der gut*, würde Robbie sagen.

Hör auf damit.

Sie weiß nicht, warum sie ständig an Robbie denken muss, hier an diesem Ort, mit Duncan.

»Alles okay?«, erkundigt der sich. Sie sieht auf und stellt fest, dass er sie aufmerksam beobachtet.

Sie antwortet nicht sofort.

»Ich hab gehört, was passiert ist«, sagt er nach kurzem Zögern, »dass du gekündigt hast und so. Ich wollte dir 'ne Nachricht schreiben und fragen, wie's dir geht, aber ich war mir nicht sicher …«

Sie umfasst den Stiel des Glases etwas fester, und ihr ist bewusst, wie leicht es wäre, ihm ihr Herz auszuschütten. Er würde zuhören, würde sie verstehen und dafür sorgen, dass sie sich besser fühlt.

Aber ein Blick in sein sonnengebräuntes Gesicht, sein umwerfendes Zuhause und das perfekte neue Leben, das er sich aufgebaut hat, sagt ihr deutlich, dass er nicht mehr dafür zuständig ist. Sie muss sich jetzt selbst um sich kümmern.

»Ich brauchte einfach eine Auszeit«, erklärt sie endlich, um ein überzeugendes Lächeln bemüht.

Er schweigt, als warte er darauf, dass sie weiterredet, doch schließlich nickt er. »Ja, das geht mir auch manchmal so. Es wäre schön, für eine Weile einfach mal unterzutauchen.«

»Und all das hier zurückzulassen?«, fragt sie und macht eine ausgreifende Handbewegung.

»Das Beste hast du ja noch gar nicht gesehen.«

»Echt?«

»Komm«, fordert er sie auf und deutet mit dem Kopf auf die freischwebende Treppe an der Seite des Raumes. »Und nimm deinen Wein mit.« Er lächelt.

Neugierig folgt sie ihm die weißen Stufen hinauf. Durch ein riesiges Fenster strömt Licht herein, und ihr Blick fällt auf ein weiteres weißes Haus und hohe Bäume. Oben angekommen, geht Duncan nach links in ein großes Schlafzimmer, ebenfalls weiß getäfelt und mit einem riesigen Bett an der hinteren Wand. Glastüren reichen von einer Seite des Raumes bis zur anderen.

Er schiebt sie auf, und sie treten auf einen Balkon hinaus. Die Wolken hängen immer noch tief am Himmel und werden vom Wind getrieben, aber nichts kann Jenn von dem Anblick ablenken, der sich vor ihr auftut: das Meer, endlos und grau, nur eine Häuserreihe entfernt.

»Es ist nicht direkt ein Strandhaus«, sagt er nach einer Weile bedächtig und lehnt sich mit den Ellbogen auf die Edelstahlbrüstung.

»Aber man sieht das Meer«, erwidert sie, beinahe flüsternd.

Davon hat sie immer geträumt.

Davon haben sie gemeinsam geträumt.

Duncan sieht sie an, und für eine Sekunde hat es den Anschein, als sei er drauf und dran, etwas Bedeutungsvolles zu sagen, etwas, das sie in diesem Augenblick einfach überfordern würde. Doch dann verändert sich sein Gesichtsausdruck, genau wie die Wolken über ihnen, und er lächelt. »Und? Hast du dir schon irgendwelche Sehenswürdigkeiten angeguckt?«

Sie atmet erleichtert aus.

»Nicht wirklich. Ich meine, ich hab eine ungefähr zehnstündige Busrundfahrt mitgemacht, meinst du, das zählt?«

Er lässt ein tiefes, grollendes Lachen hören.

»Wie es der Zufall will, habe ich die nächsten Tage frei. Es wäre mir ein Vergnügen, dein inoffizieller Reiseführer zu sein, wenn du möchtest …« Er zögert. »Und du bist herzlich eingeladen, hier zu übernachten. Im Gästezimmer natürlich.«

Sie ist überrascht. Auf eine Einladung hatte sie es nicht abgesehen. Andererseits ist das Hotel in der Innenstadt nicht gerade gemütlich. Es wäre schön, für eine Weile mal wieder in einem richtigen Zuhause zu wohnen.

Und es ist ja schon ewig her, dass sie sich getrennt haben. Jetzt sind sie einfach nur noch Freunde, oder?

Zwei Freunde, die sich nach all der Zeit eine Menge zu erzählen haben.

»Bist du sicher?«, fragt sie schließlich.

Er lächelt. »Ganz sicher. Warum willst du Geld für ein überteuertes Hotel ausgeben? Das ist doch Unsinn. Wir können gleich hinfahren und deine Sachen holen. Ich hab nur ’nen ganz kleinen Schluck getrunken«, sagt er und zeigt auf sein Glas.

»Na dann, danke. Vielen Dank.«

»Nichts zu danken … Mitbewohnerin.«

Ein seltsames Gefühl breitet sich in ihrer Magengegend aus. *Das Kino, jener Sommer.*

Warum ist immer er derjenige, der im entscheidenden Moment für sie da ist?

Sie dreht sich zu Duncan um, betrachtet seine solide Gestalt und lächelt.

Duncan entpuppt sich als hervorragender Reiseführer und organisiert die nächsten Tage perfekt. Sie stehen morgens zeitig auf, und nach einem herzhaften Frühstück mit Eiern und Avocado oder Porridge erkunden sie die Stadt. Als er am ersten Morgen die Packung Haferflocken aus dem Schrank hervorzaubert, muss sie laut lachen. *Einmal Schotte, immer Schotte,* hänselt sie ihn, und er wirft grinsend ein paar Apfelspalten auf den Porridge.

Das Wetter ist bescheiden, es regnet und es ist nicht gerade warm, aber das stört sie nicht. Es fühlt sich ein bisschen wie zu Hause in Schottland an. Duncan lotst sie geschickt durch die Straßen von einer Sehenswürdigkeit zur nächsten: das Opernhaus, die Sydney Harbour Bridge – die sie allerdings nur von unten bewundern –, dann noch ein Abstecher nach Manly und einer nach The Rocks. Sie mag die lustigen kleinen Häuser und die junge Geschichte der Gegend. Selbst die Geistertour, die sie an einem Abend machen, findet sie urkomisch. Die Todesfälle, von denen die Rede ist, sollen sich erst vor kurzer Zeit ereignet haben. Aber das macht ihr alles nichts aus. Sie ist froh, die wirklich beängstigenden Geister zu Hause gelassen zu haben.

Die späten Abende verbringen sie in Duncans Haus. Sie schauen Filme auf seinem riesigen Flachbildfernseher oder lesen und genießen es, einfach still beieinander zu sitzen. Er macht ihr Tee, und irgendwann geht sie nach oben ins Gästezimmer, wobei ihr stets bewusst ist, dass er gleich nebenan schläft, auf der anderen Seite der Wand.

Die Lichter der Stadt schimmern über dem Wasser, als sie an diesem Abend durch den Hafen schlendern. Menschen sitzen in Bars, nippen an ihren Drinks oder beenden gerade ihre Mahlzeiten, während jenseits des Hafenbeckens die Fenster der Büro- und Wohngebäude vor dem dunklen Nachthimmel funkeln. Direkt vor ihnen dreht sich ein hell erleuchtetes Riesenrad. Jenn kann die Dimensionen dieser Stadt noch immer nicht ganz fassen. Die Häuser erscheinen höher, die Lichter strahlender als irgendwo sonst. Alles ist so, wie sie es sich immer erträumt hat – nur noch besser.

Sie gehen still nebeneinander her, und es fühlt sich beinahe so an, als hätten sie sich nie getrennt, als hätte es die Jahre danach nicht gegeben. Sie wirken wie ein ganz normales Paar, das nach einem Restaurantbesuch am Darling Harbour entlang nach Hause spaziert. Ein seltsamer Gedanke, geradezu unwirklich.

»Und wie geht es jetzt für dich weiter?«, fragt Duncan unvermittelt und bleibt am Geländer stehen. Jenn sieht ihn an. »Wie meinst du das?«

Er lächelt, die Hände in den Hosentaschen.

»Spielst du nicht immer noch mit dem Gedanken, hierherzuziehen?«

Der gute alte Duncan. Er kennt sie nach wie vor erstaunlich gut, weiß genau, was in ihr vorgeht. Und er hat recht.

Sie denkt tatsächlich wieder darüber nach. Vielleicht hat sie Edinburgh verlassen, weil sie ihrer inneren Stimme gefolgt ist, bis sie buchstäblich an dem Ort landete, an den es sie schon immer gezogen hat?

Sie nickt bedächtig.

»Das dachte ich mir.«

Sie schweigt, während ihr die enorme Bedeutung dieses Momentes bewusst wird. Ihr lang gehegter Traum könnte endlich wahr werden.

»Aber ich habe mir noch keine konkreten Gedanken darüber gemacht«, sagt sie, beugt sich vor und schaut auf das glitzernde Wasser. »Ich hab insgesamt noch keine Ahnung, wie es arbeitsmäßig weitergeht. Hab da ziemlichen Mist gebaut, indem ich einfach gegangen bin.«

Duncan stellt sich neben sie und stützt sich mit den Ellbogen aufs Geländer. »Du kriegst das schon hin. Hast du doch bisher immer.«

»Das letzte Jahr muss ich auf jeden Fall noch in Großbritannien machen.«

»Australien läuft dir ja nicht weg.« Er zögert und holt tief Luft. »Und ich bin auch nächstes Jahr noch hier.«

Sie dreht sich abrupt zu ihm um. Im selben Moment wird ihr klar, dass seine Worte sie eigentlich nicht überraschen. Sie hat versucht, sich einzureden, seine Blicke seien einfach freundlich und seine Fürsorge rein platonisch. Aber jetzt hat sie keine Zweifel mehr, ihr Instinkt hat sie nicht getrogen. Und hat sie die letzten Tage nicht auch genossen? War nicht alles rundum perfekt? Kein Streit, keine Auseinandersetzungen. Das reinste Paradies.

Robbie. Plötzlich sieht sie sein Gesicht deutlich vor sich – seine Augen, die Sommersprossen auf seinen Schultern. Sie erinnert sich an das Kribbeln, wenn seine Hand ihre berührte, und an aufgekratztes Gelächter unter der Bettdecke. An dieses einzigartige Gefühl. Die Erinnerung versetzt ihr einen Stich.

Mit einem Mal ist ihr, als könnte sie ihn tatsächlich spüren, als stünde er direkt neben ihr.

Als sie nicht sofort antwortet, nimmt Duncan ihre Hand in seine. »Also, ich hab natürlich keine Ahnung, ob es funktionieren wird. Ich weiß nur, dass ich es gern noch mal versuchen würde. Ich glaube, dass wir gut zusammenpassen, du und ich. Davon bin ich schon überzeugt, seit ich damals in der Schule dieses grässliche Porträt von dir gemalt habe.« Er grinst.

Sie kann nicht anders, auch sie muss lachen. »Daran erinnerst du dich noch?«

»Klar«, sagt er ruhig. »Ich erinnere mich an alles.«

Sie möchte etwas erwidern, weiß aber nicht, was. Sie fühlt sich unglaublich geliebt, und das tut einfach gut.

Bevor sie etwas sagen kann, beginnt es in ihrer Handtasche zu vibrieren.

»Sorry, ich schau lieber mal nach, wer das ist«, sagt sie und lächelt.

Er nickt. »Schon in Ordnung. Keine Eile.«

Während sie das Telefon aus der Tasche kramt, ist ihr klar, dass er damit nicht nur ihre Handynachricht meint. Das Display leuchtet auf, und ihr Blick fällt auf eine SMS. Eine einzige Zeile, von ihrer Mutter.

Wir müssen reden.

ROBBIE

Während ich im Darling Harbour neben ihnen am Wasser stehe, beginnen die Lichter des Riesenrads zu blinken.

Wie konnte ich nur so blind sein?

Die ganze Zeit habe ich Vollpfosten gedacht, *der Brief* habe mit ihrem Geheimnis zu tun, dabei hat sie nichts davon erwähnt. Ich habe mal wieder nur gesehen, was ich sehen wollte, habe zwei und zwei zusammengezählt und zwanzig rausbekommen.

Aber jetzt weiß ich wenigstens, worum es geht: Sie will zu Duncan nach Australien ziehen. Das hat sie im Auto versucht, mir zu sagen. Deshalb war sie so schrecklich nervös.

Unsere letzte gemeinsame Nacht, bevor wir in diesen Schlamassel hier hineingeraten sind, war einfach perfekt. Aber genau das war es dann wohl auch – ein perfekter Abschied.

Sie hat mir all meine Schwächen und Fehler vor Augen geführt und mir gezeigt, was Duncan ihr geben kann und ich nicht.

Endlich kapiere ich es.

Ich habe einen Kloß im Hals, und meine Brust krampft sich zusammen.

Mir wird klar, was ich jetzt nur noch für sie tun kann.

Ich muss sie retten, wenn auch nicht für mich, sondern damit sie das Leben führen wird, das sie sich immer erträumt hat, das Leben, das sie verdient – mit ihm.

Als ich sie ansehe, stelle ich fest, dass sie nur Augen für ihn hat. Für Duncan.

»Ich weiß endlich, warum ich hier bin«, sage ich laut.

Sie fährt erschrocken zusammen und dreht sich um, ihr Blick wandert panisch hin und her. Aber das ist mir jetzt egal.

»Wenn du überlebst, dann geh zu ihm«, füge ich atemlos hinzu. »Ich werde dir nicht im Weg stehen. Ich will nur, dass du glücklich bist, auch wenn es mit jemand anderem ist.«

»Robbie«, flüstert sie, mit vor Angst geweiteten Augen. Aber es liegt noch etwas anderes in ihrem Blick.

»Jenny, ist alles Ordnung?«, fragt Duncan besorgt und legt seine Hand auf ihre Schulter.

Die Menschen, die im Hafen an uns vorbeigehen, verschwimmen, und die orangefarbenen Lichter des Riesenrads blinken immer hektischer, als wäre ich auf einem Drogentrip. Ich schließe die Augen und bereite mich darauf vor, mich zu bewegen. Aufs Gas zu treten.

SIEBENUNDZWANZIG

2014

JENN

Die bunten Blätter über ihr rascheln im Wind, während sie durch den Park spaziert, und durch die Baumreihen am Wegesrand blitzt das Sonnenlicht. In The Meadows tummeln sich bereits jede Menge Jogger, Spaziergänger und Fußballspieler, deren Gesichter vor Kälte gerötet sind. Zu ihrer Rechten ragt Arthur's Seat hoch in den weißen Himmel auf. Sie kuschelt sich noch enger in ihren blauen Mantel und fragt sich, ob er wohl schon da ist.

Szenen aus der vorletzten Nacht in der Bar ziehen an ihrem geistigen Auge vorbei, das Funkeln in seinen braunen Augen, wenn er etwas erzählt hat, seine Hand in ihrer – sie konnte die Schwielen von der jahrelangen Arbeit in der Küche spüren. Und später dann, bei ihr auf dem Sofa, dieser Kuss. Es war ein einzigartiges Gefühl gewesen, sich einfach fallen zu lassen, ohne Reißleine, obwohl sie ihn doch gerade erst kennengelernt hatte – als hätte ihr ganzer Körper unter Strom gestanden. Sie hatte sich nie zuvor so lebendig gefühlt und fragte sich nun, ob er derjenige war, der alles für immer veränderte.

Sie hatten nicht miteinander geschlafen, obwohl sie durchaus dazu bereit gewesen wäre. *O Gott, und wie!* Aber es erschien ihr einfach zu überstürzt, zu unbesonnen, schließlich kannte sie ihn ja kaum und hatte keine Ahnung, ob sie ihn je wiedersehen würde. Und doch spürte sie beinahe instinktiv, dass es nicht bei dieser einen Nacht bleiben würde. Vielleicht wusste er es auch, denn er legte es nicht darauf an und drängte sie nicht. Und gerade das gefiel ihr. Sie lagen einfach in ihrem Bett, küssten sich, redeten miteinander und küssten sich erneut, bis das Licht der Morgendämmerung sich durch die Vorhänge ins Zimmer stahl. Schließlich waren sie eng umschlungen eingeschlafen.

Als er einige Stunden später seinen Mantel anzog, fragte er ganz unverblümt: *Wann sehen wir uns wieder?*

Er war so impulsiv und leidenschaftlich! Sie hatte gelacht und geantwortet, dass sie nächste Woche Nachtdienst habe, aber vielleicht ginge es ja morgen, am Sonntag, zum Brunch?

Ihr Herz klopft, als sie jetzt über den asphaltierten Meadows Walk auf die Glasfront des Cafés zugeht. An den Tischen tummeln sich jede Menge Erwachsene und Kinder. Sie kann ihn nicht sofort entdecken, aber vielleicht sitzt er ja weiter hinten. Ein Blick auf die Uhr sagt ihr, dass sie auf die Minute pünktlich ist. Sie betritt das Café und sieht sich aufmerksam um auf der Suche nach seinem dunklen Haarschopf und diesem frechen Lächeln. Aber er ist noch nicht da.

Verspätet er sich etwa? Sie schaut auf ihr Handy – vielleicht hat er ihr ja eine Nachricht geschrieben? Nichts. Seltsam. Dabei hatte er sie gestern den ganzen Tag mit Nachrichten bombardiert, ihre Handys hatten kaum stillgestanden, als könnte er einfach nicht aufhören. Doch irgendwann am Abend kehrte Funkstille ein, weil er wieder mit ein paar Freunden durch die Stadt gezogen war. Woher nahm er bloß die Energie, an zwei Abenden hintereinander auszugehen, noch dazu, wo sie doch die ganze Nacht wach geblieben waren? Allerdings gefiel ihr diese Einstellung auch, sie hatte etwas Draufgängerisches, als lebte er nur für den Moment. Allein bei dem Gedanken an ihn durchläuft sie ein Kribbeln.

Sie bestellt sich einen schwarzen Kaffee und geht damit zu einem Tisch am Fenster. Während sie an dem heißen Getränk nippt, überprüft sie noch einmal ihr Handy. Immer noch nichts. Draußen kommen Spaziergänger mit ihren Hunden vorbei und Fahrradfahrer in gemächlichem Tempo. Sie kramt in ihrer Umhängetasche nach einem Buch, aber vergeblich, sie ist heute gar nicht auf die Idee gekommen, eins mitzunehmen.

Wo bleibt er nur?

Langsam trinkt sie ihren Kaffee. Er kommt schon noch, ganz bestimmt.

Und was, wenn er sie versetzt?

Sie stellt die Tasse ab. Vielleicht macht er das ja immer so mit Frauen. Hat sie sich dieses unglaubliche Gefühl etwa nur eingebildet? Was ist nur in sie gefahren, sich Hals über Kopf in einen Typen zu verknallen, den sie gerade erst kennengelernt hat?

Sie sieht zu, wie Gäste das Café betreten und es einige Zeit später wieder verlassen.

Eine halbe Stunde Verspätung.

Er kommt nicht.

Sie kippt die winzige Pfütze kalten Kaffees am Boden ihrer Tasse hinunter, zieht ihren Mantel an und geht hinaus in die Kälte. Sie hat heute noch viel Papierkram zu erledigen, bevor ihre Schicht beginnt. Den sollte sie nicht länger liegen lassen.

Verdammt. Ich mochte ihn wirklich gern.

Sie will sich gerade auf den Heimweg machen, den Meadows Walk entlang, als sie plötzlich etwas Grünes aufblitzen sieht. Sie hält den Atem an, während eine vertraute Gestalt aus dem Park geschossen kommt – wirres Haar, grüne Daunenjacke.

Er kommt direkt vor ihr zum Stehen.

»Tut mir echt leid!«, stößt er völlig außer Atem hervor.

Er sieht ziemlich mitgenommen aus, ganz so, als hätte er die nächste lange Nacht hinter sich. Sie ist total sauer und zugleich überglücklich.

»Du hättest wenigstens 'ne Nachricht schreiben können«, sagt sie und bemüht sich, bestimmt zu klingen.

»Hast ja recht, aber ich hab gestern Abend im Club mein Handy und mein Portemonnaie verloren, und ich bin einfach …« Er hält inne und atmet tief durch. »Die Sache ist die – ich bin in so was einfach nicht gut.«

»So was?«

»Dates und so. Ehrlich gesagt hab ich bis jetzt noch nie 'ne ernste Beziehung gehabt.«

Sie schweigt für einen Moment. Sollte sie ihr Gefühl doch nicht getrogen haben? Empfindet er genau wie sie?

»Niemand zwingt dich zu irgendwas.«

»Ist mir schon klar«, erwidert er und nickt, »aber ich mag dich halt wirklich, und es tut mir echt leid, dass ich so spät dran bin. Das kommt nie wieder vor, versprochen – das heißt, wenn du mir noch eine Chance gibst. Nächste Woche vielleicht?«

»Da kann ich nicht«, entgegnet sie. Die Enttäuschung ist ihm deutlich anzusehen.

»Ich hab fast die ganze Woche Nachtdienst«, fügt sie nach kurzem Zögern erklärend hinzu.

Seine Augen beginnen zu leuchten – und ihr Herz leise zu singen.

»Dann vielleicht nächstes Wochenende? Und eventuell einen ganzen Tag?« Er schnippt mit den Fingern, als sei ihm gerade eine geniale Idee gekommen. »Wir könnten zur Camera obscura gehen, dieses Teil mit den optischen Täuschungen auf der Royal Mile. Warst du da schon mal?«

»Nein«, antwortet sie grinsend und bemüht sich, ihre Freude nicht allzu offensichtlich zu zeigen.

»Na dann, was sagst du?«

Sie kann sich nichts Schöneres vorstellen. »Mal schauen, vielleicht.«

Er grinst. »Das wird ein super Tag, versprochen.«

»Wie auch immer«, erwidert sie nach kurzem Schweigen, »ich muss jetzt los.« Sie hängt sich die Tasche über die Schulter.

»Darf ich dich begleiten?«, fragt er mit hoffnungsvollem Blick.

Das fände sie tatsächlich schön, aber das braucht er nicht zu wissen, zumindest noch nicht. Auf der anderen Seite geht es lediglich um einen gemeinsamen Spaziergang. Das muss noch lange nicht heißen, dass sie sich auch am Wochenende mit ihm trifft.

»Okay«, willigt sie schließlich ein.

Sie machen sich auf den Weg Richtung The Meadows, und kurz darauf spürt sie, wie er sich ihrem Tempo anpasst. Dann greift er nach ihrer Hand. Einfach so, als wäre es das Selbstverständlichste auf der Welt. Und genauso fühlt es sich auch an.

Wie atmen.

ROBBIE

Was soll das denn? Wieso bin ich schon wieder in ihrer Vergangenheit? Wo ist das Auto?

Ich hab ihr Geheimnis doch rausgefunden, es war Duncan!

Ich sehe zu, wie mein jüngeres Ich mit ihr durch den Park schlendert, Hand in Hand und mit schwingenden Armen, absolut unbekümmert, und ich würde ihm am liebsten zurufen, dass es sie gut festhalten und nie mehr loslassen soll.

Mein Schädel beginnt wieder zu pochen, stärker als sonst. Ich verlasse diesen Ort. Die Bäume um mich herum verblassen. Es wird dunkel.

Hoffentlich sitzen wir gleich wieder im Wagen. Hoffentlich können wir unserem Schicksal entkommen.

Die Umrisse von Robbie und Jenn, die nebeneinander hergehen, verschwimmen, bis sie schließlich nicht mehr zu sehen sind.

ACHTUNDZWANZIG

2019

ROBBIE

Dunkelheit.

Vorwärtsbewegung.

Das Gefühl, durch Zeit und Raum zu reisen.

Bleierne Kopfschmerzen. Mann, tut das weh. Wo bin ich? Blinzelnd sehe ich mich um. Ein Armaturenbrett, eine Windschutzscheibe, ein Radio. In einem Auto also. Und es fährt.

Ich kann mich wieder rühren, die Hände und die Füße.

Halleluja! Es hat funktioniert – wir weichen dem Lkw aus. Wir sind noch am Leben. *Sie* ist noch am Leben. Alles wird gut. Ich höre das beruhigende Brummen des Motors und das Geräusch vorbeifahrender Fahrzeuge. Mein Herz klopft noch immer wie verrückt. *Heilige Scheiße!*

Komm schon, Robbie, fahr. Konzentrier dich. Bau jetzt bloß keinen Unfall. Ich taste nach dem Lenkrad, den Pedalen. Fehlanzeige. *Was zum …*

So langsam wird die Szene um mich herum schärfer, wie bei einem sich drehenden Kaleidoskop. Ich befinde mich auf dem Beifahrersitz – aber da saß doch Jenn? Die sitzt jetzt am Steuer. Das ergibt doch alles keinen Sinn! Immerhin ist es dunkel, zumindest das passt.

Um uns herum erstreckt sich eine weite Landschaft. Moment mal, wir sind gar nicht in Edinburgh.

Mein Blick fällt auf ein Schild am Straßenrand mit der Aufschrift »Carbis Bay«.

Cornwall.

Fuck!

Frustriert schlage ich mit der Faust gegen das Seitenfenster. Jenn schaut irritiert zu mir herüber, bevor sie den Blick stirnrunzelnd wieder auf die Straße richtet.

Ich lasse den Kopf in die Hände sinken. Das muss ein schlechter Scherz sein. Wo ich doch nun endlich ihr Geheimnis kenne.

Und wenn nicht?

Mich beschleicht ein ungutes Gefühl. Der Abend, als sie Edinburgh so Hals über Kopf verlassen hat – das war ja noch vor ihrer Reise, bevor sie bei Duncan in Australien war. Da hatte er doch noch gar nicht vorgeschlagen, dass sie ebenfalls dort hinzieht.

Ich lehne mich zurück und schließe die Augen. Mir wird flau im Magen. Ich habe das Gefühl, wieder ganz am Anfang zu stehen. So wie damals, als ich noch klein war und mit Fi und Kirsty »Schlangen und Leitern« gespielt habe. Ich war sicher, dass ich gewinne, und dann – zack – war ich wieder am Anfang.

Was immer Jenn dazu bewogen hat, an jenem Abend ins Restaurant zu kommen, es hatte nichts mit Duncan zu tun. Und auch nicht mit Liv. Es geht immer noch um diesen verflixten Brief, den sie gelesen und dann verbrannt hat.

Und mit dem auch ihr Geheimnis in Rauch aufgegangen ist.

Nackte Verzweiflung packt mich. Nichts und niemand kann mir helfen, das wieder geradezubiegen.

Es liegt bei mir, ganz allein bei mir.

Lichter flackern, und ich öffne die Augen wieder. Draußen sind jetzt Häuser zu sehen. Wir sind im Ort, und Jenn biegt in eine Seitenstraße ein. Die Landschaft um uns herum ist hügelig. Wir nehmen noch ein paar Abzweigungen und bleiben schließlich stehen. Durch das Autofenster sieht Jenn zu einem kleinen, hell erleuchteten Cottage hinüber, das etwas abseits von der Straße liegt.

Ich schaue zur anderen Seite hinaus und lehne meinen Kopf gegen die kühle Scheibe. Scheiße, und was jetzt?

Ja, Robbie, was jetzt?

JENN

Das ist es also. Das Cottage, das ihre Mutter gemietet hat. Es ist wie für sie gemacht, mit der alten, traditionellen Steinbauweise und den willkürlich angeordneten Fenstern. Das Erdgeschoss hat einen mit Schindeln verkleideten Erker, davor steht ein ziemlich verwitterter Gartentisch mit Stühlen.

Das ist doch mal was anderes als ein Wohnwagen.

Sie steigt aus und atmet die frische Nachtluft ein. Es tat so gut, sich nach der Ankunft am Flughafen in Newquay direkt auf den Weg durch die unberührte Landschaft Cornwalls zu machen. Heathrow war ihr schrill und seelenlos vorgekommen nach dem endlos langen Rückflug von Australien.

Als sie über den Kopfsteinpflasterweg im Garten geht, fällt ihr Blick auf die Blumenampeln an der Tür und die Pflanzkästen auf der Fensterbank, und einen Moment lang glaubt sie fast, vor ihrem alten Haus in Edinburgh zu stehen. Sie hält inne und lässt alles auf sich wirken.

Und mit einem Mal taucht ihre Mum am oberen Ende des Gartenwegs auf. Sie trägt ein geblümtes Kleid und eine viel zu große Strickjacke. Kurz wirkt sie unsicher, dann breitet sich ein Lächeln auf ihrem Gesicht aus.

»Jenny«, sagt sie überglücklich, eilt auf sie zu und schließt sie in die Arme.

Selbst unter der kratzigen Wolle spürt Jenn die dünnen Arme ihrer Mutter, die sie ebenso umfangen wie die Gerüche ihrer Kindheit – liebliches Parfüm, Farbe und Haarspray. Sie atmet tief ein, dann löst sie sich aus der Umarmung.

»Du bist da.« Ihre Mutter hält sie noch immer an den Händen.

»Ja, ich bin da«, erwidert Jenn. Irgendetwas an ihrer Mum ist anders, aber sie könnte nicht genau sagen, was.

»Na, dann komm doch rein.«

Drinnen erwarten sie unverputzte Ziegelwände und niedrige Deckenbalken. In der Mitte des Raumes steht ein alter Tisch, auf dem sich Papier und Farbtöpfe stapeln, an die Wand dahinter schmiegt sich ein alter grüner Herd. Eine Anrichte, die ein bunt zusammengewürfeltes Sortiment an Tellern und Tassen beherbergt, steht an der Seite.

»Tee?«, fragt ihre Mutter und streicht sich das rote, mit grauen Strähnen durchsetzte Haar hinters Ohr.

»Gern«, antwortet Jenn, während sie sich immer noch neugierig umsieht. »Schön hast du's hier übrigens.«

»Freut mich, dass es dir gefällt«, erwidert ihre Mum und stellt einen Kessel mit Wasser auf den Herd. »Setz dich doch.«

Als Jenn am Küchentisch Platz nimmt, überkommt sie plötzlich ein Gefühl der Vertrautheit. Aufmerksam betrachtet sie die verspielte Maserung im Holz. *Das ist unser alter Tisch aus Larchfield.*

»Wann bist du hier eingezogen?«

»Oh, zwei Jahre ist das jetzt schon her«, antwortet ihre Mum, ohne aufzusehen, während sie sich mit schnellen, vogelzarten Bewegungen in der Küche zu schaffen macht. Mit ihren schmalen Händen schraubt sie den Deckel von einem Vorratsglas mit Teebeuteln auf und lässt dann je einen in zwei nicht zueinander passende Tassen fallen. »Damals konnte ich auch endlich unsere eingelagerten Sachen holen. Ich wollte dich damit überraschen, wenn du das nächste Mal kommst.«

Ist ihr letzter Besuch wirklich schon so lange her?

Sie ist drauf und dran, sich zu entschuldigen, dass sie nicht schon früher gekommen ist, hält sich jedoch im letzten Moment zurück. Es wird höchste Zeit, dass sie zur Abwechslung mal an sich denkt. Und besucht sie nicht gerade ihre Mum – mal wieder?

Als hätte diese ihre Gedanken gelesen, dreht sie sich zu ihr um und verkündet: »Ich freu mich so, dass du hier bist … und es tut mir auch leid, dass ich so lange nicht mehr in Edinburgh war.«

Jenn betrachtet aufmerksam eine Delle im Tisch. *Mum hat die da reingemacht, als ich noch klein war.* »Na ja«, erwidert sie schließlich und sieht ihre Mutter an, »ich war auch lange verreist, um ehrlich zu sein.«

Ihre Mum gießt heißes Wasser in die Tassen und schaut Jenn dann geradezu entschlossen in die Augen. »Stimmt, du musst mir ausführlich davon erzählen. Ich hoffe sehr, du hast ein bisschen Zeit mitgebracht, Jenny. Wir müssen über einiges reden.«

Die nächste Stunde verbringen sie damit, Neuigkeiten auszutauschen. Ihre Mum hat Kerzen angezündet und Brot und Oliven auf den Tisch gestellt, um die Zeit bis zum Essen zu überbrücken. Als Jenn sich eine der glänzenden Früchte aus einer Tonschüssel pickt, überlegt sie, wie ungewöhnlich es ist, dass ihre Mum an so etwas gedacht hat. Sie ist doch sonst nie so … vorbereitet.

Sie berichtet ihrer Mutter ausführlich von ihrer Reise – genau wie andere Kinder es auch täten, wenn sie aus dem Ausland zurückkommen. Sie erzählt von den Kunstwerken Boteros in Medellín, der National Gallery in Melbourne, und dann zeigt ihre Mum ihr ein paar Fotos von der Ausstellung, die sie vor Kurzem hatte. Wie es aussieht, ist sie recht erfolgreich und verkauft viele Bilder von den Landschaften Cornwalls.

Und so hat sie vor etwa einem Jahr auch Frank kennengelernt. Er kam eines Tages in die Galerie, und die beiden gerieten ins Plaudern. Er stammt hier aus der Gegend, ist Witwer und führt ein kleines Hotel. Anfangs sind sie nur ein, zwei Mal die Woche essen gegangen, bis er schließlich vor ein paar Monaten gefragt hat, ob sie seine Kinder kennenlernen möchte. Sie sind beide erwachsen und leben in London. Als Jenn hört, dass sie alle gemeinsam zum Essen ausgegangen und in der Hitze des Sommers am Strand entlanggeschlendert sind, versetzt es ihr einen Stich. Genau das hat sie sich immer gewünscht, als sie jünger war, und jetzt, Jahre später, unternimmt ihre Mum solche Dinge mit einer anderen Familie.

Dann erzählt sie, dass Frank sich mittlerweile um ihren Papierkram kümmert, damit sie mehr Zeit zum Malen hat, woraufhin Jenn kaum merklich das Gesicht zu einem Lächeln verzieht. Ihre Mum hat sich offensichtlich weiterentwickelt, verdient gutes Geld und kann es sich leisten, ein richtiges Haus zu mieten – aber manche Dinge ändern sich offenbar nie.

»Worüber wolltest du eigentlich noch mit mir sprechen?«, fragt Jenn irgendwann, als sie sich an die Textnachricht erinnert, die sie in Darling Harbour erreicht hat.

Ihre Mum scheint sich plötzlich unbehaglich zu fühlen.

»Wollen wir nicht ein anderes Mal darüber reden?«, sagt sie ausweichend, und bevor Jenn etwas erwidern kann, fügt sie hinzu: »Lass uns heute einfach den Abend genießen.«

ROBBIE

Ich sitze auf dem Sofa in der Küche, den Kopf in die Hände gestützt. Seit unserer Ankunft hier zermartere ich mir das Hirn darüber, was um alles in der Welt in diesem Brief gestanden haben könnte. Und ob es irgendwo noch eine Kopie davon gibt.

Sei nicht albern, Robbie.

Sie wird ihn aus gutem Grund verbrannt haben.

Im Hintergrund zischt es. Jemand kocht. Aber es spielt keine Rolle, wer da gerade was zubereitet. Auch die Unterhaltung der beiden rauscht einfach an mir vorbei, denn ich muss jetzt unbedingt überlegen, was ich als Nächstes tun soll. Wie ich sie retten kann. Ich schließe die Augen und versuche, mir einen Weg durch den Nebel in meinem Kopf zu bahnen.

NEUNUNDZWANZIG

2019

JENN

Als sie aufwacht, steigt ihr der Duft von Kaffee und gebratenem Speck in die Nase. Verschlafen schaut sie sich in dem kleinen Zimmer um. Mit Muscheln gefüllte Marmeladengläser stehen auf dem Fenstersims, und an den violetten Wänden hängen überall Cornwall-Bilder ihrer Mum, auch über der hölzernen Kommode und hinter dem Schaukelstuhl. Es ist aber auch ein kleines Bild des Edinburgh Castle darunter. Ein richtiges Gästezimmer.

Extra für mich?

Sie wirft sich den alten Morgenmantel über, der an der Tür hängt, und geht hinunter in die Küche. Ihre Mum steht bereits am Herd, eine Bratpfanne in der Hand, und lädt Rührei, Speck, Würstchen und French Toast, alles leicht angebrannt, auf zwei Teller.

»Morgen«, grüßt sie und blickt kurz von den Kochschwaden auf. Sie ist sichtlich gestresst. »Ich dachte, ich mach uns ein bisschen was zurecht, für den Fall, dass du Hunger hast.«

»Danke«, sagt Jenn lächelnd und setzt sich an den Tisch, wo sie sich eine Tasse ziemlich stark aussehenden Kaffee eingießt. Ihre Mum bringt die Teller und stellt einen vor Jenn. Das Ganze kommt ihr irgendwie unwirklich vor. In Edinburgh haben sie so was nie gemacht. Ihre Mum stochert eine Weile im Essen herum, als versuche sie herauszufinden, was sie da eigentlich zubereitet hat.

»Also«, sagt sie schließlich und legt ihre Gabel beiseite, »was möchtest du heute machen?«

»Och, mal schauen.« Jenn schiebt etwas Rührei zu einem kleinen Berg zusammen. »Der Küstenwanderweg nach St. Ives soll sehr schön sein. Aber du musst meinetwegen nicht dein Programm umstellen. Ich beschäftige mich schon.«

Ein Anflug von Traurigkeit huscht über das Gesicht ihrer Mutter und lässt die Falten um ihre Augen tiefer wirken.

»Eigentlich würde ich dich heute gern begleiten, wenn das in Ordnung ist.«

Überrascht fragt Jenn: »Musst du denn nicht malen?«

»Nein.« Ihre Mutter schüttelt lächelnd den Kopf. »Ich muss heute nicht malen.«

»Na dann«, sagt Jenn nach kurzem Schweigen und nickt, »okay.«

Während sie an der Küste entlangwandern, stellt sie fest, dass es noch kälter ist als am Tag zuvor. Der Pfad schlängelt sich zwischen hohen, wild wuchernden Sträuchern hindurch, und auf einer Seite wachsen die Äste der Bäume wie ein Dach über den Weg.

Der Geruch von Salz, feuchter Erde und Laub liegt in der Luft, und sie würde ihn am liebsten in eine Flasche abfüllen und mitnehmen.

»Dass du die noch hast …«, sagt ihre Mum, und als Jenn sich umdreht, bemerkt sie, dass sie auf ihre Umhängetasche deutet, die einst ihrem Dad gehörte. Jenn berührt das kühle Leder. »Hat sich gut bewährt, oder?«

Ihre Mum schweigt für einen Moment, und Jenn lauscht dem Geräusch ihrer Schritte auf dem Weg und dem Kreischen einer Möwe hoch über ihnen.

»Manche Dinge halten wohl einfach länger als andere«, antwortet ihre Mum schließlich.

Abschnitte aus dem Brief tauchen unvermittelt vor Jenns geistigem Auge auf. Plötzlich hat sie einen Kloß im Hals, und Schuldgefühle überfallen sie. Sie scheint etwas sagen zu wollen, schweigt dann aber doch.

»Sieh mal«, sagt ihre Mum und deutet auf etwas in der Ferne. Erleichtert blickt Jenn in die Richtung, in die sie zeigt.

Und dort zwischen den Bäumen, wo die Sträucher am Fuße des steilen Abhangs den weißen Strand säumen, liegt St. Ives. Draußen auf dem Meer sind kleine Punkte zu erkennen, der eine oder andere Surfer, der sich noch hinausgewagt hat. Die Landzunge, gesprenkelt mit weißen Gebäuden, legt sich schützend um die graue Bucht. Jenn versenkt sich ganz in diesen Anblick und lässt die düsteren Gedanken hinter sich.

Sie wandern um den Hafen herum, bis sie ein Café finden, wo sie draußen sitzen können. Auf dem Wasser schaukeln Bojen und kleine Boote im Wind, und Spaziergänger schlendern den Strand entlang. Als ihre Mum zum Bestellen hineingeht, vibriert Jenns Telefon, und sie fischt es aus der Tasche. Hilary.

Junggesellinnenabschied am Samstag ab zwei. Schaffst du das?

Erst jetzt wird ihr richtig bewusst, dass sie in ein paar Tagen wieder in Edinburgh sein wird, um mit Hilary ihren großen Tag zu feiern. Eine seltsame Vorstellung, als wäre sie nie weg gewesen. Das war sie aber, und auch wenn sie während ihrer Zeit in Australien ein, zwei Mal telefoniert haben, ist es doch nicht wie früher gewesen. Es fiel ihr schwer, offen mit Hilary zu reden, und sie spürte, dass diese nicht wusste, wie sie damit umgehen sollte.

Doch jetzt tippt sie ganz schnell eine Antwort – dass sie kommt, klar, dass sie sich das um nichts in der Welt entgehen lässt. Sie hat sowieso ein schlechtes Gewissen, weil sie nicht da war, um bei der Planung der Feier zu helfen. Immerhin ist sie die Trauzeugin der Braut.

»Hier, mein Schatz, bitte.« Ihre Mum trägt zwei Tassen an den Tisch, die auf ihren Untertassen gefährlich wackeln. Ihr buntes Tuch flattert im Wind, und ihre Wangen sind von der Anstrengung leicht gerötet.

Cornwall tut ihr gut.

Sie stellt die Tassen ab, dann sitzen sie eine Weile einträchtig beieinander, trinken ihren Tee und beobachten das Treiben am Hafen. Jenn fragt sich erneut, worüber ihre Mum wohl mit ihr reden will, überlegt, ob sie noch mal davon anfangen soll, doch nach ihrem Gespräch gestern Abend hat sie den Eindruck, dass es keine Eile hat. Und sie weiß nur zu gut, dass es nichts bringt, jemanden zu drängen, mit der Wahrheit herauszurücken.

Man muss einfach warten, bis die Leute so weit sind.

»Und, was machen wir am Mittwoch?«, fragt ihre Mum schließlich.

Lächelnd zuckt Jenn die Achseln. »Ach, nichts Besonderes. Ist doch nur ein Geburtstag wie jeder andere.«

»Das ist ja nicht wahr«, protestiert ihre Mum. »Es ist schließlich dein dreißigster.«

DREISSIG

2019

ROBBIE

Ein grüner Herd. Durcheinander auf dem Tisch. Morgenlicht fällt durch die Fenster. Es riecht nach Kaffee und frisch Gebackenem. Und wieder einmal stehe ich mitten in der Küche ihrer Mutter.

Jenn sitzt auf dem Sofa und liest, ihre Mum werkelt in der Kochnische herum.

Der unfreiwillige Marsch nach St. Ives hat mir gutgetan, ich hab mich ein bisschen beruhigt, was nur von Vorteil sein kann. Mum hatte recht – frische Luft ist gut für die Seele. Als ich klein war, haben wir oft ausgedehnte Streifzüge durch die Natur unternommen. Wir haben Brombeeren und Himbeeren gepflückt und später einen Kuchen damit gebacken – zumindest mit denen, die ich nicht vorher schon verputzt hatte.

Es ist seltsam, über derart gewöhnliche Dinge nachzudenken, Dinge, die ich vielleicht nie wieder tun werde. Ich glaube, ich habe sie bisher nie wirklich zu schätzen gewusst, die alltäglichen Momente mit den Menschen, die mir am Herzen liegen.

In der Küche klappert es, und dann taucht eine stolze Marian mit einer gigantischen, mehrstöckigen Monstrosität auf, die wohl ein Kuchen sein soll. Das ganze Konstrukt neigt sich bedrohlich zur Seite, und lilafarbener Guss tropft auf die Kuchenplatte.

Jenns dreißigster.

Der 17. Oktober.

Wie konnte ich Depp bloß nicht mitkriegen, dass inzwischen Oktober ist? Ich gehe in Gedanken die letzten Erinnerungsorte durch – die längeren Nächte, die dickeren Jacken. Verdammt, wie verpeilt war ich eigentlich?

Mein Herz klopft vor Aufregung: Zwischen Darling Harbour und jetzt muss ein ganzer Monat liegen, den ich bisher nicht gesehen habe.

Ich kann nicht sagen, warum, aber dieser Zeitsprung macht mich besonders nervös.

Was hat sie die ganze Zeit über gemacht?

Sie war mit Duncan zusammen, du Trottel.

Ich würge den Kloß in meinem Hals hinunter. Es ist doch gut, dass sie bei ihm war. Dann war sie wenigstens glücklich.

Jenn blättert eine Seite in ihrem Buch um, und als ich zu ihr hinüberschaue, bemerke ich den hoch konzentrierten Blick, mit dem sie das Geschriebene in sich aufnimmt, während sie geistesabwesend an einem Fingernagel kaut. Sie blinzelt, weil das Licht, das ins Zimmer scheint, sie blendet. *Stört es sie etwa?* Ich gehe zum Fenster und ziehe die Vorhänge ein winziges bisschen zu. Sie lächelt.

Dann setze ich mich neben sie aufs Sofa und überlege, wo sich mein anderes Ich jetzt gerade aufhält. Ich weiß noch, dass ich mir nicht erklären konnte, warum ich eigentlich so unruhig war, als ich an diesem Morgen in Edinburgh aufgewacht bin. Ich habe immer wieder hin und her überlegt, ob ich ihr Geburtstagsgrüße schicken soll – ob sie das überhaupt will.

Letztendlich hat dann wohl doch mein Stolz gesiegt. Ich beschloss, dass es an ihr war, sich zu melden, wenn sie mit mir Kontakt haben wollte. Rückblickend erscheint mir das erbärmlich und kindisch. Warum konnte ich nicht über meinen Schatten springen? Wie schwer war es denn schon, ihr mal eben ein »Happy Birthday« zu schicken?

Ihr Handy liegt auf dem Tisch und fängt plötzlich an zu klingeln. Sie schreckt hoch und eilt hin, um zu sehen, wer es ist. Lächelnd nimmt sie das Gespräch entgegen.

»Hi, Duncan.«

Natürlich.

Es versetzt mir einen Stich.

»Das ist total lieb, danke. Es muss doch furchtbar spät sein bei dir … Ja, mir geht's super. Ich bin noch ein paar Tage bei meiner Mum.«

Sie geht mit dem Telefon in den Flur, und plötzlich scheint alles wieder auf stumm geschaltet zu sein. Ihr Mund bewegt sich, aber ich höre nichts.

Auch diese Unterhaltung geht nur sie beide etwas an.

Es klopft an der Tür.

»Das ist bestimmt Frank!«, ruft Marian. Jenn sieht auf, dann höre ich, wie sie sich von Duncan verabschiedet. Marian hastet zur Eingangstür und fummelt nervös an den Riegeln herum.

Dann geht die Tür endlich auf. Davor steht ein Mann – recht klein, aber adrett, elegant gekleidet und rothaarig wie Marian. Ich muss ein Lachen unterdrücken.

»Hallo, hallo«, grüßt er, umarmt Marian herzlich und gibt ihr einen Kuss.

»Und du bist sicher Jenny«, sagt er dann mit einem gewinnenden Lächeln. »Alles Gute zum Geburtstag!« Er drückt ihr einen Kuss auf beide Wangen und hält ihr eine silberne Tüte hin. »Ich hoffe, es gefällt dir«, sagt er, als Jenn das Präsent entgegennimmt. »Ich hab meine Tochter gefragt, was ich dir schenken soll, und sie meinte, mit Kerzen könnte ich nichts verkehrt machen.«

»Herzlichen Dank!« Jenn ist sichtlich überrascht. »Das ist aber nett.«

Marian sieht Frank verliebt an, und mir ist, als husche ein Anflug von Traurigkeit über Jenns Züge. Ich kann mir vorstellen, dass es nicht leicht für sie war, ihre Mum mit einem neuen Partner zu sehen, als hätte Marian die Zeit vergessen, in der sie eine glückliche Familie waren.

Doch ich erinnere mich noch gut an das Foto von Jenns Eltern und den innigen Blick, mit dem sich die beiden darauf anschauen. Das kann Marian nicht vergessen haben. Dafür hat sie offenbar etwas anderes in ihrem Leben gefunden, etwas Solides, Handfestes.

Eine Beziehung, die sie allem Anschein nach glücklich macht. Mir drängt sich der Vergleich zu dem auf, was Duncan und Jenn füreinander empfinden, und ich kann nicht umhin, mir vorzustellen, wie viel besser – und weniger traumatisch – es für Jenn wäre, eine solche Liebe in ihrem Leben zu haben.

»Wer möchte Kuchen?«, fragt ihre Mutter kurz darauf.

Ein paar Minuten später sitzen alle am Kaffeetisch, in dessen Mitte die Schiefer-Turm-von-Pisa-Kreation thront, über und über mit Kerzen bestückt – ein echtes Brandrisiko.

Es ist schön zu sehen, dass Marian sich zur Abwechslung mal richtig Mühe gibt, was allerdings nichts daran ändert, dass sie eine totale Niete im Backen ist. Doch Hauptsache, Jenn ist glücklich, alles andere ist egal. Wären wir noch zusammen gewesen, hätte ich wahrscheinlich wieder viel zu viel getrunken und alles ruiniert.

So ist es besser.

Marian und Frank singen voller Inbrunst »Happy Birthday«, und ich stimme kaum hörbar mit ein, um Jenn nicht zu erschrecken. Als das Lied zu Ende ist, sieht Marian sie an.

»Alles Gute«, sagt sie leise, dann beugt Jenn sich vor und pustet die Kerzen aus.

JENN

Salziger Wind weht ihr ins Gesicht, und kaltes, gleißendes Sonnenlicht scheint ihr in die Augen, sodass sie sie einen Moment lang schließen muss. Irgendwo in der Nähe durchkämmt ihre Mutter den Strand nach Muscheln, und ab und zu hört sie eine in den Eimer fallen.

Ihr ist bewusst, dass sie ihrer Mutter irgendwann reinen Wein einschenken muss, aber heute möchte sie einfach nur in den Tag hineinleben, jeden einzelnen Moment ihres Geburtstags genießen. Den Versuch ihrer Mutter, einen tollen Kuchen zu backen, die wunderschöne Meereslandschaft, die sie für sie gemalt hat, und schließlich den traumhaften Strand in dieser einsamen Bucht in Cornwall – was für ein perfekter Tag.

Zumindest beinahe.

Sie schaut zum wiederholten Mal aufs Handy – nur um wieder enttäuscht zu werden. Noch immer keine Nachricht von Robbie. Sie hatte wirklich gedacht, dass er sich heute melden würde, es ist ja schließlich ihr dreißigster. Nach all den Jahren, die sie zusammen waren, all den gemeinsamen Momenten …

Wahrscheinlich ist es besser so.

Ob er wohl ab und zu an sie denkt? Sie weiß, dass er nicht mehr mit Liv zusammen ist – Hilary hat erzählt, dass ihre Beziehung im Sommer spektakulär in die Brüche gegangen ist.

Sie schüttelt den Kopf. Warum kann sie ihn nicht einfach vergessen? Schließlich hat er sie betrogen und im Stich gelassen. Sie muss ihn sich endlich aus dem Kopf schlagen, alles andere hat keinen Zweck.

»Jenny!«, hört sie ihre Mutter rufen. Sie dreht sich um und lächelt der kleinen Gestalt zu, die sie aus der Ferne zu sich heranwinkt. Sie macht sich auf den Weg über den menschenleeren Strand.

Doch etwas im Sand lässt sie verharren.

Dort steht etwas geschrieben.

Ein Schauer läuft ihr über den Rücken.

Happy Birthday Jenn x.

ROBBIE

Ein Garten. Der Garten ihrer Mutter. Die Sonne versteckt sich hinter den Wolken, und Marian ackert in einer viel zu großen Jacke in einem Blumenbeet. Franks Jacke? Jenn sitzt am kleinen Gartentisch und liest ein weiteres, ziemlich zerfleddertes Buch. Ich begreife langsam, dass die Erinnerungen aus ihrer Vergangenheit ein

Ende gefunden haben – ab dem Zeitpunkt, als wir uns kennengelernt haben, als unsere beiden Zeitstränge zusammenliefen.

Und es sind nur noch wenige Wochen, bis wir ins Auto steigen.

Unternimm etwas.

Als Jenn eine Seite umblättert, fällt etwas aus dem Buch und landet auf dem Tisch. Es ist quadratisch, pink. Sie hebt es stirnrunzelnd auf, dann schnappt sie erschrocken nach Luft und schlägt sich die Hand vor den Mund.

Ihre Mutter schaut vom Blumenbeet auf. »Alles in Ordnung, Jenny?«

Jenn antwortet nicht. Eine Träne rollt ihr die Wange hinunter.

Was hat sie nur?

»Jenny?« Ihre Mutter klingt zunehmend besorgt. Sie richtet sich auf und eilt zu Jenn hinüber.

»Jenny, ich …«

Da hält sie plötzlich inne und starrt auf den Tisch.

Und dann sehe ich es auch. Sieht aus wie einer dieser altmodischen Büchereiausweise. Ich schaue genauer hin. Da steht ein Name.

David Clark.

Der ganze eingelagerte Kram – offenbar hat Marian seine Bücher behalten.

»Jenny, es tut mir leid«, sagt sie mit großen Augen. »Ich wusste nicht, dass der da noch drinsteckte.« Hastig will sie sich den Ausweis schnappen, aber Jenn ist schneller.

»Nein. Nein, ich möchte ihn behalten.«

»Warum?«, fragt Marian verwirrt. »So was wühlt doch nur alles wieder auf.«

Jenn schließt für einen Moment die Augen. »Weil«, beginnt sie, »weil …«

Weil was?

»Jenny, es gibt etwas, worüber ich mit dir reden muss«, unterbricht ihre Mutter sie, und Jenn öffnet abrupt die Augen, offensichtlich aus ihren Gedanken gerissen.

Was wollte sie sagen?

Sie sieht ihre Mutter fragend an.

Marian steht stocksteif da, als wage sie nicht, sich zu rühren. »Es geht um deinen Vater, um die Zeit damals, als er uns verlassen hat.«

»Okay.«

Marian setzt sich Jenn gegenüber auf einen Stuhl. Ihr Blick wandert zum Cottage und dann wieder zurück zu Jenn. Sie seufzt. »Weißt du«, beginnt sie schließlich, »ich fürchte, dass ich nicht ganz ehrlich zu dir war.«

Jenn sieht sie mit starrem, ausdruckslosem Gesicht an. »Inwiefern?«

Marian zögert, und da begreife ich, dass es jetzt so weit ist. Dass sie jetzt das Thema anschneiden wird, dessentwegen sie Jenn die Textnachricht geschickt hat.

»Na ja«, beginnt sie stockend, »es stimmt nicht ganz, dass dein Vater uns ohne einen Penny zurückgelassen hat.«

Jenn ist sichtlich überrascht. »Das verstehe ich nicht«, entgegnet sie.

Marian rutscht blass und angespannt auf ihrem Stuhl herum.

»Es war ungefähr eine Woche nach seinem Verschwinden. Ich habe unseren Kontostand überprüft, weil ich wissen wollte, wie viel noch da war, und plötzlich lag da ein riesiger Haufen Geld.«

»Was für Geld? Wir hatten doch nie welches.«

Marian holt tief Luft. »Anfangs schon, ehrlich gesagt.«

»Von Dad«, ergänzt Jenn, eher eine Feststellung als eine Frage. Ihr Blick ist schwer zu deuten.

»Vermutlich. Woher soll es sonst gekommen sein?«

»Und was ist damit passiert?«, fragt Jenn mit fester Stimme.

Ihre Mum zögert. »Ich war so fertig damals, Jenny«, sagt sie schließlich. »Ich stand total neben mir.«

Jenn atmet tief durch. »Mum, was hast du mit dem Geld gemacht?«

Marian ist jetzt den Tränen nah. »Ich war bei einem unabhängigen Finanzberater, und der meinte, wenn ich das ganze Geld in irgendeinem Fonds anlege, könnten wir es verdoppeln. Ich war so schrecklich unglücklich und einfach nicht klar bei Verstand. Ich dachte doch, ich würde uns was Gutes tun! Aber dann, nachdem ich ihm das Geld überwiesen hatte, hat er sich nie mehr gemeldet. Ich hab versucht, ihn ausfindig zu machen, aber er war wie vom Erdboden verschluckt. Ich wollte es dir sagen, aber du warst noch so jung, also …«

»Also hast du mich in dem Glauben gelassen, dass Dad sich einen Dreck um uns – um mich – geschert hat.«

»Es tut mir so leid, Jenny«, beteuert Marian und greift nach Jenns Hand. »Es ist wirklich nicht leicht für mich, darüber zu reden, nach dem, was er getan hat …«

Jenn zieht ihre Hand zurück. »Ich möchte eine Weile für mich allein sein«, erwidert sie und steht mit einem Ruck auf.

Jetzt weint Marian. »Jenny, ich …«

»Ich brauche jetzt ein bisschen Zeit«, fällt Jenn ihr ins Wort, doch sie scheint eher mit sich selbst zu reden.

Sie dreht sich um und geht zum Tor. Ich folge ihr.

Ich kann nicht fassen, was Marian ihr gerade erzählt hat. An Jenns Stelle wäre ich völlig ausgerastet – all die Jahre derart belogen worden zu sein, noch dazu von der eigenen Mutter. Die ganze Zeit über dachte Jenn, ihr Dad hätte sie verlassen, ohne einen weiteren Gedanken an sie zu verschwenden. Doch das stimmte gar nicht. Sie waren ihm immerhin wichtig genug gewesen, dass er sie versorgt wissen wollte.

Das alles ergibt irgendwie keinen Sinn.

Jenn wandert eine Zeit lang ziellos durch die Gegend. Sie geht die Straßen entlang, betrachtet die Bucht, in der sich die Wellen am Strand brechen, und klettert einer Bergziege gleich die steilen Abhänge hinunter. Ein Regenguss zieht vom Meer herüber, und wir werden beide klatschnass. Trotzdem weiche ich nicht von ihrer Seite.

Schließlich landen wir wieder im Garten ihrer Mutter, die immer noch draußen am Tisch sitzt. Als Jenn den Gartenweg hinaufgeht, schaut Marian abrupt hoch und springt auf.

»Jenny«, sagt sie. »Es tut mir wirklich sehr leid, das musst du mir glauben. Ich hätte es dir schon längst erzählen sollen, aber das Leben ging einfach weiter, und mit der Zeit wurde es immer schwerer, das Thema anzusprechen.«

Jenn bleibt vor ihr stehen.

»Blödsinn«, sagt sie mit fester Stimme. »Schwer war, dass mein Vater mich ohne ein Wort verlassen hat, als ich dreizehn war. Schwer war es, mich neben allem anderen auch noch um meine Mutter kümmern zu müssen und neben der Schule zwei Jobs zu haben, damit du dich weiter deiner Kunst widmen konntest. Und dann bist du einfach abgehauen. Du hast mich auch verlassen.«

Ihrer Mum verschlägt es vorübergehend die Sprache. Das wundert mich nicht – Jenn ist sonst nie so schonungslos direkt.

»Wir haben uns doch weiterhin gesehen.«

»Aber nur, weil ich zu dir gefahren bin«, entgegnet Jenn. »Weißt du eigentlich, wie ungeliebt ich mich gefühlt habe? Es lag dir scheinbar gar nichts daran, mich mal in Edinburgh zu besuchen.«

»Aber so war das doch nicht.« Marian schüttelt vehement den Kopf.

»Nein? Wie denn sonst?«

Ihre Mum öffnet den Mund, um etwas zu sagen, schweigt dann aber.

Jenn nickt, als fühle sie sich in ihrer Vermutung bestätigt. »Ich geh jetzt lieber mal und packe meine Sachen zusammen. Denk dran, ich muss in einer Stunde zum Flughafen.«

Sie geht zur Küchentür.

»Bleib hier«, entfährt es mir.

Abrupt dreht sie sich um und starrt durch mich hindurch. Ich wage nicht, mich zu rühren. Panik liegt in ihrem Blick.

Idiot.

Ich weiß doch, dass ich nicht mit ihr sprechen darf, dass ihr das

Angst macht. Aber ich konnte einfach nicht anders. Ich wollte nicht, dass sie das Gespräch abbricht.

Ich habe nämlich eine Idee.

JENN

Ihr Rucksack erscheint auf dem Kofferband, und sie drängt sich zwischen den Leuten hindurch, um ihn sich zu schnappen. Mit einer schnellen Bewegung wirft sie ihn sich über die Schultern. Dann wendet sie sich den riesigen Flughafenfenstern zu, blickt in den grauen Himmel und atmet tief durch. Es ist so weit. Sie ist wieder in Edinburgh.

Während sie in Richtung Ankunftsbereich geht, lauscht sie lächelnd dem vertrauten schottischen Akzent. Doch als sie durch die Türen tritt und auf der anderen Seite all die wartenden Menschen sieht, Mütter, Väter, Geschwister, Freunde, fühlt sie sich plötzlich einsam – für sie ist mal wieder niemand da. Auch kein Robbie, der sie mit einem breiten Grinsen erwartet.

Aber das ist doch albern – Hilary wäre ja gekommen, wenn sie heute nicht hätte arbeiten müssen. Und davon abgesehen, braucht sie auch niemanden, der sich um sie kümmert. Sie kommt sehr gut allein klar.

Sie muss sowieso noch etwas Wichtiges erledigen, bevor sie den Flughafen verlässt.

Zügig geht sie zu dem Café hinüber, in dem sie sich vor ein paar Tagen per E-Mail verabredet hat. Es ist schon kälter hier oben, sogar im Flughafen, und sie verschränkt die Arme schützend vor der Brust. Die Jacke, die sie trägt, hat sie in Cornwall gekauft, mit ihrer Mutter in einem Laden in St. Ives, aber sie wird den Eindruck nicht los, dass sie eher für englische Winter gemacht ist.

Mum. Wenn sie daran denkt, wie ihr Besuch geendet hat, überkommt sie ein schlechtes Gewissen, und doch hat sie zum ersten

Mal in ihrem Leben nicht das verzweifelte Bedürfnis, alles wieder ins Lot zu bringen. Sie kann ihrer Mum verzeihen, dass sie das Geld verloren hat, aber nicht, dass sie ihr nie davon erzählt hat. Einen Großteil ihres Lebens hat sie geglaubt, sie wäre ihrem Dad gleichgültig.

Sie betritt das Café und steuert einen freien Platz an. Während sie verstreuten Zucker vom Tisch fegt, holt sie nervös Luft. Soll sie schon mal den Kaffee holen oder doch lieber warten? Geschmäcker können sich schließlich ändern. Nach kurzem Überlegen geht sie doch an den Tresen und bestellt – zwei schwarze Americanos. Obwohl sie ansonsten gar nicht viel gemeinsam hatten, waren sie sich in manchen Dingen schon immer einig gewesen.

Gerade, als sie sich wieder an den Tisch setzt, fällt ihr Blick auf eine Gestalt, die auf sie zueilt. Klobige Stiefel, kurzer Rock, glitzernde Strumpfhose und Bomberjacke.

Sie entdecken einander im selben Moment.

Katy.

»Jenny!«, ruft ihre alte Freundin freudig aus und gibt ihr, ohne zu zögern, ein Küsschen links und ein Küsschen rechts, Wange an Wange, ganz wie die Franzosen. Eine intensive Parfümwolke umgibt sie. »Mein Gott, ist das schön, dich zu sehen.«

»Und dich erst«, entgegnet Jenn, und ihr Herz macht einen Sprung.

Katy setzt sich, blickt auf den Kaffee vor sich und grinst. »Ich nehme an, der ist für mich?«

»Aber selbstverständlich.«

»Merci beaucoup.«

Während Katy lächelnd an ihrem Kaffee nippt, wird Jenn klar, dass es richtig war, ihre Freundin am Ende der Reise zu kontaktieren. Dabei hatte sich nämlich herausgestellt, dass sie beide am selben Morgen auf dem Flughafen in Edinburgh ankommen würden, Katy aus Paris und Jenn aus Cornwall. Man könnte meinen, das Schicksal hätte gewollt, dass sie sich hier auf einen Kaffee treffen.

Duncan eine Nachricht zu schreiben war ja auch eine gute Entscheidung gewesen. Vielleicht ist es nie zu spät, den ersten Schritt zu machen.

Man muss es nur tun, solange man noch kann.

»Und? Was hast du so getrieben?«, erkundigt sich Katy und wirft einen neugierigen Blick auf Jenns Rucksack. »Aber vielleicht sollte ich eher fragen, *wo* du dich herumgetrieben hast?«

»Och, überall und nirgends.«

Katy zieht eine Augenbraue hoch, und Jenn fängt an zu grinsen. *Wenn sie nur wüsste.*

»Musst du direkt weiter oder hast du ein bisschen Zeit?«

Katys Augen leuchten auf, und sie lächelt. »Ich hab Zeit«, antwortet sie, »für dich doch immer.«

Eine Stunde später bekommt Jenn das Grinsen immer noch nicht aus ihrem Gesicht.

»So macht mir das Baden im Meer auch Spaß«, verkündet Katy und lacht. »Oh, Jenny!«

»Und das Schlimmste war, alle wussten es am nächsten Morgen, so offensichtlich war es. Ich bin dann auch, so schnell ich konnte, wandern gegangen.« Sie bedeckt ihr Gesicht halb mit der Hand.

»Ich glaube, für ein bisschen Zeit mit Juan hätte ich den peinlichen Moment beim Frühstück nur zu gern in Kauf genommen.« Der Glitter auf Katys Wimpern blitzt auf, als sie ihr zuzwinkert.

»Das glaub ich gern«, zieht Jenn sie auf und lässt die Hand sinken. Die beiden lächeln sich an.

Jenn trinkt ihren letzten Schluck Kaffee aus und denkt, wie herrlich unkompliziert das Wiedersehen mit Katy doch ist. Als wären sie nie getrennt gewesen. Schon seltsam, dass es bei manchen Menschen so einfach ist. Sie haben über nahezu alles gesprochen, was in den letzten zehn Jahren passiert ist. Über Katys fehlgeschlagene Künstlerkarriere, die sie schließlich ins Weingeschäft geführt hat – Jenn kann sich nur zu gut vorstellen, wie Katy am Wochenende über die Weinberge flaniert und unter der Woche von einem Pariser Dinner zum nächsten eilt –, bis hin zu dem Zeitpunkt, als Jenn ihre Ausbildung als Ärztin unterbrochen hat und um die Welt gereist ist.

Und in Katys Blick steht deutlich ein einziges Wort geschrieben: *Endlich!*

Eine Weile lang herrscht Schweigen, dann sprechen beide gleichzeitig.

»Es tut mir leid, wegen …«, beginnt Jenn.

»Du, wegen damals …«, setzt Katy an.

Sie müssen lachen.

»Es tut mir echt leid, was ich damals gesagt habe«, erklärt Jenn schließlich. »Ich hab meinen Frust an dir ausgelassen, das war nicht fair.«

Katy zuckt die Achseln. »So machen wir das halt manchmal, gerade mit den Leuten, die uns besonders nahestehen, oder? Das war mir damals schon klar. Aber du hattest auch recht, was mich anging. Ich *war* ein privilegiertes Gör und total verantwortungslos.«

Jenn schüttelt den Kopf. »Mein Gott, nein, das hätte ich nie sagen dürfen.«

»Doch«, beharrt Katy mit fester Stimme. »Es stimmte ja. Ich war verwöhnt, hatte keine Ahnung von Geld und Arbeit und davon, was es heißt, erwachsen zu sein. Wahrscheinlich bin ich immer noch so, zumindest, wenn du meine Eltern fragst. Aber … ich versuche, mich zu bessern.« Sie lächelt verschmitzt, dann zieht sie eine Augenbraue hoch und fügt hinzu: »Vielleicht komme ich ja dahinter, wenn ich neunzig bin?«

Jenn grinst. Dann seufzt sie und stellt sich vor, wie es wohl sein wird, wenn sie beide alt und runzelig sind. Vielleicht haben sie dann immer noch Kontakt, vielleicht auch nicht, aber zumindest werden sie in Freundschaft auseinandergegangen sein.

Als sie ein paar Minuten später am Taxistand stehen, wendet Katy sich ihr zu.

»Du meldest dich doch, wenn du mal in Paris bist?« Sie sieht Jenn ernst an.

»Auf jeden Fall«, verspricht Jenn, doch im Grunde ihres Herzens weiß sie bereits, dass es wahrscheinlich nie dazu kommen wird.

In dem Moment fahren zwei Taxis an den Stand.

»Musst du nach Edinburgh?«, fragt Jenn. »Dann können wir uns gern ein Taxi teilen.«

»Nein. Ich hab dir noch gar nicht erzählt, dass meine Eltern nach Fife gezogen sind, einmal über die Brücke.« Katy deutet vage in eine Richtung. »Offenbar haben sie da mehr Platz für die Hunde.«

Jenn nickt und lächelt.

Dann ist es das jetzt also.

»Gott, es war wirklich schön, dich zu sehen.« Katy lächelt, und Jenn sieht ihr an, dass sie es ernst meint.

»Grüß deine Mutter von mir!«, ruft Jenn ihr nach, als Katy mitsamt ihrem schicken Rollkoffer ins Taxi steigt.

»Mach ich, *mon amie.*« Katy grinst, zögert noch einen kurzen Moment, dann schließt sie die Tür hinter sich, und das Taxi fährt ab.

Während der schwarze Wagen hinter der nächsten Biegung verschwindet, lächelt Jenn in sich hinein. Sie muss an all die Erlebnisse denken, die die beiden seit ihrer Kindheit miteinander verbinden. Wie sie stundenlang in Katys Zimmer herumgehangen und Musik gehört haben, wie sie am Cramond Beach über Jungs geredet und Eis gegessen haben.

Sie hat sie geliebt wie eine Schwester, und auf gewisse Weise tut sie das noch immer. Katy war für sie da, als sie an einem Tiefpunkt ihres Lebens angekommen war, und das wird sie ihr nie vergessen. Sie wird nie vergessen, wie unglaublich nahe sie sich standen. Aber vielleicht ist nicht jede Art von Liebe dazu bestimmt, ewig zu halten.

Manchmal führt einen das Leben einfach in unterschiedliche Richtungen.

»Sind sie so weit?«, ruft ihr der Mann aus dem anderen Taxi zu.

»Sofort«, erwidert sie und schaut nach ihrer Tasche.

Sie ist weg. Stirnrunzelnd sieht sie den Fahrer an.

»Sie ist schon drin, junge Dame.«

Wie bitte?

Verwirrt steigt sie ein. Da steht ihre Tasche, gegen den Sitz gelehnt, genau wie der Fahrer gesagt hat. Der Motor heult auf, und sie machen sich auf den Weg.

Zurück nach Edinburgh.

Zurück zu ihm.

EINUNDDREISSIG

Zwei Wochen zuvor

ROBBIE

Blumen. Wärme. Geplauder. Ein Raum mit hohen Decken und Erkerfenstern – eine Privatwohnung. In der Altstadt, wie es aussieht. Um einem langen Tisch, auf dem Blumen, grüne Zweige und Bänder liegen, hat sich eine Gruppe von Frauen versammelt. Sie flechten Kränze oder Ähnliches und trinken Sekt.

Und da ist auch Jenn. Sie ist gerade dabei, ihre Kreation mit Beeren zu bestücken. Ihr gut sitzendes grünes Kleid wirkt nach den Klamotten, die sie während ihrer langen Reise getragen hat, ungewohnt förmlich. Doch sie sieht sehr hübsch darin aus, und bei ihrem Anblick schlägt mein Herz höher. Neben ihr steht Hilary in einem ihrer eng anliegenden Glitzerkleider, darüber prangt eine Schärpe mit der Aufschrift *Bride to Be.*

Ihr Junggesellinnenabschied.

Zwei Wochen vor der Hochzeit.

Zwei Wochen bevor wir ins Auto steigen.

Verdammt.

Aber vielleicht sind wir ja genau am richtigen Ort. Mit einem Mal wird mir klar, wie ich alles aufklären und diese geteilte Todeserfahrung endlich stoppen kann. Zugegeben, was Duncan angeht, habe ich mich offensichtlich getäuscht, aber in einem Punkt hatte ich recht: Der Brief hat mich auf die falsche Fährte gelockt. Denn das Geheimnis ist nicht mit ihm verbrannt.

Jenn trägt es weiter mit sich herum.

Und selbst wenn sie mit ihrer Mum nicht darüber gesprochen hat, Hilary wird sie garantiert ihr Herz ausschütten, sie ist immerhin ihre beste Freundin und stets für Jenn da, wenn sie etwas bedrückt. Sie hat vielleicht nichts davon erzählt, während sie auf Reisen war, aber das wundert mich nicht. Vom anderen Ende der Welt aus hätte sie mit niemandem darüber gesprochen – nicht einmal mit Hilary.

Ich nähere mich den beiden und versuche, über den Lärm hinweg zu verstehen, was sie sagen. Sollten sie sich heute ein bisschen betrinken, löst das womöglich Jenns Zunge.

»Und, wie kommt ihr voran?«, ertönt eine Stimme vom anderen Ende des Tisches. Eine elegant gekleidete Frau, vermutlich die Organisatorin des Ganzen, lässt ihren Blick prüfend über die Versammlung schweifen. Die Mädels nicken eifrig, grinsen und bechern weiter. Eine junge Bedienung geht von einer zur anderen, füllt Gläser auf und bietet ausgefallene Häppchen an. Mir fällt auf, dass alle Gesichter im Raum klar zu erkennen sind – wahrscheinlich, weil das noch nicht so lange her ist.

Jenn sieht Hilary an. »Das war echt 'ne super Idee, von wem stammt die?«

»Deepa und Pippa«, antwortet Hilary, ohne aufzusehen, und friemelt an ein paar Beeren in ihrem Kranz herum. »Sie sind eben fantastische Brautjungfern.«

Autsch. Dieser Unterton. Was ist nur mit ihr los?

Jenn schweigt, dann sagt sie: »Na, dann werde ich sie mal fragen, wie ich mich in den nächsten Wochen nützlich machen kann. Ich hab ja noch Zeit, bevor ich wieder anfange zu arbeiten.«

»Du fängst wieder an zu arbeiten?«, fragt Hilary und dreht sich endlich zu ihr um. Ihr Blick wirkt jetzt etwas sanfter.

»Genau, davon wollte ich dir unbedingt heute erzählen.«

Hilary sieht sie erwartungsvoll an.

»Na ja«, beginnt Jenn zögerlich, »der Tag nach deiner Hochzeit ist mein erster Arbeitstag. Aber ich bleibe natürlich bis zum Ende, keine Sorge«, fügt sie hastig hinzu, als sie Hilarys alarmierten Gesichtsausdruck sieht.

Die wendet sich wieder ihrem Kranz zu. »Ist schon gut. Ich versteh dich, ehrlich.«

»Ganz sicher?«

»Ja, sicher. Ich bin schließlich auch Ärztin. Ich weiß ja, wie das läuft.«

Die beiden Frauen schweigen, während um sie herum fröhliches Geplauder den Raum erfüllt.

Mist, das gefällt mir gar nicht. Es wäre besser, wenn sie weiterreden, noch etwas trinken und sich dann all ihre Geheimnisse erzählen würden. Doch obwohl sie direkt nebeneinanderstehen, scheinen sie Welten voneinander entfernt zu sein.

JENN

Das Essen, das in einem weiteren schicken Privathaus stattfindet, ist auch ein voller Erfolg. Die Kombination aus dunkler Eiche und weißen Tischdecken lässt den Raum besonders aussehen. Da jede von ihnen nur einen kleinen Betrag zu Finanzierung der Feier beigesteuert hat, geht sie davon aus, dass Marty einen Teil der Kosten übernommen hat. Den ganzen Abend lang werden sie von Kellnern hofiert, und zum krönenden Abschluss überrascht sie die Bedienung mit Spezialcocktails, die natürlich der Bräutigam bestellt hat.

Deepa und Pippa haben auch hier hervorragende Arbeit geleistet, was nicht anders zu erwarten war. Und während Jenn an der süßen, hochprozentigen Flüssigkeit mit dem passenden Namen »Hilarys Liebestrank« nippt, kommt sie nicht umhin, sich ein wenig überflüssig zu fühlen, als wären die anderen auch sehr gut ohne sie zurechtgekommen. Dabei hatte sie sich darauf gefreut, heute Abend mit Hilary ein feuchtfröhliches Wiedersehen zu feiern, aber die hat ihr den ganzen Tag über die kalte Schulter gezeigt.

Weil ich nicht hier war, um bei den Vorbereitungen zu helfen?

Als Nächstes kommen die Partyspiele, die genauso professionell organisiert sind wie alles andere. Los geht's mit einem Ehetauglichkeitstest: Deepa stellt Hilary Fragen, und Martys zuvor aufgezeichnete Antworten werden auf einem Flachbildschirm eingeblendet, der so an der Wand hängt, dass Hilary ihn nicht sehen kann. Seine Antworten sind wahnsinnig romantisch und gleichzeitig lustig. Doch zu Jenns Verwunderung sitzt Hilary die ganze Zeit über stocksteif da, mit einem erzwungenen Lächeln im Gesicht. Seltsam. Sie war immer davon ausgegangen, dieser Moment würde einer der glücklichsten in Hilarys Leben werden. In ihren Zwanzigern ist sie nur mit Idioten zusammen gewesen, doch jetzt ist sie kurz davor, einen Mann zu heiraten, der wie für sie gemacht ist – und trotzdem ist ihre Stimmung gedrückt.

Ist zwischen ihr und Marty etwas vorgefallen?

Nach dem Essen wird die Feier endlich in eine etwas rustikalere Bar verlegt. Es ist dunkel und stickig dort, die Musik dröhnt in den Ohren. *So muss es sein,* denkt Jenn. So wie in den Bars und Clubs, in denen sie früher mit Hilary ein und aus gegangen ist. Dabei fällt ihr wieder ein, wie sie zum ersten Mal etwas zusammen trinken waren, damals, vor fünf Jahren.

Der Abend, an dem sie Robbie kennenlernte.

Jemand reicht ihr noch einen Drink. Sie trinkt einen kleinen Schluck und versucht, nicht mehr an Robbie zu denken.

Der Alkohol bekommt ihr nicht. *Ich bin so müde.* Es ist spät, und die lange Reise hat ihre Spuren hinterlassen. Kann es sein, dass ihre innere Uhr noch immer auf Sydney-Zeit eingestellt ist?

Ihr wird ein wenig flau im Magen.

Duncan. Australien. Der Brief.

Es wird höchste Zeit, dass sie mit Hilary darüber redet. Aber nicht heute Abend. Es ist schließlich ihr Junggesellinnenabschied. Und davon mal ganz abgesehen, wird Jenn den Eindruck nicht los, dass irgendetwas mit Hilary nicht stimmt.

Sie schaut sich suchend im Raum um. Die anderen stehen an der Bar und trinken, zwei von ihnen tanzen schon, aber von Hilary keine Spur.

Wo ist sie hin?

Plötzlich fällt ihr Blick auf etwas Schimmerndes, Rosafarbenes, das gerade durch die Tür verschwindet. Sie stellt ihren Drink ab und eilt hinterher.

Hilary steht draußen, ein Stück abseits, und raucht. »Da bist du ja«, sagt Jenn und reibt sich über die Arme. Es ist eisig.

Hilary grinst zerknirscht. »Ja, ja, ich weiß«, sagt sie schuldbewusst und deutet auf die Zigarette. »Ich hab eigentlich aufgehört.«

»Es sei dir gegönnt«, erwidert Jenn, »heute ist ja ein besonderer Tag.«

Hilary nimmt noch einen Zug, wobei ihre Hand kaum merklich zittert.

»Stimmt was nicht?«, fragt Jenn nach kurzem Zögern. Als Hilary nicht sofort antwortet, fügt sie hinzu: »Tut mir echt leid, dass ich nicht hier war, um bei den Hochzeitsvorbereitungen zu helfen.«

Hilary bläst Rauch in die Nachtluft. »Das ist es nicht«, sagt sie leise.

»Was dann?«

Sie holt tief Luft und sieht Jenn an. »Du bist einfach abgehauen, Jenn«, rückt sie dann mit der Sprache heraus. »Und du hast mich ohne Erklärung stehen lassen, genau wie Robbie. Ich hab mich wirklich über deine Reise-Updates und so gefreut, aber warum hast du vorher nicht mit mir darüber gesprochen? Ich dachte, du wärst meine beste Freundin, meine Trauzeugin. Ich hab mich einfach total ausgeschlossen gefühlt.«

Einen Moment lang herrscht Schweigen. »Es tut mir leid«, erwidert Jenn schließlich. »Es tut mir leid, dass ich weggegangen bin, ohne dir etwas zu sagen.«

»Schon gut«, lenkt Hilary hastig ein. »Ich bin einfach nur froh, dass du wieder da bist. Du hast mir total gefehlt.«

»Du mir doch auch«, beteuert Jenn, zutiefst erleichtert.

»Warum bist du eigentlich verschwunden?«, erkundigt sich Hilary, als wäre nichts gewesen.

Sie würde ihr am liebsten hier und jetzt alles erzählen. *Warum sage ich ihr nicht einfach, was los ist?*

Nein.

Sie kann ihr diesen Abend nicht verderben.

»Robbie und ich hatten einige Schwierigkeiten«, sagt sie stattdessen. »Und du weißt ja selbst, was bei der Arbeit los war. Es war einfach alles zu viel. Ich brauchte ein bisschen Zeit für mich.«

Kaum ist ihr die Lüge über die Lippen gekommen, als sie bereits das dringende Bedürfnis verspürt, Hilary doch die ganze Wahrheit zu sagen, aber die zieht schon wieder an ihrer Zigarette und scheint in Gedanken woanders zu sein.

Als sie ihr gerade erzählen will, was sie wirklich auf dem Herzen hat, kommt ein Typ aus der Bar und bleibt vor Hilary stehen.

»Kann ich von dir ’ne Kippe schnorren?«

Jenn erwartet, dass sie Nein sagt, ihre Zigarette ausdrückt und sich weiter mit ihr unterhält.

Stattdessen antwortet Hilary: »Klar«, öffnet die Packung und zieht zwei Zigaretten heraus.

Was soll das?

Jenn verharrt für einen Moment und überlegt, was sie tun soll.

»Geh ruhig schon wieder rein. Wir sehen uns drinnen«, sagt Hilary lässig zu ihr.

Erst jetzt fällt Jenn auf, dass Hilary die »Bride-to-Be«-Schärpe nicht mehr trägt. »Sicher?«

»Absolut«, erwidert Hilary. »Ich komm gleich nach.«

Jenn bleibt noch einen Augenblick lang unentschlossen stehen, dann geht sie wieder in die Bar. Als sie durch die Tür zurückschaut und beobachtet, wie ihre Freundin unverhohlen mit dem Fremden flirtet, der sie auf der Straße angequatscht hat, ist sie sicher, dass ihr Instinkt sie nicht trügt – irgendetwas stimmt definitiv nicht zwischen ihr und Marty.

Und das so kurz vor der Hochzeit.

ROBBIE

Ich stehe neben Hilary und dem Typen und lege das Gesicht in die Hände. *Mist.* Jenn hat es ihr nicht erzählt. Und sie war so kurz davor, da bin ich mir sicher! Das konnte ich ihr ansehen.

Wieso hat Hilary nicht gemerkt, dass Jenn ihr etwas anvertrauen wollte?

Aber es hat sie ja anscheinend auch nicht wirklich interessiert, was zwischen Jenn und mir letztlich vorgefallen war. Dass ich es vergeigt habe. Dabei ist es doch kaum zu übersehen, dass Jenn etwas verheimlicht, ist schließlich nicht das erste Mal.

Wenn ich recht darüber nachdenke: Ich habe auch niemandem erzählt, was an jenem Abend im Restaurant passiert ist, noch nicht einmal Marty. Damals habe ich mir eingeredet, dass es nichts zu erzählen gibt, aber jetzt ist mir klar, was wirklich mit mir los war: Tief im Innersten habe ich mich geschämt.

Hilarys rosa Kleid und das Orange ihrer Zigarettenspitze beginnen miteinander zu verschmelzen. Ich verschwinde, aber vorher werfe ich noch einen letzten Blick auf Hilary.

Was zum Henker macht sie da?

Sie steht kurz davor, den besten Kerl der Welt zu heiraten – und ist dabei, es zu versauen.

Genau wie ich.

ZWEIUNDDREISSIG

Eine Woche zuvor

JENN

»Und, wie viele hast du jetzt, Wendy?«, erkundigt sich Jenn über das karierte Tischtuch hinweg. Ihr gegenüber zählt Martys Mutter stumm die Herzen, die vor ihr aufgereiht liegen.

»Das sind noch mal zehn, Liebes«, verkündet sie lächelnd. »Wir haben's fast geschafft. Bravo.«

Jenn schaut auf das Ergebnis ihrer eigenen Mühen hinunter: kleine ausgestopfte Herzen mit einem Weltkartenmotiv auf der Außenseite.

Die letzten Hochzeitsvorbereitungen sind nicht ganz so reibungslos verlaufen, wie sie nach dem Junggesellinnenabschied angenommen hatte. Zunächst war sie ständig zwischen dem Konditor und dem Brautmodengeschäft hin- und hergeeilt, war aber dennoch froh gewesen, sich endlich nützlich machen zu können. Und als sie feststellte, dass sich noch niemand um die Gastgeschenke für die Tische gekümmert hatte, ist Martys Mutter sofort mit ihrem Handarbeitsgeschick in die Bresche gesprungen, hat Jenn in ihr riesiges Haus eingeladen, und dort haben sie in den letzten Tagen gemeinsam daran gebastelt. Hilarys Mutter dagegen hat in Bezug auf die Vorbereitungen kaum einen Finger gerührt. Stattdessen jammert sie ihrer Tochter und jedem, der ihr sonst noch über den Weg läuft, vor, dass sie es nicht ertragen kann, Hilarys Vater bei der Hochzeit zu sehen. Jenn tut ihr Bestes, Hilary aus der Schusslinie zu halten, aber im Grunde kann sie nicht viel ausrichten.

Sie hofft nur, dass Hilary die Nerven behält.

»Das ist wirklich eine hübsche Idee«, bemerkt Wendy und

dreht eines der Herzen prüfend in den Händen, »auch wenn mir nicht ganz klar ist, was es bedeuten soll.«

»Ich glaube, Hilary will damit sagen, dass ihnen dank ihrer Liebe die Welt zu Füßen liegt.«

»Na dann«, erwidert Wendy amüsiert. »Bei uns gab es früher einfach gebrannte Mandeln.«

Jenn grinst und schielt auf die Uhr an der Wand. Wenn sie sich zu ihrem Treffen mit Hilary nicht verspäten will, muss sie bald los. Irgendetwas stimmt immer noch nicht mit ihrer Freundin. Sie geht den Junggesellinnenabschied noch einmal in Gedanken durch: Letztlich ist mit dem Typen zum Glück doch nichts passiert. Hilary hatte einfach zu viel getrunken und ist irgendwann in Jenns Bett eingeschlafen. Jenn wollte am nächsten Morgen mit ihr darüber reden, doch Hilary grinste nur breit und tat so, als wäre nichts gewesen. Trotzdem, was ist los mit ihr?

Will sie überhaupt heiraten?

»Möchtest du noch Tee, Liebes?«

Jenn schreckt aus ihren Gedanken auf. »Hm, nein danke. Ich muss mich langsam auf den Weg machen. Ich bin mit Hilary in der Stadt verabredet. Aber ich komme morgen noch mal vorbei und bring die Herzen dann zum Festsaal.«

»Das ist lieb von dir. Geht ihr essen?«

»Ja. Es ist so eine Art Geburtstagsnachfeier zu Hilarys dreißigstem, nur für uns zwei.«

Als sie aufsteht, um ihren Mantel anzuziehen, wirft sie einen verstohlenen Blick auf die Familienfotos auf der Anrichte – eine Reihe Bilder von Marty und, wie sie annimmt, seinem jüngeren Bruder Jamie: die beiden als Kinder im Schwimmbecken und am Strand, als Teenager auf Angeltour mit ihrem Dad und vor nicht allzu langer Zeit bei einem Rugbymatch. Zwei wirklich gut aussehende Jungs. Ein Bild in der Ecke fällt ihr besonders ins Auge, und sie nimmt es versonnen in die Hand.

Dunkles Wuschelhaar, glänzende braune Augen.

Ihr Robbie. Allerdings eine kindliche Version von ihm, die einen Arm um Marty gelegt hat. Sie muss lächeln.

»Das war ein richtiger kleiner Frechdachs, der Robbie«, bemerkt Martys Mutter, die plötzlich neben ihr steht.

»Oh, Entschuldigung.« Jenn stellt das Foto mit glühenden Wangen zurück auf die Anrichte.

»Unsinn«, winkt Martys Mutter ab und nimmt das Bild wieder in die Hand. »Fotos sind doch dafür da, dass man sie ansieht.«

Jenn lächelt dankbar.

Martys Mutter erzählt: »Ich weiß noch, wie Chris sich mit vierzehn beim Rugbyspielen das Bein gebrochen hat. Es war ziemlich schlimm. Robbie hat ihn jeden Tag im Krankenhaus besucht, monatelang.«

»Das wusste ich gar nicht«, sagt Jenn leise und spürt eine Welle der Zuneigung in sich aufsteigen. Das hört sich ganz nach ihrem Robbie an, dem echten Robbie, der er am Anfang war. Liebevoll und treu.

»Doch. Aber jetzt muss er endlich mal aufhören, in Schlagzeuge zu stürzen«, fügt Wendy etwas schärfer hinzu.

Schlagzeuge?

»Wie bitte?«

»Mach du dir deswegen keinen Gedanken, Liebes«, erwidert Wendy. »Solange er vor der Hochzeit zum Friseur geht, bin ich schon zufrieden.«

Sie ist neugierig geworden, hält Martys Mutter allerdings nicht für eine Klatschtante. Aber sie fragt sich doch, ob mit Robbie alles in Ordnung ist. *War es schwer für ihn ohne mich?* Hastig verdrängt sie den Gedanken. Sie hat schon ewig nichts von ihm gehört, wahrscheinlich denkt er gar nicht mehr an sie. Und selbst wenn, all das ist lange her. Seitdem ist viel passiert.

Ihre Mum hat sich seit Cornwall auch nicht mehr gemeldet. Allerdings hat Jenn nach allem, was geschehen ist, eigentlich auch nicht damit gerechnet. Und obwohl sie zugeben muss, dass die Zeit mit ihrer Mutter, anders als erwartet, sehr schön war, beginnt sie langsam zu akzeptieren, dass sich manches wohl nie ändert. Ihre Mutter wird nie so für sie da sein, wie sie es bräuchte und wie Wendy es vermutlich wäre. Aber das muss sie akzeptieren.

Sie kann ihre Mutter nicht ändern, nur sich selbst, und zum ersten Mal in ihrem Leben wird sie nicht diejenige sein, die die Scherben aufkehrt.

Sie wirft einen letzten Blick auf das Foto, verabschiedet sich von Wendy und macht sich auf den Weg.

Suchend lässt sie den Blick durch die Mischung aus Bar und Restaurant schweifen, bis sie Hilary entdeckt, die ihr von einem Tisch im hinteren Teil des Raumes aus zuwinkt. Während sie sich einen Weg zwischen den anderen Gästen hindurchbahnt, schießt ihr durch den Kopf, wie lange es schon her ist, dass sie zuletzt hier war. Robbie und sie waren früher regelrecht Stammgäste: tolle Musik, hervorragendes Essen und eine lebendige Atmosphäre. Der Besuch hier verschafft ihr einen Glücksmoment. Sie kann sich und Robbie buchstäblich vor sich sehen, zwei schemenhafte Gestalten drüben auf dem Sofa; er erzählt ihr irgendeine alberne Geschichte, und sie kann sich vor Lachen kaum halten.

Damals glaubte sie, es würde immer so bleiben.

»Ich kann nicht fassen, dass du zu spät kommst«, sagt Hilary ungläubig, als Jenn sich setzt und den Schal abnimmt. »Hast du das auf deinen Reisen gelernt?«

»Nein, ich musste mit Wendy noch was für die Hochzeit erledigen«, erwidert sie lachend.

»Du meine Güte, der ganze Aufstand tut mir echt leid«, entschuldigt sich Hilary mit schuldbewusster Miene.

»Ach, Unsinn. Man heiratet schließlich nur einmal. Und außerdem hab ich den Eindruck, dass Wendy gern hilft.«

Hilary trinkt einen großen Schluck Wein. »Auf jeden Fall vielen Dank. Ich weiß das alles wirklich zu schätzen.«

»Kein Problem.«

Sie will gerade fragen, wie die Dinge stehen, als die Bedienung an den Tisch kommt, um ihre Bestellung aufzunehmen.

Als sie wieder allein sind, sieht Hilary Jenn mit einem bedeutungsvollen Blick an. »Bist du ihm eigentlich schon über den Weg gelaufen?«

»Wen meinst du?«, fragt Jenn, obwohl sie genau weiß, von wem Hilary spricht.

»Jetzt hör aber auf«, entgegnet Hilary entrüstet. »Ich wünschte, du würdest mir endlich erzählen, was genau damals zwischen euch vorgefallen ist.«

»Hab ich doch«, erwidert Jenn und spürt, wie sich ihr Magen zusammenzieht. »Es hat einfach nicht mehr funktioniert mit uns.«

Hilary verdreht die Augen. »Das nehm ich dir nicht ab. Ihr wart doch total verrückt nacheinander. Wie auch immer, wenigstens ist er nicht mehr mit dieser komischen Liv zusammen.« Sie spricht den Namen aus wie eine Beleidigung.

Bei dem Gedanken an die beiden als Paar wird Jenn übel, doch dann seufzt sie und sagt: »Sie ist nicht komisch, ehrlich. Nur jung und unkompliziert.«

»Du bist doch auch jung und unkompliziert«, wirft Hilary ein.

»Mag schon sein«, sagt Jenn zögernd. »Aber ich hab mich wohl zu sehr in die Arbeit gestürzt und darüber ganz vergessen, den Augenblick zu genießen.«

Ein Schatten huscht über Hilarys Gesicht, sie scheint etwas erwidern zu wollen, doch in dem Moment erregt etwas an der Bar ihre Aufmerksamkeit. »Mist«, entfährt es ihr.

»Was ist denn?« Jenn folgt ihrem Blick.

Sie hält den Atem an.

Da ist er.

Robbie, zusammen mit Marty, an der Bar.

Die beiden stehen mit dem Rücken zu ihnen. Sie betrachtet eingehend seine breiten Schultern und das wirre Haar.

»Ich bringe Marty um«, erklärt Hilary unvermittelt, und Jenn sieht sie an. Ihr Herz klopft heftig.

»Wovon redest du?«, fragt sie, vor Schreck ganz durcheinander.

»Ich hab ihm erzählt, dass wir eventuell heute Abend hier sind. Ich kann einfach nicht fassen, dass er Robbie mitgebracht hat.«

»Vielleicht hat er es einfach vergessen«, vermutet Jenn, während ihr das Blut in den Kopf schießt.

Aber Hilary scheint gar nicht zuzuhören, und zwei Sekunden später steht sie schon an der Bar. Die Jungs drehen sich überrascht zu ihr um, und Hilary redet wild gestikulierend auf Marty ein.

Robbie sieht zu Jenn herüber, und ihre Blicke treffen sich. Sein Mund ist leicht geöffnet, als hätte er ein Gespenst gesehen.

Hastig schaut sie zu Boden. Sie weiß nicht, was sie tun soll, immerhin trifft sie heute zum ersten Mal seit fast neun Monaten mit ihm zusammen.

Seit sie ihn mit Liv gesehen hat.

Ihr Herz pocht jetzt wie wild, während sie krampfhaft überlegt, was sie zu ihm sagen könnte. Als sie ein paar Sekunden später aufschaut, steht er mit seinem Bier in der Hand an ihrem Tisch.

»Macht es dir was aus, wenn ich mich setze?«, fragt er und deutet auf Hilarys Stuhl.

»Nein«, sagt sie.

Als er ihr gegenübersitzt, merkt sie ihm deutlich an, dass auch er nervös ist, und für einen kurzen Moment hat sie Mitgefühl mit ihm. Immerhin hatte sie das Land verlassen, ohne ihm auch nur Auf Wiedersehen zu sagen.

Aber er hat Liv geküsst. Das ist schließlich nicht meine Schuld. Ich habe etwas Besseres verdient.

»Wie geht's dir?«, erkundigt er sich.

»Gut. Und selbst?«

»Auch gut«, antwortet er.

Sie sehen sich an.

»Das hier ist schon irgendwie schräg«, sagt er endlich und fährt sich mit der Hand übers Gesicht. Gegen ihren Willen muss sie lächeln. Es *ist* schräg.

»Warum hast du das getan?«, fragt er schließlich nach einer kurzen Pause. »Warum bist du einfach so abgehauen?«

»Robbie, ich …«, beginnt sie und fühlt sich von seinen braunen Augen unwiderstehlich angezogen.

Liv, das Restaurant, der Kuss.

Quälende Bilder ziehen an ihrem geistigen Auge vorbei, und spontan möchte sie ihm die Wahrheit am liebsten ins Gesicht schreien.

Aber was bringt das? Sie darf sowieso nicht zulassen, je wieder mit ihm zusammenzukommen.

Nicht nach dem, was sie durch den Brief erfahren hat.

Er sieht ihr in die Augen; Schmerz liegt in seinem Blick.

»Du hast mir so gefehlt, Jenn.«

Er greift nach ihrer Hand und drückt sie zweimal. Ein Kribbeln jagt ihren Arm hinauf und durch ihren ganzen Körper.

Seine Worte – es tut so gut, sie zu hören.

Er hat ihr auch gefehlt.

Aber das sind nur Worte, keine Taten. Außerdem hatten sie schon lange vor Liv Probleme. Hat er das etwa vergessen?

»Ich kann das nicht«, sagt sie und entzieht ihm ihre Hand. Sie kramt ihr Portemonnaie aus der Tasche und legt Geld für das Essen auf den Tisch, das sie vorhin bestellt hat. Tränen treten ihr in die Augen.

»Willst du wirklich schon gehen?« Die Überraschung steht ihm ins Gesicht geschrieben.

Sie erhebt sich und nimmt den Mantel von der Stuhllehne.

»Ja, Robbie«, erwidert sie so bestimmt wie möglich. »Ich gehe.«

»Na super!«, hört sie ihn rufen, während sie sich von ihrem Tisch entfernt und die ersten Tränen fließen. »Hau einfach ab und lass mich sitzen. Das kannst du ja so gut.«

ROBBIE

Jenn verlässt die Bar und ist verschwunden.

Vollidiot.

Unglaublich. Nach allem, was sie seinetwegen durchgemacht hat, nachdem er Liv im Restaurant geküsst hat – wie kann er da nur so mit ihr reden?

Ist ihm wirklich nicht klar, was für ein Arschloch er gewesen ist?

Er hätte ihr nachgehen und ihr sagen sollen, wie leid ihm alles tut und dass er sich wie ein Schwein aufgeführt hat. Stattdessen sitzt mein anderes Ich da und sieht total verloren aus.

Ich renne zur Tür, aus dem Lokal und auf den Gehsteig hinaus. Da ist sie – schon ein Stück die Straße runter. Sie biegt auf die Royal Mile ab, und ich laufe, so schnell ich kann, hinter ihr her. Sie ist mutterseelenallein und furchtbar aufgewühlt. Ich weiß, sie kann mich nicht sehen, und ich kann auch nicht mit ihr sprechen, aber ich muss jetzt einfach bei ihr sein.

Der kalte Wind peitscht mir ins Gesicht, während ich an Zeitungsläden und Bars vorbei um die Ecke laufe und ihr in die Royal Mile folge. Ich lasse den Blick suchend über die gepflasterte Straße schweifen, überprüfe die Eingänge der Bars, die Kathedrale, das Denkmal. Wo ist sie hin?

Sie war doch gerade noch da.

Fuck.

Ich habe sie verloren.

Ich gehe weiter, frage mich, wohin sie verschwunden und was ihr wohl durch den Kopf gegangen sein mag. Und warum bin ich überhaupt noch in dieser Erinnerung, wenn sie doch nicht mehr da ist?

Schließlich bleibe ich vor dem Denkmal stehen und setze mich auf das Steinpodest zu seinen Füßen, lasse mich vom eisigen Wind durchpusten, bis mir die Kälte in die Glieder dringt. Ich betrachte die heimelig beleuchteten Bars, hinter deren Fenstern schemenhafte Gestalten sitzen. Zwei davon beugen sich vor, um sich zu küssen.

Wir waren immer gern auf der Royal Mile. Wir hatten einige Lieblingsplätze, in der ganzen Stadt verteilt. Orte, an denen wir lachen, uns streiten, uns küssen – und lieben konnten.

Orte, die mich verfolgten, nachdem sie aus Edinburgh verschwunden war. Wochenlang machte ich nach Möglichkeit einen großen Bogen um die Royal Mile. Irgendwie schienen die Erinnerungen noch in den Pflastersteinen zu verweilen, in einem Café, in dem wir Schutz vor dem Regen gesucht hatten, oder in der Bar gleich um die Ecke, in der wir noch vor Kurzem gewesen waren.

Vielleicht verschwinden Menschen auf diese Weise nie ganz.

Ich muss daran denken, wie es im Lokal weiterging, nachdem Jenn gegangen war. Im selben Moment, als ich wieder zu Marty an die Bar kam, stürmte Hilary in Richtung Toilette davon. Er sah blass und gestresst aus, wollte wissen, was denn mit Jenn los gewesen sei, und ich weiß noch, dass mich der ganze Mist total ankotzte. Ich bestellte mir noch was zu trinken und erklärte ihm, dass Jenn ganz offensichtlich kein Interesse daran habe, mit mir zu reden. Daraufhin schwieg er eine Weile, bis er schließlich etwas sehr Merkwürdiges sagte.

»Ich habe euch früher immer beneidet.«

Ich wusste nicht, was ich antworten sollte. Marty war doch derjenige mit dem tollen Job und der schicken Wohnung.

Und derjenige mit der perfekten Beziehung. Als ich ihn fragte, wovon um alles in der Welt er da rede, erwiderte er, es sei doch nicht zu übersehen gewesen, dass wir beide verrückt nacheinander waren. Das habe er bereits erkannt, als er uns zum ersten Mal zusammen sah, damals, bei meiner Weihnachtsparty – er meinte, nicht jeder hätte das Glück, eine solche Beziehung zu führen.

»Und was ist mit Hils?«, fragte ich, woraufhin er mich nur traurig anlächelte. Er liebe sie von ganzem Herzen, aber zwischen mir und Jenn gebe es eine ganz besondere Magie, und ich würde es bereuen, wenn ich es nicht wenigstens noch einmal versuchte.

In dem Moment spürte ich so etwas wie Hoffnung in mir aufkeimen, aber das Gefühl war schnell wieder verflogen. Mir fiel einfach nichts ein, was ich hätte tun können. Und ich war zu gedemütigt und zu stolz, um ihr nachzugehen.

»Verdammter Trottel«, beschimpfe ich mich selbst, während ich hier am Fuß des Denkmals sitze. Irgendwo holt jemand tief Luft.

»Robbie?«

O mein Gott.

Jenn.

Wo ist sie?

»Jenn?«, frage ich ungläubig.

»Ich will dich jetzt nicht sehen, okay?«

Ihre Stimme kommt von der anderen Seite des Denkmals. Sie klingt dumpf und gepresst, als hätte sie geweint.

Aber ich verstehe das nicht.

Sie spricht mit mir.

Ohne eine Spur von Panik.

Weil sie Robbie ohnehin nicht sehen könnte – das Denkmal ist ja zwischen uns.

Ich Idiot.

Warum bin ich da nicht früher drauf gekommen? Wo sie doch die ganze Zeit schon meine Stimme hören kann. Sie kann mich nur nicht sehen. In diesem Moment hält sie mich für mein anderes Ich aus ihren Erinnerungen. Sie glaubt, es ist ihr hierher gefolgt.

Mein Herz rast.

»Jenn«, versuche ich es noch einmal.

Sie antwortet nicht. *Vielleicht habe ich mich doch geirrt?*

»Ich wollte nur sichergehen, dass alles in Ordnung ist«, füge ich schnell hinzu.

Schweigen. Dann höre ich von der anderen Seite des Denkmals ein Schniefen und ein Rascheln.

»Mir geht's gut«, sagt sie endlich. »Danke, dass du fragst.«

Heilige Scheiße, ich spreche mit ihr. Mann, ich wünschte, ich könnte sie in die Arme nehmen und richtig trösten. Aber ich weiß, was ich stattdessen tun muss – und zwar schnell.

»Jenn«, beginne ich und hole tief Luft. »Warum hast du Edinburgh verlassen?«

»Robbie, ich hab dir doch gesagt, ich kann das nicht.«

»Ich muss es aber wissen, Jenn! Ich kann dir das jetzt nicht erklären, aber es ist wirklich ungeheuer wichtig.« Und dann sage ich noch: »Und ich weiß, dass es nicht nur wegen Liv war.«

Auf der anderen Seite des Denkmals atmet Jenn erneut tief durch.

»Woher weißt du …«

»Ist doch egal. Die Sache tut mir schrecklich leid. Es tut mir schrecklich leid, dass du das durchmachen musstest. Aber was zumindest das Thema Liv angeht: Ich habe sie nie geliebt, ich liebe dich. Bitte, Jenn, sag mir einfach, was an dem Abend passiert ist.«

Mein Herz hämmert. *Bitte, sag es mir, oder wir werden sterben.*

Stille. Nach einer Weile beginne ich mich zu fragen, ob sie noch da ist. Oder ist sie schon wieder verschwunden?

»Lass uns reden«, sagt sie schließlich.

Ja, ja, ja!

»Ich komme zu dir rüber.«

Nein!

»Wir können doch auch so reden«, wehre ich hastig ab. »Es ist doch gut so.«

»Nein«, erwidert sie, und ich höre Schritte auf den Pflastersteinen.

Als sie aus der Dunkelheit auftaucht, sind ihre Augen vom Weinen geschwollen, aber es liegt auch ein Schimmer darin – ein Hoffnungsschimmer?

Ich halt's nicht aus.

Komme einfach nicht klar damit, dass ich schon wieder der Grund dafür bin, dass sie sich elend fühlt.

Aber ich kann nur dastehen und zusehen, wie sie sich suchend nach dem Mann umsieht, mit dem sie gerade noch gesprochen hat. Ihr Mund öffnet sich, und ihre Lider flattern vor Verwirrung.

»Robbie?«

Ich bin hier, Jenn!, möchte ich am liebsten rufen und eile zu ihr. *Ich bin hier, hier bei dir.*

Ich bin ihr nah genug, um sie zu berühren und ihr die letzte Träne von der Wange zu wischen.

Aber ich kann nicht.

Ich muss unbedingt einen Weg finden, wieder mit ihr zu sprechen – und unsere Unterhaltung zu Ende zu führen.

Denn sie hätte mir beinahe alles erzählt.

Und das ist unsere einzige Hoffnung.

DREIUNDDREISSIG

Am Tag zuvor

ROBBIE

Kronleuchter. Marmorfußböden. Ein Empfangsschalter aus Mahagoni. Menschen eilen geschäftig hin und her.

Wo bin ich?

Als ich mich umschaue, sehe ich einen gigantischen Weihnachtsbaum, der fast an die Decke stößt – *wie albern, im November schon für Weihnachten zu dekorieren,* hatte Marty mal gesagt.

Auf einem Schild in der Nähe steht: *McFly-Davidson Hochzeit.*

Wir sind in der Zeit gesprungen.

Dies ist der Tag von Martys und Hilarys Hochzeit.

Der Tag, bevor wir ins Auto steigen.

Mit einem Mal fällt es mir schwer zu atmen. Uns gehen langsam die Erinnerungen aus, und diese sogenannte geteilte Todeserfahrung kann nicht mehr lange dauern. Ich muss einen Weg finden, noch einmal mit ihr zu sprechen. Irgendwo, wo sich mein anderes Ich bereits aufhält, damit es glaubwürdig ist, es darf aber nicht zu sehen sein.

Wo ist sie?

Eine in Violett gekleidete Gestalt taucht am anderen Ende des Hotelfoyers auf – Jenn. Sie kommt direkt auf mich zu. Sie sieht einfach umwerfend aus, wie eine römische Göttin. Der seidige Stoff ist elegant über eine ihrer Schultern drapiert, und weiße und goldene Blumen zieren ihr Haar.

An der Rezeption bleibt sie stehen, und der ältere Herr dahinter schaut sofort auf und lächelt sie höflich an.

»Hallo«, sagt sie, ebenfalls lächelnd. »Ich wollte mich nur erkundigen, ob die Traurednerin schon eingetroffen ist. Sie meinte, sie würde sich verspäten. Anscheinend sind die Straßen glatt.«

Der Mann bespricht sich mit der jungen Frau neben ihm, und ich lasse meinen Blick noch einmal durch die Empfangshalle schweifen.

Wo treibt sich Robbie eigentlich rum?

»Ja, keine Sorge«, sagt der Mann schließlich. Ich drehe mich wieder zu den beiden um. »Sie ist vor fünf Minuten angekommen und ist schon dabei, aufzubauen.«

»Super, danke«, erwidert Jenn, eindeutig erleichtert. Sie verlässt die Rezeption, und ich folge ihr. Mir schwirrt der Kopf vor lauter Plänen. Könnte ich vielleicht irgendwie mit ihr telefonieren? Und wenn ja, welches Telefon könnte ich benutzen? Allerdings hat schon der Computer nicht funktioniert, warum sollte es dann auf diese Weise klappen? Und wenn ich es noch mal mit einem Denkmal versuche? Aber wo soll ich auf die Schnelle eins hernehmen?? Und ob sie überhaupt noch mal mit mir spricht nach dem, was auf der Royal Mile passiert ist?

Verdammt, denk nach, Robbie.

»Jenn!«, ruft da jemand laut, und wir drehen uns beide um. Hinter ihr steht eine ganz in Mintgrün gekleidete Frau mit kurzen blonden Haaren und weit auseinanderstehenden Augen. Hilarys Mum. Sie wringt verzweifelt die Hände.

»Hallo, Sue«, grüßt Jenn, »alles in Ordnung?«

»Nein. Absolut nicht.«

»Was ist denn los?«

»Hilary … Sie will sich nicht fertig machen.«

Jenn runzelt die Stirn. »Aber ich hab sie doch gerade erst gesehen. Sie und die Brautjungfern sind dabei, sich schminken zu lassen.«

Sue schüttelt den Kopf. »Sie hat alle gebeten, das Zimmer zu verlassen.«

Was geht denn hier ab?

»Keine Sorge«, sagt Jenn beruhigend und ergreift Sues Hand. »Ich rede mit ihr.«

»Das wäre toll«, erwidert Sue hoffnungsvoll und sichtlich erleichtert. »Ich verstehe einfach nicht, was plötzlich in sie gefahren ist. Wenn ihr Vater das hört, rastet er aus.«

»Das wird schon wieder«, sagt Jenn mit einem ermutigenden Lächeln.

Wenige Minuten später fahren wir gemeinsam im Fahrstuhl nach oben. Es ist total seltsam, ihr so nahe zu sein. Wenn ich jetzt etwas sagen würde, könnte sie mich hören. Und wenn ich sie berühren würde, könnte sie es spüren. Es wäre so einfach. Aber nein. Bloß kein Risiko eingehen. Ich darf mir jetzt keinen Fehler leisten. Es geht schließlich um ihr Leben.

Was ich will, ist im Moment scheißegal.

Der Aufzug hält an, die Türen gleiten auseinander, und ich folge ihr den vornehmen Korridor entlang. Da erklingt ein vertrautes Geräusch – mein anderes Ich lacht –, und Jenn hält einen winzigen Moment lang vor einer geschlossenen Tür inne. Seiner Tür. Marty und der andere Robbie sind in diesem Moment da drinnen, trinken Whisky und bereiten sich auf die Trauung vor.

Mist, wie stelle ich das jetzt bloß am besten an? Kann ich es vielleicht so aussehen lassen, als würde er von der anderen Seite der Tür mit ihr sprechen?

Reiß dich verdammt noch mal zusammen. Warum sollte er das tun?

Und schon geht Jenn mit einem Seufzer weiter den Flur entlang.

Ich muss mir was anderes einfallen lassen.

Wir biegen um die Ecke. *Was ist denn hier los?* Eine bedröppelt dreinschauende Gruppe junger Frauen säumt, aufgereiht wie an einer Schnur, den Korridor vor dem Zimmer der Braut: die beiden Brautjungfern in identischen seidenen Morgenmänteln und zwei weitere Mädels mit Bürsten und Make-up in der Hand.

Hilarys Mutter hatte recht. Aber warum hat Marty die Sache mit keiner Silbe erwähnt? *Wusste er überhaupt davon?*

Auf einmal wird mir klar, warum er neulich Abend in der Bar so blass war. Zwischen ihm und Hilary kriselte es.

Und ich hatte nichts davon mitbekommen, weil ich wie üblich viel zu sehr mit meinen eigenen Problemen beschäftigt war.

Die Brautjungfern stürzen sich wie eine hungrige Meute auf Jenn.

»Wir wissen einfach nicht, was wir machen sollen!«, ruft Deepa.

»Sie will nicht rauskommen«, fügt Pippa hinzu.

»Lasst mich nur machen«, erwidert Jenn ruhig und klopft an die Tür. »Hilary? Ich bin's.«

Schweigen. Endlich höre ich das Tappen von Schritten auf dem Teppich und dann das knirschende Geräusch des Schlüssels. Die Tür öffnet sich, und ich schlüpfe direkt hinter Jenn ins Zimmer.

Hilary sieht wild aus. Sie ist in einen weißen Frotteebademantel gehüllt, und ihre Haare stehen ungezähmt zu allen Seiten ab. Nur eines ihrer Augen ist geschminkt, und darunter sind schwarze Spuren zu erkennen, als hätte sie geweint.

»Was ist denn los?«, fragt Jenn behutsam und fasst Hilary bei den Händen.

Diese schnappt sich ein Glas Champagner vom Tisch und trinkt einen kräftigen Schluck, dann schüttelt sie den Kopf, als wollte sie nicht darüber reden.

Ich denke an den Abend davor zurück. Hilary ging es doch super, oder etwa nicht? Nun, immerhin wäre es nicht das erste Mal, dass ich was nicht mitbekomme. Ich gehe alles noch einmal in Gedanken durch: Die Hochzeitsgesellschaft hatte sich bei einem vornehmen Italiener in der Stadt versammelt, so weit, so gut. Doch dann hatte Martys Bruder ein bisschen zu tief ins Glas geschaut, und alle mussten sich sein betrunkenes Gerede anhören; und Hilarys Dad ist gar nicht erst aufgetaucht. Zugegeben, vielleicht nicht unbedingt der schönste Abend vor der Hochzeit.

Meine Aufmerksamkeit allerdings gehörte ganz allein Jenn – der Art, wie sie ganz leicht den Kopf neigte, wenn sie sprach, dem Grübchen, das auf ihrer Wange erschien, sobald sie lachte; der Tatsache, dass sich unsere Blicke unentwegt über den Tisch hinweg zu treffen schienen. Aber wenn ich daran dachte, wie sie ein paar Tage zuvor aus der Bar gestürmt war, fragte ich mich, ob ich mir das nicht nur einbildete. Ich hatte keine Ahnung, was ich tun sollte. Und bevor ich wusste, wie mir geschah, war das Abendessen vorüber, und Jenn und Hilary waren verschwunden, um zeitig schlafen zu gehen.

»Ich weiß auch nicht«, erwidert Hilary endlich, und ich schaue auf. Sie zuckt mit den Schultern.

»Was weißt du nicht?«, fragt Jenn.

»Ob ich das durchziehen kann.«

»Was denn? Die Hochzeit?« Jenns Augen weiten sich.

»Die Hochzeit, die Ehe. Es kriegen doch alle nur Kopfschmerzen davon. Warum mache ich das überhaupt?«

Man sieht ihr deutlich an, dass sie von Jenn eine Antwort erwartet.

»Weil du Marty liebst«, erklärt Jenn mit fester Stimme.

Hilary geht im Zimmer auf und ab und nippt dabei immer wieder an dem Champagner.

»Aber muss man denn deswegen unbedingt heiraten? Es gibt doch genug Leute, die nicht heiraten und trotzdem glücklich sind. Schau dich doch an«, fügt sie hinzu und dreht sich abrupt zu Jenn um.

»Mich?«

»Ja. Du bist einfach losgezogen und um die Welt gereist, ganz allein. Das war doch ein Riesenspaß, oder? Vielleicht will ich das ja auch.« Hilary klingt jetzt geradezu panisch, und ihre Stimme droht zu brechen. »Ich könnte doch auch mal nach Kolumbien fahren. Einfach den nächsten Flieger nehmen.« Sie bewegt einen Arm auf und ab und sieht in dem weißen Bademantel aus wie eine flatternde Möwe.

»Und was ist mit Marty?«

»Was soll mit ihm sein?«, fragt Hilary zurück, und eine unerwartete Härte schleicht sich in ihren Blick. »Heutzutage gehört die Welt schließlich den Frauen. Muss ich da wirklich die Gattin irgendeines Fondsmanagers werden? Für den ich all meine Träume aufgeben soll?«

»Nein, das musst du nicht«, antwortet Jenn bedächtig. »Aber er weiß doch, dass du Ärztin bist. Hat er deine Karriere nicht bisher voll und ganz unterstützt?«

»Ja, jetzt noch«, erwidert Hilary und macht eine ungeduldige Handbewegung. »Aber was wird, wenn wir erst Kinder haben?«

»Du, wenn du ihn nicht heiraten willst, dann musst du auch nicht«, stellt Jenn sachlich fest.

»Erklär das mal meinen Eltern.«

»Die würden das schon überstehen«, erwidert Jenn und schweigt dann.

Der Zweifel steht Hilary deutlich ins Gesicht geschrieben.

»Komm, jetzt setz dich erst mal«, fordert Jenn sie schließlich auf und hockt sich auf eine Ecke des riesigen Bettes. Langsam geht Hilary zu ihr hinüber und lässt sich neben sie sinken.

»Worum geht es hier denn wirklich?«, fragt Jenn. »Du bist doch ganz verrückt nach Marty, und als ich zu meiner Reise aufgebrochen bin, war doch noch alles in Ordnung?«

Hilary starrt auf den Boden. »Ja.« Sie zögert. »Aber das ist es ja gerade.«

»Was ist was?«

Hilary atmet tief ein und sieht dann wieder hoch. »Deine Reise. Als du weggefahren bist, habe ich angefangen nachzudenken …«

»Worüber?«

Sie lässt die Schultern hängen. »Darüber, was alles schiefgehen könnte.«

»Schiefgehen? Aber du und Marty, ihr seid doch das perfekte Paar.«

Hilary lächelt traurig. »Im Moment vielleicht, aber wer sagt denn, dass es in ein paar Jahren immer noch so ist? Woher soll ich wissen, ob er mich nicht irgendwann verlässt, wie all die anderen? Wenn du und Robbie es nicht schafft, so wie es zwischen euch gefunkt hat – es war doch das reinste Feuerwerk –, warum sollte es dann mit uns klappen?«

Jenn sieht sie einen Moment lang traurig an.

»Mist, tut mir leid«, entschuldigt sich Hilary kopfschüttelnd. »Ich hätte nicht von ihm anfangen sollen, es ist nur …«

»Ist schon gut«, versichert Jenn hastig.

»Ich glaube, das ist auch der Grund, warum ich in letzter Zeit ständig mit Marty Streit gesucht habe. Um ihn zu testen«, überlegt Hilary laut und seufzt.

Jenn streckt die Hand vor sich aus, als wollte sie ihre Nägel betrachten. Aber mir ist klar, dass sie nachdenkt. Sie ist kurz davor, etwas sehr Kluges zu sagen. Denn das ist das Besondere an Jenn – sie hat ein untrügliches Gespür dafür, was andere brauchen.

»Es stimmt«, beginnt sie schließlich, »eine Zeit lang war zwischen Robbie und mir alles ein einziges Feuerwerk … aber zu wahrer Liebe gehört einfach mehr als das. Zum Beispiel all die Dinge, die du mit Marty teilst – die sind letztendlich wichtig.« Sie sieht Hilary an. »Es ist doch an vielen Kleinigkeiten kaum zu übersehen, wie sehr er dich liebt. Kauft er dir nicht jeden Freitag das Butterscotch Eis, das du so gern magst? Und als du dir das Handgelenk gebrochen hast, hat er dir einen Monat lang die Haare gemacht.«

»Du meine Güte, ja.« Hilary muss lachen, und ihre Augen leuchten.

»Siehst du? Wenn du mich fragst, ist das die Art von Liebe, die am Ende besteht.«

Als ich Jenns Worte höre, fällt es mir mit einem Mal wie Schuppen von den Augen: Ja, wir hatten das große Feuerwerk, den Stoff, aus dem die Träume sind – aber das reichte einfach nicht, und ich war zu blind, um das zu erkennen. Ich glaube, am Anfang hab ich mich noch ganz gut geschlagen. Aber am Anfang ist es ja immer leicht – wenn alles neu und aufregend ist und noch keinerlei Verpflichtung besteht. Aber mit der Zeit wird es schwieriger, und dann muss man Arbeit investieren.

So wie die unvollendete Kathedrale von Gaudí, die Jenn mir zeigen wollte, ist wahre Liebe eine ewige Baustelle.

»Und was ist mit meinen Eltern?«, fragt Hilary plötzlich, und ich blinzle erschreckt.

»Mit deinen Eltern?«

»Sie hassen sich. Sie halten es nicht mal aus, im selben Raum zu sein.« Hilary sieht Jenn mit großen, sorgenvollen Augen an. »Was, wenn es uns auch irgendwann so geht?«

Jenn schweigt für einen Moment.

»Ich denke, das Risiko muss man einfach eingehen, wenn man glücklich sein will. Letztendlich ist das Leben ein einziges Glücksspiel … und manchmal hat man eben Pech, lebt sich auseinander und geht getrennte Wege. Aber du und Marty, ihr passt einfach perfekt zusammen. Meinst du nicht, du solltest es wenigstens versuchen?«

Endlich umspielt ein zaghaftes Lächeln Hilarys Mundwinkel.

Jenn legt ihre Hand auf Hilarys und sagt: »Also, wenn du möchtest, gehe ich jetzt da raus und erkläre der versammelten Mannschaft, dass die Hochzeit nicht stattfinden kann. Du musst nicht heiraten, weder Marty noch sonst irgendwen, weder heute noch sonst irgendwann. Es ist ganz allein deine Entscheidung.«

Hilary atmet tief durch und sieht aus dem Fenster in den weißen Winterhimmel. Ich frage mich, ob sie die gleichen Bilder vor Augen hat wie ich: wie sie Typen nachjagt, die ihr dann doch das Gefühl geben, nur der letzte Dreck zu sein, das verzückte Lächeln, als sie Marty zum ersten Mal traf, und wie er sie auch heute noch jeden Tag mit Hingabe umsorgt. Sie lieben sich über alles, und obwohl nichts auf der Welt wirklich sicher ist, bin ich doch davon überzeugt, dass ihre Liebe stark genug ist, um sie bis zum Ende zu tragen.

Schließlich blickt Hilary Jenn wieder an. »Ich möchte Chris heute nicht enttäuschen«, sagt sie leise.

»Aber das darfst du, wenn es das ist, was du willst.« Jenn lächelt. »Erinnerst du dich an Mamma Mia?«

Jetzt muss Hilary lachen.

»Nein, das will ich nicht«, sagt sie nach einer kurzen Bedenkzeit und schüttelt den Kopf.

»Also findet die Hochzeit statt?«

Schweigen.

»Ja«, sagt Hilary endlich und schließt Jenn in ihre flanellbehängten Arme. Einen Moment lang verweilen sie so.

»Ich bin so froh, dass du gekommen bist«, flüstert Hilary.

Jenn schließt die Augen. »Das hätte ich mir um nichts in der Welt entgehen lassen.«

JENN

Auf der anderen Seite der Doppeltür erklingt Harfenmusik, und jemand fordert die Gäste auf, sich zu erheben. Sie dreht sich zu Hilary um und strahlt über das ganze Gesicht. Hilary wirkt jetzt glücklich und ihrer Sache sicher. Sie sieht perfekt aus in ihrem schlichten und doch eleganten, rückenfreien Kleid. Ihre rötlichen Haare, die an der Seite von goldenen Blumen im Zaum gehalten werden, fallen ihr in Wellen über die Schultern. Genau wie Hilary es sich immer gewünscht hat, wenn nicht noch schöner.

Deepa und Pippa stehen in ihren goldglitzernden Kleidern direkt hinter ihr, während ihr Vater ein Stück abseits mit seinem Arbeitshandy beschäftigt ist. Jenn bedauert ihn.

Dieser Moment mit seiner Tochter ist für ihn für immer verloren.

Nach allem, was Hilary ihr erzählt hat, hat er sich während der ganzen Hochzeitsvorbereitungen rargemacht, abgesehen von der einen oder anderen hitzigen E-Mail, in der er sich bei ihrer Mutter über die Kosten beschwert hat. Jenn kommt nicht umhin, sich zu fragen, wie *ihr* Vater sich vor ihrer Hochzeit benommen hätte. Trotz allem, was passiert ist, ist sie sich sicher, dass er sich genauso verhalten hätte wie in ihrer Kindheit – still lächelnd, stets hilfsbereit und immer auf ihr Bestes bedacht.

Aber dazu wird es nicht kommen.

Ihre Augen füllen sich mit Tränen, weshalb sie erleichtert ist, als die Hochzeitsplanerin auftaucht, die ein professionelles Kostüm und ein Headset trägt. Sie schenkt allen ein übertriebenes Grinsen, als wolle sie sagen: *Lächeln, Mädels!* Jenn spürt, wie Hilary neben ihr eine Grimasse zieht; sie ist froh, als ihr bewusst wird, dass auch ihr nach Lachen zumute ist. Die Hochzeitsplanerin lauscht konzentriert einer Stimme aus dem Headset, nickt dann und dreht sich zu ihnen um.

»Es ist so weit«, flüstert sie und öffnet mit einer ausladenden Handbewegung die Tür.

Der geschmückte Saal ist voller Menschen, die sie lächelnd erwarten. Ein riesiger Kronleuchter hängt von der Decke, die von hohen weißen Säulen gestützt wird. Mit hellvioletten Bändern verzierte Stühle stehen zu beiden Seiten des langen weißen Teppichs, über den sie jetzt schreiten.

Als sie Robbie erblickt, hat sie wieder Schmetterlinge im Bauch, obwohl ihre letzten beiden Begegnungen nach ihrer Rückkehr mehr als merkwürdig verlaufen sind. Er sieht chic aus in seinem Kilt und der eleganten schwarzen Jacke. Als er von seinem Platz an Martys Seite kurz zu ihr herübersieht, fällt ihr auf, dass er sich zur Feier des Tages sogar die Haare geschnitten und sich rasiert hat. Unvermittelt wird ihr klar, dass sie sich immer noch genauso von ihm angezogen fühlt wie am ersten Tag.

An der Spitze der kleinen Prozession geht sie den Mittelgang entlang, vorbei an Kolleginnen und Kollegen aus dem Krankenhaus und gemeinsamen Freunden von Marty und Robbie. Campbell und Jill stehen fast ganz vorn, sie hält nervös den Atem an.

Doch im Vorbeigehen sieht sie, dass Jill sie anlächelt – mit einem Blick, der genauso liebevoll ist wie zuvor –, und sie atmet erleichtert auf.

Vorn angekommen, bleibt sie auf einer Seite des Gangs vis-à-vis von den Jungs stehen, und fast unwillkürlich sieht sie zu Robbie hinüber. Ihre Blicke treffen sich.

Jenns Herz schlägt höher.

Hilary und ihr Vater erreichen das Ende des Gangs, und er küsst sie pflichtschuldig auf die Wange, bevor er an seinen Platz zurückkehrt.

»Ein herzliches Willkommen Ihnen allen«, begrüßt die Traurednerin die Gäste. Sie ist noch sehr jung, trägt einen blonden Pagenkopf und einen eleganten grauen Hosenanzug. Zunächst geht sie mit ihnen die »langweilige Hausordnung« des Veranstaltungsortes durch, um ihnen anschließend etwas über Marty als Kind zu erzählen: ein frecher Kerl, zusammen mit seinem besten Freund Robbie immer auf der Suche nach Ärger.

Dann ist Hilary an der Reihe: eine überragende Violinistin, die als Kind Tiere über alles liebte – doch irgendwann erkannte, dass sie sich viel lieber um menschliche Patienten kümmerte.

Einige Bemerkungen über die Beziehung der beiden und zwei kurze Ansprachen: eine von Jenn und eine von Hilarys Cousine, gefolgt von dem Klaviervortrag eines Freundes der Familie, der ein Stück spielt, das eher zu einem Horrorfilm gepasst hätte als zu einer Hochzeit – Jenn weiß genau, dass Robbie gerade das Gleiche denkt, und als sie zu ihm hinübersieht, ertappt sie ihn bei dem Versuch, sich ein Grinsen zu verkneifen.

Die Traurednerin spricht jetzt darüber, was Liebe bedeutet: dem anderen eine Tasse Tee zu kochen, ihm eine Decke zu holen, wenn ihm kalt ist, die kleinen Dinge, die uns glücklich machen. Und auch die großen – dem anderen zu helfen, seine Träume zu verwirklichen, und zuzulassen, dass er sich verändert. Füreinander da zu sein, wenn es schwierig wird. Und das Glück des anderen über das eigene zu stellen.

Als die Rede zu Ende ist, stellt Jenn fest, dass ihr Gesicht feucht ist – sie weint. Sie ist verlegen, fühlt sich entblößt. Aber heute sind alle Augen auf Marty und Hilary gerichtet. Niemand beachtet sie.

Außer ihm.

Sie spürt, dass sein Blick auf ihr ruht, als der formelle Teil der Zeremonie beginnt und Marty verspricht, an jedem Tag seines Lebens für Hilary da zu sein.

»Und nimmst du, Hilary, Christopher Peter McFly zum Ehemann?«

»Ja«, antwortet Hilary mit brüchiger Stimme. Aber nicht mehr, weil sie Angst hat, wie Jenn weiß. Denn die Liebe, die Hilary und Marty füreinander empfinden, ist wahre Magie, die jeden Tag heller strahlt.

VIERUNDDREISSIG

Am Abend zuvor

ROBBIE

Derselbe Saal, aber er sieht jetzt anders aus. Ich stehe in der Mitte. Die Gäste sitzen an runden Tischen mit weißen Leinendecken, nur das Brautpaar mit seiner Entourage sitzt an einem langen Tisch ganz vorn, der mit Kerzen und Blumen geschmückt ist. Das Essen ist noch in vollem Gange, und der andere Robbie plaudert munter mit Hilary.

Wie merkwürdig, mich selbst mit nur einem Tag Abstand zu beobachten. Ich sehe genauso aus wie er, allerdings habe ich das Gefühl, dass zwischen ihm und mir Welten liegen. Es ist erstaunlich, wie viel sich im Bruchteil einer Sekunde verändern kann.

Doch jetzt muss ich mich konzentrieren. Als sich Jenn mit Hilary unterhalten hat, war es ebenso unmöglich wie während der Trauung, mit ihr zu sprechen. Aber lange kann es nicht mehr dauern, bis sie den Saal verlassen muss.

Ich brauche nur abzuwarten.

Während ich mich dem Tisch ganz vorn nähere, fallen mir die drei verschiedenen Nachtischsorten auf, die größtenteils unberührt auf den Tellern liegen – die Portionen sind zu groß, und die Desserts sehen trocken aus. Wäre ich für das Essen bei dieser Hochzeit verantwortlich gewesen, hätte ich etwas Einfacheres, aber Köstliches zubereitet. Etwas, an das sich Marty und Hilary noch lange erinnert hätten.

Ich hatte so viele Gelegenheiten, mir etwas Eigenes aufzubauen, etwas aus meinem Leben zu machen … Warum habe ich das nie getan?

Der Fotograf läuft durch den Saal und knipst munter drauflos, aber niemand beachtet ihn groß. Die eigentlichen Hochzeitsfotos sind früher am Tag auf der Royal Mile aufgenommen worden. Es war eiskalt, und die Brautjungfern sind lachend in ihren High Heels über die vereisten Pflastersteine geschlittert. Marty hat Hilary einen Teil des Weges getragen, damit sie nicht über ihr Kleid fiel, und sie haben wahnsinnig glücklich ausgesehen.

Ich muss wohl ziemlich angespannt gewirkt haben, denn als die Fotos vom Bräutigam und seinem Trauzeugen aufgenommen wurden, fragte mich Marty, ob etwas nicht stimme.

»Ist es wegen Jenn?«, fragte er.

Ich antwortete nicht.

»Rede einfach mit ihr.«

»Hab ich doch neulich schon versucht, ohne Erfolg«, murmelte ich.

»Herrgott, dann versuch's halt noch mal.«

»Auf keinen Fall. Ich lass mich nicht noch einmal so demütigen.«

»Ach, sind wir zu stolz?«, gab Marty zurück und zog die Augenbrauen hoch.

»Quatsch. Na ja, mag sein. Aber wozu das Ganze, wenn sie doch wieder Nein sagt?«

»Weil du sie liebst.«

In diesem Augenblick forderte uns der Fotograf auf, gemeinsam über die Royal Mile zu gehen. Als wir uns umwandten und die Kamera hinter uns klickte, gab ich zu: »Ich weiß einfach nicht, was ich tun soll.«

»Wie wär's denn mit was Schönem?«

»Wie meinst du das?«

»Denk doch mal nach, du Depp. Was gefällt ihr? Womit kannst du sie zum Lächeln bringen?«

Und genau in dem Moment fiel mein Blick auf einen Gegenstand in einem Souvenirladen.

»Du bist ein Genie«, sagte ich und fasste ihn am Arm.

Er grinste. »Geh schon. Dann kann sich wenigstens einer von uns vor ein paar dieser bekloppten Fotos drücken.«

Ein Klirren ertönt vom Tisch des Brautpaars. Jamie ist aufgestanden und schlägt mit dem Messer vorsichtig gegen sein Wasserglas.

Mist, jetzt kommen auch noch die Reden.

Im Saal wird es nach und nach still, und immer mehr Gesichter schauen in die Richtung, aus der das Klirren kommt.

»Guten Abend, verehrte Gäste«, hebt er feierlich an, »ich möchte mich bei euch allen dafür bedanken, dass ihr heute hier seid, um mit meinem Bruder seine Hochzeit zu feiern.«

Er erzählt ein paar lustige Anekdoten aus der Zeit, als sie beide Kinder waren und Marty ständig den Unfug ausbaden musste, den Jamie angestellt hatte.

»Sorry, Mum.« Er grinst Wendy über den Tisch hinweg an. Sie verzieht das Gesicht, muss dann aber doch lächeln.

»Aber genug davon. Das Witzereißen überlasse ich lieber Robbo für später.«

Von den hinteren Tischen hört man Gejohle und betrunkenes Gelächter. Der andere Robbie grinst, doch dann erscheint ein seltsamer Ausdruck auf seinem Gesicht, und er spielt mit einer Karte herum, die er in den Händen hält.

Seltsam. Ich kann mich an den Inhalt meiner Rede gar nicht mehr erinnern. Er war mir erst kurz vorher eingefallen, nachdem ich mit Marty auf der Royal Mile gesprochen hatte.

Aber jetzt ist alles irgendwie verschwommen.

Jamie stellt den Vater des Bräutigams vor (Hilarys Dad hielt ungern Reden), der sich in gewohnter Manier darüber auslässt, wie stolz er auf Marty und auf das ist, was er erreicht hat – doch Hilary sei wohl das Beste in seinem Leben. Dann spricht Marty selbst ein paar Worte. Er erzählt davon, wie aufmerksam Hilary ist und wie hart sie arbeitet, wie beeindruckt er ist von allem, was sie tut, wie glücklich er sich schätzen kann, dass er sie gefunden hat und dass er jeden Tag seines zukünftigen Lebens mit ihr verbringen will.

Und während er redet, wünsche ich mir, ich hätte einen ebenso klaren Blick auf mein Leben – wüsste genau, was mich glücklich macht, um dann dafür zu kämpfen.

Als er schließlich zum Ende kommt, sind so einige Weinflaschen geleert worden, und um mich herum herrscht Stimmengewirr.

»Und zum krönenden Abschluss«, verkündet Jamie feierlich und nimmt Marty das Mikro ab, »spricht jetzt der Trauzeuge.«

Mit theatralischer Geste überreicht er es Robbie, während im Saal Jubel und Beifall ausbrechen.

»Jetzt gibt's was zu lachen«, höre ich jemanden sagen, und als ich mich umdrehe, blicke ich in die grinsenden Gesichter einiger alter Schulkameraden.

Ich bin total nervös.

»Es ist eine große Ehre, wenn einen der beste Freund bittet, sein Trauzeuge zu sein«, beginnt der andere Robbie und atmet tief ein.

Einen Moment lang hält er inne.

»Marty und ich kennen uns schon seit der Kindheit und waren immer füreinander da. Und ich denke, das ist es, worauf es ankommt im Leben …«, sagt er und räuspert sich. »Für andere da zu sein, wenn sie dich brauchen, das ist das Wichtigste.«

In meiner Nähe erhebt sich Gemurmel. Die Jungs tauschen verwirrte Blicke.

Was wird das denn?

»Als Marty und Hils zusammengekommen sind, war schon bald zu sehen, wie sehr er sie liebte. Wie sehr die beiden sich liebten. Und seitdem sind sie unzertrennlich.«

Marty und Hilary sehen sich an und lächeln. Er redet jetzt über ihre Beziehung, die Orte, an denen sie zusammen waren, und ihre gemeinsamen Erinnerungen. Und das alles ganz ohne dumme Kommentare. Keine peinlichen Geschichten, um Marty in Verlegenheit zu bringen.

Jenn starrt diesen Robbie unentwegt an mit einem Blick, den ich nur schwer deuten kann.

Man könnte beinahe meinen, es sei Liebe.

Aber das kann nicht sein, nicht nach allem, was sie meinetwegen durchgemacht hat.

»Ich will das Mikro nicht zu lange in Beschlag nehmen«, sagt Robbie, und leises Gelächter breitet sich im Raum aus. »Aber eines möchte ich noch loswerden.« Er schluckt. »Ein weiser Mann hat einmal zu mir gesagt, dass nicht jeder eine ganz bestimmte Art von Liebe findet. Eine magische Liebe.«

Marty nickt kaum merklich und lächelt.

»Aber wenn man das Glück hat, sie zu finden«, fährt Robbie fort, »muss man alles daransetzen, es nicht zu vermasseln.«

Er sieht verstohlen zu Jenn hinüber, und ich glaube zu erkennen, dass ihr Atem sich beschleunigt.

»Also, erhebt euch bitte alle, um auf die Braut und den Bräutigam anzustoßen«, sagt er zum Abschluss und hält den Gästen sein Glas entgegen.

Es wird laut im Saal, als die gesamte Hochzeitsgesellschaft die Stühle zurückschiebt, um aufzustehen.

»Auf Hilary und Marty und ihre magische Liebe«, sagt er und prostet den Gästen zu.

»Auf Hilary und Marty«, wiederholen sie wie aus einem Mund und trinken.

Marty küsst Hilary auf die Lippen, und zum ersten Mal verspüre ich so etwas wie Stolz.

Das war gut.

Gut und richtig.

Ich sehe zu Jenn hinüber. Sie lächelt Robbie an, und man sieht deutlich, dass auch sie stolz ist.

Allerdings habe ich mittlerweile einen ganz anderen Blick auf die Dinge. Es ist typisch Robbie, zu glauben, dass er mit einer einzigen Rede mal eben alles wieder einrenken kann und wie durch Zauberei plötzlich der Richtige für Jenn ist. Aber in Wahrheit hat er noch immer keinen Schimmer, was Liebe bedeutet. Was nötig ist, damit eine Beziehung funktioniert, oder was man tun muss, um einen anderen Menschen glücklich zu machen. Alles nur Worte, heiße Luft.

Und in Australien wartet Duncan – der perfekte Mann – darauf, dass Jenn zu ihm zurückkehrt, in das Leben ihrer Träume.

Wieder sieht der Saal anders aus. Die Tische sind verschwunden, es wurde Platz zum Tanzen geschaffen. Ich stehe am Rand. Rechts und links von mir nippen die Leute an ihren Cocktails und unterhalten sich. Gespannte Erwartung liegt in der Luft. Das Licht ist gedimmt, und die Band beginnt zu spielen.

»Macht Platz für das Brautpaar«, ertönt eine durchdringende Stimme, und Marty und Hilary erscheinen auf der glitzernden Tanzfläche. Sie sehen trunken aus vor Glück, und das auf eine Art, die ich noch nie bei ihnen bemerkt habe.

Weil Hilary zu ihm zurückgekehrt ist.

Ein paar Minuten wiegen sich die beiden im Takt der Musik, können die Augen nicht voneinander lassen. Endlich wirft Marty der Hochzeitsgesellschaft am Rande der Tanzfläche einen auffordernden Blick zu und lächelt.

Martys Eltern sind die Ersten, die sich zu ihnen gesellen, gefolgt von Hilarys Mutter. Widerstrebend macht Hilarys Dad ein paar Schritte auf sie zu, aber die beiden schauen sich nicht in die Augen. Als Nächstes kommen die Trauzeugen und die Brautjungfern, und Jenn und Robbie sehen sich zögerlich an, unsicher, was sie tun sollen, bis Robbie schließlich ihre Hand ergreift.

Ich muss nicht zu ihnen gehen, um zu erfahren, was sie sagen. Ich erinnere mich an jedes Wort.

Während die beiden zu tanzen beginnen, denke ich darüber nach, wie merkwürdig es ist, dass jetzt zwei Robbies den Blick auf Jenn richten – der, der nur sein eigenes Glück im Sinn hat, und der, der sich um ihres bemüht.

»Hast du dich bisher gut amüsiert?«, fragt er sie nervös.

Sie lächelt zu ihm auf. »Ich find's wunderschön.«

»Und Hils hatte keine Make-up-Krise oder so, an der alles zu scheitern drohte? Kein Alkohol in der Badewanne?«

Sie muss laut lachen. Zögert nur einen winzigen Moment. »Nein, alles ist prima gelaufen.«

Ich beobachte sie, wie sie sich zur Musik bewegen, und überlege dabei, ob manche Lügen unter gewissen Umständen vertretbar sind.

Dann spielt die Band ein neues Lied. Ich erkenne es. Ein Schauder läuft mir über den Rücken. Robbie und Jenn sehen sich an. »Fisherman's Blues« – der erste Song, zu dem wir gemeinsam getanzt haben, an jenem Abend vor fünf Jahren, als wir uns kennenlernten.

Und mit einem Mal tanzen wir richtig, drehen uns, wirbeln über die Tanzfläche und strahlen uns an, als wären wir ganz allein im Saal.

Ein Lächeln breitet sich auf meinem Gesicht aus, es tut gut, uns so zusammen zu sehen, wenn auch nur für einen Moment, glücklich wie früher.

Aber gleichzeitig bin ich traurig – mein anderes Ich ahnt nichts von Duncan und Jenns Plänen, nach Australien zu gehen. Es ist schon komisch, dass man nie wirklich weiß, was im Kopf eines anderen Menschen vorgeht.

Man ist nie vor Überraschungen sicher.

Als der Song zu Ende ist, gibt es Beifall für die Band, und Robbie pfeift laut.

Jenn lächelt vor sich hin, offensichtlich ganz in dem Moment gefangen, doch dann ändert sich ihr Gesichtsausdruck schlagartig, und ein Schatten legt sich über ihre Züge. Ihr Oberkörper versteift sich, und ohne jede Vorwarnung dreht sie sich um und geht. Als er sich eine Sekunde später zu ihr umschaut und sie davonlaufen sieht, bahnt er sich hastig einen Weg durch die Menge und eilt ihr nach. Ich folge ihm, denn ich darf Jenn jetzt nicht aus den Augen verlieren. Ich muss unbedingt versuchen, mit ihr zu reden.

Sobald er die Tanzfläche verlassen hat, ruft er ihr nach: »Jenn!«

Sie dreht sich um und sieht ihn mit traurigen Augen an. Er hebt fragend die Arme. »Wo gehst du hin?«

»Was willst du eigentlich, Robbie?«

Verwirrung huscht über sein Gesicht. »Ich will Zeit mit dir verbringen, Jenn. Ich möchte dich sehen.«

Ihre Blicke treffen sich kurz. »Ist das alles?«

»Was soll das heißen … ist das alles?« Er sieht frustriert aus. »Du hast mir gefehlt, Jenn. Mir ist immer noch nicht klar, wieso du verschwunden bist.«

Mir dafür umso mehr.

»Du hast mir auch gefehlt, Robbie«, erwidert Jenn ruhig. »Aber ich bin mir einfach nicht sicher, ob das mit dir und mir noch mal gut gehen würde.«

»Warum denn nicht?« Er greift nach ihrer Hand. »Wieso können wir heute Abend nicht einfach Spaß haben und sehen, was passiert?«

Sie zögert und richtet ihren Blick über seine Schulter hinweg auf etwas anderes. Er bemerkt es nicht, aber aus meiner Perspektive ist deutlich zu erkennen, wen sie anschaut: Marty und Hilary, die sich noch immer in inniger Umarmung im schummrigen Licht auf der Tanzfläche drehen.

Jenn sieht Robbie an. »Es tut mir leid«, flüstert sie, »ich kann nicht.«

Sie wendet sich ab und geht, lässt ihn einfach zurück, und die Verwirrung steht ihm deutlich ins Gesicht geschrieben. Und obwohl es wehtut, das alles noch einmal zu durchleben, muss ich mich jetzt konzentrieren. Das ist meine Chance, mit ihr zu sprechen.

Jetzt oder nie.

Ich folge ihrem violetten Kleid, das hinter ihr herweht.

Sie ist schon fast aus dem Saal, als ich eine wohlvertraute Stimme höre.

»Jenn!«

Meine Mum tritt auf sie zu, ein breites Lächeln im Gesicht.

Scheiße.

»Hallo, Jill.« Jenn bleibt stehen. Sie wirkt nervös. »Wie geht es dir?«

»Das wollte ich dich gerade fragen, Liebes«, antwortet meine Mum und fasst Jenn am Arm. »Wie schön deine Haare aussehen! Einfach umwerfend.«

Jenn scheint sich überrumpelt zu fühlen, doch sie erwidert Jills Lächeln. »Danke, mir geht's gut.« Etwas schimmert in ihren Augen. »Es tut mir leid, dass ich mich nicht mehr gemeldet habe.«

Mum seufzt. »Und mir tut es leid, wie Robbie sich benommen hat. Du hast das lange genug mitgemacht.«

Ich bleibe wie angewurzelt stehen. Mir wird schlecht. Sie hat mich tatsächlich aufgegeben.

Aber ich habe den alten Robbie ja auch aufgegeben. Das ist schließlich der Grund, weshalb Jenn mit Duncan zusammen sein sollte.

Ich mach es wieder gut, will ich Mum versichern, *ich mache alles wieder gut, versprochen. Deshalb bin ich ja hier.*

Da taucht Dad auf, und seine Augen leuchten, als er Jenn erblickt. »Hallo! Wie schön, dich zu sehen.«

»Ich freu mich auch«, erwidert Jenn.

Ich betrachte sein vom Leben gezeichnetes Gesicht, die zusätzlichen Sorgenfalten, die er gewiss allein mir zu verdanken hat. Unglaublich, dass ich mich nie bei ihm für mein unmögliches Benehmen an seinem Geburtstag entschuldigt habe. Stattdessen habe ich es seit damals möglichst vermieden, meine Eltern zu besuchen.

»Wie geht es Kirsty und Fi?«, erkundigt sich Jenn.

Mum und Dad tauschen einen vielsagenden Blick.

Was ist denn los?

»Kirsty geht es gut«, beginnt Mum, »aber es sieht leider so aus, als würden Fi und Max … sich trennen.«

Was zum Teufel …?

»Tut mir leid, das zu hören«, antwortet Jenn mitfühlend.

»Um ehrlich zu sein, der Haussegen hing schon lange schief«, räumt Mum traurig ein. »Aber es ist trotzdem schwer, vor allem für Struan.«

Struan. Ich muss daran denken, wie ich ihn das erste Mal in den Armen gehalten habe, damals im Krankenhaus, voller Beschützerinstinkt. In dem Moment habe ich mir geschworen, immer für ihn da zu sein. Wann habe ich ihn und Fi eigentlich zuletzt gesehen? Wie konnte mir das bloß entgehen?

Es wird alles immer schlimmer.

»Aber wie war denn deine Reise?«, fragt Dad, offenbar mit dem Wunsch, das Thema zu wechseln. »Stimmt es, dass du in Australien warst?«

Sie nickt, und ich spüre Beklemmung in der Brust – der fehlende Monat.

Sie und Duncan.

Aber er wird sie glücklich machen.

»Ich habe gehört, es gibt dort tolle Berufsaussichten für Ärzte. Wäre das nicht was für dich?«, sagt mein Dad.

Jenn zögert. »Ich denke tatsächlich darüber nach.«

Ein Anflug von Traurigkeit huscht über Mums Gesicht, dann lächelt sie. »Wie schön für dich.« Sie ergreift Jenns Hand. »Du musst tun, was dich glücklich macht, was immer das auch ist.«

Ich glaub's einfach nicht, sie ermutigen sie tatsächlich, ins Ausland zu gehen! Meine eigenen Eltern halten so wenig von mir, dass sie versuchen, die Liebe meines Lebens von mir fernzuhalten.

Aber ich kann immer noch etwas dagegen tun.

Ich kann alles wieder hinbiegen.

Es ist noch nicht zu spät.

FÜNFUNDDREISSIG

Am selben Tag

JENN

Sie hat die Arme überkreuzt und hält auf der einen Seite Hilarys Hand, auf der anderen Seite Martys. »For Auld Lang's Syne« singen die Gäste in einem großen Kreis und schwingen die Arme auf und ab, »For Auld Lang's Syne«. All die kleinen schottischen Traditionen haben ihr gefehlt, als sie fort war.

Selbst wenn sie tatsächlich nach Australien geht, wird sie ein Stück von diesem Ort in ihrem Herzen mitnehmen.

Hier ist sie zu Hause.

Die Musik wird schneller, und plötzlich laufen alle Richtung Mitte. Sie lässt sich lachend mitziehen und kommt schließlich direkt vor Robbie zum Stehen. Sie sehen einander an.

Sie verspürt ein Ziehen im Magen.

Dann öffnet sich der Kreis wieder, und die Musik verstummt. Die Hochzeit ist zu Ende. Zumindest für einige – Jenn geht davon aus, dass viele der Gäste noch in ihrem Hotel oder in der Stadt weiterfeiern werden. Aber für Jenn ist morgen ein wichtiger Tag, und es ist schon nach Mitternacht. Sie fängt wieder im Krankenhaus an, und dafür muss sie fit sein.

Wird Robbie noch weiter Party machen?

Hör auf, an ihn zu denken.

Sie verabschiedet sich von den Eltern der Braut und des Bräutigams und umarmt die Brautjungfern und Trauzeugen. Dann ist das frischvermählte Paar an der Reihe.

Hilary hat Tränen in den Augen. »Ich hab dich so unglaublich lieb«, gesteht sie Jenn mit vor Rührung und Glück zitternden Lippen, »ich weiß nicht, was ich ohne dich machen würde.«

Jenn wirft Marty, der neben ihr steht, einen verstohlenen Blick zu. Selbst jetzt, als sie sich verabschiedet, hält er noch immer Hilarys Hand. »Ich glaube, du kämst schon zurecht«, erwidert sie lächelnd.

Sie umarmen sich erneut, und Hilary verspricht, sich von Mauritius aus zu melden.

Aus dem Augenwinkel bemerkt sie Robbie, der sich ebenfalls verabschiedet und ihr dabei immer näher kommt. Aber sie kann einfach nicht mehr mit ihm reden, denn sie weiß nur zu gut, was passieren wird, wenn sie auch nur eine weitere Sekunde in seiner Gegenwart verbringt – daran hat sie keinen Zweifel.

Sie ist im Begriff zu gehen, als sie seine Stimme hört. »Gehört der dir?«

Sie dreht sich zu ihm um, und ihr Herz macht einen Satz, als er ihr einen kleinen glitzernden Gegenstand hinhält.

»Mein Ohrring.« Sie nimmt ihn und steckt ihn ins Ohrläppchen. »Danke.«

Wo ihre Finger sich berührt haben, prickelt ihre Haut.

»Kein Problem.« Eindringlich sieht er sie an.

Sie zögert, dann sagt sie: »Ich geh dann mal besser.«

Hastig wendet sie sich ab, spürt, wie er ihr nachsieht, aber sie bringt es nicht über sich, sich noch einmal umzudrehen. Kann es nicht ertragen, noch einmal in diese Augen zu blicken. Sie verlässt den Saal, eilt zum Fahrstuhl und atmet erleichtert auf, dass niemand dort ist. Vor der automatischen Tür bleibt sie stehen und drückt auf den Knopf.

Plötzlich spürt sie seine Anwesenheit im Flur.

Mist.

Sie drückt noch einmal heftig auf den Knopf.

»Jenn!«, hört sie ihn rufen, als die Tür sich endlich öffnet und sie in den Fahrstuhl schlüpft.

Zweimal hämmert sie auf den Knopf zu ihrer Etage, ihr Herz klopft wie wild.

Die Tür schließt sich.

Das Letzte, was sie sieht, ist sein verdutztes Gesicht im immer kleiner werdenden Türspalt zwischen ihnen.

ROBBIE

Abgehängt. Perfekt. *Gut gemacht,* möchte ich am liebsten im Fahrstuhl zu ihr sagen. Aber sie sieht verstört aus. Sie atmet schwer, und ihre Augen füllen sich mit Tränen. Ich wünschte, ich könnte sie in den Arm nehmen, aber das geht nicht. Ich kann nicht riskieren, sie in Panik zu versetzen, nicht jetzt, wo ich so dicht davorstehe, noch einmal mit ihr zu sprechen.

Wenn sie jetzt in ihr Zimmer geht, vielleicht könnte ich dann von der anderen Seite der Tür aus mit ihr reden?

Irgendwie muss es doch klappen.

Noch zwei Stockwerke. *Mach schon.* Die Nummern im Fahrstuhl leuchten eine nach der anderen auf wie bei einem Countdown. Es muss gegen ein Uhr morgens sein, was bedeutet, dass der Tag angebrochen ist.

Keine vierundzwanzig Stunden mehr, bis wir ins Auto steigen.

Endlich kommt der Aufzug zum Stehen, sie steigt aus und geht den Korridor entlang zu ihrem Zimmer. Vor der Tür zögert sie und starrt sie an.

Was soll das?

Jetzt geh schon rein.

Stattdessen setzt sie sich auf den Flurteppich und lehnt sich mit einem gequälten Gesichtsausdruck an die cremefarbene Wand. *Was ist los mit ihr?* Nach einer Weile setze ich mich neben sie, was soll ich auch sonst tun? Es ist ruhig, Eichenholz und Plüsch dämpfen alle Geräusche. Es ist genau die Art von Hotel, in dem ich gern mal mit ihr abgestiegen wäre: Wir hätten den ganzen Tag im Bett verbracht und Filme geguckt. Nur wir zwei, wieder vereint.

Ihr Blick bleibt an etwas hängen, sie runzelt die Stirn; am anderen Ende des Gangs steht ein Tisch, darauf eine Pflanze mit roten, nahezu Pik-förmigen Blütenblättern. Ich weiß wieder, was das ist. *Das sind Blätter, keine Blüten,* hat sie mir an unserem ersten gemeinsamen Weihnachten erklärt. Sie lächelte über meinen Irrtum, dann küsste sie mich. Das ist ein Weihnachtsstern.

Ehe ich weiß, wie mir geschieht, steht sie in einem Wirbel aus Violett vom Boden auf und geht zurück zum Fahrstuhl.

JENN

Während sie vor der Tür steht, fragt sie sich, was sie hier eigentlich tut. So war das nicht geplant; sie hatte sich geschworen, dass genau das nicht passieren würde.

Duncan. Australien. Der Brief.

Doch andere Worte drängen sich dazwischen, kämpfen um Platz in ihren Gedanken.

Man weiß nie, was morgen kommt.

Es tut noch immer weh, an Liv zu denken, das kann sie nicht leugnen. Die Vorstellung, dass die beiden zusammen waren, lässt ihr keine Ruhe. Aber schließlich ist er auch nur ein Mensch. Und Menschen machen Fehler. Doch sie haben auch die Fähigkeit, sich zu ändern, nicht wahr? Wenn sie es nur wollen.

Sie weiß nicht, was richtig ist, sie weiß nur, dass ihr Herz immer noch singt, wenn sie Robbie sieht.

Vielleicht wird es nie damit aufhören.

Sie klopft, hört ein Geräusch, Schritte auf dem Weg zur Tür. Ein metallenes Kratzen, dann ist er da. Seine müden Augen starren sie ungläubig an. Er hat sich umgezogen, trägt sein marineblaues T-Shirt und die Boxershorts. Mit einem Mal sieht er sehr verletzlich aus.

Sie küsst ihn, und all die vertrauten Eindrücke überrollen sie wie eine Welle; sein Geruch, sein Geschmack, wie es sich anfühlt, wenn sich sein Körper an ihrem reibt. Sie spürt, wie er sie hochhebt, hört das Klicken, als die Tür ins Schloss fällt, und ohne ein Wort trägt er sie in das schummrig beleuchtete Zimmer. Dann stolpern sie zum Bett, klammern sich aneinander, seine starken Hände tasten unter ihrem seidigen Kleid nach ihrer Haut. Sie halten für einen Moment inne, dann zieht sie ihm langsam und wortlos das T-Shirt aus, entblößt seine kräftige Brust und die vom Winter blassen Schultern. Sie lässt ihr Kleid an ihrem Körper hinab auf den Boden gleiten. Seine braunen Augen sind im gedämpften Licht des Raumes nur auf sie gerichtet, und dann pressen sie sich wieder aneinander und lassen sich auf das weiche, weiße Hotelbett sinken.

Sie spürt sein Gewicht auf ihrem Körper, die Art, wie sie instinktiv die Hüften aneinanderdrängen und miteinander verschmelzen. Sie küsst seinen Hals, und ihm entfährt ein fast schmerzerfüllter Laut.

Die letzten Kleidungsstücke landen hastig auf dem Boden, sie liefern sich beide schutzlos dem anderen aus, sind sich so nah, wie es nur geht, und schauen sich tief in die Augen. Er küsst sie zärtlich, die Zeit scheint stillzustehen, und dann, wie so viele Male zuvor, verlagert er das Gewicht, und ihr ganzer Körper erwacht wie elektrisiert zum Leben.

ROBBIE

Ich bin ganz in ihren Anblick versunken. Ertrinke. Spüre, wie ihre Finger die Haut meines anderen Ichs berühren und sich ihre Lippen auf seine legen, wie sich ihr Körper aufbäumt; eine qualvolle Ekstase, von der ich ausgeschlossen bin.

Und doch kann ich den Blick nicht abwenden.

Als es vorbei ist, bemerke ich, dass ich auf einem Schreibtischstuhl sitze. Die beiden liegen eng umschlungen im Bett. Er hat schützend den Arm um sie gelegt, und sie streichelt seine Schulter, so wie ganz am Anfang, als es für ihn noch leicht war.

Er wälzt sich vom Bett, um etwas zu holen.

»Wo willst du hin?« Sie lächelt, und er sieht sich kurz zu ihr um.

»Wart's ab.« Er kramt in der Felltasche seines Kilts, dann zieht er etwas heraus und reicht es ihr. Eine Tüte Jellybeans.

Das war es, was er in dem Laden auf der Royal Mile entdeckt hatte während des Fotoshootings.

Sie begreift und strahlt vor Freude.

»Oh, Jellybeans!«, ruft sie aus und grinst über das ganze Gesicht.

Und ich begreife – warum diese winzig kleine Geste sie so unglaublich glücklich macht.

Es war von Anfang an so einfach.

Er schlüpft zurück unter die Decke und zieht sie auf seine Brust. Sie küssen sich erneut, zärtlicher, sie kosten den Moment aus. Der Mond taucht ihre Körper in sein Licht, und ich weiß, dass ich keinen Ort je so lieben werde wie diesen. Nur wir zwei, eng umschlungen in der Dunkelheit. Dies ist der Ort, an den ich jedes Mal in Gedanken zurückkehren werde.

Und ich würde alles tun, um das Lächeln in ihrem Gesicht zu bewahren.

Damit dieser Moment nie endet.

SECHSUNDDREISSIG

ROBBIE

Lärm. Grelles Licht. Das Auto. Der Lkw.

Gleich erwischt er uns. Er ist schon verdammt nah.

Ich versuche, mich zu bewegen, das Pedal durchzutreten, zu rufen, zu schreien – irgendwas. Aber ich kann mich immer noch nicht rühren.

Staubpartikel in der Luft.

Jenn schaut weiter zu.

Die Zeit läuft uns davon.

SIEBENUNDDREISSIG

Am selben Morgen

ROBBIE

Ihr Schlafzimmer. In ihrer Mietwohnung. Er liegt auf ihrem Bett und schaut auf sein Handy. Roter Kapuzenpulli, genau wie meiner. Turnschuhe von New Balance, genau wie meine.

Verdammte Scheiße. Es ist der Morgen danach.

Das geht alles viel zu schnell.

Die Zeit rast.

Wie der Lastwagen – er hat uns fast erreicht.

Aber ich kann uns noch retten, sie muss bloß rechtzeitig aufwachen. Ich muss den Wagen nur nach rechts lenken, weg von dem Lkw.

Und was, wenn er mit ihrer Seite des Wagens kollidiert?

Ich habe keine Wahl. Das ist die einzige Möglichkeit.

Ich muss sie finden und mit ihr sprechen. Wo ist sie?

Wir sind heute Morgen vom Hotel aus hierhergekommen. Sie musste sich vor der Arbeit umziehen. Ihre erste Schicht fing um elf an.

Plötzlich steht Robbie vom Bett auf und geht in den Flur. Ich folge ihm. »Jenn!«, ruft er laut. »Ich geh nur mal kurz Kaffee holen.«

Wasserrauschen. »Alles klar«, ertönt eine gedämpfte Stimme.

Sie steht unter der Dusche.

Im selben Moment, in dem er die Tür ins Schloss fallen lässt, sprinte ich in Richtung Bad. Das Rauschen des Wassers wird lauter. Als ich das Zimmer betrete, schlägt mir Dampf entgegen. Ich kann ihre Umrisse hinter dem Duschvorhang durch den Dunst kaum erkennen.

»Jenn«, sage ich.

Sie lacht. »Hast du nicht gerade gesagt, du willst Kaffee holen? Du weißt doch, dass ich keine Zeit mehr für Sex unter der Dusche habe.«

Mir blutet das Herz.

Reiß dich zusammen.

Reiß dich ihretwegen zusammen.

Aber ich kann nicht.

Ich kann einfach nicht.

»Jenn, was immer du tust, zieh auf keinen Fall den Duschvorhang auf.«

»Ach, nein?« Ich kann ihr Lächeln hören. »Bist du wieder nackt? Du musst mich jetzt duschen lassen.«

Sie glaubt, ich mache Spaß. Aber dieses eine Mal ist es von absoluter Wichtigkeit, dass sie mich ernst nimmt.

»Jenn, du musst mir jetzt zuhören, okay?«

Ich vernehme, wie das Shampoo geöffnet wird und sie den Inhalt aus der Flasche drückt. »Ich bin ganz Ohr.«

Ich hole tief Luft.

»Neulich am Denkmal, da wolltest du mir etwas erzählen«, erinnere ich sie und kriege kaum Luft. »Du musst mir unbedingt sagen, was das war! Ich kann dir das jetzt nicht erklären, aber bitte glaub mir, dass es wichtig ist.«

Mein Herz rast. Das Wasser läuft und läuft. Ich stelle mir vor, wie sie mir ihr Geheimnis verrät, wie die Welt um uns herum erzittert und dann langsam verblasst, wie wir erneut im Auto sitzen – diesmal können wir uns bewegen – und gemeinsam davonrasen. *Nun sag es schon.*

»Von welchem Denkmal redest du?«

Ich erstarre.

Wie bitte?

»Das Denkmal«, wiederhole ich hastig. »Das auf der Royal Mile. Als du aus dem Pub gekommen bist.«

Schweigen.

»Ja, ich war da«, antwortet sie nach einer Weile, »aber du nicht. Ich war allein, Robbie.«

Wieder Schweigen. »Moment mal, woher weißt du, wo ich war?«

Es dämmert mir, zuerst langsam, dann fällt es mir wie Schuppen von den Augen.

Sie weiß es nicht mehr.

Jede ihrer Erinnerungen bleibt absolut unverändert.

Mir wird übel. Halt suchend klammere ich mich am Waschbecken fest. Bilder ziehen vor meinem inneren Auge vorbei: als ich ihr die Wunderkerze aus der Hand geschlagen, die Gondel in der Walzerbahn gestoppt, in der Sagrada Família ihren Arm berührt, sie im Flugzeug zugedeckt habe, als sie am Strand aufgewacht ist, die Schrift im Sand in Cornwall – sie weiß das alles nicht mehr.

Sie erinnert sich an nichts von dem, was ich für sie getan habe.

Das Wasser wird abgedreht.

Ich versteh das nicht. Ich habe doch selbst gesehen, wie sich alles verändert hat und was passiert ist! Und sie hat es wahrgenommen. Sie konnte mich hören, mich spüren und sehen, was ich getan habe, genau wie ich.

Ich fahre mir mit der Hand übers Gesicht, ein Kloß sitzt mir in der Kehle. Ich hatte doch angefangen, so vieles wiedergutzumachen, und jetzt ist alles verloren. Ich halte das nicht aus – abwärts geht es, die beschissene Schlange hinunter.

Ich schlage mit der Faust gegen den Spiegel an der Wand, und sie zieht den Duschvorhang auf. Ich starre in das Nichts vor mir.

Kurz darauf liege ich auf ihrem Bett und habe das Gefühl, tief in die Matratze einzusinken. Meine Glieder sind bleischwer, als wäre ich tagelang, nein, monatelang gerannt. Ich bin ungeheuer müde, so wie damals nach einem durchzechten Wochenende, in der Zeit vor Jenn.

Sie ist das Wunderbarste, was mir je passiert ist. Der unglaublichste Mensch, den ich kenne, den ich je kennenlernen werde. Und ich habe sie ständig nur enttäuscht. Ich war immer davon ausgegangen, dass ich es jederzeit besser machen kann, dass morgen ein neuer Tag ist – neues Spiel, neues Glück. Aber jetzt weiß ich, dass das nicht stimmt. Das Leben ist kein Spiel. Man kann nicht einfach noch einmal würfeln und stößt zufällig auf eine Leiter, auf der es wieder nach oben geht. Alles ist noch genauso, wie es vorher war. Ich bin nicht Gott. Mein Auto ist keine Zeitmaschine, mit der ich in die Vergangenheit reisen und dort meine Fehler wieder ausbügeln kann. All die Male, die ich sie enttäuscht habe, sind in ihrer Erinnerung noch immer lebendig. Ich habe Mist gebaut, immer wieder, daran hat sich nichts geändert.

Und wenn ich uns nicht retten kann, dann wird das alles sein, woran sie sich erinnert.

»Es tut mir leid, Jenn«, murmele ich, als ich höre, wie sie durch den Flur kommt. »So unendlich leid.«

JENN

Im Schlafzimmer wickelt sie die Haare in ein Handtuch und muss daran denken, wie er sie berührt hat und wie fantastisch sie sich in diesem Moment fühlt. So unglaublich lebendig, wie ein Vogel, der im Wind Kapriolen schlägt.

Er ist der einzige Mensch, bei dem es ihr je so gegangen ist.

Sie will, dass dieses Gefühl nie endet. Vielleicht könnte es dieses Mal mit ihm funktionieren?

Soll sie ihm noch eine Chance geben?

Duncan. Australien. Der Brief.

Ihr wird schwindelig.

Sie muss es ihm sagen.

Allerdings nicht jetzt. Nicht vor ihrer ersten Schicht. Sie will den Moment nicht ruinieren.

Aber heute Abend. Sie wird es ihm heute Abend sagen, wenn er sie abholt. Sie geht zur Tür, greift nach der Tasche, die über der Klinke hängt, und holt den Umschlag heraus – den Umschlag, den sie die ganze Zeit über so nah wie möglich bei sich behalten hat.

Sie muss ihn heute bei sich tragen.

Dringender als an jedem anderen Tag.

ROBBIE

Ein Brief.

Sie hält ihn in der Hand, er ist mittlerweile leicht zerknittert, und verfärbt steht auf dem Umschlag der Name einer Anwaltskanzlei: PR *Winston Solicitors, England.*

Mein Herz schlägt wie wild.

Ihr Geheimnis.

Heilige Scheiße.

Aber sie hat ihn doch verbrannt! Ich habe es selbst gesehen. Ich war dabei, als sie ihn angezündet hat, bevor sie zu ihrer Weltreise aufbrach.

Aber stimmt das auch?

Gedankenfetzen und Bilder wirbeln in meinem Kopf durcheinander.

Mir ist schon so verdammt viel entgangen. *Hab ich etwa noch was verpasst?*

Denk nach, Robbie. Was genau habe ich an dem Abend mitbekommen, als sie Edinburgh verlassen hat? Sie ist ins Restaurant gekommen, den Brief hatte sie in der Tasche, dann hat sie mich mit Liv gesehen. Und hat den Brief später im Wohnzimmer verbrannt.

Und was war vorher?

Sie war gerade aus dem Krankenhaus nach Hause gekommen, hatte die Wohnung betreten, Tee gekocht und sich ein Bad eingelassen. Die Post. Sie hat nach der Post gesehen. Und den Umschlag aufgemacht.

Der Umschlag.

Er war groß und ziemlich dick.

Mein Gott.

Da war noch etwas drin.

Verdammt, das ist es. Es war nicht nur ein Bogen Papier darin, sondern noch mehr. Es war ein weiterer Brief in dem Umschlag. Wie bei russischen Matrjoschka-Puppen.

Und der war in ihrer Umhängetasche.

Sie hatte ihn die ganze Zeit bei sich.

Aber was steht darin? Und warum lag er in dem anderen?

Während ich beobachte, wie sie mit dem Brief in der Hand dasteht, durchströmt mich ungeahnte Energie. Ich muss ihn unbedingt lesen, bevor ihre Erinnerungen ein Ende finden.

Der Bruchteil einer Sekunde würde schon reichen; würde verhindern, dass sie die volle Wucht des Aufpralls trifft.

Ich muss sie retten.

Als sie sich daran macht, den Brief in ihren Rucksack zu stecken, greife ich danach. Erschrocken sieht sie auf.

Ich sehe Sterne, als wäre ich kurz davor, in Ohnmacht zu fallen.

ACHTUNDDREISSIG

Zwei Stunden zuvor

JENN

»Wie ist Ihre Meinung zu dieser Dame?«

Dr. Burden steht neben ihr und betrachtet die schlafende Patientin.

»Sieht nach einer leichten Verschlimmerung ihres Asthmas aus«, antwortet sie, ohne lange nachzudenken. »Wir behandeln sie mit Cortison, doch ich bin vorsichtig optimistisch, dass wir die Sache bald in den Griff bekommen.«

Er lächelt und nickt. »Es ist, als wären Sie nie weg gewesen.«

War ich aber, widerspricht sie in Gedanken. In vielerlei Hinsicht. Sie hat das Gefühl, ein anderer Mensch zu sein, als hätte sie einen Teil von sich wiedergefunden, von dem sie gar nicht wusste, dass sie ihn verloren hatte.

In einem Punkt hat Dr. Burden jedoch recht. Das Wissen, das sie sich über die Jahre angeeignet hat, ist noch da. Es wartete irgendwo im Verborgenen darauf, dass sie es wieder hervorholt. Denn sich um andere zu kümmern – kranken Menschen zu helfen, sich besser zu fühlen –, ist für sie wie die Luft zum Atmen. Ein Lebenselixier.

»Sie haben uns hier gefehlt«, sagt er lächelnd, doch dann sieht er plötzlich besorgt aus. Er wirft einen raschen Blick auf die Patientin – sie schläft noch.

»Wenn Sie irgendwann das Bedürfnis haben, darüber zu reden, lassen Sie es mich wissen«, sagt er ruhig. »Haben Sie über das, was wir besprochen haben, nachgedacht?«

Sie nickt. Aber es ist nicht ganz die Wahrheit.

»Ja«, antwortet sie.

»Lassen Sie sich ruhig Zeit. Es ist eine wichtige Entscheidung.«

Sie reagiert nicht sofort. »Ich weiß«, sagt sie dann.

In ihrer Kitteltasche vibriert es, und sie zieht das Handy ein Stück heraus.

Es ist ihre Mum. Sie zögert.

»'tschuldigung, ist es okay, wenn ich …«, fragt sie ihn.

Dr. Burden lächelt. »Aber sicher. Gehen Sie nur ran.«

»Danke.«

Sie verlässt den Raum und geht zügig durch den Flur. *Was will Mum denn jetzt?* Ein Teil von ihr möchte den Anruf am liebsten ignorieren – sie bezweifelt, dass sie heute mit diesem Stress umgehen kann, und sie weiß, dass sie es auch nicht mehr muss; sie kann getrost an sich denken und einfach Nein sagen. Aber der andere Teil ist sich allzu bewusst, dass es um ihre Mutter geht: die Frau, die sie neun Monate lang in ihrem Bauch getragen und jedes Jahr zu ihrem Geburtstag eine neue Blume gepflanzt hat; die sie zur Musik der 1960er durch die Wohnung gewirbelt und ihr einen Schmetterling ins Gesicht gemalt hat, wann immer sie es wollte; die trotz ihrer Verantwortungslosigkeit und Unbeholfenheit Jenns Kindertage mit Magie erfüllt hat.

Als ihr Dad ging, hatte sich auch das Leben ihrer Mum für immer verändert.

Und trotz allem, was sie wegen ihrer Mutter durchgemacht hat, trotz all ihrer Fehler liebt Jenn sie noch immer.

Endlich findet sie eine ruhige Ecke und nimmt den Anruf an.

»Hallo, Mum.«

Schweigen.

»Jenny?«

»Ja, ich bin's. Ich bin bei der Arbeit.«

»Oh, tut mir leid. Stimmt, das ist ja heute. Ich kann später noch mal anrufen, wenn dir das besser passt.«

»Nein, ist schon in Ordnung. Ein paar Minuten habe ich Zeit.«

»Okay.«

Jenn sagt nichts, wartet einfach nur darauf, was kommen mag.

Zwei Wochen sind seit Cornwall vergangen, ohne ein Wort. *Wird sie so tun, als hätte die Unterhaltung über Dad nie stattgefunden?*

»Ich wollte nur sagen«, beginnt ihre Mum, und Jenn hört, wie sie tief Luft holt, »ich wollte nur sagen, dass das alles auch für mich nicht leicht war.«

Jenn verzieht das Gesicht. *Die alte Leier.* Es geht wieder nur um sie.

»Lass uns nicht wieder davon anfangen«, sagt sie müde. »Es war eine schreckliche Zeit für mich, als er verschwunden ist, und ohne Frage auch für dich. Belassen wir es einfach dabei.«

»Das meinte ich nicht«, widerspricht ihre Mutter. »Ich meine, am Ende war es nicht leicht für mich, mit deinem Vater zusammenzuleben.«

Damit hat sie nicht gerechnet. »Wovon redest du?«

»Ich habe damals im Garten versucht, mit dir darüber zu sprechen, aber … Du erinnerst dich doch sicher noch daran, zumindest ein bisschen?«

Jenn schüttelt den Kopf. »Erinnern – woran?«

»Seine Wutausbrüche, Jenny, seine Stimmungsschwankungen. Er hat deswegen seinen Job verloren. Daran musst du dich doch erinnern.«

Sie runzelt die Stirn. »Nein. Er war immer sanft und liebevoll.«

»Ja, stimmt, als du kleiner warst. Aber er hat sich verändert, Jenny. Als er uns verlassen hat, war er ein anderer Mensch.«

Fragmente beginnen in ihrem Kopf herumzuschwirren, wie verlorene Teile eines Puzzles, das sie schon seit Langem zusammenzusetzen versucht.

Mit einem Mal leuchtet eines davon auf wie ein Blitz – er brüllt herum, mit den Nerven am Ende, Mum weint, und sie rennt in ihr Zimmer.

Eine verschollene Erinnerung.

Noch während sie darüber nachdenkt, fährt ihre Mutter fort: »Doch eigentlich wollte ich dir nur sagen, wie leid es mir tut, dass ich dich auch verlassen habe. Dabei ging es aber gar nicht um dich. Ich bin vor meinem ganzen bisherigen Leben davongelaufen. Nachdem dein Dad fort war, habe ich es kaum noch ausgehalten in Edinburgh – es gab zu viele Erinnerungen, sie lauerten überall. Ich musste einfach weg … irgendwohin, wo ich neu anfangen konnte«, erklärt sie. »Aber dich wollte ich nie verlassen.«

Jenn spürt, wie ihr eine Träne die Wange hinunterkullert.

»Danke«, flüstert sie und schließt einen Moment lang die Augen.

»Wie auch immer«, fährt ihre Mum stockend fort, »heute ist dein erster Tag im Krankenhaus, also will ich dich nicht länger aufhalten. Aber ich sehe zu, dass ich dich bald mal in Edinburgh besuche.«

Jenn nickt in dem Bewusstsein, dass es wahrscheinlich nie dazu kommen wird. Aber schon die Vorstellung ist schön; sie bedeutet ihr viel.

»Das wär toll«, antwortet sie.

Schweigen.

»Ich liebe dich«, sagt ihre Mum.

»Ich dich auch.«

NEUNUNDDREISSIG

Fünfzehn Minuten zuvor

ROBBIE

Ich stehe vor ihrem Krankenhaus. Es ist eiskalt und dunkel, aber ich sehe Jenn in einiger Entfernung zügig zum Parkplatz hinübergehen – der andere Robbie hat versprochen, sie abzuholen und nach Hause zu bringen.

Es ist so weit.

Wenn ich sie jetzt zusammen im Auto losfahren lasse, ist es zu spät.

Ich jage ihr nach. Und dieses Mal weiß ich genau, was ich tun muss. Der Brief ist in ihrem Rucksack, direkt vor meiner Nase; das war er schon während ihrer gesamten Reise.

Ich hole sie ein, ziehe den Reißverschluss auf, stecke meine Hand in die Tasche und hole den Brief heraus.

Mein Herz klopft wie wild, aber Jenn zuckt nicht mal mit der Wimper.

Sie spürt es nicht.

O Gott, geh einfach weiter.

Ich öffne den Brief, während ich hinter ihr herlaufe. Und für einen Augenblick bleibt die Welt um mich herum stehen.

Liebe Jenny,

ich hoffe, es geht Dir gut, wo immer Du auch bist. Ich sitze hier in meinem kleinen Zimmer mit Blick auf den Garten, auf Hortensien und Geißblatt, und es gibt auch einen Kräutergarten. Wie der, den Deine Mutter hatte.

Es tut mir sehr leid, aber wenn Du diesen Brief bekommst, bin ich nicht mehr da. Ich weiß nicht, wie viele Jahre mir noch blei-

ben. Vielleicht nur wenige, vielleicht auch mehr. Aber ich schreibe Dir schon jetzt (oder besser gesagt, ich schreibe Dir noch einmal), weil ich nicht sagen kann, wie lange ich noch dazu in der Lage sein werde. Ich lasse den Brief meinem Testament hinzufügen.

Mir ist klar, dass meine Mühen wahrscheinlich vergeblich sind, schließlich habe ich Dir schon letztes Jahr geschrieben. Aber ich verstehe nur zu gut, warum ich keine Antwort bekommen habe, nach allem, was ich getan habe.

Und doch frage ich mich, ob Du den Brief überhaupt erhalten hast. Oder ist er unterwegs verloren gegangen? Seid Ihr umgezogen, Du und Mum? Vielleicht ist es egoistisch von mir, so zu denken – und naiv, zu hoffen, dass Du Dich auf irgendeine Art gemeldet hättest. Doch wenn es auch nur den Hauch einer Chance gibt, dass es so ist, bin ich froh, es noch einmal zu versuchen.

Jenny, Du weißt sicher, dass ich nie gern über persönliche Dinge gesprochen habe. Ich bin mit Stein und Mörtel schon immer besser zurechtgekommen als mit Menschen. Dinge zu bauen, fiel mir von Anfang an leicht, über sie zu reden nicht. Aber ich muss Dir jetzt etwas Wichtiges mitteilen, etwas, das Du unbedingt wissen sollst. Am besten beginne ich am Anfang.

Solange ich zurückdenken kann, war mein Vater Alkoholiker. Im Großen und Ganzen war er harmlos; er trank viel zu viel, schaffte es aber lange Jahre, seinen Job zu behalten. Doch mit der Zeit wurde er immer aggressiver und verlor schließlich eine Arbeitsstelle nach der anderen.

Und eines Tages, als ich zwölf Jahre alt war, verprügelte er meine Mutter. Ich weiß noch, wie ich geschrien habe, er solle aufhören, und als er es endlich tat, schien es fast so, als erwache er aus einer Art Trance. Meine Mutter drohte, ihn zu verlassen, aber er entschuldigte sich und versprach, es nie wieder zu tun, also blieb sie. Und er tat es nicht wieder, zumindest eine Zeit lang.

Solange ich ein Jugendlicher war, hielt meine Mutter das Schlimmste von mir fern, aber ich bemerkte die blauen Flecken an ihrem Hals und auf ihren Armen. Ich glaube, sie hat jahrelang in einem Zustand ständiger Angst gelebt. Und ich auch. Ich habe nie ganz verstanden, warum sie so lange bei ihm geblieben ist – manchmal tut man aus Liebe wohl seltsame Dinge. Wie dem auch sei, ich habe den größten Teil meiner Jugend damit verbracht, meinem Vater aus dem Weg zu gehen. Ich lernte, mich still zu verhalten, um ihn bloß nicht zu verärgern.

Als ich siebzehn war, eskalierte die Lage jedoch. Ich war an einem Tag mit Freunden unterwegs gewesen und kam erst spät nach Hause. Er schlug mich windelweich. In jener Nacht zogen meine Mutter und ich endlich von zu Hause aus und kehrten nie zurück.

Wahrscheinlich fragst Du Dich inzwischen, warum ich Dir das alles erzähle, eine Geschichte, mit der ich Dich eigentlich nie belasten wollte. Aber ich habe einen guten Grund, also lies bitte weiter, Jenny.

Nachdem ich die Schule beendet hatte, ermutigten mich meine Lehrer dazu, Architektur zu studieren. Ich zeichnete ständig irgendwelche Gebäude – der Gedanke, etwas Solides und Handfestes zu schaffen, gefiel mir außerordentlich. Ich bekam ein Stipendium für die Universität von Edinburgh und schaute nie mehr zurück. Und auch meinen Vater haben wir nie wieder gesehen.

Deine Mum habe ich an einem Herbsttag in The Meadows kennengelernt. Hat sie Dir vielleicht davon erzählt? Ich war fünfundzwanzig, sie dreiundzwanzig. Ich las gerade ein Buch, und sie kam an mir vorbei. Sie war die schönste Frau, die ich je gesehen hatte, mit ihren roten Haaren und dem strahlenden Lächeln. Als sie mich nach dem Weg zum Bahnhof fragte, konnte ich mein Glück, dass sie tatsächlich mit mir sprach, gar nicht fassen. Ich bot ihr an, sie zu begleiten, und sie sagte Ja. Bis wir am Bahnhof ankamen, wusste ich bereits, dass sie die Frau war, die ich heiraten wollte.

Ich liebte es, dass sie ständig in Tagträume versunken war, den Kopf in den Wolken. Sie war so ganz anders als ich. Alles, was ich wollte, war, sie zu umsorgen und ihr ein Gefühl von Sicherheit zu

geben. Sechs Monate später machte ich ihr einen Antrag, weitere sechs Wochen danach waren wir verheiratet.
Leider verstarb meine Mutter kurz nach der Hochzeit an einem Herzinfarkt, doch ich war froh, dass sie dabei sein konnte und dass sie am Ende noch ein paar friedliche Jahre erleben durfte.
Ich war überglücklich, als ich erfuhr, dass Du unterwegs warst. Kurze Zeit später kauften wir Larchfield, wo Du aufgewachsen bist, und die nächsten sieben Monate verbrachte ich damit, Stück für Stück die wackeligen Fußbodenbretter zu ersetzen und jeden einzelnen Nagel zu entfernen, der irgendwo steckte, wo er nicht hingehörte. Ich sehe Deine Mum vor mir, als wäre es gestern gewesen, wie sie im Garten stand, mit dem neuen Leben in ihrem Bauch, unter einem Himmel voller Sonnenschein, und ich vermochte kaum zu begreifen, wie wunderbar die Welt sein konnte.
Eine Zeit lang führten wir das perfekte Leben, Deine Mum und ich. Es bedeutete mir alles, Dir dabei zuzusehen, wie du größer wurdest, und zu wissen, dass Du glücklich und gesund warst. Ich wollte einfach nur, dass Ihr Euch geliebt und sicher fühlt, ohne die Bürden und Ängste, unter denen ich gelitten hatte. Deiner Mutter habe ich nie von meiner Vergangenheit erzählt, und sie hat mich auch nicht dazu gedrängt. Wir lebten in einer Blase, und ich tat mein Bestes, sie nicht zum Platzen zu bringen.
Es begann so schleichend, dass ich es zunächst gar nicht richtig wahrnahm: ein einfaches Kreuzworträtsel, das ich nicht lösen konnte, oder etwas, das ich beim Einkaufen vergessen hatte, was mich in Wut geraten ließ. Es geschah, fast ohne dass ich es merkte, aber plötzlich ertappte ich mich dabei, wie ich Euch anschrie. Wenn das passiert war, zog ich mich in mein Arbeitszimmer zurück und versuchte, mich zu beruhigen. Ich weiß, ich habe mich abgekapselt.
Und doch geschah es immer wieder.
Ich hatte solche Angst, Jenny. Angst davor, wie mein Vater zu werden, Angst, dass etwas Böses in mir schlummerte – etwas, das Dich verletzen könnte.

Und dann geschah eines Abends das Allerschlimmste. Ich habe Deine Mutter geschlagen.
Mir war gar nicht wirklich bewusst, dass ich es getan hatte, es war, als wäre ich für einen Moment nicht ganz bei mir. Und da wusste ich, dass ich Euch verlassen muss. Ich musste dafür sorgen, dass ich Dir und Deiner Mutter nie wieder wehtun kann.
Eine Zeit lang lebte ich in einer kleinen Wohnung in Glasgow, ganz in der Nähe, aber weit genug weg, dass Ihr mich nicht finden konntet. Ich wollte nicht das Risiko eingehen, Euch zu nahe zu kommen, bevor ich nicht sicher war, dass es nicht noch einmal passieren würde.
Wochenlang quälte ich mich. Ich muss gestehen, dass ich sogar daran gedacht habe, mir das Leben zu nehmen. Damals suchte ich mir schließlich ärztliche Hilfe und erklärte, was mit mir los war. Der Arzt war sehr freundlich und erkundigte sich nach der Krankengeschichte meiner Familie. Aber ich wusste nur sehr wenig darüber. Die noch lebende Schwester meiner Mutter bestand mit Nachdruck darauf, dass auf ihrer Seite der Familie alles in Ordnung sei, und zur Familie meines Vaters hatte ich keinerlei Kontakt.
Schließlich führten sie eine Reihe von Tests und Untersuchungen durch. Ich komme am besten gleich zum Punkt: Sie haben festgestellt, dass ich eine vererbbare Erkrankung habe.
Es ist die Huntington-Krankheit, Jenny.
Ich bin nicht sicher, ob Du diese Krankheit kennst, also werde ich versuchen, sie so einfach wie möglich zu erklären: Huntington ist eine seltene Erbkrankheit, die nach und nach die Nervenzellen im Gehirn zerstört. Aus irgendeinem Grund sind in Schottland weit mehr Menschen davon betroffen als in den meisten anderen Ländern.
Zum Frühstadium der Krankheit gehören Stimmungsschwankungen, Gedächtnislücken und unkontrollierbares Zittern, um nur einige Symptome zu nennen. Depressionen sind typisch, auch aggressives Verhalten, was sowohl meine Stimmungs-

schwankungen erklären würde als auch die Gewalttätigkeiten Deiner Mutter gegenüber. Seit einigen Jahren nehme ich Medikamente, die mir eine gewisse Linderung verschaffen.
Wenn die Krankheit weiter fortschreitet, wird es, fürchte ich, noch schlimmer. Man verliert die Fähigkeit zu laufen, zu reden, zu essen und zu funktionieren. Die Lebenserwartung beträgt fünfzehn Jahre ab dem Auftreten der ersten Symptome. Betroffene sagen, dass es sich anfühlt, als erlitte man eine Motoneuron-Erkrankung, Demenz, Parkinson und Depression gleichzeitig. Die Krankheit macht sich normalerweise im Alter von um die dreißig bemerkbar, manchmal aber auch früher oder später. Es gibt noch kein Heilmittel, aber die Wissenschaft macht Fortschritte – große Fortschritte. Es sollen schon bald klinische Studien durchgeführt werden. Also besteht Hoffnung.
Aber da es sich um eine Erbkrankheit handelt, die von Generation zu Generation weitergegeben werden kann, muss ich Dir leider sagen, dass für meine leiblichen Nachkommen eine fünfzigprozentige Wahrscheinlichkeit besteht, von der Krankheit betroffen zu sein.
Also bist auch Du gefährdet, Jenny.
Als ich die Wahrheit erfuhr, hatte ich die Wahl: Sollte ich nach Hause zurückkehren? Euch erklären, was mit mir los war, und Euch danach jahrelangem Schmerz und Trauma aussetzen? Ich liebte Deine Mum über alles, das tue ich immer noch, aber ich wusste auch, dass sie mit meinem Zustand nicht würde umgehen können. Wenn ich geblieben wäre, wäre meine Pflege am Ende Dir aufgebürdet worden. Ich denke, das weißt Du. Und ich habe es einfach nicht über mich gebracht, Dich damit zu belasten.
Die einzige andere Möglichkeit war, mich von Euch fernzuhalten. Ich nahm an, dass Du zwar anfangs verletzt und verstört sein würdest, aber am Ende würdest Du mit Deiner Mutter ein glückliches, sicheres Leben führen. Ich konnte einfach den Gedanken nicht ertragen, Dir Deine Kindheit zu nehmen, so wie sie mir genommen worden war.

Es war die schmerzlichste Entscheidung, die ich je habe treffen müssen, aber ich zwang mich, immerzu an Dein Lächeln zu denken, wenn ich Dir etwas Interessantes zeigte, und an das Staunen in Deinem Blick, mit dem Du die Welt entdeckt hast.
Ich wollte, dass Du Dir dieses Staunen bewahrst bis zu dem Punkt, an dem Du die Wahrheit erfahren musstest.
Letztlich ist die Krankheit nicht so schnell fortgeschritten wie befürchtet, sodass ich noch ein paar Jahre in Spanien arbeiten und Geld für deine Zukunft beiseitelegen konnte.
(Aus dem Brief des Anwalts wirst Du erfahren haben, dass ich einen Teil der Summe jetzt schon beigefügt habe, zu Deiner freien Verfügung.) Ich habe Dich, so gut es ging, im Auge behalten, aus der Ferne, ich weiß, aber ich habe alles über den Wissenschaftswettbewerb gelesen, den Du mit fünfzehn gewonnen hast, und über die Wohltätigkeitsveranstaltung, die Du im darauffolgenden Jahr mit Deinen Freunden organisiert hast; ich habe auch herausgefunden, dass Du Medizin studieren willst. Aber als Dein achtzehnter Geburtstag näher rückte und mein Gesundheitszustand sich zunehmend verschlechterte, wusste ich, dass es an der Zeit war.
Ich habe Dir geschrieben. Ich konnte es nicht mit meinem Gewissen vereinbaren, zuzulassen, dass Du jemanden kennenlernst und vielleicht sogar eine Familie gründest, ohne dass Du weißt, welche Folgen das haben könnte.
Ich hoffe also sehr, dass Du den Brief bekommen hast, damit Du die Wahrheit kennst und eine Entscheidung treffen konntest, ob Du Dich testen lassen willst oder nicht.
Ich hoffe, dass Du jetzt all die Dinge tust, die Du tun möchtest, ohne sie auf später zu verschieben. Denn wenn mir eins klar geworden ist, Jenny, dann, dass es nicht darum geht, wie viel Zeit wir auf diesem Planeten zur Verfügung haben – es geht darum, was wir damit anstellen. Ich hoffe, Du kletterst auf Berge und schwimmst im Meer. Ich hoffe, Du erkundest Städte, den Dschungel und andere atemberaubende Orte. Ich hoffe, Du verbringst

Deine Tage mit etwas, das Dich erfüllt – das Dir inneren Frieden schenkt und Dich glücklich macht. Ich hoffe, Du kostest jeden Moment aus, als wäre es Dein letzter. Ich hoffe, Du findest jemanden, den Du liebst, der Dein Herz zum Singen bringt, wenn Du ihn siehst, und der alles ein klein wenig strahlender erscheinen lässt. Aber vor allem hoffe ich, dass Du weißt, wie sehr Du schon jetzt geliebt wirst. Und dass ich auch dann noch einen Weg finden werde, Dich zu lieben, wenn meine Erinnerungen verblassen, ja, selbst wenn ich diese Erde verlasse.
Ich werde immer bei Dir sein, wo Du auch bist, meine Jenny.

In Liebe
Dad

VIERZIG

ROBBIE

Ich umklammere den Brief in meiner Hand. Mein Herz hämmert noch immer.

Er hatte Huntington.

Deshalb hat er ihnen Geld dagelassen.

Deshalb hat er ihre Mum geschlagen.

Aber wie kam es, dass Jenny es nie bemerkt hat, wenn er die Beherrschung verlor? Warum habe ich keine dieser Erinnerungen zu sehen bekommen? Ihre Kindheit erschien so glücklich, so idyllisch – und ihr Vater wirkte vollkommen normal.

Dann dämmert es mir.

Sie hat es verdrängt.

Hat sich nur an die schönen Momente mit ihrem Dad erinnert. Genau wie ich, nachdem Jenn gegangen war. Auch ich habe mich nur an die glücklichen Zeiten erinnert, die wir gemeinsam erlebt haben.

Und daran, dass ich sie liebte.

Die Probleme, die ich verursacht habe, habe ich gar nicht wahrgenommen.

Und dieser Mensch, den ich so liebe, könnte krank werden. Darum ist sie Hals über Kopf davongerannt.

Vor mir davongerannt.

Sie wollte, dass ich ihr Kraft gebe, aber ich verdammter Egomane war nicht für sie da. Sie wollte, dass ich sie in die Arme nehme, aber ich habe eine andere umarmt.

Plötzlich wird das Papier vor meinen Augen unscharf, es sieht aus, als würde die Schrift verschwimmen, und Bilder blitzen vor meinem inneren Auge auf: ein dunkler Himmel und funkelnde

Lichter auf dem Wasser – Darling Harbour. Duncan. Australien. Jener Abend. Der fehlende Monat.

Es ist fast so, als stünde ich immer noch hier auf dem Parkplatz, aber dann auch wieder nicht. Sie zeigt mir noch etwas anderes.

Sie ist noch nicht fertig, auch wenn sie es selbst nicht weiß.

EINUNDVIERZIG

Zwei Monate zuvor

JENN

Sie steckt das Handy zurück in ihre Tasche, blickt in Duncans erwartungsvolles Gesicht und verspürt einen Anflug von Schuldgefühl. Im Hintergrund drehen sich die hellen Lichter des Riesenrads langsam, immer rundherum.

Ihr Instinkt sagt ihr deutlich, dass es mit ihnen niemals funktionieren wird.

Zugegeben, es gab einen Moment, in dem sie es tatsächlich in Erwägung gezogen hat. Als sie sich gefragt hat, ob sie einen Weg finden könnte, ihn so zu lieben, wie er es verdient hätte.

Aber sie kann es einfach nicht.

Selbst nach all der Zeit liebt sie noch immer Robbie.

»Es tut mir leid.« Sie greift nach Duncans Hand und sieht ihn an. »Es tut mir wirklich leid.«

Duncan atmet tief ein und lächelt traurig.

»Aber wir passen so gut zusammen«, sagt er ruhig.

»Ich weiß, wir haben viel gemeinsam. Aber um ehrlich zu sein – ich bin mir nicht sicher, ob es das ist, was ich brauche.«

Sie hat die Worte noch nicht ganz ausgesprochen, als ihr klar wird, dass sie stimmen. Sie braucht jemanden, der anders ist als sie, jemanden, der sie auslacht, wenn sie zu ernst ist, der ihr hilft, zu relaxen und sich zu vergnügen, der ihre alberne Seite zum Vorschein bringt und ihr das Gefühl gibt, lebendig zu sein.

Aber gleichzeitig braucht sie jemanden, der sie ehrlich liebt. Und wenn Robbie das nicht mehr tut, dann ist sie bereit, es allein zu versuchen. Dann wird sie weiter warten, bis sie den Richtigen trifft.

Denn sie hat in der letzten Zeit etwas Wichtiges erkannt: Viel zu lange schon wird sie von dem Gefühl heimgesucht, dass sie es nicht wirklich verdient, geliebt zu werden. Sie ist immer viel zu streng mit sich, hat sich nie erlaubt, einfach mal an sich zu denken, und bisher nie einen Moment der Freude erlebt, ohne sich gleichzeitig schuldig zu fühlen; sie hat keinerlei Mitgefühl mit sich selbst. Sie hat stets nur versucht, alle anderen glücklich zu machen.

Und damit muss jetzt Schluss sein.

Sie muss sich selbst lieben lernen.

Das wird nicht über Nacht geschehen, so viel ist ihr klar; sie spürt nach wie vor, wie dieses Gefühl an ihr zerrt, aber zumindest weiß sie jetzt, was es ist.

Sie hat es ans Licht geholt.

Und sie weiß, dass sie sich ändern muss.

»Ich packe meine Sachen, sobald wir zurück sind«, sagt sie schließlich zu Duncan. Ihn noch einmal zu verletzen, ist das Letzte, was sie will.

»Das ist doch nicht nötig«, erwidert er und greift erneut nach ihrer Hand. Sie schaut auf ihre Hände hinunter.

»Bleib doch noch ein bisschen«, bittet er sie eindringlich.

Sie ist verwirrt.

»Nur weil wir kein Paar sind, muss das doch nicht bedeuten, dass wir keine Freunde sein können.«

Sie zögert. »Aber ich will dich nicht verletzen …«

Schließlich lässt er lächelnd ihre Hand los. Verharrt einen Moment, dreht sich um, beugt sich über das Geländer und blickt aufs Wasser hinunter.

Langsam tut sie es ihm gleich.

»Als du damals mit mir Schluss gemacht hast«, sagt er und sieht jetzt sie an, »weißt du, was mir am meisten wehgetan hat?«

»Nein, was?«

»Dass ich nie wieder mit dir sprechen konnte«, antwortet er. »Ich weiß, du wolltest nur das Beste, aber wir hatten so viel miteinander erlebt, und plötzlich war es, als wären wir Fremde.« Er schüttelt den Kopf. »Ich habe mir Sorgen um dich gemacht, aber du hast mich auf Abstand gehalten. Deshalb habe mich so sehr gefreut, als du mich kontaktiert hast! Unsere Freundschaft hat mir gefehlt. Und … ich will dich nicht noch einmal verlieren.«

»Aber was ist mit …«

Er winkt ab. »Ich komme schon zurecht.«

Erleichterung durchströmt sie.

Vielleicht muss sie sich doch nicht für immer von ihm verabschieden. Und muss nicht noch einen Menschen verlieren.

Als sie sich endlich gestattet, ihn zu umarmen, und seinen vertrauten Geruch einatmet, erkennt sie, dass es wirklich viele verschiedene Arten von Liebe gibt.

Etwa eine Woche später liegt sie in der brennenden Sonne auf einer Liege in Duncans Garten. Die tropischen Bäume winken ihr vor dem unendlichen Blau des Himmels zu. Sie betrachtet ihre langen Beine und fragt sich, wie es sein kann, dass sie nach all der Zeit, die sie draußen verbracht hat, immer noch so blass sind. *Die Haut ihres Vaters.*

»Hey«, hört sie Duncan von der Schiebetür her rufen. »So schön ist es hier *im Winter,* ist dir das eigentlich bewusst?«

Als sie nicht antwortet, kommt er zu ihr in den Garten.

»Alles in Ordnung?«

Dieselbe Frage wie immer.

»Ja«, beeilt sie sich zu sagen, »aber ich muss jetzt Dr. Burden eine E-Mail schicken, erinnerst du dich noch an ihn? Wir wollen einen Termin für ein Telefongespräch ausmachen.«

Das Krankenhaus hatte sich ziemlich schnell bei ihr zurückgemeldet, nachdem sie erklärte, warum sie das Land verlassen hatte. Man hatte großes Verständnis für ihre Situation, und nach mehrmonatiger Korrespondenz fühlt sie sich nun endlich bereit, ernsthafte Gespräche über eine Rückkehr zur Arbeit zu führen.

Duncan setzt sich zu ihr auf die Liege und sieht sie an.

»Möchtest du darüber reden, bevor du mit ihnen sprichst?«, fragt er ruhig.

Sie antwortet nicht sofort, weil sie weiß, was er in Wahrheit von ihr wissen will.

Was genau ist eigentlich passiert?

Und mit einem Mal erkennt sie, dass sie diese Last nicht mehr allein tragen kann; sie kann den riesigen Knoten in ihrem Magen nicht mehr ertragen, der sie unablässig bedrückt, Tag für Tag. Sie hat versucht, ihn zu ignorieren, hat ihn die ganze Zeit mithilfe von Reisen und Ablenkung verdrängt – bezahlt von dem Geld, das ihr Dad ihr gegeben hatte, wovon auch sonst? Denn dafür war es schließlich bestimmt gewesen – um andere Orte kennenzulernen und das Leben in vollen Zügen zu genießen. Und eine Zeit lang hat es mit der Ablenkung auch funktioniert. Aber hier, an diesem wunderschönen neuen Ort, an diesem hellen, sonnigen Tag hält sie es plötzlich nicht mehr aus. Der Knoten in ihrem Innern beginnt, sich zu entwirren, zuerst langsam, dann schneller und schneller: Ihr Vater hatte Huntington, er hat sie verlassen, um sie nicht damit zu belasten, und ist ganz allein in irgendeinem Hospiz gestorben, ohne Freunde oder Familienmitglieder an seiner Seite. Aber es war ein Fehler, ein furchtbarer Fehler, ihnen das anzutun, ihr das anzutun und auch sich selbst. Sie hätte damit umgehen können. Hätte sich um ihn kümmern können. Denn das ist genau ihr Ding, sich um Menschen zu kümmern.

Menschen zu helfen, die in einer Krise stecken.

Sie hat so viele schöne Jahre mit ihm versäumt, so viele Erinnerungen, die sie gemeinsam hätten haben können. Sie hatte geglaubt, er hätte sie nicht geliebt, aber das ist nicht wahr. Er hat sie über alles geliebt. Und er fehlt ihr.

Er fehlt ihr selbst jetzt noch schmerzlich.

Aber sie weiß auch, dass das noch längst nicht alles ist. Es besteht die Möglichkeit, dass auch sie die Huntington-Krankheit in sich trägt, und wenn es eines gibt, das ihr Vater auf jeden Fall hätte tun sollen – was auch sie lernen muss –, dann, mit jemandem zu reden.

Andere helfen zu lassen.

Sie legt das Gesicht in die Hände und spürt Duncans Arm auf ihren Schultern.

»Was ist los? Du kannst es mir ruhig erzählen. Ich bin für dich da.«

Und in dem Moment bricht sie auf wie eine der Muscheln ihrer Mutter, die an den Strand gespült wurden.

Als sie fertig ist, hält Duncan sie im Arm, und sie weint; er lässt sie reden, wenn ihr danach ist, oder schweigen.

Später am Abend besprechen sie die Möglichkeiten, die sich ihr jetzt auftun. Soll sie einfach ihr Leben weiterleben, ohne zu wissen, ob sie die Krankheit hat? Oder ist es besser, sich testen zu lassen und die Wahrheit herauszufinden?

Sie kennt sich selbst gut genug, um zu wissen, dass sie es nicht einfach auf sich beruhen lassen kann – als Ärztin wird sie jegliche Beschwerden, die sie in Zukunft hat, als Symptome deuten, und jeden kleinen Wutausbruch als den Anfang vom Ende. Die Vorstellung wird sie auf ewig verfolgen.

Also muss sie sich testen lassen.

Im Internet entdecken sie eine Methode, die länger dauert, aber auch ratsamer erscheint – eine Vielzahl von Beratungsterminen, auf die dann Monate später erst der Bluttest folgt. Das Ganze würde sich lange hinziehen, und sie müsste immer wieder offen über ihre Gefühle reden und ihr Innerstes nach außen kehren.

Und sie würde wahrscheinlich noch eine ganze Weile über ihren Zustand im Dunkeln bleiben.

Dr. Burden hat ihr diesen Weg empfohlen. Es ist der Weg, den die meisten Betroffenen gehen, das weiß sie.

Aber es gibt auch noch eine schnellere, wenn auch kostspielige Methode, bei der sie nicht so viel über sich preisgeben muss. Sie könnte womöglich direkt hier in Sydney durchgeführt werden, wenn sie das will.

Sie sieht Duncan über den Küchentisch hinweg an und weiß, dass sie seine Unterstützung hat, wie auch immer sie sich entscheidet. Was auch immer geschieht, er wird für sie da sein. Und solange sie seinen Brief bei sich trägt, ist auch ihr Dad auf eine gewisse Weise für sie da.

Zwei Wochen später stehen sie auf dem Gehsteig vor dem neurologischen Institut des Krankenhauses in der Stadt. Einen Moment lang beobachtet sie das Treiben auf der Straße, die Menschen, die an ihnen vorbeikommen, telefonieren oder Musik hören – die ihren Alltagsbeschäftigungen nachgehen, ein normales Leben führen. Die Morgensonne steht hoch am Himmel, und obwohl sie aufgewühlt ist, verspürt sie eine gewisse Erleichterung.

Denn das enorme Gewicht, das sie mit sich um die Welt getragen hat – die Unsicherheit, das Verdrängen –, lastet nicht mehr ganz so schwer auf ihr.

»Okay, jetzt dauert es also nur ein paar Wochen, bis die Testergebnisse da sind«, bemerkt Duncan und sieht sie an. »Du sagst mir Bescheid, sobald du etwas hörst, ja?«

Jenn fragt sich, wo sie dann sein wird – wahrscheinlich wird sie wieder im Krankenhaus arbeiten und allein in ihrer Mietwohnung in Edinburgh leben. Zumindest wird Hilarys Hochzeit schon vorbei sein.

Sie dreht sich zu ihm um und nickt. »Klar.«

»Und was möchtest du an deinem letzten Tag hier machen?«, fragt Duncan.

Sie atmet tief ein – vor ihrem geistigen Auge sieht sie weiße Strände und salzige Wellen, kühles Bier und Gegrilltes mit ihrem guten Freund – und lächelt.

Denn wenn sie recht darüber nachdenkt, ist der heutige Tag, dieser Moment, alles, was zählt.

ZWEIUNDVIERZIG

ROBBIE

»Robbie?«

Ihre Stimme. Irgendwo ganz in meiner Nähe.

Die sonnige Straße, Duncan, Australien, all das beginnt zu verblassen, wie ein Traum im Morgengrauen.

Es ist plötzlich dunkel.

Sitzen wir wieder im Auto?

Natürlich, anders kann es gar nicht sein, ich kenne ja jetzt ihr Geheimnis. Ich weiß von ihrem Dad, von der Huntington-Erkrankung, dass sie es Duncan als Erstem erzählt hat und von dem Test. Ich weiß, dass die Ergebnisse beim Arzt vorliegen – deshalb hat sie im Auto Panik gekriegt. Sie hat bestimmt eine Nachricht erhalten, dass sie den Neurologen in Sydney kontaktieren soll.

Aber wo ist der Wagen? Warum ist es immer noch so dunkel?

Meine Augen gewöhnen sich langsam an die Umgebung.

Da ist sie.

Wir sind immer noch auf dem Parkplatz, und sie lächelt mich an.

Das verstehe ich nicht.

»Du hättest nicht aussteigen müssen«, sagt sie und beugt sich vor, um mich so innig zu küssen, dass ich es im ganzen Körper spüre.

Sie kann mich sehen.

Was bedeutet das? Sind wir wieder wach? Ist alles vorbei?

Ich lasse meinen Blick über den Parkplatz schweifen – da *drüben* steht mein Wagen. Ein Schatten bewegt sich im Inneren. Der andere Robbie.

Mir wird schlecht.

Wir befinden uns immer noch in ihren Erinnerungen.

Warum wacht sie denn nicht auf? Ich weiß doch jetzt alles. Ich kenne ihr Geheimnis.

Ich habe es geschafft. Oder doch nicht?

»Du musst aufwachen, Jenn!«, flehe ich und strecke die Hand nach ihr aus. »Wir müssen weg.«

Sie legt die Stirn in Falten. »Was meinst du damit? Weg wovon?«

»Ich habe jetzt keine Zeit für Erklärungen. Bitte, vertrau mir einfach. Bitte, wach auf«, dränge ich sie.

»Du machst mir Angst«, sagt sie mit zitternder Stimme.

»Es tut mir leid, furchtbar leid, aber all das hier ist nicht real, erkennst du das nicht?«

»Was soll ich denn erkennen, Robbie?«, fragt sie, während der Wind mit ihren Haaren spielt. »Warum sagst du so seltsame Sachen?«

Ich muss ihr helfen zu verstehen.

»Wo bist du gerade hergekommen?«, frage ich und ergreife ihre kalten Hände. »Wo warst du, kurz bevor du auf den Parkplatz gekommen bist?«

Ihr Lächeln verliert an Kraft. »Ich war im Krankenhaus, das weißt du doch.«

»Aber *wo,* Jenn? Wo genau? Was hast du gemacht?«

Sie öffnet den Mund, um etwas zu erwidern, doch dann zögert sie und blinzelt.

Sie legt eine Hand auf ihre Stirn. »Ich fühle mich irgendwie komisch«, sagt sie leise. »Wir sollten vielleicht lieber nach Hause fahren.«

Ich kann es nicht ertragen, sie so zu sehen, durcheinander und orientierungslos. Aber irgendwie muss ich sie erreichen. Es muss sein.

»Wir können nicht nach Hause«, erkläre ich, »es sei denn, du wachst auf. Ich kann dem Lkw nicht ausweichen, wenn du mich nicht lässt. Und wir *müssen* ihm ausweichen, Jenn. Weil ich möchte, dass du glücklich bist. Selbst wenn du es nicht mit mir bist, selbst wenn du zu Duncan zurückgehen willst …«

»Duncan?«

Sie runzelt ein wenig die Stirn, doch dann lächelt sie. »Robbie«, sagt sie bedächtig. »Ich liebe dich. Ich habe immer nur dich geliebt.«

Mein Herz macht vor Freude einen Hüpfer.

Mit einem Mal ergeben all die Erinnerungen – die Art, wie sie zwischen ihrer Kindheit und unserer gemeinsamen Geschichte hin und her gesprungen sind – einen Sinn.

Kurz vor ihrem Tod kehren ihre Gedanken immer wieder zu uns zurück. Zu mir.

Weil sie mich liebt.

Trotz all meiner Fehler.

Trotz allem.

»Ich liebe dich auch«, erwidere ich mit brechender Stimme. »Über alles.«

Mein Gott, wir können wieder zusammen sein, wir können alles tun, was wir uns wünschen. Ich werde sie jeden Tag lieben, ich werde für sie da sein, wenn sie die Ergebnisse erfährt – es ist mir egal, wie sie ausfallen –, ich will einfach nur mit ihr zusammen sein.

Ich würde alles tun, um sie glücklich zu machen.

Ein Schatten huscht über ihr Gesicht, und sie wendet den Blick ab, sieht über meine Schulter.

»Ein Lkw«, murmelte sie so leise, dass ich es kaum hören kann. Für einen kurzen Moment wirkt sie benommen. Dann sieht sie mir direkt in die Augen, als tauche sie aus einem Nebel auf. »Du hast uns irgendwo hingefahren … wir haben uns unterhalten. Ich wollte dir gerade sagen …«

Sie spricht nicht weiter.

Dann beginnt sie, sichtbar zu zittern. »Oh, mein Gott.«

Sie verliert die Fassung. Ihre Augen füllen sich mit Tränen.

Und meine ebenfalls.

Denn ich habe begriffen, was geschehen wird. Ihr Geheimnis herauszufinden, hätte den Unfall niemals verhindern können. Nichts von dem, was ich getan habe, hätte etwas daran geändert, weil sie nach wie vor glaubt, dass ihr Leben zu Ende geht.

Und dass es an der Zeit ist, sich zu verabschieden.

Genau wie es in Fis Buch stand.

Deshalb kann sie mich jetzt auch sehen.

»Was passiert mit mir?«, fragt sie.

Da nehme ich sie in die Arme, so fest, dass mir der Geruch ihrer Wollmütze und der blumige Duft ihrer Haare in die Nase steigen. Ich spüre, wie sie zittert.

Aber wir müssen uns jetzt beeilen, dies darf einfach kein Abschied sein.

Ich trete einen Schritt zurück und atme tief durch. »Meinst du, du kannst jetzt aufwachen? Ich glaube, wenn du wach bist, haben wir eine Chance. Und wenn wir den Wagen nur ein winziges Stückchen …«

»Robbie«, unterbricht sie mich, und ich schweige. Ich kann den Ausdruck auf ihrem Gesicht nicht deuten.

»Frontalaufprall«, murmelt sie, als spräche sie mit sich selbst.

»Was?«

Ein frischer Wind kommt auf. In der Ferne höre ich das Dröhnen des Verkehrs, sehe Leute, die über den Parkplatz zum Krankenhaus gehen. Und aus dem Augenwinkel erkenne ich mein anderes Ich, das im Auto sitzt und auf sie wartet.

»Robbie, wir überleben das nicht.«

Ich zucke zusammen. »Aber klar tun wir das! Ich schaffe das, ich kann den Wagen nach rechts auf die andere Spur lenken.«

»Nein«, erwidert sie sanft, und eine Träne rollt ihr über die Wange. »Das habe ich schon zu oft gesehen. Wir können dem Lkw nicht mehr rechtzeitig ausweichen.«

Auch ich weine jetzt, kann aber nicht aufhören zu reden. »Du bist so klug, Jenn, du musst doch wissen, wie wir das verhindern können!«

Sie schüttelt den Kopf, ihr Gesicht ist tränenüberströmt.

»Ich kann es nicht«, sagt sie schluchzend. »Ich kann nichts dagegen tun.«

Ich drücke sie an mich, und die Zeit scheint stillzustehen. Ich will sie nicht loslassen, nie wieder, denn tief in meinem Inneren weiß ich, dass dies die letzte Erinnerung ist.

Gleich wird alles vorbei sein – für uns beide.

Irgendwann spüre ich, wie sie sich von mir löst. Ihr Gesicht ist vom Weinen gerötet, aber sie ist schöner als je zuvor.

»Wie lange haben wir noch?«, fragt sie leise.

Mir blutet das Herz, und ich habe höllische Angst vor dem, was auf uns zukommt. Aber nicht wegen mir, sondern wegen ihr.

Ich bin mir nicht sicher, ob ich schon wieder reden kann, aber ich zwinge mich dazu.

»Minuten? Vielleicht auch nur Sekunden.«

Sie nickt und berührt mit der Hand mein Kinn, zeichnet die Narbe unter meinen Bartstoppeln nach.

Sieht aus, als würdest du immer lächeln. Ich erinnere mich genau an ihre Worte, daran, wie geliebt ich mich gefühlt habe an jedem einzelnen Tag, den sie bei mir war. Sie hat immer an mich geglaubt.

Hat mich bedingungslos geliebt.

In meiner Hand knistert etwas. Sie entdeckt den Brief.

»Wie hast du den …«, beginnt sie.

Ich schüttele den Kopf. Es steht ihr ins Gesicht geschrieben, dass sie Angst davor hat, es mir zu sagen. Denn der alte Robbie – der jetzt da drüben im Auto sitzt – hätte lieber das Weite gesucht, als sich damit auseinanderzusetzen.

»Du musst mir nichts erklären«, beruhige ich sie. »Das mit deinem Vater tut mir leid. Und noch mehr tut's mir leid, dass ich alles versaut habe.«

»Ich wollte es dir sagen, aber …«

»Ich war ein Volltrottel«, beende ich den Satz. »Du hast mir eine Chance, so viele Chancen gegeben, und ich habe sie alle vergeigt. Aber jetzt bin ich für dich da. Ich bin hier. Und ich lasse dich nicht allein.«

Sie beginnt erneut zu weinen und schmiegt ihren Kopf an meine Brust. Ich drücke sie an mich, bemüht, diesen Augenblick für immer festzuhalten.

»Was kann ich tun?«, frage ich schließlich und umfasse zärtlich ihr Gesicht.

Sie lächelt mich durch einen Tränenschleier an, ergreift meine Handgelenke und drückt mir einen Kuss auf die Handflächen. Dann legt sie meine Hand in ihre und blickt mir aufmerksam in die Augen.

»Halte einfach meine ...«

DREIUNDVIERZIG

ROBBIE

Grelle Lichter.

Der Wagen.

Ich reiße das Lenkrad herum.

Trete das Gaspedal durch.

Jetzt.

VIERUNDVIERZIG

Danach

JENN

Ein Klingeln in ihren Ohren, Dunkelheit, flackerndes Licht. Schmerz. Vorsichtig bewegt sie den Kopf, aber etwas blockiert. *Himmel, tut das weh.* Sie ist verwirrt, benommen.

Wo bin ich?

Airbags. Der Geruch nach verbranntem Gummi. Zersplittertes Glas. Von irgendwoher flutet Licht herein. Es scheint ihr direkt in die Augen, sodass alles um sie herum verschwimmt.

Als sie klein war, hatte ihre Mutter einmal aus Versehen einen Spiegel im Flur zerbrochen – er war in tausend Stücke zersprungen. Ihre Mutter hatte sich darüber aufgeregt, doch Jenn war überrascht, dass etwas Kaputtes trotzdem so schön sein konnte.

Sie blinzelt.

Der Wagen.

Der Lkw.

Robbie.

Hastig dreht sie sich auf dem Sitz um, Schmerz durchzuckt ihren Hals, ihren Kopf und ihre Brust, aber das kümmert sie nicht. Da ist er, direkt neben ihr. Mit Glassplittern übersät; wie alles andere auch. Er sieht aus, als würde er schlafen, seine Augen sind geschlossen, und sein Kopf hängt zur Seite. Seine Seite des Wagens ist eingedrückt.

Die letzten, panischen Sekunden vor dem Zusammenstoß strömen zurück in ihr Gedächtnis. Sie war sich sicher, dass alles vorbei war. Ihr Leben war buchstäblich an ihr vorbeigezogen, und dann …

War das Auto im letzten Moment langsamer geworden.

War nach links geschwenkt.

Hastig wirft sie einen Blick auf Robbies Beine, die in einem seltsamen Winkel abstehen, dann auf das Lenkrad.

Sie wimmert.

Er hat gebremst. Hat das Lenkrad nach links gerissen, um den Aufprall abzumildern.

Um mich zu retten.

»Robbie«, sagt sie mit krächzender Stimme.

Nichts.

»Robbie!«, ruft sie und würde ihn am liebsten schütteln. Aber er rührt sich nicht.

Und plötzlich übernehmen Jahre der medizinischen Ausbildung die Führung.

Luftröhre, Atmung, Kreislauf. Ich muss sie überprüfen.

Sie streckt die Hand nach ihm aus und schreit auf, als ein rasender Schmerz ihr in die Schulter schießt. Der Sicherheitsgurt gräbt sich hinein. Sie fummelt blind an der Schnalle herum, bis sie aufspringt. Ihre Hände sind blutverschmiert; sie weiß nicht, woher es kommt oder von wem es stammt. Als sie sich wieder Robbie zuwendet, sieht sie auch auf seinen Haaren und auf seiner Haut Blut. Er ist ihr so nahe, als säßen sie zusammengekuschelt auf dem Sofa.

Aber er bewegt sich nicht. Seine Augen bleiben geschlossen.

Bitte nicht – er darf nicht tot sein.

Sie hält ihre Hand prüfend vor seinen Mund.

Da – ein rasselnder Atemzug.

Er lebt noch.

»Robbie, bleib bei mir«, sagt sie mit erstaunlich fester Stimme.

Geräusche dringen von draußen herein, Sirenen, rufende Menschen. *Schnell, beeilt euch!*

Sie tastet am Handgelenk nach seinem Puls, aber vergeblich.

Sein Blutdruck fällt viel zu schnell.

Seine Haut ist klamm und blass.

O mein Gott.

Als Nächstes tastet sie seinen Hals ab, bis sie die empfindliche Stelle unter seinem Kinn erreicht, die sie schon tausendmal berührt hat.

Bitte.

Ein Hauch von Leben.

Ein Pulsschlag.

Könnte er …?

Kann er …?

Langsam lässt sie die Hand sinken.

Nein.

Sie hat die Folgen dieser Art von Unfall schon so viele Male gesehen.

Sie müssten eigentlich beide tot sein.

Doch er hat sie gerettet.

Und jetzt hat er innere Blutungen. *Lebensgefährliche Verletzungen.*

»O Gott, Robbie«, schluchzt sie. »Was hast du getan?«

Sie schließt für einen Moment die Augen und presst ihre Lippen auf seinen Kopf, versucht zu verarbeiten, was gleich geschehen wird. Sie atmet tief ein und kann durch all die anderen Dünste immer noch seinen Geruch wahrnehmen – dieser warme, erdige Duft, den sie so liebt; das Shampoo, das er am Morgen bei ihr benutzt haben muss, nachdem sie sich geliebt hatten. Im Licht der Wintersonne, das durch das Fenster hereinfiel, hatten sie eng umschlungen dagelegen, und sie hatte ihm alles erzählen wollen – wo sie gewesen war, was sie gesehen hatte. Aber dann hatte sie den Zauber nicht brechen wollen, der sie umgab. Sie war davon ausgegangen, dass sie noch viele Momente wie diesen haben würden.

Also erzählt sie es ihm jetzt, solange sie noch kann. Erzählt ihm alles über die entlegenen Strände und die endlos weiten Ozeane, den Dschungel, der so dicht war, dass kaum Licht zu ihr herunterfiel. Sie erzählt ihm von den Berggipfeln, die ihr einen besonderen Blick auf den Himmel gewährten und ihr einen Moment absoluten Friedens schenkten. Sie erzählt von den Menschen, mit denen sie gesprochen und gelacht hat und die ihr Innerstes in einer Weise geöffnet haben, wie sie es nie für möglich gehalten hatte; die eine Wunde geheilt haben, von der sie gar nicht wusste, dass sie existierte, und die ihr die Kraft gaben, ihrer Zukunft mutig entgegenzusehen. Doch ihr war auch klar geworden, dass unter all den Menschen, die sie kennengelernt, und all den Orten, die sie gesehen hatte, keiner war, der das Gefühl auslösen konnte, das sie empfindet, wenn sie hier neben ihm sitzt. Wie weit sie sich auch entfernte, in Gedanken kehrte sie immer wieder zu ihm zurück; ihr kam es so vor, als wäre er die ganze Zeit bei ihr gewesen, hätte sie angefeuert und ermuntert, jede noch so kleine Gelegenheit zu ergreifen, glücklich zu sein. Denn manchmal ist Liebe einfach so. Sie prägt die Seele, verändert einen für immer. Auch wenn man den Menschen nicht mehr sehen, ihn nicht mehr fühlen kann.

Von draußen dringt aufgeregtes Rufen zu ihr, undeutliche Satzfetzen, laut und eindringlich. Rettungssanitäter. Sie wollen, dass sie sich umdreht und mit ihnen redet. Aber das geht nicht. Sie will sich nicht von Robbie abwenden. Denn sie spürt instinktiv, dass sie keine Zeit mehr haben. Er wird es nicht bis ins Krankenhaus schaffen. Es ist so weit; hier und jetzt werden sie sich für immer verabschieden. Ihre einzige Hoffnung ist, dass er von alldem nichts mitbekommt. Sie hofft, dass er an etwas Wunderschönes denkt, während sie für ihn da ist, nicht von seiner Seite weicht, seine Hand festhält.

»Ich liebe dich«, sagt sie innig, während ihre Tränen auf ihn tropfen. Ihr Robbie – ihr dummer, urkomischer, warmherziger, wunderbarer Robbie. Ihr Lieblingsmensch.

Sie küsst ihn noch einmal auf den Kopf, als wollte sie ihn doch dazu bewegen, zu ihr zurückzukommen. Ihm zu verstehen geben, wie sehr sie es braucht, dass er stets allen Widrigkeiten trotzt. Denn sie liebt ihn so sehr, und das kann einfach noch nicht alles gewesen sein.

»Ich kann dich nicht gehen lassen«, stößt sie zwischen den Schluchzern hervor, während sie mit einer Hand seine stoppelige Wange umfasst und seine Haare in ihrem Gesicht spürt. »Ich kann einfach nicht.«

Und dann …

Dann spürt sie an ihrer anderen Hand einen kaum merklichen Druck. Da ist sie sich ganz sicher.

Dann noch einmal.

Seine Hand in ihrer.

Ich liebe dich.

Langsam lehnt sie sich zurück, betrachtet Robbies reglosen Körper, und Erinnerungen ziehen an ihrem geistigen Auge vorbei wie Fragmente eines Traums.

Er war dort. Sie war dort.

Ist das wirklich passiert?

Als sie hört, wie er seinen letzten Atemzug tut, verschwimmen die harten Umrisse des Wagens hinter einem Tränenschleier, und das Licht scheint strahlend hell auf sein Gesicht.

FÜNFUNDVIERZIG

2014

ROBBIE

Es ist ein herrlicher, sonniger Tag. Die Luft ist frisch, und ein Streifen blauen Himmels zeigt sich über der Royal Mile. Auf dem Kopfsteinpflaster tummeln sich Touristen und Einheimische fröhlich in der Oktobersonne, warm eingemummelt gegen die Kälte. Ich stehe vor dem Gebäude der Camera obscura ein Stück unterhalb der Burg und lasse den Blick über die Menschenmenge schweifen. Seltsamerweise tut mir der Kopf weh, aber das Licht hilft. Der Schmerz lässt nach.

Und dann sehe ich sie – Jenn, die sich durch die Menschen einen Weg zur mir bahnt. Sie trägt den blauen Mantel und eine gelbe Wollmütze. Suchend reckt sie den Hals. Dann treffen sich unsere Blicke, und ein wunderschönes Lächeln breitet sich auf ihrem Gesicht aus. Langsam gehe ich auf sie zu und spüre die Aufregung, die in mir hochsteigt. Sie kommt mir entgegen, wendet den Blick nicht eine Sekunde von mir ab, und die Menschen um uns herum scheinen zu verschwinden. Dann stehen wir voreinander, das Sonnenlicht trifft auf unsere Gesichter, und plötzlich ist mir angenehm warm. Die Kälte ist verschwunden.

»Ich hätte nicht gedacht, dass du kommst«, begrüße ich sie und berühre sie sanft am Arm.

»Ich auch nicht«, antwortet sie.

»Warum bist du dann hier?«

Sie zuckt die Achseln und lächelt. »Es hörte sich einfach so an, als wäre es eine nette Art, den Tag zu verbringen. Ich hab die Camera obscura noch nie gesehen.«

»Echt nicht?«, frage ich erstaunt. »Na, dann wird es dir hundertprozentig gefallen. Du wirst total begeistert sein.«

Sie lacht, aber da ist noch etwas anderes in ihren Augen – beinahe so etwas wie Traurigkeit. »Wir werden es ja sehen«, sagt sie sanft.

Ich nehme ihre Hand und spüre die Wärme ihrer Berührung, zusammen mit diesem merkwürdigen Gefühl, als würde ich sie jetzt schon lieben und alles für sie tun.

»Sollen wir?«, frage ich.

Während wir Hand in Hand die Straße entlanggehen, fühle ich, wie glücklich ich bin, dass sie heute gekommen ist; dass ein Mädchen wie sie einem Idioten wie mir eine Chance gibt.

Als wir uns der Tür zur Camera obscura nähern, werfe ich noch einen Blick in den strahlend blauen Himmel und bin froh, dass wir uns für diesen Ort entschieden haben, einen Ort voller Farben und Licht, und ringsum Pflastersteine, die getränkt sind mit den Erinnerungen all der Menschen, die vor uns hier waren, die vor uns geliebt und gelebt haben. Und tief in meinem Inneren weiß ich, heute wird ein guter Tag.

Ein super Tag.

DANKSAGUNG

Wie ich immer sage, ein Buch zu schreiben, ist eher ein Teamsport als eine Soloaktivität, was auch auf dieses Buch absolut zutrifft.

Für meine wundervolle Agentin Tanera Simons: Danke, dass du bereit warst, für den Keim einer Idee ein Risiko einzugehen, um zu sehen, was daraus entstehen kann. Ich bin dir und allen von der Darley Anderson Literary Agency unglaublich dankbar, besonders Mary Darby (die mir eine E-Mail geschickt hat, über die ich Freudentränen geweint habe), Georgia Fuller, Kristina Egan und Laura Heathfield.

Für Julia Cremer und Steffen Haselbach, tausend Dank dafür, dass Sie das Buch geliebt und von Anfang an daran geglaubt haben. Man spürt Ihren Enthusiasmus selbst über die Entfernung hinweg. Ein herzliches Dankeschön auch an meine Übersetzerinnen Simone Jakob, Nadine Alexander und Christina Kuhlmann für ihre Arbeit an diesem Buch.

Für Rosa Schierenberg: Ich werde nie Ihre erste E-Mail zu diesem Buch vergessen. Danke, dass Sie das Gefühl hatten, es würde den »Moment des Verliebens, der einen trifft wie ein Blitz« perfekt einfangen. Für Caroline Kirkpatrick und Catriona Camacho, danke für Ihren scharfsinnigen Blick auf den Text und dafür, dass Sie ihn zum Strahlen gebracht haben. Und für Jennifer Edgecombe, Jon Elek und allen anderen bei der Welbeck Publishing Group, ich kann es kaum erwarten, mit Ihnen an der Veröffentlichung im Vereinigten Königreich zu arbeiten.

Ein ganz besonderes Dankeschön geht an meine lebenslange Freundin Jennifer Gibby. Ich weiß wirklich nicht, ob es dieses Buch ohne dich geben würde. Danke für deine gewissenhafte Lektüre, deine Fehlersuche bis spät in die Nacht hinein und deine unerschöpfliche Begeisterung für meine Ideen. Diese Geschichte wird immer auch ein Teil von dir sein.

Für meine anderen Erstleserinnen und Plot-Erfinderinnen –

Angie Spoto und Toni Marshall – danke für euer unglaubliches Feedback, eure Ermutigung auf dem Weg und dafür, dass ihr all meine seltsamen Fragen beantwortet habt.

Was mich zu meinen Schreibgruppen führt (wie gesagt, Schreiben ist ein Teamsport). Zunächst danke ich der Skriva Writing School, die von der unglaublichen Sophie Cooke geleitet wird. Danke dafür, dass du mir beigebracht hast, wie man richtig schreibt, und für all die gemütlichen Seminare unter dem Dach des Sir Arthur Conan Doyle Centre. Meinen ersten Schriftstellerfreundinnen und -freunden Sam Canning, Jo Cole Hamilton, Lyndsey Croal, Erica Manwaring und Anthea Middleton, danke, dass ihr mir geholfen habt, diesen Roman zu kreieren.

Der CBC Writing School schulde ich Dank dafür, dass sie meine schriftstellerischen Fähigkeiten auf ein neues Level gehoben hat. Ich werde für immer in Suzannah Dunns Schuld stehen. Nikita Lalwani, danke, dass du mir für die Details des Geschichtenerzählens die Augen geöffnet hast. Für meine Mitschriftsteller*innen bei der CBC, es war erst diese freundliche, fürsorgliche Umgebung, die mir den Mut gegeben hat, mit diesem Buch anzufangen.

Bezüglich der Nachforschungen zu dem Roman möchte ich insbesondere Helen Harvey danken, die die Lücken in den Reiseplänen geschlossen hat – dein Gedächtnis ist wirklich unglaublich. Für ihre Beratung in medizinischen Fragen bedanke ich mich bei Dr. Angela Ruthven und Dr. Diane O'Carrol; ein ganz besonderes Dankeschön gilt meinem geduldigen großen Bruder Dr. Mark Mitchelson, der all meine Fragen ausführlich beantwortet hat. Für Dr. Rebecca Pryde, deren Vorträge über Psychologie so hilfreich waren.

Ein Riesendankeschön an meine Schwiegereltern, besonders meine brillante Schwiegermutter Paula, die stundenlang meine Mädchen bespaßt hat, während ich mich davongestohlen habe, um zu schreiben. Ich weiß deine unerschöpfliche gute Laune und Freundlichkeit wirklich sehr zu schätzen.

Für meine Eltern Anne und Alan; ich weiß nicht genau, ob ich in Worte fassen kann, wie dankbar ich euch für eure Liebe und Unterstützung bin. Mum, danke, dass du mir die Liebe zum Lesen nahegebracht hast, und für all die Artikel übers Schreiben, die du ausgeschnitten hast – ich habe sie alle aufbewahrt. Meiner Schwester Sarah, nur du allein weißt, wie oft ich dich angerufen habe, um über Plot- und Schreibprobleme zu plaudern. Du sorgst immer dafür, dass alles leichter wird, das werde ich dir nie vergessen.

Ben, ich danke dir für all die Male, die du Abendessen gekocht und das Zubettbringen übernommen hast, damit ich Zeit zum Schreiben hatte, und dafür, dass dein Vertrauen in meine Träume unerschütterlich war – das ist wirklich eine magische Art von Liebe. Und schließlich, für Flora und Daisy. Ihr seid der Grund, warum ich schreibe, damit ihr wisst, dass ihr eurem Herzen folgen könnt.

Ich werde euch bis in alle Ewigkeit lieben.

QUELLENHINWEIS

Dieser Roman wäre ohne die brillante Arbeit von Dr. Raymond Moody über das »empathische Erlebnis mit einem Sterbenden«, nie entstanden. Sein Buch *Zusammen im Licht* sowie *An der Schwelle zur Unendlichkeit* von William J. Peters waren sehr lehrreich im Rahmen meiner Recherchen zu diesem Phänomen.